RACHEL

AD

Avant de devenir romancière à succès, **A. Meredith Walters** a travaillé pendant des années en tant que conseillère auprès d'enfants et d'adolescents maltraités. Son travail d'écriture est profondément influencé par cette expérience. Ses séries de new adult mettent en scène des personnages à l'image de ceux dont elle s'est occupée : des jeunes qui n'ont pas été épargnés par la vie et luttent contre l'adversité. Sa série *Twisted Love*, unanimement saluée par la critique, a figuré parmi les meilleures ventes du *New York Times*. Elle vit en Angleterre avec son mari et ses filles.

Ce livre est également disponible
au format numérique

www.milady.fr

A. Meredith Walters

Sous influence

Twisted Love – I

Traduit de l'anglais (États-Unis) par Lauriane Crettenand

Milady

Milady est un label des éditions Bragelonne

Titre original : *Lead me not*

ISBN : 978-2-8112-1457-9

Bragelonne – Milady
60-62, rue d'Hauteville – 75010 Paris

E-mail : info@milady.fr
Site Internet : www.milady.fr

Pour tous ceux qui sont perdus, et espèrent une main tendue…

Remerciements

Parfois, les remerciements sont la partie la plus difficile à écrire. Mais cette fois, c'est la plus facile…
Ce livre est dédié à ceux qui m'ont toujours soutenue.
À ma mère, qui n'est plus avec moi, mais dont je sens encore l'influence dans ma vie. Elle m'a toujours appris à vouloir décrocher la lune et à ne jamais abandonner avant de l'avoir atteinte. Je n'ai pas abandonné, maman. Je n'abandonnerai jamais…
À mon père et mes grands-parents, qui sont mes plus grands fans. Je vous aime tous tellement, j'espère que vous êtes fiers de moi.
À Ian. Tu m'as aidée à créer une histoire à partir d'une idée incroyable. En parlant de sorties en boîte, de street art et d'addiction (et en insistant pour que je regarde des documentaires sur Banksy)… quelque part dans notre flux de conscience décousu, Sous influence était né. Tu m'as écoutée tandis que j'assemblais les pièces et tu n'as (pas trop) ronchonné quand je me suis isolée dans ma grotte pour écrire cette histoire avec mon sang. Merci pour ton infinie patience. Je l'ai dit dans mon premier livre, et je le redis ici… Ces romans sont pour toi…
Pour ma fille, qui manifeste un enthousiasme débordant quand maman écrit un nouveau livre, même si elle ne comprend pas pourquoi elle n'a pas le droit de le lire (quand tu seras plus grande, ma puce). Merci d'être aussi pétillante, rose et fabuleuse !
Pour mon agent au top, Michelle, qui m'a écoutée criser, exploser et perdre les pédales à de nombreuses occasions. Merci de toujours me faire retrouver la raison. Tu as aimé Maxx et Aubrey dès le départ, merci pour tes encouragements !
Merci à Alex Lewis, mon incroyable éditeur chez Gallery, qui m'a aidée à faire de ce livre ce qu'il est. Tu as eu foi en cette histoire

sombre, et je te remercie de m'avoir donné ma chance. Merci à toute l'équipe de Gallery d'avoir cru en Maxx et Aubrey !
Un immense merci à Kristy Garbutt, mon incroyable publiciste et amie. Nos conversations et tes encouragements m'ont aidé plus que tu ne l'imagines. J'ai de la chance de t'avoir dans ma vie !
Merci à mes copines qui déchirent : Tonya, Brittainy, Stacey, Claire et Kelsie ; vous êtes géniales. C'est super d'avoir six autres auteures que je respecte et admire tant, et qui sont là pour m'écouter passer mes nerfs ou me faire rire. Je vous adore les filles !
Merci à tous les blogueurs qui ont parlé de mes histoires, ont fait passer le mot, et m'ont manifesté immense soutien. Vous êtes trop nombreux pour que je vous nomme (et j'aurais trop peur d'oublier quelqu'un), mais à tous ceux qui ont partagé les couvertures de mes livres, parlé de moi sur Facebook ou Twitter, ou encouragé vos fans à lire mes livres, vous assurez !
Merci à ma fantastique équipe de marketing de rue, Meredith's Maniacs ! J'ai de la chance de vous avoir. Votre soutien et votre enthousiasme me font tenir bon.
Enfin, merci à mes lecteurs ! Les mots me manquent pour vous dire ce que chacun d'entre vous représente pour moi. J'ai du mal à croire que je vis mon rêve. Et c'est grâce à vous !

Prologue

Maxx

Une seule fois, jurai-je en sentant l'aiguille me caresser la peau. Je grimaçai en alors que la pointe glissait sous la surface et rencontrait la veine qui l'attendait. La douleur de la piqûre m'étourdit. J'avais envie de vomir.

J'étais si impatient d'atteindre la libération que ma réticence face à la méthode choisie pour avoir ma dose en était presque comique.

Je n'en ai pas envie.

Si seulement c'était vrai. Dommage que l'envie et le besoin soient deux choses complètement différentes.

Évidemment que je n'en avais pas *envie*. Mais mon corps en avait *besoin*. Mes veines se mirent à brûler lorsque je déchargeai la drogue dans mon corps. Je me triturai les ongles en attendant de planer.

Jamais je n'étais allé aussi loin. J'étais toujours resté dangereusement près du bord, sans sauter le pas.

Mais c'était différent.

J'étais différent.

Et le besoin de noyer le chaos dans ma tête était plus fort que la peur de l'aiguille, qui pendait mollement entre mes doigts.

J'étais une putain d'épave. J'étais assis dans un box des chiottes publiques les plus sales que j'aie jamais vues, alors que j'aurais pu être dehors, à faire n'importe quoi d'autre.

Qu'est-ce qui tournait pas rond chez moi, bordel ?

Mon téléphone vibra dans ma poche, mais je ne pris pas la peine de regarder qui m'appelait. Je savais déjà que c'était elle.

Aubrey.

Je l'avais contactée dans un moment de stupidité. J'avais laissé mon obsession pour elle me contrôler. Et voilà qu'elle s'inquiétait.

Qu'elle cesse de s'inquiéter, putain !

Bon sang ! Voilà que je me sentais coupable. Parce que je devais me sentir coupable pour ce que je lui faisais subir.

Je plaquai mon poing sur mon cœur, prêt à ce que la douleur qui y avait élu domicile s'en aille. Je regardai l'heure à mon poignet. Cinq minutes.

Déjà cinq foutues minutes. J'avais l'impression que ça faisait cinq ans.

Je n'allais pas tarder à oublier tout ça.

Mon téléphone se remit à vibrer, et, cette fois, je le sortis de ma poche pour regarder l'écran. Le nom d'Aubrey éclaira l'obscurité.

Comme un phare.

Ou mon salut.

Avant de trop planer dans la béatitude pour que quoi que ce soit me touche, je sentis la peur m'envahir.

Une panique profonde que même une gifle ne parviendrait à effacer. Et tout cela pour elle.

Aubrey.

Avec les conséquences de mes choix égoïstes sur nous deux.

Dans cet éclair de lucidité, je priai Dieu de pouvoir faire marche arrière. Pour effacer ce moment où j'avais accordé plus d'importance au goût honteux de l'oubli qu'à la paix que je trouvais dans les bras d'Aubrey. Je voulais sucer le poison hors de mes veines et revenir aux minutes qui avaient précédé cet instant, où j'avais choisi de gâcher ma vie pour une chance d'atteindre le nirvana grâce à la drogue.

C'était elle, mon nirvana. Mon abri dans la tempête. Et ce que je ressentais pour elle était bien plus réel que tout ce que je pourrais connaître à la pointe d'une aiguille ou dans le goût crayeux des comprimés.

Mais c'était trop tard et, bientôt, tout cela n'importerait plus. Et, pour la première fois, je détestais ça. Je détestais l'idée de planer. Je détestais l'apaisement. Je *me* détestais.

Puis, enfin, mes membres se firent plus lourds. Mon cœur se mit à battre moins fort. Mon esprit qui, une seconde à peine auparavant, se demandait si je devais la laisser me sauver, s'embrouilla.

Pourquoi aurais-je besoin d'être sauvé alors que j'avais… ça ?

Mon téléphone vibra de nouveau et, dans un accès de colère, je le jetai contre la paroi des toilettes et regardai les morceaux tomber au sol avec une indifférence grandissante.

Mes paupières s'affaissèrent et mes genoux se dérobèrent. Je glissai le long du mur pour m'asseoir sur le sol taché de pisse tandis que les basses de la musique résonnant dans le club de l'autre côté de la porte faisaient vibrer l'air autour de moi.

Ma bouche pendait, ouverte, et je ne sentais que l'euphorie. Je tombai sur le côté et pressai ma joue contre la crasse, les morceaux de mon téléphone entaillant mon visage.

Culpabilité. Peur. Panique. Même l'amour… Tout avait disparu.

Je n'avais que… *ça*.

Et, pour l'instant, c'était suffisant.

1

Aubrey

— Voici les dates et les horaires du groupe de soutien pour toxicomanes du campus. Nous sommes en relation avec le centre local de traitement des toxicodépendances afin d'animer le programme de douze semaines. La licence de psychologie de l'Université de Longwood requiert cinquante heures de bénévolat au sein d'un programme certifié pour l'obtention de votre diplôme.

Le Pr Lowell me tendit la liste, que je pris en souriant.

Elle me rendit mon sourire. C'était une petite brune aux cheveux courts et aux yeux sérieux derrière ses lunettes à monture métallique. Le genre de personne qui allait droit au but, raison pour laquelle j'avais été naturellement attirée vers elle dès mes premiers jours à l'Université de Longwood. J'avais besoin de son inflexibilité pour contrebalancer la vrille de mes pensées.

— Aubrey, je sais que ça va être difficile pour vous, mais je trouve très courageux et très impressionnant que vous vous serviez de votre histoire pour aider les autres. Le groupe aura de la chance de vous avoir.

Le compliment me fit rougir, et je fourrai le papier dans mon sac. Les louanges m'avaient toujours mise mal à l'aise parce que j'étais convaincue que je ne les méritais pas.

— Merci, professeur Lowell. Je vais regarder les horaires et vérifier mon emploi du temps. Je vous dirai quels sont les jours où je peux y aller.

Je me levai et hissai mon sac sur mon épaule. Le Pr Lowell fit le tour de son bureau et me raccompagna à la porte.

— J'ai déjà prévenu Kristie que vous alliez la seconder. Je vous enverrai ses coordonnées par mail et vous pourrez communiquer directement avec elle, dit-elle en m'ouvrant la porte. Vous ne vous contenterez plus de vous asseoir avec le groupe pour écouter et prendre des notes. Vous serez une conseillère active et travaillerez avec Kristie pour préparer les séances. Elle veut que vous meniez certaines discussions. Vous pensez être prête ?

C'était une question compréhensible. J'avais beau avoir une excellente moyenne et travailler d'arrache-pied pour maintenir ma bourse à l'Université de Longwood, le Pr Lowell était l'une des seules personnes du campus à connaître mon passé sordide et déprimant.

Elle était aussi la seule à ne tolérer aucune excuse à cet égard. Et, pour cela, je l'appréciais plus qu'elle ne le saurait jamais. C'est pourquoi sa question, qui m'aurait énervée venant de quelqu'un d'autre, ne me dérangea pas le moins du monde.

— Je suis absolument prête, répondis-je avec toute l'assurance dont j'étais capable.

Peut-être que si le Pr Lowell me croyait, je pourrais y croire aussi ?

Elle m'adressa un sourire un peu pincé, et je fus presque sûre que cette petite femme était une sorte de voyante. Que, d'une manière ou d'une autre, elle lisait dans mes pensées et percevait parfaitement que ma confiance en moi battait de l'aile.

C'était une chose d'étudier les effets psychologiques de la toxicomanie. Je pouvais réciter mes manuels de A à Z. Je savais relier le point A au point B. Je pouvais lire les études de cas et prétendre que ces gens n'existaient pas.

Mais c'était tout autre chose de s'asseoir en cercle et d'écouter leurs histoires en personne, d'écouter des inconnus partager leur vie et raconter qu'ils ont failli tout perdre. Je savais que tout cela deviendrait très, très réel.

Et cette réalité était effrayante pour un esprit encore sous le choc d'un traumatisme vieux de trois ans.

— Bonne soirée, Aubrey, dit le Pr Lowell tandis que je descendais le couloir du bâtiment de psychologie.

Quand je sortis dans la cour, la nuit commençait déjà à tomber. L'air de janvier était froid, et la neige n'était pas loin.

Mon téléphone bipa dans ma poche arrière, d'où je le sortis pour y trouver un SMS de ma colocataire, Renée Alston. Le message succinct sur l'écran me noua désagréablement l'estomac.

« Je sors. À demain. »

J'hésitai à lui répondre pour exiger des détails. Autrefois, Renée avait été la plus marrante des nanas. Elle était la première à mettre la musique à fond et à se bourrer la gueule.

Elle était mon contraire de toutes les façons possibles. La dingue au cœur d'or. L'extravertie qui mettait l'ambiance. La bombe qui avait tous les mecs à ses pieds. Exploitant ses longs cheveux roux et ses courbes canons, elle était la reine des soirées et profitait de chaque instant.

Mais c'était avant que Devon Keeton entre en scène.

Je serrai le téléphone dans mon poing et me forçai à le remettre dans ma poche. Répondre au message ne ferait qu'éloigner davantage l'ombre qui portait les vêtements de ma meilleure amie.

À une époque, notre amitié m'avait aidée sur le chemin de la guérison, apaisant les tourbillons hargneux de ma psyché blessée. Je m'étais ouverte à Renée comme j'avais cru ne jamais pouvoir le refaire.

La sensation de perdre ce lien sur lequel je comptais me rendait donc nerveuse et parfois amère.

M'énervait, aussi, et pas qu'un peu.

Le campus était étonnamment animé pour un vendredi soir. D'ordinaire, c'était une ville fantôme dès 16 heures. Il n'était pas très grand, et la plupart des activités du week-end avaient lieu loin des pelouses impeccables et des bâtiments en brique immaculés.

Je fourrai mes mains plus au fond de mes poches et rentrai la tête dans les épaules à cause du froid. J'avais des projets excitants et scandaleux pour le week-end, à savoir ressortir mes pulls d'hiver et les ranger par matières et couleurs. Tous aux abris, Aubrey Duncan fait le ménage !

Je remarquai un groupe de jeunes rassemblés devant le mur de brique qui marquait la limite nord due l'université. Les étudiants, qui pointaient le mur du doigt, semblaient clairement excités par ce qui retenait leur attention.

Ma curiosité l'emporta. Je me joignis à la foule et m'y frayai un chemin. Ce que je vis me laissa perplexe – enfin, c'était surtout la réaction que cela provoquait qui me surprenait.

Je penchai la tête pour essayer de comprendre l'image très détaillée qui avait été peinte sur la brique. Une main gigantesque tenait une poignée de silhouettes censées représenter des hommes. Certains criaient, d'autres semblaient rire, tandis que d'autres encore tombaient au sol, masse informe de membres battant l'air, échappant aux divins doigts rapaces. L'image avait été peinte dans des tons rouge et orange vifs, et les personnages cernés par d'épaisses bandes noires.

Sous l'image était inscrit en grand le mot *Compulsion*, suivi d'une série de chiffres.

C'était incontestablement impressionnant, pour un graffiti. Seulement, je ne comprenais pas pourquoi les gens le fixaient des yeux comme s'il renfermait le sens de notre foutu monde.

Je me tournai vers les deux filles à côté de moi. Elles murmuraient, tout excitées, pointant sans cesse la peinture du doigt.

— Je ne comprends pas, déclarai-je en haussant un sourcil.

La fille la plus proche eut l'air choqué.

— C'est une œuvre de X, répondit-elle comme si ça allait tout expliquer.

— X ? répétai-je, perplexe.

J'avais l'impression d'avoir loupé une leçon majeure sur la pertinence de la culture universitaire. Vu la façon dont les deux filles me regardaient, j'aurais tout aussi bien pu avoir le mot « Ratée » tatoué sur le front. *Regardez-moi ! Je suis la ratée qui ne sait pas apprécier la peinture étalée sur un mur !*

— Euh... ouais, dit l'autre fille, articulant de manière exagérée, comme si elle parlait à une débile.

C'était manifestement moi, la débile.

— Il fait ces dessins pour que tout le monde les trouve. Tu sais, pour aider les gens à savoir où sera *Compulsion* pendant le week-end. Ça se voit que c'est lui. Regarde la ligne de petits X le long du dos de la main, répondit la fille numéro un, avec juste ce qu'il fallait de dédain pour me donner envie de la gifler.

Pourtant, une fois encore, ma curiosité prit le dessus, et je fermai les yeux sur son attitude de garce.

— C'est quoi, Compulsion ? demandai-je en optant à mon tour pour un ton dédaigneux.

— Tu plaisantes ? Tu vis dans une grotte depuis dix ans ou quoi ? lança un mec derrière moi.

Garce Un et Garce Deux ricanèrent, et je leur lançai un regard censé leur clouer le bec, mais qui ne servit qu'à leur faire lever les yeux au ciel.

Je regardai par-dessus mon épaule et testai mon regard qui tue sur ce nouveau détracteur. Le mec eut le bon sens de reculer d'un pas et d'effacer son sourire méprisant.

— Euh... c'est juste que *Compulsion* est la plus grosse boîte de nuit clandestine de l'État. Trouver l'emplacement dans un dessin fait partie du mystère. C'est, genre, une légende urbaine, mais en vrai.

Je me tournai de nouveau vers le dessin, ne comprenant clairement pas ce que j'étais censée voir. J'aurais aimé partager l'enthousiasme des autres. Leur excitation était tangible.

Les filles sortirent leurs téléphones portables et entrèrent les chiffres dans leurs GPS. Des cris de joie retentissaient au fur et à mesure que les étudiants découvraient l'emplacement hyper mystérieux.

D'ordinaire, je me souciais bien peu de tout ce que j'avais loupé en me concentrant sur mon unique objectif : devenir Aubrey Duncan la super étudiante.

Cela dit, dans l'immédiat, au milieu de ces gens aux vies manifestement bien plus excitantes que la mienne, j'eus l'impression d'avoir oublié certaines étapes essentielles dans ma vie d'étudiante, censée être peuplée de nouvelles expériences.

Pouah ! Cela faisait trop de réflexions pour un vendredi soir. Des rediffusions de *Judge Judy* m'attendaient sur mon TiVo.

— Bonne chance, dis-je au groupe si peu amical avant de m'extirper de la foule en jouant des coudes.

Je quittai le campus et parcourus les deux rues qui me séparaient de mon appartement vide. La solitude qui m'y accueillit était plus intense que jamais.

Et, pour la première fois depuis des années, cela m'horripila.

2

Aubrey

Généralement, organiser, classifier et ranger les choses à leur place suffisait pour m'évader. Oubliez les régulateurs de l'humeur. Si j'étais déprimée, tout ce qu'il me fallait, c'était un chiffon et soixante minutes pour astiquer. Bien sûr, ma chambre semblait sortir tout droit de chez TOC Mania, mais c'était ce semblant de contrôle qui me permettait de tenir le coup.

À l'époque où nous pouvions parler davantage que pour nous demander si c'était un temps à sortir en tee-shirt ou en pull, Renée me taquinait à propos de mes chaussures toujours parfaitement alignées. Elle raillait mon besoin presque obsessionnel que tout soit tout à fait symétrique sur mon bureau. Mes stylos et surligneurs, chaque catégorie en nombre exact, étaient impeccablement disposés dans mon mug vert de l'université. Mon ordinateur portable était placé exactement au milieu entre ma calculatrice graphique Texas Instruments et mon agenda en cuir.

D'accord, peut-être que mon obsession du rangement et de la propreté allait un peu loin. Mais j'aimais savoir où étaient les choses. J'aimais savoir à quoi m'attendre quand je rentrais dans ma chambre. Les surprises, ça craignait. Être prise de court, que ce soit de manière positive ou négative, me rendait nerveuse, et pas besoin d'avoir un doctorat pour savoir pourquoi.

Une trop grande partie de mon passé avait été dictée par des choses qui m'échappaient. Un minuscule coup du sort, et j'avais été catapultée dans un vide effrayant dont j'essayais encore de m'extirper.

Mais s'il y avait bien une chose pour laquelle Aubrey Duncan était douée, c'était pour survivre. Quoi qu'il m'en coûte, je mettais un pied devant l'autre et j'avançais. Je n'avais pas d'autre choix.

— Il faut vraiment que tu prennes l'habitude de fermer ta porte à clé. Et si j'étais un cambrioleur venu pour tous tes DVD de *90210 Beverly Hills* ? s'exclama une voix, me faisant sursauter alors que je tentais d'enlever les moutons de poussière de sous mon lit.

Je sortis de là en rampant sur le ventre et levai les yeux vers le beau brun debout dans l'encadrement de la porte.

— Ils sont sous clé, Brooks, tu le sais bien, répondis-je en me passant une main sale sur le front.

Je devais avoir l'air de sortir d'un fossé. Heureusement pour moi, je ne ressentais pas le besoin d'impressionner Brooks Hamlin.

— Putain, t'es encore en train de ranger ta chambre ? Aubrey, ça frise la pathologie !

Brooks secoua la tête, ses yeux verts pétillant d'un éclat amusé. Je me levai et lui adressai un sourire suffisant.

— Est-ce ton diagnostic professionnel ? demandai-je en m'essuyant les mains sur sa chemise parfaitement repassée.

Brooks fit la grimace et me repoussa, taquin.

Nous suivions tous les deux la formation pour devenir conseillers, même si Brooks avait un an de plus que moi et devait obtenir son diplôme dans quelques mois. Quand nous avions fait connaissance, j'avais commis l'erreur de coucher avec lui. Plus d'une fois.

Brooks était mignon, intelligent, et avait tout ce que j'aurais dû rechercher chez un homme. Il remplissait tous les critères. Nous avions commencé à nous fréquenter deux ans auparavant, après avoir assisté au même cours de psychopathologie. J'étais la petite nouvelle, impressionnée et paniquée. Il était l'élève de deuxième année suave et plus confiant. Mais notre liaison avait surtout été le résultat de mon besoin pathétique de créer des liens. Et j'étais convaincue qu'écarter les cuisses était la solution parfaite à mon isolement émotionnel. Je me sentais seule.

Nous étions passés d'un rendez-vous par-ci par-là à de la baise fréquente. Puis les sentiments s'en étaient mêlés. Les sentiments de Brooks, plus précisément, et tout s'était compliqué. J'appréciais Brooks, vraiment, mais mon cœur n'était pas aussi impliqué que le sien. Ce n'était pas qu'avec lui. Mon cœur n'était jamais impliqué… avec personne. C'était comme si cet organe était constamment détaché du reste de mon corps.

J'avais donc mis fin à notre relation avec autant de douceur que possible. Brooks ne l'avait pas bien pris, merci l'ego masculin. Par la suite, étonnamment, nous étions devenus des amis proches. Je le surprenais encore en train de mater mes seins plus souvent que je ne l'aurais voulu, mais je choisissais de l'ignorer.

Brooks me tendit un sac en papier. Je regardai à l'intérieur et souris.

— Bon sang! Brooks, tu veux me soûler? plaisantai-je en sortant dans le couloir, fermant la porte de ma chambre derrière moi.

Il éclata de rire.

— Non, je me suis juste dit que t'aurais besoin d'une pause dans ta folle soirée de rangement de boîtes de conserves par ordre alphabétique.

Je sortis deux verres du placard et j'ouvris la bouteille de vodka. Brooks trouva une brique de jus d'orange dans le réfrigérateur et la posa sur le plan de travail. Je préparai nos boissons tandis qu'il versait le contenu d'un paquet de chips dans un bol.

— Je ne suis pas encore allée jusque-là, admis-je en suivant mon ami dans le salon.

C'était petit, mais douillet. La pièce était meublée d'une causeuse si usée qu'elle en était devenue moche, ainsi que d'un fauteuil et d'une table basse ronde. Il y avait juste assez de place pour se faufiler entre les meubles jusqu'à la cuisine sans se cogner les genoux.

Bien sûr, le canapé sentait les chaussettes sales et la table avait des pieds dépareillés, mais j'affectionnais chaque élément. Renée disait que notre déco était d'un « chic de charité ». Mais je l'aimais parce qu'elle était à moi. Rien qu'à moi.

— Renée est de sortie ? demanda Brooks en se mettant à l'aise dans le fauteuil avant de prendre son verre.

Je repliai mes jambes sous mes fesses sur le canapé et sirotai mon cocktail.

— Bah, elle se cache pas dans le placard, plaisantai-je.

Je fis la grimace en sentant l'alcool sous ma langue. Beaucoup trop de vodka, pas assez de jus d'orange. Merde ! Si je ne faisais pas attention, je serais par terre au bout de trois gorgées.

— Elle est avec Super Crétin ? demanda Brooks, me faisant pouffer.

— Où pourrait-elle être d'autre ? répondis-je, consciente de mon ton contrarié.

— Il a quoi, ce gars ? Ça a l'air d'être le genre de mec à arracher les ailes des papillons pour s'amuser. Qu'est-ce qu'elle lui trouve ? demanda Brooks entre deux bouchées de chips aux oignons.

Ça, c'était la question du siècle, même si, en y réfléchissant bien, je comprenais plus ou moins ce qu'il s'était passé. Quand Renée avait commencé à sortir avec Devon, j'avais été moi-même séduite par sa beauté simple et son charme du Sud, même si j'avais trouvé qu'il en rajoutait. Son accent texan était tel du beurre fondu dans sa bouche. Il misait tout sur son attitude faussement candide. Ça avait semblé plutôt sexy à l'époque, et on pouvait trouver ses cheveux roux indisciplinés et ses yeux bruns attirants.

Comme on dit, les apparences peuvent être trompeuses. Et j'avais bel et bien été trompée.

— C'est peut-être l'amour, répondis-je avec une bonne dose de sarcasme, avant de reprendre une gorgée de vodka-orange en grimaçant. Beurk ! C'est dégueu, dis-je en posant mon verre sur la table.

Brooks secoua la tête et versa le contenu de mon verre dans le sien.

— L'amour, mon cul ! Il la mène à la baguette, la baguette étant sa bite, lança-t-il.

L'expression choisie me fit grimacer.

— Je n'ai aucune envie de penser à Devon ou à sa bite. Beurk ! fis-je en frissonnant.

Brooks prit la télécommande et zappa jusqu'à tomber sur une course de la NASCAR.

— Tu te pointes chez moi avec de l'alcool de merde, et maintenant tu veux que je me tape des voitures qui tournent en rond pendant des heures ? Tu plaisantes, là ! annonçai-je.

Brooks la jeta dans ma direction.

— D'accord, mais je mets mon véto sur la rediff de *Deuce Bigalow* qui passe en ce moment même, me prévint-il.

— Tu n'apprécies pas Rob Schneider à sa juste valeur, protestai-je en faisant la moue.

— Je trouve simplement très dérangeant que tu connaisses tous les dialogues par cœur, répliqua Brooks.

Marmonnant à mi-voix, je finis par mettre une émission de cuisine présentée par un Anglais excessivement énervé. Brooks décréta que nous n'avions le droit de parler qu'avec un horrible accent anglais, me forçant à lui faire ma très mauvaise imitation de Judi Dench.

Je commençais à apprécier ma soirée lorsque mon téléphone sonna. Je l'attrapai et regardai le numéro, que je ne connaissais pas.

— Allô ? répondis-je.

Le bruit à l'autre bout de la ligne était assourdissant.

— Allô ? répétai-je.

— Aubrey ! cria quelqu'un dans le téléphone.

Je me tournai vers Brooks, interrogateur.

— Oui, qui est-ce ? Je ne vous entends pas.

— C'est Renée. Il faut que tu viennes me chercher.

Elle parlait d'une voix tremblante, et je l'entendais à peine avec tout ce vacarme.

— Où es-tu ? Que se passe-t-il ? demandai-je.

— Il faut que tu viennes me chercher tout de suite ! S'il te plaît ! supplia-t-elle.

Elle était paniquée, je le sentais.

— Où est Devon ? demandai-je pour essayer de comprendre ce qu'il se passait.

— Je t'en prie, Aubrey. Devon m'a laissée ici, et je ne connais personne.

Elle était au bord de l'hystérie.

— D'accord, d'accord. Dis-moi où tu es, lui ordonnai-je avec mon calme breveté Aubrey Duncan.

— Je suis à *Compulsion*. Tu sais, la boîte ? cria-t-elle.

Je retins un grognement d'exaspération.

— Oui, ça va, je sais ce que c'est, répondis-je sans préciser que je ne connaissais l'existence de *Compulsion* que depuis quelques heures.

— C'est dans un entrepôt près du fleuve. Je ne connais pas l'adresse exacte, et il faisait noir quand on est arrivés. Je t'en prie, viens me chercher, m'implora-t-elle, et j'entendis qu'elle pleurait.

— D'accord, je suis en chemin. Je peux t'appeler sur ce numéro au besoin ? Où est ton téléphone ? m'enquis-je, déjà debout, mes clés à la main.

— Non, c'est un mec qui m'a prêté son téléphone. Je ne le connais pas ni rien. Je t'attends à l'intérieur. Dépêche-toi.

Et elle raccrocha.

— Putain, Renée ! grommelai-je, frustrée.

Brooks me suivit jusqu'à la porte.

— Je viens avec toi, dit-il en m'attrapant par le bras.

Je le repoussai.

— Non, tu restes ici, commençai-je, mais il me coupa la parole.

— Pas question, Aubrey. *Compulsion*, c'est hardcore. Tu ne survivrais pas dix minutes ! Autant que je te colle un panneau avec les mots « viande fraîche » sur le cul. Non, je te laisse pas y aller toute seule. Pourquoi Renée est là-bas ?

— Je doute que ce soit son idée. C'est du Devon Je-suis-un-enculé Keeton tout craché. Bon sang, il l'a laissée seule là-bas, Brooks ! Quel abruti !

J'étais furax. C'était plus facile d'être en colère que d'admettre que j'étais morte de trouille. Un seul coup de téléphone était capable de faire remonter à la surface un souvenir que j'avais enfoui loin dans ma mémoire.

Mon esprit menaçait de me faire revivre cette nuit-là. L'appel affolé en pleine nuit. La peur qui vous prenait aux tripes. Le moment où toute ma vie avait changé.

Seulement, j'avais retenu la leçon et, ce coup-là, je n'ignorerais pas la personne qui avait besoin de moi.

Une fois dans la voiture, Brooks fit une remarque évidente.

— Tu sais où c'est, au moins ? demanda-t-il, et le ridicule de la situation manqua de me faire m'esclaffer.

Je me mis d'ailleurs à rire comme une forcenée. C'était tellement absurde ! Je me lançais à la rescousse de Renée pour la sauver de ses choix merdiques, alors que je ne savais même pas où j'allais.

— Pas vraiment, admis-je une fois calmée.

— OK, souffla Brooks.

Il me lança ce regard disant « tu es cinglée ». J'espérais pour eux que ses futurs patients échapperaient à cette expression. Elle ferait douter n'importe qui de sa santé mentale.

— Elle a dit que c'était près du fleuve, dans un entrepôt. Mais comme je ne savais même pas que *Compulsion* existait il y a quelques heures, je suis complètement inutile, là, dis-je sans prendre la peine de dissimuler mon irritation.

— Hmm, ça doit être sur 3e Rue, songea Brooks à haute voix.

Je le regardai, surprise.

— Je ne savais pas que tu connaissais les quartiers super craignos de la ville. Je me demande vraiment ce que tu fais de ton temps libre, maintenant, fis-je sèchement remarquer.

Brooks leva les yeux au ciel.

— Je ne suis pas allergique à la vie sociale, contrairement à toi, se contenta-t-il de répondre.

Y avait-il certaines choses que j'ignorais à propos de mon ami ?

Plus nous nous enfoncions dans les rues, plus il devenait évident que nous n'étions plus au Kansas. C'était un quartier mal famé. Un quartier du style rentre-chez-toi-ou-tu-vas-te-faire-planter. L'Université de Longwood n'était qu'à dix pâtés de maisons, mais elle aurait tout aussi bien pu se trouver sur une autre planète.

Les rues étaient bordées de constructions délabrées. Les voitures reposaient sur des parpaings, et la majorité des lampadaires était cramée. Des adolescents traînaient aux intersections, et les ombres semblaient dissimuler toutes sortes de choses dégoûtantes que je n'avais aucune envie d'examiner de plus près. J'avais la nausée à chaque virage.

Je me garai sur un parking et coupai le moteur. Brooks ouvrit sa portière et sortit, mais je restai assise à regarder par la fenêtre, hésitant à quitter la chaleur et la sécurité que m'offrait ma voiture. Merde, on allait se faire tirer dessus. Je le savais ! Pourquoi n'avais-je pas apporté la bombe anti-agression toute neuve posée sur ma commode ? Idiote !

Quand je mettrais la main sur Renée, je ne manquerais pas de la passer autour de son cou maigre et de serrer. Très, très fort.

Brooks se pencha et passa la tête par sa portière encore ouverte.

— Tu viens ou pas ? demanda-t-il, l'air amusé.

Je lui fis un doigt d'honneur mais, très lentement, je finis par le rejoindre. Je tirai mon bonnet en laine sur mes cheveux et fourrai mes mains dans mes poches pour parer le froid.

— On va me voler ma voiture, je le sens. Je vais tuer Renée et son connard de mec ! murmurai-je sèchement.

Je jetai un coup d'œil à l'entrepôt abandonné et aux bâtiments en ruines. Une bande de voyous descendait le trottoir, et j'envisageai de sauter dans ma voiture pour rentrer, laissant Renée seule avec ses mauvaises décisions.

Mais ma loyauté et mon foutu sens de l'amitié se mirent en travers du chemin de mes instincts de survie.

— Alors, tu sais où c'est ? demandai-je à Brooks en enfouissant le menton dans le col de mon manteau, frissonnante.

Il haussa les épaules et montra la rue qui descendait vers l'eau.

— Je dirais qu'il faut aller par là. Renée a dit que c'était à côté du fleuve, non ? expliqua-t-il.

Je me contentai de hocher la tête. Pas besoin de faire remarquer l'évidence, à savoir que vagabonder sans but dans Meurtreville ne semblait pas être le plan d'action le plus malin.

Nous marchions vite, en direction de l'eau. La puanteur des poissons morts et des eaux usées me fit froncer le nez. Des ordures et des trucs dégueu indescriptibles jonchaient le sol, et je m'efforçai de retenir mes haut-le-cœur.

— Tu entends ça ? demanda Brooks, brisant le silence inquiétant.

— Quoi ? marmonnai-je entre deux claquements de dents.

Punaise, je me les caillais !

Brooks m'attrapa par la main, me tirant dans la rue.

— De la musique. C'est par là, annonça-t-il, visiblement plus excité que moi par ce cache-cache tordu. Nous y sommes ! s'écria-t-il.

Les basses, si puissantes qu'elles me remuaient les entrailles, nous servirent de guide, et nous traversâmes la rue pour rejoindre une file qui faisait le tour d'un vieil entrepôt. *Compulsion* était visiblement l'événement à ne pas rater.

— Tu sais, cette boîte est une vraie légende. Elle existe depuis les années 1990 et change d'emplacement toutes les semaines. J'ai discuté avec des gens qui y sont allés, sans jamais avoir les couilles de venir. Mais j'en ai toujours eu envie, me confia Brooks à voix basse pour que personne ne l'entende autour de nous.

Tout ce que je savais des boîtes de nuit clandestines, je le tenais des infos et de quelques émissions pourries de téléréalité. Et tout semblait dramatisé, de la vente de drogues aux junkies faisant une overdose dans les toilettes, en passant par ceux qui se faisaient tabasser dehors. Pourtant, ces histoires avaient beau sembler insolites, je savais qu'elles pouvaient être réelles. Je n'étais pas stupide ou naïve, loin de là. J'étais plus que consciente des dessous sombres et effrayants de la vie. Mais rechercher ce genre de frisson malsain n'était pas mon truc. Je ne m'amusais pas à vivre ma vie sur le fil du rasoir.

Qu'on me donne une tasse de thé chai et de nouveaux épisodes de *Vampire Diaries*, et j'étais une fille heureuse.

Toutefois, alors que nous faisions la queue, je me surpris à comprendre l'attrait qu'on pouvait trouver à cette vie. Il était difficile de nier ce sentiment d'anticipation grisant qui planait dans l'air tandis que nous attendions de pouvoir entrer. Nous étions tous transportés par une étrange énergie, comme attendant de pénétrer au paradis. Ou au purgatoire.

J'observai les gens devant nous, ce groupe de filles qui ne devaient pas avoir plus de seize ans. Même moi, je savais qu'il fallait avoir au moins dix-huit ans pour entrer, mais elles semblaient bien trop jeunes pour être là. Elles gloussaient et sautillaient sur place. Une fille aida son amie à mettre une épaisse couche de rouge à lèvres noir tandis que les autres ajustaient leurs fringues gothiques.

Elles me faisaient un peu penser à Jayme. Ma petite sœur avait toujours été la première à foncer tête baissée dans des situations où elle n'avait pas sa place. Ces filles n'étaient pas beaucoup plus âgées que Jayme à l'époque.

Je secouai la tête pour vite me sortir de ce fil de pensée et regardai Brooks, debout à côté de moi. Il semblait se repaître de l'excitation de la foule. Je lui serrai le bras.

— Tu sais qu'on est là seulement pour récupérer Renée et partir, hein ? Je n'essaie pas de faire la fête ou quoi que ce soit, lui dis-je pour m'assurer que nous étions d'accord.

Brooks hocha la tête.

— Ouais, non, c'est bon. C'est juste que j'ai toujours voulu voir cet endroit. C'est plutôt génial, non ? répondit-il avec enthousiasme, tout sourires.

Euh… «Génial» n'était pas… du tout le mot que j'aurais employé.

Je ne pris pas la peine de répondre et j'attendis patiemment. Nous avancions doucement vers l'entrée. Une fois devant la porte, je sus instantanément que nos chances d'être autorisés à entrer étaient quasi nulles. J'avais vu des gens se faire refouler et d'autres être admis. J'avais essayé de comprendre comment les videurs, des mecs flippants au look de motards, déterminaient à qui autoriser l'accès et à qui le refuser. Mais, dès que nous fûmes devant les portiers, qui nous regardèrent de haut en bas d'un air méprisant, je compris vite.

Brooks et moi sortions du lot comme deux vierges à une orgie. Inutile d'être un génie pour voir que nous étions bien loin de notre zone de confort.

— Dégagez de là, lança le videur en daignant à peine nous accorder un autre regard.

Son crâne, rasé de près, était couvert d'une sorte de tatouage élaboré, et il avait un écarteur de deux centimètres de diamètre à chaque oreille. Il arborait également un gros clou dans l'arête du nez. Son bouc était taillé en pointe et teint en rouge vif. Un autre clou pointait sous sa lèvre. Ce mec était vraiment décalé, et mon jean, ma veste à manches longues en coton, ainsi que le blazer boutonné de Brooks montraient très clairement que nous n'étions vraiment pas à notre place ici.

— Attendez une seconde, s'il vous plaît. On vient seulement chercher une amie. Elle est à l'intérieur, dis-je, agitée, en essayant bêtement de forcer le passage.

Bon sang! Qu'est-ce que j'allais faire?

L'effrayant motard me repoussa et me jeta un regard noir.

— J'ai dit…, commença-t-il en se penchant vers moi jusqu'à n'être qu'à quelques centimètres de mon visage. Dégagez d'ici.

Il grogna littéralement, et je dus rassembler toutes mes forces pour ne pas me sentir intimidée par le poids de son regard.

— Allez, mec, on paiera l'entrée. Le double, même, si tu veux. On en a pour une minute. On a seulement besoin de trouver notre amie. Elle nous a appelés, elle a besoin qu'on la ramène, tenta de raisonner Brooks.

Mais le videur se fichait visiblement de savoir si nous étions venus chercher la reine d'Angleterre. Nous n'allions pas entrer dans le club.

Derrière nous, les gens s'agitaient, ils commençaient à en avoir marre d'attendre.

— Vous l'avez entendu, dégagez ! dit un mec rachitique.

Il portait exclusivement du cuir, et on aurait dit un évadé d'une boîte SM qui aurait mal tourné.

Je pinçai les lèvres. Je commençais à perdre mon sang-froid. Je me préparai à me battre si nécessaire, parce qu'il était hors de question que je parte sans Renée.

Brooks devait avoir reconnu la férocité dans mes yeux, parce qu'il posa une main sur mon épaule et serra fort pour tenter d'attirer mon attention. Je le repoussai et lançai au videur mon regard le plus dur.

— Écoute, mon pote, je vais passer cette porte, et tu ne vas pas m'arrêter, déclarai-je, l'air plus assuré que je ne l'étais en réalité.

En vérité, je tremblais dans mes Converse. Cela ne gênait pas le videur que je sois une fille, il allait me contraindre physiquement à partir.

— Laisse-la entrer, Randy, trancha une voix depuis l'obscurité, juste derrière la porte.

Randy eut soudain l'air confus. Il regarda derrière lui et se mit à rougir.

Je plissai les yeux, scrutant les ténèbres, tentant d'apercevoir mon sauveur. Mais je ne distinguai que la vague silhouette d'un homme.

Je pris Brooks par la main et j'attendis de voir si cet homme anonyme avait assez d'influence pour nous faire entrer tous les deux. Après quelques secondes, le videur se retourna vers moi et prit mon argent. Il me tamponna la main et me fit signe d'entrer sans un mot.

Je me retournai pour attendre Brooks. Randy le bloqua de son bras baraqué.

— Non, non. Elle peut passer. Toi, tu attends ici, déclara-t-il d'un ton ferme.

— Elle n'entre pas toute seule, protesta Brooks en voulant repousser le bras du videur, qui aurait tout aussi bien pu être en pierre.

— Si tu ne dégages pas de la file, je vais te faire bouger. Compris ? demanda Randy à voix basse, ses mots trahissant une violence à peine retenue.

— Ça ira, Brooks. Attends-moi ici, d'accord ? le rassurai-je, espérant qu'il n'insisterait pas davantage.

J'aimais voir les dents de Brooks *dans* sa bouche.

Mon ami fronça les sourcils. Il n'était pas content. D'ailleurs, je ne l'avais jamais vu aussi contrarié. Je regardai l'entrée sombre de la boîte de nuit par-dessus mon épaule. Les basses palpitantes de la musique résonnaient dans mon crâne.

L'idée d'entrer là-dedans toute seule ne m'enchantait pas particulièrement, mais ce n'était pas la peine que Brooks perde un bras pour venir avec moi.

— Tout ira bien. Renée m'a dit qu'elle m'attendrait à l'intérieur, raisonnai-je.

Brooks secoua la tête, et Randy, qui en avait visiblement assez, le poussa brusquement sur le côté. Manifestement, la décision avait été prise pour moi.

— Je reste là. Je te donne quinze minutes, Aubrey, et je viens te chercher, menaça Brooks.

Je tirai nerveusement sur les manches de ma veste et me frayai lentement un chemin. Je cherchai le mec qui m'avait permis d'entrer, mais mes yeux parvenaient à peine à faire la mise au point avec cette lumière atroce.

Celui qui m'avait évité un coup de pied au cul était introuvable.

Je retirai mon bonnet et le fourrai dans ma poche, hésitant à bouger. Puis, comme si j'étais tirée en avant par une corde invisible, mes pieds se mirent à avancer, l'un devant l'autre, jusqu'à ce que je sois dans les flammes de l'enfer.

Du moins, c'était visiblement le thème recherché. Des lumières rouges traversaient la pièce, jetant des ombres inquiétantes. Des fils barbelés recouvraient les fenêtres, me donnant l'impression d'être prise au piège.

Mais ce fut l'énergie qui se saisit de moi et menaça de m'avaler tout entière. La musique sortait d'enceintes gigantesques suspendues au plafond et le sol était un amas de corps ondulants entraînés par le rythme. L'atmosphère de la pièce était plus que simplement frénétique. Il se passait quelque chose que j'aurais été incapable de décrire.

Il faisait chaud, et il y avait dans l'air une odeur sucrée que je ne parvenais pas à identifier. Mon cœur se mit à cogner dans ma poitrine, et mes mains tressaillirent. Jamais je n'avais vu un tel abandon auparavant. La musique semblait tenir tout et tout le monde dans son piège, les danseurs étaient impuissants face à elle.

J'avais beau essayer de résister, j'étais fascinée par la scène qui se déroulait sous mes yeux. *Compulsion* me terrifiait. C'était écrasant et quasi psychotique. Mais j'étais captivée au point de remettre ma propre santé mentale en question.

Parce que, soudain, je voulais tout ça.

Je le désirais.

Je mourais d'envie de me perdre dans l'oubli.

Voilà ce que promettait cet endroit. Une anarchie douce et totale. Et ce serait si facile de céder le contrôle au monde effrayant et enivrant qui s'offrait à moi.

Le « boum, boum, boum » de la musique tambourinait dans ma poitrine. Je sentais la vibration des enceintes bourdonner dans mes oreilles. L'obscurité était à la fois étouffante et étrangement réconfortante.

Je fermai les yeux et me mis à me balancer sur mes pieds.

Puis l'instant prit fin. Des jeunes me bousculèrent, m'arrachant à mon moment de perte.

Que m'arrivait-il ? J'étais ici pour trouver Renée, pas pour jouer à la fêtarde irresponsable.

La grande salle ouverte grouillait de monde, et il m'était impossible de traverser la foule. Je regardai autour de moi, sur la pointe des pieds, pour tenter de localiser mon amie. Je me frayai un chemin jusqu'au mur du fond à coups de coudes.

Je trébuchai sur quelque chose. Je lançai mes mains en avant alors que je tombais la tête la première sur le sol. Mes genoux heurtèrent le sol en béton. Et je restai figée, un peu interloquée par le mépris de tous pour la fille pathétiquement vautrée à leurs pieds.

Personne ne proposa de m'aider à me relever. Ils se contentaient de me contourner ou, dans certains cas, de m'enjamber. Je voulus me remettre debout, mais ma cheville se tordit. Je retombai à terre, et j'eus soudain envie de pleurer.

Quelqu'un me renversa sa bière dans le dos, et on me rentrait dedans. Merde ! J'allais mourir piétinée. Une vague de panique déferla en moi, éclipsant la colère que je ressentais envers mon imprévisible colocataire.

Soudain, deux mains m'attrapèrent sous les bras et me hissèrent. Je grognai en sentant ma cheville me faire mal quand je voulus retrouver mon équilibre. Une main se posa dans mon dos, entre mes omoplates, et me poussa en avant.

— Ça va ? murmura une voix masculine à mon oreille.

Je voulus me retourner pour voir qui me guidait dans la foule, mais il faisait si noir que je ne distinguais rien.

Je hochai la tête, même si c'était faux. Ça n'allait pas.

Je sentais la chaleur de sa main à travers mon tee-shirt, me brûlant la peau. Il était tout contre moi tandis que nous avancions, son torse effleurant mon dos. C'était intime, gênant, et, si j'avais pu, je me serais enfuie loin, très loin.

— Respire. Ça va aller, m'apaisa la voix, trouvant les mots que j'avais besoin d'entendre.

Je me surpris à obtempérer machinalement. Cette voix soufflant à mes oreilles dans le noir avait sur moi une emprise à laquelle il était difficile de résister.

La main posée dans mon dos se mit à décrire des cercles réconfortants et, malgré mon inquiétude, je commençai à me détendre. Comme si le type m'injectait du Valium du bout des doigts. C'était Club Man, capable de calmer les nanas paniquées avec le seul pouvoir de sa voix et de ses mains ! J'essayai de me retourner pour le regarder, mais je ne voyais toujours qu'une vague silhouette.

— « Je te vois mieux – dans la nuit – nul besoin de lumière », murmura-t-il, son souffle balayant mes cheveux sur ma tempe.

Cet homme mystérieux citait Emily Dickinson ? Pourquoi ? Étais-je tombée dans le terrier du lapin blanc sans m'en apercevoir ?

D'un seul coup, mon sang-froid éclata comme une bulle de savon, et la réalité de l'endroit où je me trouvais pesa sur ma poitrine comme un poids de cent tonnes.

J'étais dans un club clandestin à la recherche de mon amie. Voilà sur quoi je devais me concentrer.

Je ne connaissais pas ce type et ne devrais pas baisser la garde dans un endroit pareil. Qu'est-ce qui n'allait pas chez moi ?

Je tentai d'avancer plus vite. J'aurais fait n'importe quoi pour distancer le potentiel tueur en série derrière moi. Mais le mur de danseurs me compliquait la tâche. La main dans mon dos glissa sur ma nuque, et ses doigts se mirent à jouer avec mes cheveux.

Mon cœur battait à tout rompre, j'étais morte de trouille. J'imaginais déjà les gros titres : « Une jeune femme assassinée alors qu'elle essayait de retrouver son égoïste de colocataire ».

Puis la main quitta ma nuque et me poussa vers le bar. Je pouvais à peine respirer. J'étais au bord de la crise de panique.

— Ton amie est là-bas, dit le doux murmure.

Hein ?

Je tendis le cou et faillis m'évanouir de soulagement en repérant Renée perchée sur un tabouret, tremblante et visiblement mal à l'aise, regardant nerveusement autour d'elle.

— Merci, dis-je d'une voix forte.

Il y avait enfin assez de lumière pour que je voie celui qui m'avait aidée. Il était grand, avec des épaules larges, et une casquette de baseball enfoncée sur son front dissimulait son visage. Dans la lumière rouge, je ne discernai aucun détail, rien qui me permette de l'identifier. Et c'était plus troublant que tout ce que j'avais vu dans cette boîte.

La maîtrise inexplicable que dégageait cet homme revint en force. J'étais tel un poisson pendu à l'hameçon, gigotant en vain, espérant qu'on le libère tout en appréciant sottement le piège qu'on lui avait tendu.

Je voulais le voir. J'avais besoin de le voir.

Le mec se pencha, ses lèvres effleurant ma joue tandis qu'il parlait. Je sentis une odeur légère de menthe et de cigarette.

— Ton amie et toi devez partir. Ce n'est pas un endroit pour vous.

Il écarta ma queue-de-cheval de mon épaule.

— Quoi ? demandai-je bêtement.

J'avais du mal à comprendre la tournure qu'avait prise ma soirée. Pourquoi m'aidait-il ? Y avait-il écrit « proie facile » sur mon front ? Ou était-il une espèce rare de Bon Samaritain ?

Je tapotai les poches de mon jean pour vérifier qu'on ne m'avait rien volé. Mon téléphone et mon argent semblaient toujours là. J'imagine que j'aurais dû me sentir soulagée. Mais, lorsque je relevai la tête, il était parti.

Il avait disparu comme s'il n'avait jamais été là, simple fruit de mon imagination hyperactive et trop stressée.

Je restai figée sur place. Ma cheville me lançait, j'avais la tête qui tournait, et mes oreilles bourdonnaient. J'étais secouée.

Cet homme m'avait secouée. Et je ne savais pas si c'était de la peur ou de l'excitation que je sentais vibrer dans mes veines.

Il avait raison. Il fallait que je m'en aille. Je sortis mon téléphone de ma poche et vis que dix minutes s'étaient déjà écoulées. Si je ne faisais pas vite sortir Renée de là, Brooks allait se lancer dans une mission suicide face au videur.

— Renée ! criai-je par-dessus la musique.

Ma colocataire et meilleure amie contestable se tourna vers moi, et son visage se détendit. Elle était soulagée. Elle bondit au sol et se jeta à mon cou.

— Aubrey ! Merci infiniment d'être venue me chercher, sanglota-t-elle.

Je la serrai contre moi, puis m'écartai.

Elle avait les yeux rouges et son mascara avait coulé, créant des rubans noirs sous ses yeux. Ses cheveux tombaient dans son dos en une cascade de nœuds. Elle se tordait les mains avec nervosité, et mes instincts protecteurs se réveillèrent.

Elle semblait terrifiée, triste. Je voulais prendre Devon Keeton par les couilles et lui faire très mal. Il ne méritait pas Renée. Pourquoi ne le voyait-elle pas ?

— Rentrons, dis-je en passant un bras autour de ses épaules tremblantes.

Je la tins tout contre moi et nous frayai un chemin jusqu'à la sortie.

La musique était montée d'un ton, et l'air vibrait d'une énergie frénétique. L'ambiance m'attirait et refusait de me libérer. Une partie de moi voulait rester et s'y perdre. Mes pieds cessèrent d'avancer et je me sentis inexplicablement déchirée. Il fallait que je parte, mais je voulais rester.

Renée me tira par le bras, et je me ressaisis. La perte momentanée de toutes pensées rationnelles laissa place au désir plus pressant de m'assurer que Brooks ne faisait pas ami-ami avec le poing puissant de Randy le Videur.

Alors que nous atteignions la porte, je sentis un fourmillement dans ma nuque, une sensation sensuelle qui me donna la chair de poule. Mon mystérieux sauveur, le visage dans l'ombre, se tenait à côté de la sortie. Je le sentais suivre mes mouvements, et je ne pus réprimer un frisson d'appréhension curieusement plaisant.

Je tentai de croiser son regard, mourant d'envie de plonger mes yeux dans les siens. Mais il se détourna, refusant d'exaucer mon souhait. Je le vis disparaître dans l'obscurité, étrangement insatisfaite.

— Aubrey ! entendis-je crier à l'extérieur.

Brooks avait l'air inquiet, et je savais qu'il n'hésiterait pas à entrer de force dans la boîte de nuit.

Tenant fermement Renée par la main, je la tirai hors du club. Nous passâmes devant Randy, dont le regard noir en aurait terrifié plus d'un. Brooks, sur le point de péter les plombs, manqua de me renverser.

— J'étais inquiet, Aubrey ! Super inquiet ! cria-t-il en m'attrapant par les épaules pour me secouer.

— Désolée. J'ai mis du temps à trouver Renée, expliquai-je en lui jetant un regard dur lui intimant de se calmer.

Brooks se tourna vers ma colocataire et lui adressa son regard sévère de grand frère.

— À quoi pensais-tu, à passer ta soirée au « Club Hépatite » ? T'as besoin d'un bon coup de pied au cul, jeune fille ! la sermonna-t-il, même si je savais que sa sévérité était plus due à son inquiétude qu'à autre chose.

Renée baissa honteusement la tête, et, même si j'avais envie de lui faire moi aussi la leçon, je savais que cela ne servirait à rien. Elle était visiblement trop fatiguée, et dans un état inquiétant d'enfermement émotionnel.

Elle n'avait pas besoin qu'on la juge. Elle avait besoin d'une bonne nuit de sommeil, et ensuite peut-être pourrais-je lui déclamer mon discours sur le thème « je t'avais dit que ton mec était un vrai connard ».

— Désolée, Brooks, souffla Renée.

Je jetai un regard noir à mon ami, qui leva les mains en signe de reddition.

— D'accord, c'est bon. Mais fichons le camp d'ici. J'espère que ta voiture a encore toutes ses roues, marmonna-t-il alors que nous nous éloignions de *Compulsion*.

Tandis que nous descendions la rue, je ne pus m'empêcher de regarder par-dessus mon épaule.

Je ne savais pas si j'étais déçue ou soulagée de ne voir nulle part celui que je cherchais.

3

Aubrey

Je suçai la chair de mon pouce, rouge et douloureux, maudissant en silence la chaise en métal retombée à mes pieds. Je donnai un coup de pied furieux dedans avant de me pencher pour la ramasser.

— Aïe, vous vous êtes pincée ? demanda une voix sur un ton chaleureux.

Je dépliai la chaise et la posai dans le cercle que j'avais créé. Kristie Hinkle, la conseillère du groupe de soutien, me sourit en sortant des tasses jetables de leur emballage en plastique.

Deux semaines s'étaient écoulées depuis que Brooks et moi avions joué à Batman et Robin en mission de sauvetage à *Compulsion*. Le trouble qui s'était installé en moi après mon expérience m'avait rendue nerveuse. Je ne savais pas vraiment pourquoi. Mais je savais à cause de qui, même si je n'avais jamais vu son visage.

Une fois à l'appartement, Renée était immédiatement allée se coucher. Quand je m'étais levée le lendemain matin, elle était déjà partie au travail. Il était évident que mon amie m'évitait, et je n'avais pas eu l'opportunité de découvrir ce qu'il s'était vraiment passé.

Je savais qu'elle était embarrassée. Renée était facile à déchiffrer. On lisait en elle comme dans un livre ouvert. Et quand elle était mal à l'aise, son MO consistait à se terrer jusqu'à ce que la poussière retombe.

J'avais espéré qu'être abandonnée par Devon au club aurait été le signal d'alarme dont elle avait besoin pour mettre fin à leur histoire, qu'il s'agirait du dernier clou sur le cercueil de sa relation merdique.

Ce fut donc avec une frustration presque meurtrière que je trouvai le soir même Devon le Connard assis dans notre salon comme s'il était parfaitement à sa place.

Les pieds sur la table basse, il mangeait un sandwich, mettant des miettes partout. L'espace d'un instant, je vis rouge. Je serrai mes clés dans ma main et songeai à les lancer dans sa fichue tête bien trop enflée. Juste avant de lui donner un coup de genou dans les couilles.

Était-ce réel ? Renée allait-elle réellement laisser ce mec revenir chez nous après qu'il l'eut laissée seule à *Compulsion* la veille au soir ?

Je voulais lui dire d'enlever ses putains de pieds de mes meubles. Je voulais hurler à Renée de se réveiller et de se rendre compte que son mec était carrément craignos.

Mais je ne dis rien, parce que je savais d'expérience que cela aurait l'effet inverse de celui escompté.

Rien ne rapprochait deux amants autant que le syndrome de Roméo et Juliette, découlant de l'impression que le monde entier était contre eux.

C'était dans ces moments-là que les similarités entre Renée et ma sœur me coupaient le souffle, insoutenables.

J'avais joué la carte du mépris et j'avais jugé, autrefois, et cela m'avait beaucoup coûté. La déception moralisatrice ne menait nulle part.

J'avais donc contenu ma colère et souri à mon amie, sourire qu'elle m'avait rendu, un peu hésitante, puis j'étais allée travailler dans ma chambre.

Les jours passaient, et ma relation avec Renée restait au point mort, précaire. Elle était toujours avec son abruti de petit ami, et je ne pouvais pas y faire grand-chose.

Enfin, pour l'instant, je devais employer mon énergie à autre chose.

C'était la première réunion du groupe de soutien contre la toxicomanie. J'avais étudié les programmes et les méthodologies pour tenter de trouver la bonne approche en vue d'animer les séances. Quand j'étais incapable de gérer les choses sur le plan émotionnel, je trouvais toujours plus facile de me concentrer sur la dure réalité.

Je savais que ce serait compliqué, que cela pouvait potentiellement faire resurgir des souvenirs douloureux qu'il valait peut-être mieux ne pas réveiller. Mais je m'étais engagée et j'étais déterminée à le faire malgré tout. En fin de compte, j'étais responsable de la direction que prenait ma vie, et ceci était exactement ce que je voulais en faire.

— Ce sont des petites sournoises, répondis-je à Kristie avec une grimace en repositionnant les chaises jusqu'à être satisfaite de l'agencement.

Quand j'eus fini, je rejoignis Kristie à la table et sortis les muffins et cookies du sac de courses. Kristie me montra sa main : trois de ses doigts étaient couverts de pansements.

— Elles m'ont eue la semaine dernière. Ces chaises sont sans merci, plaisanta-t-elle.

Kristie allait sur la quarantaine et s'occupait du programme de consultation externe du centre de désintoxication de la ville. Elle semblait être sans prétentions, qualité à la fois apaisante et engageante. Avec ses cheveux noirs frisés, ses yeux verts et ses lunettes à monture sombre, elle était l'incarnation même de l'animatrice de groupe de parole. Je comprenais aisément que les gens soient enclins à partager leurs problèmes sans gêne avec elle. Elle ne jugeait pas, et sa voix était apaisante. Je l'appréciai instantanément. Ce qui était une bonne chose, étant donné que j'animerais ce groupe avec elle pour les douze semaines à venir.

— Voyons la documentation pour le programme de la réunion d'aujourd'hui. Comme je vous l'ai dit au téléphone la semaine dernière, je ne m'attends pas à ce que vous fassiez grand-chose ce soir. Observez, apprenez à connaître les membres du groupe, faites-vous une idée de la manière dont les sessions fonctionnent. Cette séance est plus une séance d'introduction qu'autre chose. C'est une réunion pour apprendre à se connaître, pour tout le monde. Cela dit, préparez-vous à rencontrer des individus très réfractaires. Tous ne sont pas ici de leur plein gré, et il y en a toujours un ou deux pour faire le crétin, m'expliqua Kristie en sortant un carnet de son sac.

Je m'assis à côté d'elle tandis qu'elle en feuilletait les pages.

— Vraiment ? Je pensais que c'était un groupe où les gens venaient parce qu'ils ont besoin d'aide, dis-je, confuse.

Kristie rit avec bonhomie.

— Si seulement ! Mon travail serait bien plus facile. Mais non, certains ont été envoyés ici par le tribunal pour possession de drogue, un délit mineur en général. Certains sont des délinquants primaires, d'autres ont déjà été arrêtés auparavant. On espère toujours qu'ils retiennent quelque chose de ce qu'on essaie de leur transmettre, mais je dois dire que je ne suis pas aussi naïve, dit-elle en me donnant un ensemble de badges.

— Dites donc, vous avez l'air plutôt blasé, Kristie, la taquinai-je.

Elle ricana.

— J'anime ce groupe depuis presque cinq ans. J'aurai toujours l'espoir de faire une différence, mais je ne suis qu'humaine. Et j'ai vu trop de gens toucher le fond pour penser autrement. Mais on poursuit nos efforts. Parce qu'il est hors de question que j'abandonne, affirma-t-elle judicieusement.

Je n'avais rien à répondre à ça. Je comprenais qu'on puisse être blasé, mais j'étais déterminée à espérer malgré tout.

— Ils vont tous à l'Université de Longwood ? demandai-je.

Kristie hocha la tête.

— C'est un groupe de soutien pour les étudiants. J'anime également d'autres groupes en ville. Mais on garde celui-ci, et il s'adresse seulement aux étudiants. Ces gamins font face à des problèmes très différents de ceux des toxicos que je vois ailleurs. La pression, les attentes et les échecs de la vie universitaire vont de pair avec leur addiction.

Kristie écrivit son nom sur un badge et le colla sur son haut. J'en fis autant, puis posai un badge et un stylo sur chaque siège. J'avais une vague idée de ce à quoi je devais m'attendre de la part du groupe. Avoir une toxico dans la famille offrait une place de choix pour ce genre précis de paumés.

Pourtant… j'appréhendais.

Tout ça à cause d'un événement, trois ans auparavant. Un appel désespéré au milieu de la nuit que je n'avais pas pris en compte car jugé sans importance. Suivi par des jours de culpabilité et de peur en ne voyant pas rentrer Jayme, ma petite sœur de quinze ans, et en comprenant que son coup de fil avait été en réalité lourd de conséquences. Puis était arrivé le matin où j'avais ouvert la porte à deux officiers de police. Leurs visages compatissants quand ils nous avaient annoncé que Jayme avait été retrouvée morte dans une ruelle sombre. Froide et seule. C'était à cet instant que tout ce que j'avais connu, tout mon monde, avait été bouleversé.

Au début, je n'avais pas bien géré mon chagrin. Je m'en étais voulu. J'étais rongée par la culpabilité. Mes parents me reprochaient de ne pas m'être occupée de ma petite sœur. Je me reprochais d'être si souvent montée au créneau en moralisatrice que j'avais été incapable de voir ce qu'il se passait réellement.

Par la suite, ma relation avec mes parents s'était dégradée, jusqu'à devenir quasi inexistante. Et je m'étais donné pour mission de trouver un moyen de réparer ce qui s'était brisé en moi afin de donner un sens à ma vie. J'étais en partie convaincue qu'aider les autres m'aiderait à tourner la page sur mon passé, à oublier la dévastation.

J'étais donc venue à l'Université de Longwood, désireuse de m'enfuir et de me concentrer sur mes études pour devenir conseillère en toxicomanie. Longwood était suffisamment éloigné de ma ville natale en Caroline du Nord pour me donner la sensation d'être dans un autre monde. Mais c'était suffisamment proche pour qu'il me soit impossible d'échapper réellement à ce qu'il s'était passé. Parce que j'avais besoin de m'en souvenir chaque jour. C'était ma motivation. C'était ce qui me permettait de me lever chaque matin.

Cela faisait de moi une battante.

Mais j'avais tout de même peur. Je m'inquiétais de ne jamais être capable d'apporter mon aide aux gens qui en avaient besoin, de stopper la chute une fois qu'elle était enclenchée. La peur de l'échec était puissante, écrasante.

Kristie me donnait l'impression que tout était facile. J'appréciais son air compétent. Elle avait dû sentir ma gêne, car elle me tapota gentiment le bras.

— Nous avons tous nos croix à porter, Aubrey. La vôtre vous a menée ici. Et je sais que c'est une bonne chose, pour vous et pour les vies dans lesquelles vous allez faire une différence, me rassura-t-elle d'un air complice.

J'affichai un sourire tendu. J'aurais aimé la croire. Mais le doute était tel un moustique bourdonnant autour de moi. Plus j'essayais de le chasser, plus il semblait déterminé à me vider de mon sang.

Bientôt, les participants commencèrent à entrer dans la salle. C'était un groupe relativement restreint. Nous n'attendions que douze personnes. Je ne connaissais pas leurs histoires respectives. Kristie m'avait brièvement parlé de ceux qui étaient déjà venus en groupe de soutien, mais, pour la plupart, les participants étaient de nouveaux arrivants. Quatre étaient ici par injonction du tribunal après avoir été arrêtés pour des délits mineurs de détention de drogue. Les autres venaient de leur plein gré, ce qui était un soulagement. Avec un peu de chance, ils seraient plus ouverts et accommodants, et moins agressifs.

Les sièges se remplirent. Je reconnus deux filles d'une sororité du campus. Dire que j'étais choquée de les voir dans un groupe de parole concernant la toxicomanie était un euphémisme, mais s'il y avait une chose que j'avais apprise, c'était que l'addiction ne faisait pas de distinction.

Un garçon et une fille, manifestement en couple, entrèrent derrière elles. Ils semblaient sur leurs gardes et très nerveux, et, égoïstement, je fus soulagée de voir que je n'étais pas la seule à flipper.

Je ne pouvais pas me contenter de rester contre le mur à essayer de me fondre dans le décor. Si je voulais que Kristie valide mes heures de bénévolat, il fallait que je saute à pieds joints dans cette expérience. Comme un saut en parachute !

J'approchai le couple avec un sourire que j'espérais accueillant. Le garçon semblait très protecteur envers sa petite amie. Il la tenait par les épaules et la serrait contre lui comme s'il pouvait la protéger du reste du monde. Il avait les cheveux courts et des anneaux tout le long des oreilles. Son jean était troué au niveau des genoux, et il portait un vieux tee-shirt Black Sabbath.

Sa minuscule petite amie avait les cheveux roses, coupés juste sous le menton. Elle avait un anneau dans le septum et deux clous au sourcil gauche. On distinguait un bout de tatouage dans son cou. Malgré son air de dure, elle paraissait nerveuse.

— Salut ! Je m'appelle Aubrey, dis-je.

La fille riva les yeux sur moi, puis détourna le regard. Je vis le garçon la serrer de plus belle contre lui avant de se tourner vers moi. Il ne sourit pas. Ses yeux marron étaient sombres, froids.

— Bonjour, répondit-il laconiquement, sans me donner son nom.

Je regardai de nouveau la fille, mais elle avait tourné son visage vers le torse de son petit ami. Quelle était leur histoire ? Ils étaient tout sauf sympathiques, et je regrettais de les avoir approchés. Mais j'étais là pour ça. Il faudrait bien qu'ils s'habituent à moi un jour ou l'autre.

— Je suis contente que vous soyez là. Asseyez-vous. Il y a à boire et à manger sur la table du fond. Nous commençons dans une dizaine de minutes, indiquai-je avec un sourire forcé.

Le type me dévisagea, les yeux plissés, méfiant. La fille n'avait pas quitté l'étreinte protectrice de son bras. Quelque chose chez lui me rappelait Devon, ce qui m'inspira une aversion immédiate. Très bien, ça n'allait nulle part. Sans prendre la peine d'essayer de prolonger la conversation, je m'éloignai.

Kristie finit de distribuer une plaquette d'information à ceux qui avaient déjà pris place, puis s'installa. Je m'assis à côté d'elle et elle leva les yeux vers moi, avant de regarder le couple qui se dirigeaient enfin vers les chaises. Le garçon avait retiré son bras des épaules de sa copine, mais il lui serrait désormais la main si fort que j'eus mal pour elle.

— Je les ai vus au dispensaire en ville. Je sais qu'ils sont là par injonction du tribunal. Ne prenez pas leur manque de sociabilité personnellement. C'est un couple plutôt difficile, me dit Kristie à voix basse en les observant de près.

— Oui, mais c'est un peu craignos pour mes débuts, marmonnai-je en feuilletant les pages de la plaquette de présentation.

— Si ça ne craignait pas, j'aurais peur que le groupe ne soit ennuyeux, plaisanta Kristie avec un petit rire.

Je faisais de mon mieux pour ne pas dévisager les nouveaux arrivants quand ils entraient dans la pièce, mais c'était difficile, notamment quand je me rendis compte que je reconnaissais certains d'entre eux, dont un étudiant qui était dans une fraternité et traînait avec Brooks.

Ça ne parlait pas beaucoup. La pièce était silencieuse, à l'exception du bruit des chaises raclant le sol lorsque les gens prenaient place.

Juste avant que la séance commence, la porte s'ouvrit en grand, et je tournai la tête vers le dernier participant.

Instantanément, l'atmosphère de la salle changea, et l'air s'emplit d'une énergie électrique. Étonnamment, quelque chose se réveilla en moi. Parce que le garçon qui venait d'entrer était beau. C'était le seul mot qui me venait à l'esprit pour le décrire.

Ses larges épaules se dessinaient sous son tee-shirt, qui semblait avoir été cousu sur lui. Ses cheveux blonds tombaient en boucles désordonnées autour de ses oreilles. Ses yeux d'un bleu saisissant étaient ourlés des cils les plus épais et les plus noirs que j'aie jamais vus. Ce devrait être un crime pour un homme d'avoir des cils pareils.

Il avait un visage fin et une fossette au menton. Il observa les personnes déjà présentes dans la salle, un sourire suffisant aux lèvres. Tous, hommes et femmes confondus, étaient concentrés sur son arrivée. Et il semblait se réjouir de l'effet qu'il nous faisait.

Je fronçai les sourcils en voyant sa façon de bouger. Pourquoi sa démarche me semblait-elle aussi familière ?

— Bienvenue ! Venez vous asseoir. Nous nous apprêtions à commencer, dit Kristie au nouveau venu, interrompant le cours de mes pensées.

Monsieur Sexy et Dangereux se glissa lentement vers la dernière chaise libre, qui se trouvait être juste en face de moi.

Il se laissa tomber sur le métal froid et étira les jambes comme s'il était chez lui à se prélasser sur son canapé, et non dans un groupe de parole. Il adressa un sourire rayonnant aux filles à côté de lui. Elles semblaient stupéfiées. Comment le leur reprocher !

Toute son attitude semblait déplacée. Il était un peu trop guilleret pour participer à un groupe de soutien contre la toxicomanie. Je l'observai, les sourcils froncés, tentant de le décrypter. Il y avait indéniablement quelque chose d'hypnotique chez lui, mais ce n'était pas tout, et cela me rendait dingue de ne pas identifier quoi.

Il tourna la tête vers moi puis cligna des yeux, comme surpris. Il fronça les sourcils en me dévisageant aussi attentivement que je l'observais.

— Très bien. Tout le monde, je suis Kristie Hinkle, directrice du service de soutien du Conseil des services communautaires. Et voici Aubrey Duncan. Elle est étudiante ici à Longwood et sera ma co-conseillère pour les douze semaines à venir.

Je levai la main et l'agitai bêtement.

Douze paires d'yeux se posèrent sur moi, semblant me jauger et me juger en l'espace de trente secondes. Merde, ça n'allait pas être facile ! Yeux Bleus m'accordait toute son attention, et je me sentais très mal à l'aise.

Kristie sourit et m'adressa un petit hochement de tête pour me faire savoir que c'était à moi de prendre la parole. J'inspirai profondément et parcourus le groupe du regard.

— Bonjour. Je suis très enthousiaste à l'idée de participer à ce groupe. Je prépare un diplôme de psychothérapeute et j'espère que mon expérience pourra… je ne sais pas… vous aider, d'une manière ou d'une autre, déclarai-je.

J'avais l'air prétentieux, et j'eus envie de me recroqueviller sur moi-même. Ils allaient me détester. Je le savais.

Plusieurs filles levèrent les yeux au ciel, et je compris immédiatement à en juger par leur langage corporel que j'avais raison. Elles me détestaient au plus haut point. Après tout, je n'étais peut-être pas faite pour ça.

Kristie remarqua que je peinais, et elle reprit la parole.

— Je connais certains d'entre vous, mais les autres sont nouveaux. J'aimerais prendre un moment pour faire le tour du cercle afin que vous vous présentiez. Parlez de vous. Expliquez pourquoi vous êtes là. Ce que vous espérez tirer de ces douze semaines. Il est important de rappeler que vous êtes en lieu sûr, que vous pouvez parler. Ce que vous direz ici restera ici. Nous sommes tous liés par la confidentialité. Il est important que vous fassiez confiance à chacune des personnes présentes ici, sinon, ça ne peut pas fonctionner.

Kristie fit un signe de tête à une fille que j'avais déjà vue à l'accueil de la bibliothèque universitaire. La fille baissa les yeux vers son badge et le pointa du doigt avec un sourire timide.

— Je m'appelle Marissa. Je suis en deuxième année, et je lutte contre une addiction à la Ritaline depuis deux ans, dit-elle à toute vitesse, comme si elle avait hâte de se débarrasser de ces mots.

Kristie sourit.

— Nous sommes ravis que vous soyez là, Marissa, dit-elle sincèrement.

Le tour de cercle continua ainsi. Il y avait Kyle, le type de la fraternité. Je fus surprise d'apprendre qu'il avait été arrêté à deux reprises pour possession de cocaïne, et craignait de perdre sa bourse de football américain. En le regardant, on ne voyait que le sportif athlétique qui voulait profiter de la vie. Jamais je n'aurais cru qu'il luttait contre un tel problème.

Puis il y avait Lisa et Twyla, les filles de la sororité, qui étaient meilleures amies mais également accro aux amphétamines, qu'elles prenaient afin de pouvoir faire leurs devoirs. Il y avait Josh, qui fumait de l'herbe si souvent qu'il échouait dans la plupart de ses cours. Gigi, qui aimait s'adonner à l'ecstasy le week-end. Grant et Vince, qui avaient un penchant pour les analgésiques. Et Lynette, qui était devenue accro au Percocet depuis son opération du genou de l'année précédente.

Puis Kristie se tourna vers le couple hostile, dont l'agitation ne faisait qu'augmenter au fur et à mesure que les autres se présentaient.

— Et vous deux, alors ? Qu'espérez-vous tirer de ce groupe ? demanda gentiment Kristie.

La fille regarda sa main, toujours prise dans la poigne puissante de son petit ami. Elle ne leva pas la tête, et ses cheveux rose vif dissimulaient ses yeux.

Le garçon pinça les lèvres, et il demeura silencieux si longtemps que j'étais persuadée qu'il n'allait rien dire. Puis il finit par serrer les dents et lâcha d'une voix à peine audible :

— Je m'appelle Evan, et voici April. On veut juste valider nos heures et en finir avec cette merde.

Je regardai Kristie. Ses yeux se plissèrent imperceptiblement, mais je le remarquai tout de même. Communiquer avec ces deux-là serait difficile. Kristie regarda April, qui semblait se recroqueviller sur elle-même. La dynamique entre les deux partenaires était carrément troublante.

— Vous êtes d'accord, April ? Vous n'êtes là que pour faire vos heures obligatoires ? Ou espérez-vous apprendre quelque chose ?

La fille aux cheveux roses secoua la tête. Kristie finit par comprendre qu'elle n'irait nulle part avec une April visiblement muette.

Il ne restait donc plus que le blond aux yeux bleus dont le badge disait « Maxx ». Kristie sembla soulagée de se concentrer sur lui. Il était resté silencieux pendant les présentations, jouant le rôle du participant modèle. Il faisait en sorte de paraître intéressé tandis que les autres parlaient, mais je ne pouvais me défaire de l'impression qu'il s'en foutait royalement, que tout cela n'était qu'un jeu pour lui et qu'il savait exactement quel rôle lui incombait.

— Enfin, le dernier membre de notre groupe. Dites-nous pourquoi vous êtes ici, demanda Kristie.

Le sourire du garçon était faussement affable, mais ses yeux racontaient une tout autre histoire. J'aurais simplement aimé savoir laquelle.

Les autres filles du groupe étaient complètement subjuguées. J'avais un jour lu un livre sur les leaders de secte, capables de contrôler une salle entière d'un simple sourire ou d'un simple geste. Leur charisme poussait les gens à leur donner leur vie. J'avais toujours pensé que c'était ridicule, personne ne pouvait avoir un magnétisme tel qu'on le suivrait volontiers au bout du monde.

Cependant, en regardant Maxx et la façon dont la pièce tout entière était attirée par lui, je compris enfin. Et le plus effrayant, c'était qu'il était manifestement conscient du pouvoir qu'il avait. Et qu'il aimait ça.

Malgré mes sentiments loin d'être amicaux envers ce garçon énigmatique, je ne pouvais réprimer ma réaction plus primitive face à lui. Ce n'était pas bien dur d'imaginer la sensation de son corps contre le mien. Il semblait être le genre d'homme qui avait besoin de tout contrôler, et imaginer que je lui abandonnais mon corps me fit frémir.

Mes sentiments contradictoires étaient également contraires à l'éthique et très peu professionnels. J'étais ici en tant que conseillère. J'étais en position d'autorité, bien qu'expérimentale, et je ne devrais pas convoiter un mec qui était là dans le cadre de son traitement.

Qu'est-ce qui n'allait pas chez moi ? Cela me ressemblait si peu que j'en étais choquée.

Maxx parcourut nonchalamment la pièce du regard, prenant son temps pour faire le tour du cercle, avant de river enfin son regard sur moi. Il entrouvrit les lèvres, et je ne pus m'empêcher de contempler sa bouche. Bordel de merde…

Une émotion impossible à identifier le fit soudain rougir. Elle disparut aussi subitement qu'elle était apparue, comme si elle n'avait jamais existé. Il me sourit, et je me demandai s'il pouvait lire les pensées inappropriées qui m'assaillaient.

Ça me tapait sur le système. Il me tapait sur le système. Ce qui était totalement irrationnel. Je ne le connaissais même pas !

Il m'examinait de manière approfondie, et ma nuque s'enflamma. Plus il me regardait, plus l'étrange familiarité que j'avais ressentie quand il était entré s'intensifiait. Quand il détourna enfin son attention, je poussai un soupir bruyant malgré moi, et j'en fus embarrassée.

Kristie me lança un drôle de regard avant de se tourner vers Maxx. Il eut un petit sourire, manifestement amusé par la situation. Mais ensuite, comme s'il avait actionné un interrupteur, ses traits se lissèrent et ses yeux devinrent plus sérieux. C'était comme regarder quelqu'un mettre un masque. Une transformation en douceur mais totale.

— Je m'appelle Maxx Demelo, commença-t-il d'une voix douce et riche.

Je déglutis malgré la boule qui me nouait la gorge. Cette voix. Je la connaissais. Mais d'où ?

Maxx leva les mains et haussa ses larges épaules, comme s'il allait nous révéler les secrets de son âme. Il posa de nouveau les yeux sur moi et dit avec une sincérité absolue :

— Et je suis venu ici pour être sauvé.

Était-il sérieux ?

Je regardai les autres membres du groupe et me rendis vite compte qu'ils avaient tous gobé son histoire. Kristie, qui semblait réfléchir sérieusement à sa déclaration, se pencha en avant pour poser ses coudes sur ses genoux.

— C'est un défi de taille, vous ne croyez pas ? lui demanda-t-elle.

Je devinais qu'elle était aussi fascinée par Maxx que les autres. Tout le monde, même Evan et April, était concentré sur le blond aux yeux bleus qui affichait sa vulnérabilité comme un insigne de fierté. Cela contrastait tellement avec le type arrogant et goguenard qui était entré seulement quinze minutes auparavant. Comme s'il s'amusait à se déguiser, essayant de décider quel personnage il voulait être.

Maxx croisa les jambes au niveau des chevilles et posa ses mains sur ses genoux.

— Je ne crois pas, dit-il.

Il se tourna vers moi, et j'eus l'impression d'être une souris dans un piège. J'aurais vraiment aimé qu'il cesse de me regarder.

— Je me suis retrouvé en enfer et chercher mon salut est la seule chose qui me permet d'avancer.

Ses mots étaient calmes et maîtrisés, et je n'arrivais pas à déterminer s'il nous menait en bateau ou s'il était sincère.

— Je suis prêt à être sauvé. J'en ai besoin, Kristie. Alors je vais tout faire pour y parvenir.

Il avait presque l'air en colère. Tous demeurèrent silencieux quelques instants, comme si ses mots avaient touché une corde sensible en eux.

Kristie finit par cligner des yeux et sourit au groupe, brisant le sort que Maxx avait jeté.

— Eh bien…, commença-t-elle avant de s'éclaircir la voix. Espérons que vous y parviendrez, dit-elle un peu trop gaiement.

Je regardai Maxx et sus sans conteste qu'il était dangereux.

C'était un être primitif et affranchi, une force qui pourrait entraîner tout et tout le monde dans sa chute, consumant tout dans une flamme violente. Puis il danserait sur les cendres de son carnage.

Il était terrifiant.

4

Maxx

Le groupe de parole était une vraie blague. Mais si je ne voulais pas finir en taule, il faudrait que je prenne sur moi et que je passe les douze prochaines semaines de ma vie à parler de mes putains de sentiments. J'avais fait assez de thérapies en vingt et un ans pour connaître la chanson. Je savais quoi faire pour m'en sortir.

Partager une histoire larmoyante. Agir comme si on croyait aux conneries qu'ils nous balançaient. Puis partir si loin que je n'aurais plus jamais à y penser.

Mais j'avais été stupide, un peu trop prétentieux, et je m'étais fait prendre, même si j'avais eu de la chance car je venais de vendre la majorité de mon stock ce soir-là et n'avais plus eu que quelques comprimés sur moi. La possession, et non l'intention de vendre, faisait toute la différence entre travaux d'intérêt général et groupe de soutien obligatoire, et croupir dans une cellule de prison à s'inquiéter de se faire violer en ramassant le savon tombé dans les douches.

Je deviendrais donc le Maxx rongé par les remords et la honte, le mec qui regrettait ses décisions, même si je projetais de tout recommencer.

Parce que cela faisait bien longtemps que je n'avais plus le choix, et il n'y avait pas de place pour la culpabilité dans le monde où je vivais.

Quand j'étais entré dans la pièce le jeudi soir, je m'attendais à cette putain de caricature que c'était.

Mais je ne m'étais pas attendu à voir une fille aux longs cheveux blonds et dont les yeux avaient le pouvoir de me transpercer comme une lame. Elle m'avait renversé, me laissant chancelant, peinant à retrouver mon équilibre.

Elle m'attirait. Je n'y pouvais rien. On ne pouvait ignorer certaines choses, et la façon dont ma queue réagissait dans mon froc alors que je regardais ses longues jambes en faisait partie.

J'en faisais des tonnes et des tonnes dans mon discours. Je savais ce qu'il fallait dire et faire pour obtenir ce que je voulais.

Sauf que j'avais la nette impression qu'elle ne croyait pas un mot de ce que je disais. Et je ne savais pas quoi en penser. Ça m'embrouillait le cerveau, et ça me faisait chier.

Mais ça renforçait ma détermination.

Et qu'elle en soit consciente ou non, son rejet était toute la motivation qu'il me fallait.

Je la regardai donc me regarder, et me dis que, finalement, cette histoire de groupe de soutien ne serait pas si terrible.

5

Aubrey

— Tu ne réponds pas ? demanda Brooks depuis le canapé, où il incarnait à la perfection le bon à rien buveur de bière.

Mon téléphone vibrait en continu, dansant sur la table basse.

Cela faisait trois heures que nous avions commencé notre séance hebdomadaire de bachotage. J'essayais d'étudier pour mon test de psychologie du développement tandis que Brooks faisait mine de rédiger sa dissertation pour son cours de génétique comportementale.

Nous étions très concentrés quand nous devions travailler, même si j'accordais plus d'importance que lui à la partie travail.

J'avais à peine remarqué que mon téléphone sonnait sans cesse depuis dix minutes. Brooks se pencha par-dessus la petite table et claqua des doigts à deux centimètres de mon nez.

Je le fusillai du regard et repoussai sa main.

— Arrête ! rouspétai-je avant de tourner une page de mon manuel, déjà plongée dans l'acquisition du langage chez les enfants.

Un truc captivant.

— Décroche ou éteins-le, Aubrey, avant que je le jette par la fenêtre ! menaça Brooks.

Je lui adressai un sourire amusé, ses vociférations étant bien trop familières. Brooks semblait épuisé. Il avait les cheveux hérissés sur la tête et l'air bien stressé.

— D'accord, d'accord. On se calme, mon grand, plaisantai-je en attrapant mon téléphone juste avant qu'il ne tombe par terre. Allô ? dis-je sans prendre la peine de regarder qui m'appelait.

Stupide Aubrey ! J'aurais dû savoir qu'il fallait toujours vérifier.

— Brey. Enfin ! Ça fait plus d'une heure que j'essaie de t'appeler ! me reprocha ma mère.

Je grimaçai aussitôt. Pas seulement à cause de la voix désapprobatrice de ma mère, mais parce qu'elle insistait pour utiliser ce surnom.

Ce surnom aurait dû être enterré avec la personne qui me l'avait donné. Pourtant, ma mère continuait de l'utiliser, et je savais que c'était à cause de la douleur qu'il m'infligeait chaque fois qu'elle le prononçait.

— Désolée, maman, mon portable était en vibreur. Qu'est-ce que je peux faire pour toi? demandai-je, abandonnant tout semblant de banalités pour aller droit au but.

Cela faisait quatre mois que je n'avais pas parlé à mes parents. Nous avions un accord : chaque parti gardait ses distances, communiquant uniquement lorsque c'était nécessaire.

Cela faisait deux ans que je n'étais pas rentrée en Caroline du Nord. Ce n'était plus chez moi depuis la mort de Jayme.

— C'est ridicule. Et s'il était arrivé quelque chose ? Personne n'aurait pu te joindre ! me réprimanda ma mère, retournant le couteau dans la plaie.

Elle semblait inquiète, mais les apparences étaient trompeuses.

— Désolée, maman, répétai-je.

Mais des excuses n'effaceraient jamais les dégâts des trois dernières années.

Ma mère soupira bruyamment, certaine d'être dans son bon droit. Le martyre lui allait bien. Elle était la mère altruiste d'une famille ingrate.

Tout ça me rendait malade.

— Il faut que tu rentres, dit-elle sans préambule.

Mon cœur se serra, et je crispai la main si fort sur le téléphone que le sang ne circulait plus dans mes doigts. Je pris une profonde inspiration. Je n'osais pas regarder Brooks qui, je le savais, m'observait avec curiosité. Il ignorait sur quelle mine émotionnelle j'avais mis le pied simplement en répondant au téléphone. Il n'était pas au courant de cette partie de ma vie, à laquelle je tentais désespérément d'échapper.

— Brey ! Tu m'as entendue ? C'est important. Je ne prendrais pas la peine de t'appeler, autrement, reprit-elle durement, me blessant avec la vérité de ses mots.

— Pourquoi ? finis-je par demander, m'éclaircissant la gorge pour chasser la boule qui s'y était formée.

Ma mère poussa un grognement sonore dans mon oreille.

— Tu plaisantes ? Dois-je vraiment te rappeler quel week-end nous sommes la semaine prochaine ? déclara-t-elle, odieuse.

La boule qui me nouait la gorge disparut sous le flot de ma colère. Putain, non, je n'avais pas oublié ! Oublier ne serait jamais une option pour moi. Elle n'était pas la seule à avoir perdu Jayme. Néanmoins, mes parents agissaient comme si eux seuls portaient le deuil de la fille de quinze ans qui avait disparu trop tôt de nos vies.

— Non, maman. Je n'ai pas oublié, lâchai-je entre mes dents serrées.

Je voulais crier et me révolter face à son mépris glacial. Mais Aubrey Duncan était une experte dans l'art de contenir ses émotions. J'y étais obligée. C'était la seule façon pour moi de m'en sortir.

— La maison des jeunes fait un mémorial en hommage à Jayme Marie, et ils veulent que nous soyons là. Ton père compte faire un discours. Il y aura le journal, et une équipe de télévision aussi. Toute la famille doit être présente.

Le discours de ma mère était définitif, n'acceptant aucune discussion.

Je devais obéir, un point c'est tout.

Mais je n'obéirais pas.

Je ne pouvais pas.

Une part de moi avait beau vouloir réparer le trou béant qui déchirait ma famille, je ne pouvais pas retourner à Marshall Creek.

Je ne pouvais pas retourner dans la maison en brique à deux étages où j'avais grandi. Je ne pouvais pas passer devant la porte fermée qui ne s'ouvrirait plus jamais.

Hors de question.

— Je ne peux pas venir, dis-je doucement, me préparant déjà aux répercussions de mon affront.

— Tu ne peux pas venir ? répéta rageusement ma mère.

Je secouai la tête, même si elle ne pouvait pas me voir.

— Tu es en train de me dire que tu ne rentreras pas à la maison pour l'hommage rendu en mémoire de ta petite sœur ? Tu ne peux pas mettre ta vie entre parenthèses deux jours pour honorer ta sœur ? Toi, entre tous, tu devrais comprendre à quel point c'est important ! Tu le lui dois !

La voix de ma mère devint un cri aigu et se brisa.

Je fermai les yeux et tentai de ne pas me laisser submerger par la haine. Haine envers ma mère qui ne me laisserait jamais oublier que j'avais failli à Jayme. Haine envers les drogues qui avaient emporté ma sœur avant son heure. Haine envers le putain d'enculé qui les lui avait données.

Et, surtout, haine envers moi-même.

Cette haine était une chose féroce qui se consumait dans mes entrailles. Elle était toujours là. Elle ne partait jamais. Et ma mère savait comment la transformer en véritable feu de forêt.

— Je dois y aller, maman, dis-je.

Je ne pris pas la peine d'essayer de m'expliquer, de lui dire que rentrer à Marshall Creek était comme retirer le pansement d'une plaie qui commençait seulement à guérir. Ce n'était pas la peine. Ma mère ne m'aurait pas écoutée.

Et peut-être était-ce égoïste. Peut-être aurais-je dû me forcer à rentrer à la maison. Mais je savais que cela n'aurait jamais l'effet escompté. Je serais incapable d'y aller et d'honorer Jayme comme elle le méritait. Parce que ce mémorial ne concernait que mes parents et leur refus de lâcher prise, et non la réalité de la personne que ma sœur avait été.

— Tu es horriblement égoïste, Brey, cracha ma mère.

Le clic mécanique m'indiqua qu'elle avait raccroché.

Je laissai retomber le téléphone sur la table basse, ramassai mes manuels et mes notes avant de les jeter dans mon sac.

— C'était quoi, ça, Aubrey ? demanda Brooks, inquiet.

— Rien, répondis-je brièvement en attrapant des poignées de crayons et de surligneurs.

Brooks me saisit par le poignet.

— Ce n'est pas l'impression que j'ai eue. Tu as l'air sur le point d'aller te jeter d'un pont. C'était quoi, ce coup de fil ? demanda-t-il d'un ton ferme.

Je me mis à rire jaune.

— Punaise, Brooks ! J'espère que je n'aurai jamais besoin de toi pour me dissuader de sauter. Elle craint, ta technique pour désamorcer une crise suicidaire.

Je jetai mon sac à dos sur mon épaule et attrapai mes clés.

— Et toi, tu esquives sérieusement. Tu vas devenir conseillère, Aubrey. Tu sais à quel point c'est important de parler, de ne pas tout refouler. C'est ça qui pousse les gens à prendre un Uzi et à aller chez McDo. Les amis ne laissent pas leurs amis devenir des tueurs de masse, plaida-t-il.

Je levai les yeux au ciel.

— Pourquoi ne testes-tu pas ton analyse gratos sur quelqu'un qui en a besoin ? aboyai-je, faisant de mon mieux pour ne pas passer ma frustration et mon amertume sur lui.

Mais il était là, et mon hostilité était sur le point de devenir thermonucléaire.

— D'accord, une conversation à cœur ouvert est exclue. Mais dis-moi au moins où tu vas. Tu m'inquiètes, là, avoua-t-il.

Je me penchai et l'embrassai sur la joue.

— Calme-toi. J'ai simplement oublié que je dois aller chercher un livre à la bibliothèque pour ma dissertation de psycho sociale, que je dois rendre dans quelques semaines. J'en ai pour une heure, maximum. Tu peux rester là si tu veux. Renée rentrera tard, lui dis-je aussi nonchalamment que possible.

J'avais besoin de sortir. J'avais besoin de marcher, de me vider la tête. Les accusations de ma mère résonnaient dans mon crâne et menaçaient de délivrer des souvenirs soigneusement réprimés.

Il fallait que je bouge. Que je m'occupe. C'était vital pour ma santé mentale. Et rester assise à étudier avec Brooks ne suffirait pas. J'avais besoin de changer de décor. J'avais développé des mécanismes soigneusement construits au fil des années pour combattre la nocivité qui me tourmentait.

— D'accord, comme tu veux, dit Brooks en rassemblant ses affaires.

Je savais qu'il était furieux contre moi. Ce n'était pas la première fois qu'il essayait d'escalader le mur que j'avais érigé. Cela avait été une source de conflit fréquente à l'époque où nous sortions ensemble. Il ne comprenait pas que personne ne pouvait passer au-dessus de l'imposante barrière que j'avais créée. Il fallait qu'il cesse d'essayer.

— Je t'appelle plus tard. On peut peut-être dîner ensemble, proposai-je, offrant la seule branche d'olivier que je pouvais lui donner.

Je ne voulais pas qu'il soit en colère contre moi. C'était l'un de mes meilleurs amis, l'un de mes seuls amis, et même si je ne pouvais pas lui donner la place qu'il aurait voulue dans ma vie, il était important pour moi. Et j'avais besoin qu'il le sache.

Brooks se raidit et se détourna.

— Je serai sûrement occupé, répondit-il d'un ton brusque en se dirigeant vers la porte.

Je l'attrapai par la main avant qu'il quitte mon appartement.

— Brooks, je suis qui je suis. Tu le sais. Ne te mets pas en colère parce que je ne peux pas être celle que tu voudrais que je sois, plaidai-je d'une voix lasse.

Ses épaules s'affaissèrent, et il couvrit ma main de la sienne, la serra, puis il partit.

L'épuisement émotionnel menaçait de me faire craquer. Alors, sans penser une seconde de plus à Brooks ou à ma mère, je sortis en vitesse de mon immeuble. Le chemin familier jusqu'au campus eut exactement l'effet escompté. Je sentis les nœuds complexes se desserrer et la souffrance de mon cœur s'atténuer.

J'allai à la bibliothèque, où je trouvai le livre que je cherchais. Je remettais soigneusement chaque morceau déplacé là où il était censé se trouver. Je me rendis aux toilettes, où je me lissai les cheveux et retouchai mon maquillage.

En sortant du bâtiment, je traversai le campus en direction du restaurant universitaire. Je remarquai des mecs avec des seaux de peinture blanche près du mur où se trouvait le graffiti de *Compulsion*. Je ralentis et les regardai saisir d'immenses rouleaux puis recouvrir les couleurs vives, les noyer dans une neutralité qui les réduisait au silence.

J'approchai, un peu triste de voir disparaître la fresque, comme si elle n'avait jamais existé.

— Hé, Maxx ! Où sont les toiles de protection ? Je fous de la peinture partout, s'écria un des types.

Je me figeai. Maxx ? Quelle était la probabilité que je tombe sur lui ?

L'un des peintres se tourna vers celui qui avait parlé, et c'était bel et bien Maxx Demelo. Et comme ma journée ne pouvait pas être pire, je me rendis compte que le tas de toiles de protection était à mes pieds.

J'envisageai sérieusement de m'enfuir en courant. Ce ne pouvait pas être plus embarrassant qu'être surprise en train de le dévisager comme une débile.

Allez, mes pieds, on se bouge !

Mais mon côté masochiste semblait apprécier l'imminente humiliation.

Maxx se retourna et s'avança dans ma direction. Il ne m'avait toujours pas vue. J'avais encore l'occasion de m'enfuir si je le voulais.

Mais je n'en fis rien. Parce que j'étais débile.

Il portait un jean usé et un vieux sweat-shirt gris de l'université. Il avait les cheveux mouillés de sueur et emmêlés autour de son visage, et de la peinture blanche en travers du front.

Il était superbe, et il marchait comme s'il le savait.

Son arrogance se percevait dans chacun de ses mouvements, et cela m'agaçait. Je détestais son assurance. Je détestais qu'il se fiche visiblement de ce que les autres pensaient. Je détestais qu'il semble posséder toutes les caractéristiques que j'aurais aimé avoir.

Puis il leva la tête et croisa mon regard. Un sourire satisfait se dessina sur ses lèvres, comme si ma présence s'inscrivait dans un de ses grands plans.

— Bonjour, Aubrey, dit-il en se penchant pour ramasser la pile de toiles de protection.

Je songeai à l'ignorer. Mais ça aurait été impoli. Et il était dans le groupe de soutien que j'animais. J'étais censée créer de bonnes relations. Tâche difficile, puisqu'il semblait faire ressortir en moi l'instinct primitif de lui hurler après.

— Bonjour, répondis-je simplement.

Le vent fouettait mes cheveux, les balayant devant mon visage, et je dus cracher des mèches qui s'étaient glissées dans ma bouche. Super, je devais vraiment paraître calme et sereine !

Maxx haussa un sourcil et me regarda sans ciller. Il ne dit rien. Moi non plus. Je commençais à me sentir mal à l'aise. Je fus de nouveau saisie d'une impression tenace de déjà-vu. J'avais le sentiment de le connaître, mais d'où, je n'en avais aucune idée.

Maxx avait un sourire taquin aux lèvres, comme si mon malaise l'amusait. Il ne dit rien pour autant. Il semblait avoir tout le temps du monde pour rester là et me faire grincer des dents.

Je ne le supportais plus.

— Alors comme ça, tu repeins le mur ? demandai-je.

Appelez-moi Captain Obvious, toujours là pour relater l'évidence.

Maxx regarda par-dessus son épaule.

— Ouais, ça fait partie de mes travaux d'intérêt général, répondit-il.

— Des travaux d'intérêt général ? répétai-je bêtement.

Maxx fit un pas vers moi. Il sortit une cigarette et la mit entre ses lèvres. J'essayai de ne pas le dévisager tandis qu'il prenait une taffe et soufflait une bouffée de fumée.

Je détestais la cigarette. C'était une habitude répugnante. Alors pourquoi trouvai-je sexy de voir Maxx poser ses lèvres autour du filtre ? Berk !

Il fit tomber la cendre au sol puis dégaina une arme à laquelle beaucoup de femmes auraient du mal à résister.

Il sourit.

Ses lèvres s'incurvèrent pleinement, illuminant son visage, faisant briller ses yeux. Je crois que j'ai même oublié de respirer.

Parce que, bon sang ! il était éblouissant.

— Tu sais, quand le tribunal t'oblige à ramasser la merde des autres, peindre des murs et faire de cette Terre un monde meilleur…, répondit-il sèchement en me décochant un clin d'œil.

— Eh bien, je suis contente de voir que tu prends ça au sérieux, fis-je remarquer.

Maxx tira de nouveau sur sa cigarette avant de la jeter au sol pour l'écraser.

— Je ne vois pas ce que je pourrais faire d'autre, dit-il en haussant les épaules.

Étais-je censée déceler un sens caché dans sa déclaration en apparence innocente ? Et pourquoi remettais-je en question chaque nuance de notre conversation ?

— Vraiment ? marmonnai-je sèchement.

Maxx ricana, mais ses yeux étaient incandescents.

— Absolument, murmura-t-il, l'air taquin, un sourire dansant sur ses lèvres.

Il me regardait avec un mélange de chaleur et d'intensité, le genre de regard qui vous mettait à nu et vous faisait frémir.

Ses yeux étaient perçants dans leur franchise, et je savais qu'il n'était pas dupe de mes tentatives de sarcasme et de nonchalance. Mon embarrassante attirance pour lui, qui n'avait débuté que quelques jours auparavant, exsudait presque de mes pores. C'était terriblement gênant.

Et je savais que je devais y mettre fin, pour notre bien à tous les deux. C'était déplacé. Et il me... décontenançait.

— Enfin, je pense que le groupe de parole va vraiment t'aider. Je suis certaine que tu vas beaucoup en retirer, repris-je un peu maladroitement, espérant qu'il comprendrait où je voulais en venir.

Il était très important de nous rappeler à tous les deux qui j'étais et quel était mon rôle dans sa vie. J'avais besoin de confirmer ma position. J'étais une conseillère en herbe, quelqu'un dont le rôle était de le guider dans un voyage difficile.

Rien de plus.

Maxx m'adressa un regard difficile à déchiffrer.

— J'espère que tu as raison, dit-il en se passant une main sale sur le visage, laissant une trace le long de l'arête de son nez.

Je dus serrer le poing pour résister à l'envie folle de l'essuyer pour lui. Et je savais qu'il y avait autre chose que mes TOC en action derrière cette envie.

Ses mots me troublaient. Percevais-je des sous-entendus qui n'étaient pas là ? Ou me communiquait-il intentionnellement quelque chose que je devais essayer de comprendre ?

Je penchais pour la deuxième solution.

Il baissa soudain les yeux, et je fus surprise par la vulnérabilité qui passa sur son visage.

— J'espère vraiment que tu as raison, souffla-t-il, et je ne savais pas s'il disait cela pour moi ou pour lui-même.

Je penchai la tête sur le côté. Il semblait perdu dans ses pensées.

Je ne pouvais m'empêcher d'être curieuse. Impossible de faire autrement avec lui. C'était visiblement un homme compliqué avec un passé compliqué. J'étais à la fois intriguée et énervée d'être intriguée.

Il y avait une ligne nette que je ne devais pas franchir. Alors pourquoi était-il si difficile de m'en souvenir depuis que je l'avais rencontré ?

Maxx fronça les sourcils, ouvrit la bouche, puis la referma. Il me regarda, son visage se lissa et tout signe de transparence s'évanouit.

— Au moins, j'apprécierai la vue.

Il me détailla sciemment de haut en bas d'un air taquin. Son sourire, qu'il voulait charmeur, était cependant dur et narquois. La sympathie que j'avais pu ressentir pour lui fut anéantie par l'envie irrépressible de lui crier au visage.

Son besoin d'alimenter mon malaise semblait forcé. Comme s'il nous ramenait sur un terrain sur lequel il était plus à l'aise.

— C'est un peu déplacé, parvins-je à articuler, agacée de me sentir aussi déçue.

Parce que le Maxx insaisissable et vulnérable que j'avais aperçu quelques secondes auparavant me manquait déjà.

Parce que ce Maxx-là semblait réel.

Le Maxx qu'il me montrait était tout autre chose.

Mais qui savait vraiment lequel des deux personnages était authentique ?

Merde ! Peut-être aucun, et le vrai Maxx était un autre que je n'avais pas encore rencontré.

Toutefois, une chose était certaine : je ne pouvais pas me permettre d'avoir envie d'une histoire avec lui. Il participait à un groupe que je co-animais. Toute relation entre nous devait rester strictement professionnelle. Je devais faire respecter un code de conduite aussi essentiel que nécessaire. Il n'y avait pas de place pour les zones grises. Seulement du noir et du blanc. Le bien et le mal.

Les entre-deux ne pouvaient exister, surtout entre moi et un homme dont je savais qu'il était dangereux, un homme qui arrivait avec tout un fatras de problèmes, un homme qui devait être le pire des désastres.

Je remontai mon sac sur mon épaule.

— Je ferais mieux de te laisser retourner peindre. Sympa de t'avoir vu, dis-je, mentant comme un arracheur de dents.

Notre rencontre avait été tout sauf sympa.

Déroutante était certainement plus juste.

Maxx sourit de nouveau, et ce sourire était beaucoup plus naturel. Il s'accroupit et cueillit un aster mauve dans un parterre de fleurs du campus, avant de se relever pour me le donner. Je pris la fleur avec hésitation et croisai son regard, tentant de comprendre son intention.

— Ce n'est qu'une fleur, Aubrey. Ne cherche pas à interpréter mon geste, railla-t-il, se moquant de ma prudence.

Je relevai le menton, les épaules raides, le dos droit, et regardai Maxx dans les yeux une dernière fois.

— Merci, dis-je, la gorge curieusement nouée. À plus tard.

Son regard semblait me communiquer un millier de choses… si seulement je parlais couramment le Maxx.

— Ouais, on se voit à la réunion de la semaine prochaine, conclut-il en rassemblant les toiles de protection.

Je lui fis un petit signe de la main et partis dans la direction opposée à celle d'où j'étais arrivée, ne pensant même plus à aller au restaurant universitaire. Je voulais seulement me réfugier dans mon appartement.

Une fois hors du campus, je baissai enfin les yeux pour trouver la fleur écrasée dans mon poing fermement serré. J'ouvris lentement les doigts et laissai les pétales détruits tomber au sol.

6

Aubrey

— Devon veut retourner à *Compulsion* ce soir, annonça Renée en entrant dans ma chambre.

Elle ne s'aventura pas très loin de la porte, comme si elle n'était pas sûre d'avoir le droit d'être là.

À une époque, elle n'aurait pas hésité une seconde à débarquer et à s'asseoir sur mon lit. Si j'avais protesté en disant que je devais travailler, elle m'aurait jeté un coussin à la figure et aurait essayé de me convaincre d'aller me bourrer la gueule avec elle.

Nous serions sorties, et Renée se serait soûlée. J'aurais été la conductrice désignée, mais ce n'aurait pas été grave, parce que je me serais amusée. Parce que c'était toujours ainsi entre Renée et moi. C'était nous.

Mais ce soir-là, elle agissait comme si elle n'était jamais entrée dans ma chambre auparavant. Elle refusait de croiser mon regard et, même si ses cheveux roux étaient parfaitement coiffés, son maquillage était presque excessif, et sa tenue avait visiblement été longuement réfléchie et élaborée. Ce n'était pas la fille qui avait l'habitude d'inviter toute l'équipe de football chez nous pour un strip-poker.

Les yeux de Renée étaient morts, les coins de sa bouche tournés vers le bas, et elle était étrangement… effacée.

— Quoi ? demandai-je en plissant les yeux.

— Devon veut aller à *Compulsion* ce soir. Je pensais que tu aimerais peut-être venir avec nous. Sortir de la maison pour la soirée, suggéra Renée en feignant l'indifférence.

Elle avait beau essayer de se montrer nonchalante, je savais qu'elle était nerveuse. Elle n'avait aucune envie de retourner dans cette boîte de nuit. Sinon, elle ne m'aurait pas demandé de venir avec eux. Jamais elle ne m'impliquerait dans un événement social avec Devon, à moins d'être complètement, totalement en panique.

— Pourquoi voudrais-tu y retourner ? demandai-je durement.

Je tentai de contenir mon incrédulité et ma réprobation. Je détestais la raison pour laquelle elle me demandait de venir, mais je ne pouvais m'empêcher d'avoir une minuscule lueur d'espoir et de me dire que sa demande était le signe que notre amitié pouvait être sauvée.

Parce que Renée Alston me manquait. Beaucoup.

Elle serra les dents, le regard glacial.

— Écoute, je savais que c'était une cause perdue de te demander. Quelle horreur pour toi de faire autre chose de ton week-end que de regarder *Vampire Diaries* pour la millionième fois pendant que Brooks ressasse ses commentaires si spirituels qu'il est le seul à trouver drôles ! rétorqua Renée dans un accès de colère.

— Écoute, si tu veux que j'aille quelque part avec toi et ton tocard de petit ami, tu t'y prends mal, ma belle, répliquai-je d'un ton sarcastique.

Renée inspira profondément.

— Va te faire voir, Aubrey, cracha-t-elle.

— Bon, j'imagine que ça va être comme ça dorénavant. On va à peine se parler. Je vais me mordre la langue plutôt que de te dire ce que je pense de ton connard de mec. On va toutes les deux ignorer le fait que tu as changé. Carrément changé, la défiai-je, ma voix montant dans les aigus sous le coup de la colère.

Les yeux de Renée devinrent vitreux, et je ne reconnus que trop bien le tremblement de sa lèvre inférieure. Elle allait pleurer. Je me sentais très mal.

— Oublie, murmura-t-elle.

Elle quitta la pièce avant que je ne puisse dire quoi que ce soit. Je pressai mes mains sur mes yeux et ravalai mon envie de crier. Je respirai profondément. D'accord, elle jouait à la conne, mais j'aurais pu mieux gérer la situation. Elle avait tendu la main vers moi de la seule façon dont elle semblait capable en ce moment, et je l'avais repoussée. Et même si traîner avec Devon et ses amis débiles pour la soirée n'était pas ma conception d'un bon moment, être avec Renée semblait être un grand pas en avant pour nous.

Je sortis dans le couloir avec la ferme intention de faire la paix.

Mais alors que j'allais l'interpeller pour accepter son invitation, aussi étrange et maladroite fût-elle, j'entendis la porte s'ouvrir puis claquer bruyamment.

À peine deux minutes plus tard, elle se rouvrit, et je me ruai dans le salon pour essayer d'arranger cette regrettable situation avec Renée.

— Je t'ai dit mille fois de fermer cette porte à clé, me gronda Brooks en se dirigeant droit vers la cuisine.

Il ne comprenait pas vraiment le concept d'espace personnel. À un moment donné, ma maison était devenue sa maison. Mes chips étaient devenues ses chips.

Mon chocolat était devenu son chocolat ? Ah, ça, non !

Je lui arrachai un sachet de M&M's des mains.

— Il y a des limites à ne pas dépasser, Brooks. Bas les pattes, l'avertis-je en remettant les dans le placard.

Brooks, l'air indifférent, prit un paquet de crackers à la place et alla dans le salon.

— J'ai croisé Renée dans le couloir. Elle avait l'air d'avoir le feu au cul. Oh, et elle était habillée comme une pute. Laisse-moi deviner, rendez-vous coquin avec son mec, *alias* « j'aime frapper les chatons avec mes bottes à bout renforcé » ? demanda Brooks en levant les yeux au ciel tandis que je ramassais les miettes de biscuit qu'il faisait tomber sur les coussins du canapé.

Je lui tendis une assiette en carton, qu'il accepta avec une lenteur exagérée, juste pour m'énerver.

Je me laissai tomber à côté de lui.

— Elle est retournée à *Compulsion*, t'y crois ? Et elle voulait que je l'accompagne. Désolée, mais je ne vois pas l'intérêt de se demander si on va se faire planter dans les toilettes pour un rouge à lèvres, marmonnai-je.

— Merde ! Vraiment ? Tu veux y aller ? demanda Brooks en se redressant d'un coup.

Je le regardai avec ma version de son regard breveté disant « t'es taré ? »

— Pour qu'on se fasse humilier par le videur barbare quand il nous dira de rentrer chez nous ?

Brooks jeta le paquet de crackers sur la table basse et s'essuya les mains sur son jean, ce qui me fit grimacer.

— Aubrey, sérieux, on devrait y aller ! Depuis la dernière fois, j'ai vraiment envie d'y retourner, et tu sais que tu veux garder un œil sur Renée, répliqua-t-il.

Je me mis à protester, mais Brooks me coupa brutalement la parole en posant sa main en travers de ma bouche.

— N'essaie même pas de le nier ! Tu ne vas pas pouvoir te détendre ce soir parce que tu seras inquiète pour ton écervelée de coloc. Alors pomponne-toi, on sort en boîte !

Je repoussai la main de Brooks d'une claque et voulus, en vain, rester énervée contre lui, ce qui était difficile puisqu'il se mit à remuer les épaules, se trémoussant de manière ridicule.

— Je ne suis pas sûre d'avoir la tenue type d'une dominatrice dans mon placard. Jamais ils ne nous laisseront entrer, raisonnai-je, dans l'espoir qu'il laisserait tomber l'affaire, tout en espérant qu'il m'aurait à l'usure.

Parce que, maudit soit-il, il avait raison. Je voulais y aller. Même si je refusais d'admettre que d'autres raisons que surveiller mon amie m'en donnaient envie, que j'étais un tout petit peu curieuse du monde que *Compulsion* avait à offrir.

D'accord, plus qu'un peu curieuse.

J'avais certes été en panique totale lors de ma première visite, mais il y avait quelque chose de captivant dans la musique, l'atmosphère, le goût excitant du danger qui dansait sur le bout de ma langue.

Le désir de m'échapper me rendait nerveuse. Depuis le coup de fil de ma mère, j'étais prisonnière des souvenirs que je m'efforçai de remiser loin dans mon subconscient.

La voix de ma mère suffisait à faire exploser la porte que je maintenais résolument fermée.

L'idée de lâcher prise, de m'immerger dans un monde si peu familier, était donc bien plus séduisante que jamais.

Et puis, il y avait cet homme mystère…

Ma décision était prise.

— D'accord, allons-y, affirmai-je soudain en me levant.

Je ris en voyant Brooks bouche bée.

Je posai mes mains sur mes hanches et levai les yeux au ciel.

— Je croyais que tu voulais y aller. Allez, viens m'aider à trouver un truc qui fasse assez salope pour qu'on puisse entrer, raillai-je.

Je me délectai de l'air choqué de mon ami. Je ne surprenais pas souvent les gens, mais quand je le faisais, ce n'était pas à moitié.

— Euh… d'accord, balbutia Brooks en me suivant dans ma chambre.

Vingt minutes plus tard, je me noyais dans un océan de fringues qui rendait mes TOC complètement dingues.

— Depuis quand mon pénis est devenu un putain de vagin ? Je suis un mec, Aubrey ! Un mec ! Je ne sais pas ce qu'il faut que tu mettes ! Moi, les fringues des nanas, je les enlève. Je ne suis pas là pour les mettre.

Il était perché sur mon lit, où il s'était allongé pour regarder mon imitation de derviche tourneur.

Je grognai, et finis par attraper une jupe en jean que je ne portais jamais (notamment parce que j'aimais couvrir mes parties féminines quand j'étais en public) et un haut noir à sequins qui dénudait mes épaules.

Une fois habillée, mes bottes noires zippées, je me regardai dans le miroir et j'eus aussitôt envie de remettre mon jean et mon sweat-shirt. Ce n'était pas comme si ma tenue était *too much*. C'était même plutôt timide selon les critères de ce genre de boîte, mais ce n'était pas moi.

J'avais bouclé mes longs cheveux blonds, et je choisis de me maquiller plus que d'habitude. J'espérais que ça suffirait, parce que c'était là toute l'énergie que j'étais prête à y consacrer.

Quand j'eus fini, j'eus droit à un sifflement admiratif de la part de Brooks. Il me regarda de la tête aux pieds, s'attardant un peu trop sur mes jambes à mon goût. Il était anormalement rouge, et je me dis que, finalement, c'était peut-être une très mauvaise idée.

Je me raclai la gorge, et il cligna des yeux avant de détourner le regard, visiblement embarrassé.

— Tu es jolie, dit-il avec un sourire.

C'était dans ce genre de situation qu'il était difficile d'oublier qu'il m'avait vue nue… à de nombreuses reprises. Étonnamment, il n'y avait jamais eu de malaise entre nous. Nous étions simplement devenus amis. Pourtant, je sentais une étrange tension émaner de lui.

— Merci, marmonnai-je en me dépêchant d'attraper la veste en cuir de Renée.

Après l'avoir enfilée, je jetai un coup d'œil à Brooks, constatant qu'il était rentré chez lui pour se changer pendant que je m'habillais. Il avait troqué son pantalon de treillis et sa chemise à col boutonné pour un jean ajusté et un tee-shirt gris moulant avec une sorte de logo de groupe de musique sur le devant. Il avait coiffé ses cheveux en pics.

Je me penchai en avant pour examiner son visage.

— Tu as mis de l'eye-liner ? Sérieux ? demandai-je en pouffant.

Les épaules de Brooks se crispèrent.

— Il faut bien se mettre dans le rôle, Aubrey. La ferme, répondit-il pour me faire taire.

L'eye-liner mis à part, Brooks était beau. Vraiment beau. Avec un peu de chance, « vraiment beau » suffirait à nous faire entrer en boîte.

J'attrapai mon sac et suivis Brooks dans le couloir.

— Tu sais où on va, cette fois ? demandai-je en montant dans sa Honda.

Brooks me sourit.

— Il va falloir qu'on aille décrypter ça, répondit-il, l'air mystérieux.

Je l'interrogeai du regard.

— Tu veux bien m'expliquer ? demandai-je, pas d'humeur à jouer aux devinettes.

— Il faut qu'on aille voir le dessin. Pour trouver l'emplacement de *Compulsion* pour la soirée, dit-il gaiement.

Brooks était clairement excité. Son enthousiasme était contagieux. Je ne pouvais m'empêcher, alors que nous approchions du centre-ville, d'avoir des papillons dans le ventre.

— Comment tu sais où est le dessin ? demandai-je.

Décidément, il fallait se donner du mal pour aller en boîte. Pourquoi tant de mystère ? Pourquoi ne pas simplement distribuer des prospectus ?

— Je me suis renseigné, et on m'a dit qu'il était derrière le lavomatique, à côté du magasin d'alcool, expliqua Brooks.

— On ne peut pas simplement demander où c'est ? Pourquoi faut-il qu'on s'enquiquine à trouver un graffiti pourri ? demandai-je.

J'étais consciente de passer pour une grincheuse, mais les obstacles que nous devions surmonter entamaient mon enthousiasme déjà mince à l'idée de sortir.

— Aubrey, ça fait partie de l'expérience. Il faut voir le dessin pour pouvoir trouver où c'est. Et ce n'est pas un graffiti pourri. X est un artiste. Ses trucs sont incroyables. J'ai entendu dire que des galeries essaient de le localiser depuis un an, elles veulent vendre ses œuvres. Mais personne ne sait qui c'est. Ni comment le trouver. Ça renforce le côté mystique, tu vois ?

Je pouffai.

— Pourquoi une galerie voudrait-elle vendre des gribouillis peints sur un mur ? Ce n'est pas de Monet qu'on parle, là.

Brooks secoua la tête.

— Tu as tant à apprendre, jeune sauterelle. Le mouvement du street art fait un malheur en ce moment. Et X s'est fait une réputation, c'est l'un des meilleurs. Ça ne fait que trois ans qu'il est là-dedans, mais si tu cherches « street art » sur Google, tu trouves ses œuvres à côté de celles de Banksy. Il est extra ! conclut-il, comme si c'était tout à fait sensé.

— Comment tu sais que c'est un mec ? Ça pourrait être une femme, fis-je remarquer sur un ton presque agressif.

Brooks haussa les épaules.

— Qui sait ? C'est important ?

— Et c'est quoi ce nom, X ? raillai-je.

Brooks me jeta un regard en biais et ne prit pas la peine de répondre. Manifestement, mon manque de reconnaissance pour le mystérieux X m'avait fait perdre un nombre considérable de points.

Il s'engagea dans une ruelle étroite entre deux bâtiments, qui donnait sur un petit parking. Un groupe de gens était rassemblé à côté d'une benne à ordures.

Brooks se gara et bondit hors de la voiture.

— Viens ! me cria-t-il en se ruant vers un mur.

Il y avait beaucoup de graffitis dans la cour, les tags et noms de gangs typiques.

Mais ce n'était pas ce que les gens étaient venus voir.

C'était le portrait d'une femme en feu qui retenait leur attention. Elle faisait au moins trois mètres de haut sur quatre et demi de large.

— Explique-moi ce que ça a à voir avec une boîte de nuit ? murmurai-je à Brooks, qui avait sorti son téléphone et rentrait des chiffres dans son GPS.

Il leva les yeux vers moi et m'adressa un sourire distrait.

— Rien du tout, Aubrey, répondit-il.

Je fronçai les sourcils et me tournai vers le dessin. Le vent s'était levé, charriant l'odeur rance des poubelles. Le petit parking était dégoûtant. Mais la foule se fichait royalement de ce qui l'entourait. Nous étions tous là pour une seule raison… trouver le chemin d'un club qui promettait des choses que nous ne pouvions même pas imaginer.

Je devais admettre que le talent artistique du graffiti était impressionnant. Je me souvenais du dessin que j'avais vu quelques semaines auparavant, la main monstrueuse et les gens qui tombaient du ciel.

Cette peinture-là avait été sombre, presque menaçante. Celle-ci semblait transmettre tout autre chose.

L'envie.

Le besoin de quelque chose qu'on a vu de loin.

Le désir.

Une luxure flagrante et débridée.

D'une certaine manière, cet éclat de peinture sur un mur sale communiquait toutes ces choses. Brooks avait raison. Qui que soit ce X, il était sacrément talentueux.

Le dessin représentait une femme de profil, ses longs cheveux dorés léchés par des flammes d'un rouge vif qui glissaient vers son visage. On ne voyait que le contour de son nez et de sa mâchoire car elle tournait la tête, regardant au loin.

Le reste de son corps était dessiné en de larges lignes noires ébauchées, vagues, jusqu'à ce qu'on regarde sa main. La main était peinte avec précision, presque avec délicatesse. Les doigts étaient tendus, la paume grande ouverte, et il en tombait de jolies fleurs mauves qui me firent penser aux asters du campus.

Le feu s'élevait aux pieds de la fille et semblait engloutir les fleurs qui tombaient au sol. C'était contradictoire, le pouvoir du feu et la douceur tranquille des fleurs. Il y avait une espèce de possession violente dans la façon dont les flammes dévoraient les pétales qui tombaient, touchant presque la peau de la jeune femme, comme si elles voulaient l'atteindre, sans en être capables. Je remarquai le X caractéristique fondu dans le rouge et l'orange.

Un frisson qui n'avait rien à voir avec la fraîcheur de l'air parcourut ma colonne vertébrale.

— Je l'ai ! s'écria Brooks un peu trop fort, me faisant sursauter tant j'avais été concentrée sur la peinture. Viens ! hurla-t-il dans mon oreille, et je lui jetai un regard agacé.

Je remarquai que les autres partaient rapidement eux aussi. Ils avaient eu ce qu'ils étaient venus chercher. Je me retournai vers l'image, étrangement triste de la laisser derrière moi.

— Aubrey, il est déjà tard. Il faut qu'on se dépêche sinon la queue sera immense ! me pressa Brooks en m'entraînant vers sa voiture.

Une fois ma ceinture attachée, je contemplai de nouveau le dessin. Si seulement je pouvais comprendre l'étrange tourbillon d'émotions que j'éprouvais en le regardant. Je le contemplai jusqu'à en avoir les larmes aux yeux.

Je clignai des paupières et me tournai vers Brooks, qui rentra une adresse dans son téléphone avant de le poser sur le tableau de bord. Sentant une migraine arriver, je me massai les tempes.

Je me sentais étrangement troublée, et une partie de moi voulait rentrer à la maison et oublier la grande aventure de la soirée. J'avais comme un étrange pressentiment dont je ne pouvais me débarrasser, d'autant qu'il était enchevêtré avec un besoin presque euphorique de lâcher prise.

J'étais une putain d'épave.

Je tentai de me remettre les idées en place en me concentrant sur mon ami, qui frétillait presque d'excitation.

— Comment t'as trouvé l'adresse ? demandai-je, consciente que, pendant ma chute libre dans cette tourmente émotionnelle, j'avais oublié la raison de notre présence.

— Tu vois ces chiffres peints dans le feu en bas ? demanda Brooks en montrant le graffiti du doigt.

Je plissai les yeux, puis je les vis. Les chiffres un et quatre, puis cinq autres chiffres entremêlés le long de la base de la flamme.

— Oui, et alors ? demandai-je.

— Les deux premiers sont un numéro de rue, et les cinq derniers un code postal. Les tiges des fleurs sont en réalité des mots avec le nom de la rue. Alors on entre tout dans le GPS et voilà, on a l'emplacement de *Compulsion*, répondit-il comme un gamin révélant le truc top secret de son tour de magie.

— N'est-ce pas super créatif ! lançai-je malicieusement, faisant de mon mieux pour dissimuler mon trouble grandissant.

— Détends-toi et amuse-toi, Aubrey. Laisse-toi aller pour la soirée, me taquina Brooks.

Je fis de mon mieux pour ne pas me mettre sur la défensive face à sa critique implicite.

— Je sais m'amuser, affirmai-je.

Je tâchai de ne pas exploser quand Brooks se mit à rire, incrédule.

Le reste du trajet se déroula en silence, et je m'efforçai de contenir l'élan déroutant de stress et d'excitation qui faisait battre mon cœur à tout rompre.

Le GPS nous conduisit à la périphérie de la ville, bien loin des lumières et de l'agitation de la vie nocturne normale d'un samedi soir. Brooks se gara dans un champ, et je vis des gens qui marchaient vers un bosquet d'arbres.

— Allons-y, me dit Brooks en sortant de la voiture.

Je sortis à mon tour, traversai les herbes hautes, et me dirigeai vers une brèche dans les bois.

Il faisait sombre, les lumières de mille téléphones portables et briquets ponctuant l'air autour de nous. J'entendis, non loin, le martèlement de la musique. Soudain, je trébuchai sur une racine, et Brooks me rattrapa de justesse par le bras. *Compulsion* me faisait littéralement tomber à la renverse !

— Nous y voilà ! hurla Brooks dans mon oreille en pointant le doigt devant lui.

La ferme délabrée semblait avoir été condamnée plusieurs dizaines d'années auparavant. Le bâtiment était immense. À une époque, ça avait dû être le charmant foyer d'une famille charmante. Désormais, la maison semblait sortir tout droit d'un film d'horreur.

Les fenêtres étaient soit cassées, soit entièrement dépourvues de vitre. Le porche n'était plus qu'une pile de ruines. La longue queue de fêtards faisait le tour de la maison, disparaissant à l'arrière.

— On se croirait dans *Massacre à la tronçonneuse*, marmonnai-je en remontant la fermeture Éclair de ma veste en cuir jusqu'en haut pour essayer de ne pas prendre froid.

Une fois encore, nous nous retrouvâmes à faire la queue pour avoir la chance d'entrer. Renée était-elle déjà là ? Je reconnus quelques étudiants de la fac, mais, à part ça, c'était une foule d'étrangers.

Je grognai lorsqu'on atteignit l'avant de la queue et que je vis ce bon vieux Randy, mon meilleur ami videur. Il semblait plus féroce et inflexible que jamais, et j'espérai qu'il ne démasquerait pas nos piètres tentatives de passer pour ce que nous n'étions pas.

Je fus soulagée lorsque le coup d'œil obligatoire du videur fut récompensé par une réclamation monétaire bourrue, suivie par la tache d'un tampon sur le dos de nos mains. Et, juste comme ça, on nous accordait le droit d'entrer.

Brooks poussa un cri de joie et m'ébouriffa les cheveux.

— On est entrés ! Génial ! exulta-t-il, et je voulus lui retourner son sourire.

Mais le grondement assourdissant des basses et la sensation familière d'anticipation et de peur qui m'animait avaient déjà pris le dessus.

J'avais trouvé mon échappatoire.

7

X

Je passai ma langue sur ma lèvre inférieure, jouissant de la sensation d'engourdissement qui emplissait ma bouche. Je sentais encore l'amertume des comprimés au fond de ma gorge. Mes paupières s'affaissèrent, et mes membres étaient lourds.

J'adorais ça, putain.

La musique retentissait dans mes oreilles tandis que je traversais la foule en force. Je tirai la casquette de base-ball sur mon front et appréciai la sensation de la centaine de corps pressés contre moi. L'odeur de la sueur emplit mon nez, et je voulus m'allonger sur le sol et le laisser m'avaler.

Une fille avec des cheveux bleu vif et une robe moulante se frotta à moi, enroula ses bras autour de mon cou. Ses lèvres s'étirèrent en caricature de sourire. C'était comme une Schtroumpfette version salope, avec ses seins qui se pressaient agressivement contre mon torse.

Bordel ! Je n'étais pas contre. Je jouerais le jeu. Je laissai donc mes mains errer jusqu'à son cul. Elle poussa un petit cri lorsque je lui pressai les fesses.

Oui, j'étais en train de peloter une nana au hasard, mais putain que c'était bon. Tout était au ralenti, l'air pulsait, et j'aurais aimé pouvoir être comme ces putains d'enculés et profiter de l'ambiance.

Mais j'avais des trucs à faire.

La Schtroumpfette se frotta contre mon entrejambe et j'agrippai sa chair, comme si je pouvais enfoncer mes doigts dans sa peau et disparaître. J'avais la tête dans du coton et la bouche sèche, mais je ne voulais plus bouger. Jamais.

— Tu as quelque chose ? me murmura la fille à l'oreille, sortant sa langue pour lécher la sueur qui perlait sur ma mâchoire.

Je souris diaboliquement et la plaquai contre moi, bougeant en rythme avec la musique.

— J'ai exactement ce qu'il te faut, promis-je, jouissant de la lueur d'excitation qui éclaira son visage pâle.

— Combien ? souffla-t-elle, excitée, ses mouvements devenant effrénés.

— Viens avec moi, ordonnai-je en l'attrapant par la main.

Je la tirai à travers la foule jusqu'à un couloir à l'écart de la piste de danse. On courait presque lorsque je trouvai une salle sombre au fond de la maison.

C'était mon job de trouver l'emplacement de *Compulsion* chaque mois. Appelez-moi l'Éclaireur, ou le Maître de la soirée. Peu importe. Mais c'était sacrément compliqué de trouver un endroit assez grand et assez loin des écrans radar pour mettre la musique bien trop fort et vendre de la drogue bien trop ouvertement en toute impunité.

Cet endroit était un cadeau du ciel. Il avait été condamné quelques mois plus tôt et devait être détruit quelques semaines plus tard. Gash, l'organisateur, doutait de la sécurité de la vieille ferme, mais il ne pouvait pas nier qu'elle était privée et à peu près parfaite pour une nuit de bordel à peine contrôlé.

J'avais exploré le bâtiment plusieurs fois, j'en connaissais donc bien le plan. Je savais également que l'endroit où j'emmenais la Schtroumpfette était suffisamment privé pour ce que j'avais en tête.

Il n'y avait pas de lumière. Je dus sortir mon téléphone portable et m'en servir comme d'une lampe de poche pour chercher le sachet dans ma poche. J'en sortis deux petits cachets bleus et les tendis à la fille.

Elle essaya de me les prendre, salivant presque. Je fermai le poing et les éloignai avant qu'elle ne puisse les attraper.

— Non, non, chambrai-je en agitant un doigt devant son visage.

Elle se dépêcha de sortir une liasse et me fourra deux billets de vingt dans la poche, ses doigts agrippant ma cuisse à travers le jean. Je l'observai de plus près. Je connaissais ce genre de nana, une petite riche triste voulant prendre le train express pour le côté obscur.

Heureusement pour elle, j'étais ravi de l'y emmener.

Elle ouvrit la bouche, et je fis tomber la drogue sur sa langue. Elle referma ses lèvres autour de mes doigts et les suça tout en avalant le comprimé, ses yeux roulant d'extase dans leurs orbites.

— Hmm…, gémit-elle en se caressant le corps, sans cesser de me sucer les doigts.

Ma bite se dressa brusquement. J'étais détendu et complètement défoncé, et, là tout de suite, je voulais que cette fille se mette à genoux. Fini les plaisanteries, je voulais passer à l'action.

J'appuyai sur ses épaules, lui faisant clairement comprendre mes envies. Ses genoux heurtèrent le sol dégueulasse, mais cela ne lui fit ni chaud ni froid. Elle était trop défoncée pour s'en soucier, et j'étais trop un connard pour que ça me gêne qu'elle ne remarque rien. Sa façon de saisir volontiers ma boucle de ceinture aurait dû me dégoûter. Elle déboutonna mon jean et descendit la fermeture Éclair comme une pro.

Putain ! J'aurais dû me dégoûter moi-même pour ce que j'attendais d'elle. Mais cela faisait longtemps que j'avais dépassé tout sentiment de honte.

C'était mon monde. Et, dans ce monde, je prenais ce que je voulais, quand je le voulais.

La réalité que j'affrontais au-dehors était bien différente. Je n'avais pas la liberté de faire ce que je voulais. Je traversais la vie à coups de griffes, les doigts ensanglantés.

Mais, pour l'instant, j'étais un putain de dieu.

La fille leva les yeux vers moi à travers ses cheveux bleus, m'adressant un sourire au regard terne. Je ne le lui rendis pas. Avant qu'elle commence, je sortis une capote. Pas question que cette salope touche ma bite sans protection.

Quand j'eus fini de me préparer, je poussai sa tête vers le bas, et elle me donna exactement ce que je voulais.

Je ne la touchai pas. Je ne mis pas ma main dans ses cheveux, je ne caressai pas ses épaules. Il n'était pas question d'affection. Ni de désir. Il s'agissait uniquement pour moi d'obtenir ce que je voulais. Je me foutais de savoir qui elle était. Je ne lui demanderais pas son nom et n'essaierais pas de connaître sa couleur préférée.

Je m'en foutais. Cela faisait longtemps que j'avais arrêté de me soucier de qui ou de quoi que ce soit. Je voulais seulement jouir dans sa bouche et partir. Parce que je me sentirais mieux. Et c'était tout ce qui comptait.

Je restai donc là pendant que la salope me suçait comme si c'était son job, oubliant presque que c'était une vraie personne avec sa bouche autour de ma queue.

Quand elle eut fini, elle se releva et s'essuya la bouche du revers de la main. Elle se mit sur la pointe des pieds pour essayer de m'embrasser. Elle remonta sa robe et me grimpa dessus comme si j'étais un arbre, comme si sucer ma bite lui donnait le droit de s'attendre à ce que je lui mette ma queue. J'avais des principes.

Je la repoussai et retirai la capote. J'y fis un nœud et la jetai au sol à ses pieds.

— Occupe-toi de ça, ordonnai-je en remontant ma braguette.

Sans un mot de plus, ni un regard pour elle, je quittai la pièce et retournai sur la piste de danse.

Je me sentais léger comme l'air, les drogues agissaient dans mon système. Si je fermais les yeux, je flotterais vers le plafond. J'étais prêt à parier que je pouvais m'envoler et ne jamais revenir. Et c'était exactement ce que je voulais.

Partir loin, très loin.

— Yo, X, t'as vendu toute ta came ?

J'ouvris les yeux, agacé, en colère contre celui qui interrompait mon instant de folle évasion.

— Putain, mais qu'est-ce que tu veux ? grognai-je au mec rachitique qui tremblait presque dans ses fausses Dr Martens pourries.

Ce sale con me tapait vraiment sur le système.

Il grimaça d'un air désolé, hésitant. Je tirai une sorte de plaisir pervers de sa crainte. J'avais la réputation d'être caractériel et imprévisible. Je me foutais de ces trucs casse-couilles qu'on appelle les conséquences.

C'était mon monde, je laissais seulement les autres y exister.

Je devrais certainement noter que ma consommation de drogues s'accompagnait d'une bonne dose de narcissisme.

— Euh… Marco a dit que tu avais de… tu sais… Je voulais seulement acheter ce que tu as, balbutia le gars.

Je ne le connaissais pas. Mais il me connaissait. Ils me connaissaient tous.

C'était difficile de ne pas me connaître.

Me sentant soudain magnanime, je tirai les derniers comprimés de ma poche.

— Ce sera le double pour toi, lui annonçai-je, amusé par l'éclair de colère qui passa sur son affreux visage.

Qu'est-ce qu'il allait y faire ? Se battre avec moi ? Voler ma drogue ? Pas moyen. Il n'avait clairement pas les couilles pour ça.

Je souris d'un air suffisant lorsqu'il me tendit quatre-vingts dollars et prit les deux comprimés dans ma main. Je pliai les billets et les fourrai dans ma poche.

— Ravi d'avoir fait affaire avec toi, dis-je sèchement en le poussant pour me rendre au bar.

J'étais le roi du monde. Rien ne pouvait m'atteindre. J'étais le roi de ce putain de château.

Puis je la vis, elle.

L'éclair de ses cheveux blonds dans la lumière stroboscopique attira immédiatement mon attention. Mes yeux se posèrent sur elle, un phare dans mon obscurité toute personnelle.

Elle était habillée différemment de la dernière fois. Adieu, jean et tee-shirt. Elle portait une minijupe et un haut transparent donnant un aperçu alléchant de ce qui se cachait en dessous.

Mais quelque chose clochait. On aurait dit qu'elle essayait d'être ce qu'elle n'était pas. Même si je devais admettre que j'appréciais de voir ses longues jambes sous sa jupe courte.

C'était comme d'observer une gazelle au milieu des lions. Elle se ferait dévorer toute crue. Mais, alors que je la regardais danser, je compris qu'une partie d'elle ne demandait qu'à se faire dévorer.

Elle dansait comme si elle n'était pas tout à fait à l'aise avec son corps. Il y avait dans ses mouvements une hésitation qui contrastait avec l'abandon qui se lisait sur son visage.

Et c'était un putain de beau visage.

Elle semblait être seule. Comme la dernière fois. Comme si elle attendait que j'intervienne et que je l'emmène.

— Comme d'hab' ? me demanda Éric, le barman.

Je hochai à peine la tête, refusant d'accorder mon attention à qui ou quoi que ce soit d'autre.

Elle se balançait sur la musique, comme si elle s'efforçait de se détendre et de se laisser aller. Elle semblait réclamer que je l'aide à lâcher prise.

Je souris. Je savais que je pouvais l'aider à aller là où elle voulait être.

Je pouvais être son lapin blanc. Elle n'avait qu'à me suivre où je voulais la mener.

Ce n'étaient peut-être pas des pensées rationnelles. Elles étaient limite insensées. Mais elles me donnaient une sensation de pouvoir enivrante.

Je la voulais.

Et je l'aurais.

Je prenais toujours ce que je voulais.

Mais elle n'était plus seule. Un mec la rejoignit, elle lui sourit, et je l'observai pendant qu'il la faisait rire.

Mes mains devinrent des poings, et je tentai de réprimer l'élan de rage qui se libéra en moi. Ce sentiment déraisonnable de possession me faisait voir rouge.

Ils se dirigèrent tous deux vers le bar, à environ trois mètres de moi. Elle plaisait au gars. J'étais content de savoir lire en mes congénères comme dans un livre ouvert, et le livre de ce gars était un manuel d'instruction détaillé sur comment s'y prendre avec une fille trop bien pour lui.

Il s'approcha d'elle, elle recula d'un pas. Il posa sa main sur son bras, elle le repoussa. Sa façon de rejeter systématiquement ses avances me fit sourire.

Le mec leur commanda des shots, et je fus impressionné par la façon dont cette fille les descendait, même s'il était évident que ce n'était pas une grande buveuse. Je le devinais à sa façon de grimacer après chaque gorgée. Elle chassa du bout de la langue le goût sur ses lèvres, et je sentis mon entrejambe se durcir.

Je sirotai mon propre verre, m'éclatant à l'observer comme un voyeur. Le mec lui murmura quelque chose à l'oreille, puis se dirigea vers les toilettes. Le malaise de la nana monta d'un cran dès qu'elle fut seule.

Elle affichait sa vulnérabilité comme une enseigne en néon.

Je bus une autre gorgée de whisky et reportai mon attention sur l'homme au visage plein de métal et au regard mort au bout du bar. Je connaissais ce genre de gars. Je savais à quoi il pensait. Et je savais ce qu'il ferait si l'occasion se présentait.

Son ami n'était pas encore revenu, et la fille commanda un autre verre. Le barman posa sa bière sur le bar, et elle se mit dos au comptoir pour regarder les danseurs. « Full Metal Jacket » prit ça pour une invitation à jouer les violeurs. Il fit discrètement tomber un cachet que je ne reconnus que trop bien dans la bouteille décapsulée avant de disparaître dans la foule.

Elle ne remarqua rien. Vu la foule dans la boîte, son ignorance était à la fois rageante et compréhensible. Elle était larguée, complètement dépassée, et inconsciente. Elle n'avait pas la débrouillardise nécessaire pour traîner dans un endroit pareil.

Je me glissai furtivement à ses côtés. Je m'assurai que ma casquette cachait toujours bien mon visage.

Mon anonymat était vital.

Elle tendit la main pour prendre sa bière, mais je mis vite la bouteille hors de sa portée. Elle leva la tête vers moi, perplexe, clignant des yeux – qui étaient d'un marron vif et clair –, les sourcils froncés.

— Rends-moi ma bière, exigea-t-elle, se voulant dure et menaçante.

Elle était à peu près aussi intimidante qu'un chaton.

Incapable de m'en empêcher, je tendis la main et caressai sa joue du doigt. Elle me repoussa vivement, et je me surpris à rire de son indignation.

— « Tout ce qu'ont de plus beau la lumière et l'ombre est réuni dans ses traits et dans ses yeux », citai-je, me délectant de la confusion qui se lisait sur son visage.

Oui, j'avais un faible pour Byron. Il écrivait des trucs sombres que j'appréciais.

L'instant aurait été bien cucul et gênant si elle n'avait pas eu cette chaleur en elle. Je l'excitais, je le sentais. Pourtant, elle détestait que je l'excite ainsi. Elle ne me connaissait pas. Je la déroutais. Néanmoins, elle éprouvait du désir.

C'était un pouvoir grisant.

— Donne-moi ma foutue bière, dit-elle doucement mais avec colère, en détachant chaque syllabe.

Je me penchai par-dessus le bar et laissai tomber la bouteille pleine dans la poubelle.

— Tu ne boiras pas ça, lui dis-je.

Elle était furieuse. Je ris de sa colère, je m'en imprégnai. Mes veines bourdonnaient. Mes yeux étaient lourds et mes pieds semblaient appesantis, comme pris dans du ciment, mais rien ne pourrait me pousser à la quitter.

Pas encore.

— Pourquoi t'as fait ça ? demanda-t-elle.

Je vis sa mâchoire se serrer. Je voulais qu'elle soit en pétard. Je voulais qu'elle soit à peine capable de se contenir. Parce que c'était ce qu'elle voulait.

Elle voulait perdre le contrôle.

Et j'avais le sentiment que c'était ma mission de lui accorder ce droit.

Je me penchai vers elle, cherchant volontairement à envahir son espace personnel. C'était un geste abusif, mais je voulais voir jusqu'où je pouvais aller. Je laissai tomber ma main sur sa taille, sur la peau nue entre son haut et sa jupe. J'enfonçai mes doigts dans sa chair, aplatissant ma paume pour sentir sa chaleur.

— Ne quitte jamais ta boisson des yeux ici, murmurai-je à son oreille.

Elle écarquilla les yeux, ces incroyables yeux bruns, les leva vers moi, cherchant à voir mon visage. Je baissai rapidement la tête, évitant son regard pénétrant. Je savais qu'elle aurait du mal à me voir sous la visière de ma casquette dans cette lumière, mais je devais être prudent.

Je remontai ma main le long de son corps et saisis son menton pour faire pivoter son visage vers l'autre côté du bar.

— Tu vois le mec là-bas, avec le piercing au septum et les cheveux mal décolorés ? demandai-je.

Il nous observait, hargneux, n'appréciant visiblement pas que j'aie gâché ses projets pour la soirée.

— O… oui, bégaya-t-elle, et je sentis son pouls battre sous mon pouce.

Elle était nerveuse, et certainement flippée.

Bien.

— Il a mis quelque chose dans ta bière. Puis il aurait attendu, lui soufflai-je à l'oreille. Il aurait attendu que tu ailles aux toilettes ou que tu sortes prendre l'air, et il t'aurait suivie. T'aurais été trop shootée pour te défendre quand il t'aurait emmenée de force derrière le bâtiment, murmurai-je.

Elle avait vraiment l'air terrorisé, et je me sentis un peu mal. Mais une fille comme ça ne comprenait pas les dangers qui la guettaient dans l'ombre.

— Et tu aurais été inconsciente pendant qu'il aurait fait ce qu'il voulait de toi, conclus-je en laissant retomber ma main.

Je m'écartai, ajustai ma casquette et finis le fond de mon verre avant de le pousser vers Éric.

— Les mecs comme ça attendent une proie facile comme toi toute la nuit. Alors, si tu comptes rester là, reprends-toi. Parce qu'il y a beaucoup de prédateurs, ici, lui conseillai-je, soudain énervé.

Je ne savais pas trop pourquoi j'étais aussi en colère. Mais tout sentiment de possession, de désir, avait été balayé par un instinct de protection inhabituel.

La fille fronça les sourcils et me regarda d'aussi près que le lui permettait la lumière tamisée.

— Je me souviens de toi. C'est toi qui m'as aidée à trouver mon amie la dernière fois.

Puis elle entra dans mon espace personnel. Elle envahit et abusa. Et ce fut moi qui reculai d'un pas.

— Comment tu t'appelles ? demanda-t-elle doucement en tendant la main vers ma casquette comme pour me l'enlever.

J'attrapai son poignet et l'écartai, remettant son bras le long de son corps.

— Tu devrais rentrer chez toi. Je te l'ai dit la dernière fois : ce n'est pas un endroit pour toi. Je crois qu'on en a eu la preuve. La souris ne survit pas longtemps dans une salle remplie de chats, dis-je.

Je commençais à me sentir nerveux. J'avais besoin d'une autre dose, et vite. Mon système éliminait la drogue, et je sentais mes organes hurler pour ne pas craquer. Le manque rendait mon sang et mes os hystériques.

J'avais les idées trop claires, et mes yeux étaient trop nets. Mais elle me donnait envie d'y voir clair.

Je ne comprenais pas pourquoi. Je n'aimais pas l'effet qu'elle avait sur moi.

Cela me mettait en colère.

Cette fille avait consumé ma soirée, et j'étais censé faire d'autres choses.

Elle ouvrit la bouche pour parler, et je songeai à fourrer ma langue entre ses lèvres rouges.

Pour goûter et conquérir.

Faire sa bouche mienne.

Mais ses mots et mes désirs furent coupés net.

— Il y avait une putain de queue aux toilettes. Désolé d'avoir été si long.

Elle fut momentanément distraite par l'apparition de son ami qui revenait. Je sautai sur l'occasion pour disparaître dans la foule.

Je la quittai.

J'essayai d'oublier.

J'essayai de reprendre ma soirée telle qu'elle avait été avant de la voir.

Mais il était impossible d'oublier. Certaines personnes se frayent un chemin dans votre esprit sans qu'on se rende compte de rien.

Et, plus tard, alors que je défonçais la gueule du mec qui lui avait refilé de la drogue, je compris qu'elle y était bien installée.

Je n'avais simplement pas décidé de ce que je ferais si elle y restait.

8

Aubrey

— Tu veux aller manger un bout au restaurant universitaire ? demanda Renée en entrant dans ma chambre.

Je levai les yeux de mes devoirs, surprise. Elle s'adressait à moi ? Était-ce réellement une invitation à passer du temps ensemble ?

La soirée à *Compulsion* avait été… disons… intéressante.

Je n'arrivais pas à savoir si je m'étais vraiment amusée ou non. Toute cette expérience avait été complètement irréelle.

Me trouver là, prétendre être quelqu'un que je n'étais pas, avait été libérateur. Le besoin de me lâcher et de m'amuser était une tentation puissante, et à laquelle j'avais été prête, l'espace de quelques instants, à m'abandonner.

Mais je l'avais revu, lui, l'inconnu à la casquette de base-ball. Il était intervenu et m'avait sauvé la mise comme s'il avait attendu cette occasion toute la nuit.

Je m'étais sentie idiote quand il m'avait empêchée de boire la bière droguée. Je me targuais d'être hyper vigilante quand je me retrouvais dans des situations inhabituelles. Ça ne me ressemblait pas de laisser mon verre sans surveillance.

Je n'étais pas idiote, mais là, j'avais été plus que stupide. J'avais été imprudente et je m'étais presque mise en danger à cause de mon ignorance.

Mais l'homme mystère s'était assuré que cela n'arrive pas.

J'aurais dû être reconnaissante qu'il soit là. Au lieu de ça, je m'étais sentie outragée, énervée de ne pas avoir été capable de prendre soin de moi, et il s'était moqué de moi pour cette raison précise.

Je n'étais pas le genre de fille qui avait besoin d'être sauvée, et pourtant il l'avait déjà fait deux fois.

Je ne connaissais toujours pas son nom, ni son visage. Et je savais, sans l'ombre d'un doute, que c'était totalement intentionnel.

Quand il m'avait touchée, c'était délibéré, comme s'il cherchait une réaction spéciale de ma part. Il savait ce qu'il faisait en envahissant mon espace personnel, et il aimait me mettre mal à l'aise.

Mais ensuite il avait disparu, et je ne l'avais pas revu de toute la soirée.

J'avais horreur de l'admettre, mais j'avais passé plus de temps à le guetter qu'à danser. J'avais complètement oublié de chercher Renée, et je ne m'étais rendue compte que je ne l'avais pas vue de la soirée que lorsque nous étions partis, Brooks et moi, à 2 heures du matin.

Brooks était plus qu'un peu bourré, et j'avais donc dû nous reconduire chez nous. Renée était déjà rentrée. J'avais vu la lumière sous sa porte.

Mais j'étais de mauvais poil et étrangement tremblante, et je n'avais pas pris la peine de lui demander où elle était allée. Et je ne lui avais pas vraiment parlé depuis.

C'est pourquoi son apparition soudaine dans ma chambre me prit au dépourvu.

— Quoi ? demandai-je bêtement.

— On n'a pas vraiment passé de temps ensemble, dernièrement. Je me disais qu'on pourrait… tu sais, manger un bout, peut-être même se faire un film. Ça fait longtemps qu'on n'a pas regardé *Génération rebelle*, proposa-t-elle, croisant timidement mon regard.

J'étais consciente qu'elle faisait des efforts. Elle me tendait la main. Et je n'étais pas du genre à rejeter une telle proposition.

Je fus frappée, à cet instant, de combien ma meilleure amie me manquait. J'avais besoin de retrouver les confidences que nous avions l'habitude de partager.

J'avais beau adorer Brooks, il n'était pas Renée.

Je fermai mon manuel sur les bases de la psychothérapie et lui souris.

— Super idée, répondis-je avec sincérité.

Renée sembla soulagée que j'accepte son offre. Peut-être n'avais-je pas été aussi accessible que je l'avais pensé. Se pouvait-il qu'elle ne soit pas la seule responsable de la dégradation de notre amitié ? Peut-être ma tendance à m'isoler avait-elle contribué à la distance émotionnelle qui s'était créée entre nous ?

J'attrapai mon sac à main, et Renée enfila sa veste en cuir noire. Elle fourra ses mains dans ses poches et en sortit les deux reçus que j'y avais laissés après l'avoir portée le samedi.

— Tu m'as emprunté ma veste ? me demanda-t-elle en froissant les papiers avant de les jeter à la poubelle.

— Ouais, samedi. J'espère que ça ne te dérange pas, lui dis-je.

Nous partagions nos fringues depuis que nous avions emménagé ensemble, même si je n'aurais peut-être pas dû la prendre sans demander sa permission, étant donné le statut actuel de notre amitié.

Renée sourit.

— Non, du tout. Tu sais que tu peux m'emprunter des vêtements quand tu veux. De toute façon, cette veste te va mieux qu'à moi, dit-elle avec légèreté, et la tension qui régnait entre nous s'atténua quelque peu.

— C'est vrai. Je ne peux pas discuter cette logique, plaisantai-je en fermant la porte de l'appartement derrière nous.

— Tu as fait quoi ? Je croyais que tu prévoyais de rester à la maison samedi soir, dit-elle.

— Je suis allée à *Compulsion* avec Brooks. J'espérais t'y voir, tu sais, comme tu avais proposé que je t'y accompagne…, m'aventurai-je, cherchant à ouvrir le dialogue entre nous.

Je remarquai immédiatement un changement dans son attitude : elle avait serré les dents et s'était raidie.

— On n'y est pas allés finalement, me répondit-elle enfin après quelques secondes.

— Pourquoi ? Vous avez fait quoi ? m'enquis-je.

Je ne savais pas si elle allait me répondre, si elle se dirait que j'étais indiscrète et me repousserait. Je ne savais plus comment elle allait réagir à mes questions. L'époque des conversations désinvoltes était révolue. Renée Alston avait beaucoup de secrets désormais, et je n'étais pas certaine de les connaître un jour.

Elle se lissa les cheveux, geste qui indiquait généralement qu'elle était contrariée. Je l'observai de près et fus surprise de voir qu'elle avait l'air presque décharné. Comment avais-je fait pour ne pas remarquer qu'elle avait perdu autant de poids ces derniers mois ? Ses cheveux roux autrefois vifs étaient désormais ternes, couleur rouille. Ses vêtements étaient trop larges et semblaient à deux doigts de glisser le long de sa silhouette frêle.

Elle avait toujours été plantureuse. Elle était un peu petite (elle m'arrivait aux épaules), mais avec un cul et des seins qui supplantaient largement les miens. Et elle avait toujours su s'en servir. À présent, elle nageait dans ses vêtements. Ses épaules étaient voûtées, et ces jours-ci, son regard était toujours rivé sur le sol.

— On a fini dans une soirée. Chez un mec que Devon connaissait, expliqua Renée en me regardant du coin de l'œil, guettant certainement un signe de ma légendaire désapprobation pour tout ce qui concernait Devon.

Mais je restai impassible.

— Ah oui ? C'était bien ? demandai-je en sortant sur le trottoir, attendant qu'elle me rejoigne.

L'air était frais, et ça sentait la neige depuis des semaines, même si je n'avais pas encore vu un seul flocon. Le ciel était gris ardoise, mais le soleil ne me manquait pas. J'adorais le froid.

Jayme et moi attendions toujours la neige avec impatience. Même si c'était futile, étant donné le peu de précipitations glacées que nous avions durant l'hiver. Elle suivait constamment la météo locale, dans l'espoir de manquer un jour d'école. Nous avions mis au point un étrange rituel où nous dansions dans le jardin, comme si cela allait inciter la neige à venir.

Nous passions tant de temps ensemble quand nous étions plus jeunes. Jayme n'avait que deux ans de moins que moi, mais, très tôt, je m'étais sentie très protectrice envers elle. Elle avait toujours été timide et peu sûre d'elle, et elle avait eu des difficultés à accepter son corps dès qu'elle avait été assez vieille pour se soucier de son image.

Elle n'avait pas compris à quel point elle était belle. Elle s'était toujours mise en quatre pour que les gens l'aiment, même s'il s'agissait du mauvais genre de personnes.

Renée s'arrêta et se tourna vers moi.

— On n'est pas obligées de parler de Devon. Je sais que tu ne l'aimes pas. Et, d'ailleurs, je comprends pourquoi. Il n'est pas très gentil avec toi, déclara-t-elle, et je ne pus m'empêcher de pouffer.

— Ni avec toi, ajoutai-je avec hésitation.

Je ne savais pas si je devais taire mon opinion, mais je trouvais dur de réprimer ce que je ressentais.

Renée pinça les lèvres, et j'attendis l'altercation. Elle ne vint pas. Et je fus contente d'avoir exprimé ce que je ressentais sans me censurer.

— Allons chercher à manger, lança Renée peu après, et je compris que j'avais dépassé les bornes.

Il était clair qu'elle n'était pas prête à tendre le rameau d'olivier plus loin, que je devais simplement accepter ce qu'elle offrait et m'occuper de mes oignons.

Pourquoi étions-nous toujours aussi fascinés par les accidents de train ? En tout cas, c'était à ça que ressemblait la vie de Renée : à un train fonçant à sa perte à toute allure. Mais j'avais beau avoir envie de sauter sur les rails pour l'arrêter, je savais que mon intervention ne serait pas la bienvenue. Être l'amie de Renée imposait de passer maître dans l'art de se mordre la langue. Et, à force, j'avais presque sectionné la mienne en deux.

Nous remontâmes les deux pâtés de maisons jusqu'au campus dans un silence relatif. C'était pesant et forcé, et je regrettais de ne pas avoir réchauffé un plat de nouilles à la maison à la place.

Renée s'éclaircit la voix.

— Alors, qu'est-ce que t'as pensé de *Compulsion* ? Pas vraiment ton truc, hein ? demanda-t-elle, essayant de me taquiner.

Je m'efforçai de ne pas me mettre sur la défensive, de ne pas tirer la langue et taper du pied comme une fille immature et de crier : « C'est trop mon truc ! Qu'est-ce que t'en sais ? »

Mais Renée avait raison. Pas besoin d'avoir fait Polytechnique pour se rendre compte que *Compulsion* était typiquement le dernier endroit où on pourrait trouver Aubrey Duncan la Guindée, toujours au lit à 10 heures le samedi soir.

Et c'était agaçant.

— Je pensais y retourner le week-end prochain, dis-je sur un ton agressif, juste pour voir ce que Renée aurait à répondre à *ça*.

Tu vois, je peux être aussi folle et déchaînée qu'une autre.

Cela dit, c'était la vérité. Je voulais y retourner.

Je m'étais étrangement amusée. Mis à part qu'on avait essayé de me droguer et que j'avais failli mourir piétinée, je voulais retenter l'expérience.

À en croire l'expression de Renée, on aurait dit que je lui avais annoncé que je comptais me raser la tête et lancer un *girls band*.

— Tu y retournes ? Sérieux ? Pourquoi ? me demanda-t-elle, incrédule.

Mes pensées dérivèrent vers l'homme à la casquette de base-ball. Il avait soutenu que ce n'était pas un endroit pour moi, que j'y étais comme un poisson hors de l'eau. Et il était évident que ma coloc pensait la même chose. Cela me rendait combattive, et plus qu'un peu provocatrice. Parce que j'avais l'envie folle de leur prouver qu'ils avaient tort.

Une autre chose était devenue claire : quand j'étais au club, quand je dansais dans l'étroite obscurité, j'avais l'impression d'être quelqu'un que je ne pouvais être nulle part ailleurs. Quelqu'un de plus intéressant qu'ennuyeux. Quelqu'un qui s'amusait en faisant autre chose que ranger son tiroir à chaussettes. Une Aubrey spontanée et légèrement incontrôlable. Une Aubrey déchaînée.

Cette Aubrey-là était marrante.

Cette Aubrey-là était libre.

Je serrai les dents et j'affichai un sourire forcé, tout en haussant les épaules avec indifférence.

— Pourquoi pas ? demandai-je négligemment.

Renée secoua la tête et me suivit dans le restaurant universitaire. Nous fîmes la queue pour le bar à salades, mais j'avais perdu l'appétit.

— Sois prudente, Aubrey. Bien sûr, ça a l'air marrant de l'extérieur, mais il s'y passe des trucs dingues. Ce n'est pas comme aller au centre commercial, répondit-elle avec son air expérimenté qui ne manquait jamais de me donner l'impression d'être une idiote.

Je lui adressai un sourire nunuche.

— Eh, je me rappelle quand le *Peach Pit* est devenu une boîte de nuit. Je sais ce qu'il se passe quand ces jeunes tarés de Beverly Hills boivent et se droguent. Je suis trop prête.

Renée éclata de rire.

— *90210* est comme un mode d'emploi pour la vie ! ajoutai-je.

Même si j'en plaisantais, cela m'énervait qu'elle insiste pour dire que je ne savais pas à quoi m'attendre en allant dans un club comme *Compulsion*. D'où sortait cette idée que j'étais une petite paumée idiote qui avait peur du grand méchant monde ?

Je savais que Renée essayait seulement d'être une bonne amie. Mais je n'appréciais pas que quiconque, que ce soit un mystérieux inconnu qui me donnait des papillons dans le ventre, ou la fille qui avait été ma meilleure amie jusqu'à six mois auparavant, me traite comme si j'étais incapable de prendre des décisions sensées et raisonnables.

— Ça me rassure, dit sèchement Renée.

Elle se tourna vers le bar à salades et se mit à remplir son assiette de laitue. Je regardai la nourriture qu'elle mettait sur son plateau avec horreur. Je n'avais jamais compris le concept de manger une salade pour tout repas. C'était une entrée, pas un plat principal. Ce n'était pas normal, surtout de la part de la fille qui consommait du café et des gâteaux comme si c'étaient des groupes alimentaires à part entière.

Si c'était comme ça que Renée mangeait, pas étonnant qu'elle n'ait que la peau sur les os. J'avais la vague impression que ses nouvelles habitudes alimentaires étaient liées à un certain connard de petit ami et à sa volonté qu'elle reste mince. Devon avait vraiment besoin d'un bon tête-à-tête avec une batte de base-ball.

Je tendis la main devant elle et j'attrapai une part de gâteau au chocolat, que je posai sur son plateau.

— Rends-toi service et ingère des calories, ordonnai-je avant qu'elle ne puisse protester.

J'attrapai une bouteille d'eau pour moi et attendit que Renée fasse glisser sa carte d'étudiant pour payer son repas.

Je laissai mon regard errer dans la salle. Il y avait beaucoup de monde, et il restait peu de chaises libres. Si on se retrouvait encore coincées à table avec des types de fraternité, je rentrais à la maison. Ma tolérance en matière de conversations captivantes sur les seins et la bière était limitée.

Puis je le vis. Debout près du mur du fond, juste à côté de la sortie de secours. Maxx Demelo. Je ne l'avais pas croisé depuis notre rencontre fortuite sur le campus. Il avait manqué la dernière réunion du groupe de soutien mais avait appelé Kristie pour dire qu'il avait la grippe. Son absence n'était pas passée inaperçue, et pas seulement à mes yeux. On aurait dit qu'il avait laissé un vide. Difficile de croire qu'une seule personne pouvait à ce point influencer l'ambiance d'un groupe.

Maxx Demelo, futur chef de secte extraordinaire.

Après avoir mis fin à la session avec dix minutes d'avance du fait d'une participation nulle, Kristie m'avait expliqué que les membres du groupe avaient le droit de manquer seulement un certain nombre de séances. J'ignorais qu'on les obligeait à ce point à assister aux réunions.

Ayant déjà manqué une session, Maxx aurait le droit d'en louper seulement une autre avant que Kristie ne soit obligée de signaler ses absences à son contrôleur judiciaire. Cela aurait de lourdes conséquences, puisque sa peine de prison était en sursis et dépendait de sa participation à ce groupe et à la psychothérapie.

— Tu viens ? me demanda Renée en me donnant un coup avec son plateau.

Surprise, je détachai mes yeux de Maxx pour suivre ma coloc à une table qui venait de se libérer. Dieu merci, pas de mecs puants de fraternité.

Je sirotai mon eau tandis que Renée entamait sa salade. Je la regardai couper sa laitue en minuscules morceaux avant de les mettre dans sa bouche.

— Ça lui donne meilleur goût ? demandai-je en regardant son assiette d'un œil sceptique.

Renée m'adressa un regard disant clairement : « Tais-toi et laisse-moi manger. »

Dans l'accalmie silencieuse qui suivit, mes yeux voletèrent de nouveau à travers la salle. Maxx était toujours à côté de la porte, bras croisés. Mais, même de là où j'étais, je voyais que son cou et ses épaules étaient crispés. Sa mâchoire était rigide, et ses yeux parcouraient vivement la pièce, toujours en mouvement, guettant incessamment.

Ses boucles blondes se dressaient sur sa tête comme s'il s'était passé la main dans les cheveux. Il portait un jean troué et un tee-shirt bleu délavé. Sans même essayer, c'était le plus beau mec de la pièce. Ça me dégoûtait que certaines personnes naissent avec ce don inné d'être magnifique sans faire aucun effort. Ce n'était pas juste pour nous autres, commun des mortels.

Il regarda furtivement sa montre puis s'appuya de nouveau contre le mur, en toute décontraction. Il gardait la tête baissée, ne croisant le regard de personne, et pour cette unique raison, je sus qu'il mijotait quelque chose.

— Tu es sûre que tu ne veux rien manger ? Tu sais que tu vas avoir faim en rentrant, dit Renée, interrompant mon voyeurisme.

— Ça ira, répondis-je d'un ton dédaigneux.

Renée pinça les lèvres. Je lui souris, même si c'était un sourire forcé.

— Si j'ai faim, je piquerai dans ta réserve, plaisantai-je, avec l'espoir que cette soirée me redonnait le droit de la taquiner.

Les lèvres de Renée se détendirent, et elle me sourit à son tour.

— Je t'ai peut-être acheté ces biscuits au beurre que tu aimes. Tu sais, pour que tu arrêtes de manger les miens, ajouta-t-elle.

Je pris sur moi pour ne pas paraître choquée. Bon sang, je ne m'étais pas attendue à ça !

Ce ne sont peut-être que des biscuits pour vous, mais, pour Renée, c'était un grand pas. Et cela me prouvait, plus que toute autre chose, qu'elle essayait de réparer notre amitié brisée.

Qui aurait cru que des biscuits pourraient me réchauffer le cœur ?

— Merci, lui dis-je sincèrement, et cette fois le sourire que je lui lançai était décontracté et naturel, presque un sourire d'extase.

Je ne savais pas trop quoi faire de tous les rameaux d'olivier qu'elle me jetait.

— Je vais me prendre une pomme, annonça-t-elle en se levant.

Je m'appuyai contre le dossier de ma chaise et bus le reste de mon eau d'une traite. Mes yeux se posèrent de nouveau sur Maxx, qui se tenait à présent devant la sortie. Il regarda autour de lui puis ouvrit rapidement la porte.

Qu'est-ce qu'il mijotait, à la fin ?

Un jeune garçon, qui ne devait pas avoir plus de quinze ans, se glissa dans le restaurant universitaire. Maxx posa sa main sur son épaule et se pencha pour lui parler. Il regarda de nouveau autour de lui avant d'installer rapidement le garçon à une table du fond dissimulée dans un recoin sombre.

Maxx se rua vers la file et attrapa deux plateaux qu'il remplit de nourriture. Je ne sais pas ce qui me prit, mais je me levai et le suivis.

Je me glissai dans la queue derrière lui et attrapai un plateau, sans rien mettre dessus.

Mon harcèlement allait peut-être un peu loin.

Quand Maxx atteignit le début de la file, il scanna sa carte. Puis la scanna une deuxième fois. Je vis ses lèvres se serrer et son visage rougir alors qu'il passait sa carte d'étudiant encore et encore dans la machine.

Je jetai un coup d'œil par-dessus son épaule et lus sur la machine « Crédit insuffisant ». Maxx se retourna vers la table du fond, où il avait laissé le garçon, puis prit les plateaux et commença à s'éloigner avec.

La dame qui tenait la caisse l'interpella.

— Vous ne pouvez pas prendre ça ! Vous ne l'avez pas payé ! s'écria-t-elle.

Maxx s'arrêta et regarda autour de lui, prenant conscience qu'il avait soudain l'attention de la majorité du restaurant universitaire.

L'air suffisant qu'il affichait d'ordinaire avait laissé place à l'embarras et une expression qui ressemblait fort à de la panique.

Avant que la femme ne puisse le rattraper, je me plantai face à elle et tendis ma carte d'étudiante.

— Je m'en occupe, dis-je sèchement d'un air mauvais.

Ouais, je pouvais être intimidante quand je le voulais.

Maxx, qui se rendit compte que j'étais là et que j'étais venue à son secours, faillit protester. Je lui lançai un regard sévère et me retournai vers la femme, qui souffrait d'un méchant psoriasis et cherchait visiblement à exercer le peu d'autorité qu'elle avait dans sa triste vie.

— Vous feriez mieux de passer ma carte. La queue est de plus en plus longue, dis-je, la défiant de discuter mes arguments.

La garce de la cantine attrapa ma carte en poussant un soupir indigné et la passa dans la machine, puis me la fourra presque dans la main.

— Merci, dis-je gentiment en remettant mon plateau encore vide sur la pile.

Maxx ne m'avait pas attendue, il était déjà à l'autre bout de la salle. Ce n'était pas comme si je m'attendais à un merci ou quoi que ce soit, mais ça aurait été agréable qu'il m'adresse un quelconque signe de reconnaissance. Manifestement, les bonnes manières étaient un concept qui lui échappait.

Je le suivis à sa table. Il ne se débarrasserait pas de moi aussi facilement. J'étais intriguée par le garçon qu'il avait fait entrer en douce, et je me demandais pourquoi il avait rempli les plateaux avec de quoi nourrir une armée, pourquoi il était incapable de me regarder dans les yeux après mon intervention pour l'aider.

En m'approchant de la table, j'entendis le jeune garçon parler à Maxx d'une voix excitée.

— Merci, mec. Je meurs de faim ! s'écria-t-il candidement.

Je sus, en observant cet adolescent chétif aux joues creuses et aux yeux las, qu'il était sincère. Il semblait ne pas avoir mangé un vrai repas depuis longtemps.

Maxx et lui étaient de la même famille. Ils avaient tous les deux été dotés de belles vagues blondes et d'yeux bleus langoureux. Mais tandis que Maxx était grand et costaud, le garçon était mince et frêle, même s'il était difficile de dire si cela était dû à son alimentation et son style de vie, ou à ses gènes.

À en croire l'attitude protectrice de Maxx envers lui, ainsi que la ressemblance familiale, ils devaient être frères. En les observant, je ne reconnus que trop bien la relation de tendresse qui les liait. Et je ressentis un moment de connexion avec Maxx, qui me rappela douloureusement à quel point ma sœur me manquait.

Maxx fit glisser un plateau plein devant le garçon, qui attaqua les assiettes comme s'il faisait son dernier repas. Il lui sourit de telle manière qu'il devint encore plus séduisant, chose que je n'aurais pas crue possible.

Je restai en retrait, les espionnant ouvertement.

— Pourquoi tu ne manges pas à l'école ? demanda Maxx.

L'adolescent leva ces yeux bleus si similaires à ceux de Maxx et secoua la tête.

— Ça fait deux mois que tonton David n'a pas payé les factures en retard pour la cantine. Des fois, Cory partage son repas avec moi, mais je me sens… pathétique de demander, confia-t-il en engloutissant une fourchetée de purée.

— Mais il n'y a pas à manger à la maison ? Tu ne peux pas te préparer un repas ? s'enquit Maxx, de plus en plus agité.

Le garçon gardait la tête baissée, trop appliqué à remplir sa bouche d'autant de nourriture que possible.

— Si, si je veux manger de la bouffe pour chat et de la bière pour le déjeuner, répondit-il avant de prendre une gorgée de son soda.

Maxx fronça les sourcils, en colère.

— J'ai donné assez d'argent à ce connard pour couvrir tes besoins pour des mois. Tu veux dire qu'il n'y a rien à bouffer dans cette putain de baraque ? Et que tu n'as pas d'argent pour manger à la cantine ? Où est passé ce fric, bordel ? grogna Maxx.

Le garçon haussa les épaules.

— Ça fait plus d'une semaine qu'il n'est pas rentré. Il est sûrement encore à Atlantic City, fit-il, imperturbable, tandis que son grand frère bouillonnait à côté de lui.

Maxx tapa du poing sur la table.

— Cet argent est pour toi ! Pas pour qu'il en fasse n'importe quoi ! Je vais tuer cet enfoiré !

Maxx avait élevé la voix, et il regarda autour de lui pour voir si on l'avait entendu. Et ses yeux tombèrent sur moi.

Prise la main dans le sac.

Son regard croisa le mien, et il plissa les yeux, agacé. Visiblement, il n'était pas ravi de me voir.

Je m'avançai et souris au garçon. Je fis de mon mieux pour ne pas rire en voyant sa façon de me regarder, la bouche grande ouverte. Il avait un peu de purée sur le menton, et j'eus envie de l'essuyer. Mais je ne voulais pas que le pauvre chou ait une crise cardiaque si je le touchais.

Je me tournai vers Maxx, qui refusait de me regarder, tête baissée, comme s'il trouvait la table très intéressante. J'observai ses cheveux bouclés, souhaitant lui faire lever les yeux vers moi, mais il arrivait parfaitement à ignorer ma présence.

— Comment ça va, Maxx? demandai-je avec juste ce qu'il fallait de douceur dans la voix pour être odieuse.

Ses épaules se crispèrent, mais il ne bougea pas. Il poussa des petits pois dans son assiette.

— Très bien, merci, dit-il, les dents serrées.

Je savais sans qu'il ait à dire un seul mot que cela l'agaçait que j'aie payé leur repas. J'avais la nette impression que Maxx avait l'habitude de s'occuper de tout et qu'il rechignait à accepter toute forme de charité.

Je n'avais pas voulu lui donner l'impression que j'avais eu pitié de lui. Mais quelque chose dans sa façon de se tenir là, debout, ses plateaux couverts d'assiettes pour nourrir son petit frère qu'il ne pouvait pas payer, m'avait donné envie de l'aider.

Mais mon aide n'avait été ni désirée ni appréciée.

Je jetai un coup d'œil au jeune garçon, qui m'observait toujours, la bouche légèrement ouverte.

— C'est qui? Ton frère? demandai-je en adressant un sourire éclatant à l'adolescent, qui me le rendit avant de se tourner vers Maxx.

Le sourire du garçon s'effaça un peu lorsqu'il perçut l'hostilité de son frère. Son regard alla de Maxx à moi, comme s'il essayait de déterminer la source de la tension.

— Euh… oui, je suis le petit frère de Maxx, Landon. Comment le connais-tu? demanda-t-il en fourrant une autre bouchée de purée dans sa bouche.

Maxx finit par lever les yeux vers moi et me supplia du regard. Son embarras et sa colère disparurent, remplacés par la demande muette que je ne dise rien.

Il était évident que Maxx ne voulait pas que Landon connaisse les circonstances de notre rencontre. Landon ignorait tout des activités extra-scolaires infâmes de son grand frère.

Je m'éclaircis la gorge.

— Nous avons un cours en commun, mentis-je en souriant à Landon, dont le visage s'illumina.

— Ah oui ? Maxx est sacrément intelligent. C'est, genre, un génie. Il va devenir médecin, tu sais. C'est la seule personne de la famille à aller à la fac. Papa disait toujours que c'est lui qui guérira le cancer ou quelque chose comme ça, me dit-il.

Maxx était clairement le héros de ce gamin. Un héros en liberté conditionnelle, à cause d'une addiction à la drogue. Un ange au halo terni.

— Waouh ! Je ne savais pas, lâchai-je en jetant un coup d'œil à Maxx, qui semblait extrêmement mal à l'aise.

Le sourire suffisant s'était envolé. Il ne jouait plus un rôle. C'était un mec qui voulait que le sol s'ouvre en deux et l'avale tout entier. Il était troublé que son frère partage son adulation avec moi.

— Mais je parie que tu es aussi intelligent que Maxx, si ce n'est plus, dis-je au jeune garçon.

Le compliment le toucha profondément.

— J'aimerais bien ! répondit-il avec enthousiasme en souriant à son grand frère, qui lui adressa un sourire peiné.

Je restai maladroitement à côté de la table quelques instants avant de me rendre compte que, de toute évidence, Maxx ne ferait aucune tentative pour prolonger la conversation.

— Ravie de t'avoir rencontré, Landon. À plus tard, Maxx, dis-je avant de tourner les talons pour partir.

J'étais à mi-chemin de mon siège quand une main m'arrêta subitement.

Je baissai les yeux vers les doigts posés sur ma manche, puis les levai pour croiser le regard orageux de Maxx.

— Merci de n'avoir rien dit à Landon à propos du groupe de soutien. Il n'a pas besoin d'être au courant de toute cette merde, dit-il d'un ton bourru.

Ses excuses ressemblaient plus à une accusation, et je savais qu'il me remerciait à contrecœur.

— Inutile de me remercier pour ça. Tu devrais peut-être plutôt te demander pourquoi ça te dérange tant que ça que ton frère puisse tout découvrir. Peut-être qu'au fond tu sais que tu prends des décisions franchement merdiques ? prêchai-je.

Bon sang ! J'avais l'air tellement critique. Je devrais vraiment fermer ma gueule de moralisatrice, parfois.

Manifestement, Maxx trouvait comme moi ma petite leçon détestable.

— Je n'ai pas à t'expliquer mes choix, Aubrey. Tu ne sais rien de moi.

Il resserra sa prise sur mon bras et se rapprocha, inclinant la tête pour mettre ses lèvres tout près de mon oreille. Son souffle caressa ma nuque, me faisant frissonner.

Adieu, fierté, contente de t'avoir connue.

— Je te rembourserai. C'est juste que je n'ai pas encore mis d'argent sur mon compte ce mois-ci, expliqua-t-il, les dents serrées, ses mots durs et secs.

Il tentait de dissimuler son sentiment d'humiliation.

Je lui effleurai le dos de la main.

— Ne t'inquiète pas pour ça, dis-je doucement, ce qui sembla attiser sa colère.

— Je n'ai pas besoin d'aide, Aubrey. Je te rendrai ce putain d'argent, cracha-t-il.

— Bien, répondis-je sèchement, agacée par son attitude de brute.

— Parfait, marmonna-t-il avant de se retourner pour rejoindre son frère, qui nous observait.

Je m'efforçai de sourire une dernière fois à Landon avant de m'éloigner, les nerfs à vif.

Je rejoignis Renée à notre table. Elle avait déjà fini son dessert et me dévisageait, dans l'expectative.

— C'était qui ? me demanda-t-elle en désignant Maxx.

Landon disait quelque chose à son frère, mais les yeux bleu foncé de Maxx étaient posés sur moi, indéchiffrables.

Je frissonnai et mon cœur s'emballa, alors même que j'essayais de ne pas laisser Maxx me troubler. Nos regards s'affrontèrent dans un bras de fer silencieux, et je finis par admettre la défaite et détourner la tête.

— Personne, répondis-je.

9

Aubrey

C'était presque l'heure du groupe de soutien, et je me sentais mal. J'avais passé la majeure partie de la semaine à lutter contre un rhume, et le dernier endroit où je voulais être était une pièce remplie de gens qui n'avaient aucune envie d'être là.

Kristie était sortie faire des photocopies pour une activité, et j'étais en train de disposer les chaises en cercle au milieu de la salle. Je sortis un mouchoir de ma poche et j'éternuai quatre fois d'affilée.

— Berk, gémis-je.

— Faut-il que je commence à préparer l'enterrement ?

Je levai les yeux pour voir Brooks entrer dans la pièce.

— Qu'est-ce que tu fais là ? Ne me dis pas que tu admets que ton addiction aux fraises Tagada te gâche la vie, plaisantai-je.

Brooks attrapa un cookie sur le plateau que Kristie avait sorti un peu plus tôt et l'engloutit. S'il y avait de la bouffe dans les parages, elle finissait invariablement dans la bouche de Brooks. C'était un miracle qu'il ne pèse pas quatre cents kilos. Je n'avais pas encore découvert le secret de son physique svelte, vu les quantités de sucreries et de glucides qu'il ingurgitait. Je soupçonnais la magie noire.

— Nan, je suis juste venu dire bonjour. Je retrouve des copains de mon cours de recherche en psychologie dans dix minutes au bout du couloir pour réviser. Comment ça se passe avec le groupe ? demanda-t-il en prenant un autre cookie.

J'éternuai de nouveau dans le mouchoir. Je voulais rentrer chez moi et ramper jusque dans mon lit. Une bouillotte et dix heures de sommeil, ça me semblait paradisiaque.

— Ça se passe. Je n'ai pas fait grand-chose. Kristie tient le groupe d'une main ferme, ce n'est pas la peine que je chamboule le système, répondis-je péniblement.

Brooks semblait dégoûté par mon état de santé, qui empirait. C'était une bonne chose qu'il n'ait pas choisi de faire des études de médecine. Il n'avait vraiment pas la bonne approche avec les patients. Il me fourra un paquet de mouchoirs dans les mains et recula carrément d'un pas.

Je toussai dans sa direction, sans couvrir ma bouche. Juste pour faire la connasse.

Il grimaça, tira une bouteille de désinfectant pour les mains de la poche de sa veste, en mit une bonne dose dans sa paume et se frotta les doigts avec acharnement. Apparemment, je n'étais pas la seule à avoir des TOC. Je m'en souviendrais la prochaine fois qu'il ressentirait le besoin de se moquer de ma manie du ménage.

Je savais que j'étais affreuse. J'avais soigneusement évité les miroirs en me préparant à sortir ce matin-là, sachant parfaitement ce que j'y verrais : de longs cheveux blonds flasques et sans vie. Des yeux marron terne et fatigués. Des cernes noirs et une peau cireuse. J'avais attrapé un virus, tout simplement, même si, avec cette description, on pourrait croire que j'étais en train de me transformer en zombie. Je me dégoûtais moi-même.

En regardant les membres du groupe entrer peu à peu dans la salle, tous aussi peu enthousiastes d'être là, je me rendis compte que le groupe de soutien devenait de moins en moins plaisant. La première réunion avait été prometteuse. Kristie avait été optimiste, convaincue que le groupe se révélerait interactif et réceptif. Mais, à chaque réunion, je savais que même ses espoirs s'évanouissaient.

Certains membres étaient devenus plus réfractaires, sur la défensive. D'autres s'étaient complètement renfermés sur eux-mêmes. Evan et April, le couple qui avait vraiment besoin d'apprendre les bases du savoir-vivre, étaient carrément désagréables.

Et puis il y avait Maxx Demelo. Je savais que Kristie le considérait comme le messie. Vous savez ce qu'on dit : si vous voulez être beau, traînez avec des moches. Et Maxx faisait tout son possible pour être la reine du bal des junkies.

C'était le seul qui s'efforçait de répondre aux questions posées. Il partageait des informations personnelles, même si on pouvait sérieusement douter de leur véracité, et il semblait réellement s'impliquer chaque fois qu'il venait à une réunion.

Alors que Kristie et moi étions à peine tolérées quand nous parlions, Maxx Demelo régnait en maître. Les gens l'écoutaient quand il ouvrait sa jolie petite bouche, quelles que soient les conneries qui en sortaient.

Il se foutait de notre gueule.

C'était un putain de faux-cul, et sa façon de ramener toute l'attention sur lui me rendait dingue. J'avais essayé de parler de mes inquiétudes à Kristie quelques semaines auparavant, mais elle m'avait envoyée bouler.

— Aubrey, il est évident que Maxx se consacre à cent pour cent à son rétablissement. C'est un exemple pour chaque membre de ce groupe. Je suis reconnaissante qu'il soit là pour montrer aux autres qu'il y a de la lumière au bout du tunnel. D'ailleurs, je songe à lui demander d'apporter son soutien aux membres les plus perturbés du groupe. Je sais qu'il leur serait d'une grande aide, avait-elle dit avec effusion.

J'avais abandonné l'idée de discuter. C'était inutile.

Toutefois, j'avais beau ressentir régulièrement l'envie irrépressible de critiquer Maxx, je ne pouvais réprimer la fascination que je ressentais à son égard. C'était comme regarder un acteur sur scène en train de se glisser dans la peau de son personnage. Et, honnêtement, j'étais déterminée à voir ce qui se cachait sous cette façade détendue et assurée.

J'avais vu sa façon de se comporter avec son frère au restaurant universitaire. Je l'avais vu mal à l'aise et en colère. Et mon côté sadique voulait revoir cette facette de sa personnalité.

J'essayais de l'observer cliniquement. Je m'étais presque convaincue qu'il souffrait d'un genre de trouble de la personnalité.

Ou peut-être que je délirais complètement et que je projetais mes propres problèmes sur ce pauvre type du groupe que je co-animais.

— Bon sang! Plus pitoyable, tu meurs, murmura Brooks en considérant les membres du groupe qui entraient et s'asseyaient après avoir pris leur tasse de café.

Leur routine était la même chaque semaine. Manger un cookie. Boire du café. Marmonner des réponses monosyllabiques quand on leur posait une question.

C'était censé être un groupe de volontaires, à part Evan, April, Kyle et Maxx, à qui le tribunal avait ordonné de venir. Malgré tout, la présence des autres semblait forcée. Dans les groupes de désintoxication, une ou deux personnes prenaient généralement leur sobriété avec la férocité d'une toute nouvelle religion.

Pas dans celui-ci. Et j'avais l'impression d'être une ratée car je n'avais pas trouvé le moyen de réveiller tout le monde. Cela m'agaçait encore plus que Maxx soit le seul à susciter une quelconque réaction. En réalité, j'avais souvent l'impression qu'il avait pris le contrôle du groupe et que c'était lui qui l'animait. Et Kristie le laissait faire.

Il était difficile de refuser quoi que ce soit à Maxx, et j'étais en train d'apprendre que, parfois, j'avais moi-même du mal à lui dire non. Cela m'inquiétait. Beaucoup.

— Je ne sais pas trop pourquoi, mais c'est un groupe très difficile, dis-je à Brooks. Je pensais que ce serait…

— Facile?

Il se mit à rire, et je lui donnai une tape sur le bras.

— Non, pas facile, mais pas aussi dur, me plaignis-je.

Je devais paraître bien bête. La thérapie n'était pas censée être facile. Les groupes de soutien constituaient une épreuve pour toutes les personnes concernées. J'avais lu les études de cas, dévoré les manuels. J'aurais dû le savoir. Mais je rêvais d'entrer dans la pièce et de sauver le monde dès la première tentative. J'étais une idiote idéaliste.

Kristie se mit à distribuer des paquets aux participants qui prenaient place. Elle m'adressa un regard sans équivoque et je compris que c'était l'heure.

— Bon, faut que t'y ailles, dis-je à Brooks en le poussant vers la porte.

Dans le couloir, il se risqua à me serrer brièvement dans ses bras.

— Allez, tu vas cartonner. Je passe te voir plus tard avec une soupe et un film, promit-il.

Cela me fit sourire. C'était vraiment un mec super.

— *Twilight*? plaisantai-je, connaissant parfaitement la réponse.

Brooks me tapa sur le nez du bout du doigt.

— Il faudrait que tu sois à l'article de la mort pour que j'accepte de regarder ça, déclara-t-il.

J'éclatai de rire. Il éclata de rire. Puis un toussotement nous calma tous les deux.

— La réunion a été annulée?

Je regardai par-dessus l'épaule de Brooks. Maxx se tenait là, les mains dans les poches, ses boucles blondes ébouriffées tombant sur son front, une expression dure et froide sur le visage.

— Euh… non. Entre et assieds-toi.

Il resta planté là. Brooks me regarda d'un air interrogateur. C'était dur de louper la testostérone sauvage que dégageait Maxx alors qu'il nous considérait rageusement.

C'était quoi, son problème?

Un malaise silencieux planait. J'étais incapable d'identifier l'émotion qui étincelait dans les yeux de Maxx, parce que tout ce qui me venait à l'esprit n'avait aucun sens. Désir. Envie. Possessivité. Et, étrangement, tristesse. Maxx ressemblait à un homme qui avait perdu quelque chose.

Enfin, Aubrey ! Ce rhume t'embrouille les idées.

— Appelle-moi quand tu veux que je vienne. Soigne-toi bien, finit par dire Brooks.

Son regard soudain suspicieux passa de Maxx à moi, comme s'il essayait de comprendre la situation gênante dans laquelle nous nous trouvions.

— D'accord, merci, Brooks, dis-je en espérant que mon ami comprendrait le message.

Il dévisagea Maxx un moment et, quand il se tourna vers moi, son visage affichait un mélange d'émotions variées. Cela me rendit nerveuse.

Mais avant que je ne puisse dire quoi que ce soit pour dissiper mes inquiétudes et son malaise manifeste, il marmonna un rapide au revoir et remonta le couloir.

Je tentai de relâcher le nœud qui s'était formé au creux de mon ventre pendant cet échange difficile, mais c'était ardu sous le poids du regard de Maxx.

Je le regardai avec appréhension.

— Tu peux entrer, tu sais, marmonnai-je sans prendre la peine de dissimuler mon agacement.

Maxx se passa la main dans les cheveux, puis se frotta le visage. Son expression devint neutre, et il m'adressa son fameux sourire désinvolte.

— Après toi, dit-il avec un geste de la main.

Je haussai un sourcil mais ne répondis rien, me dépêchant d'entrer. Je m'assis et observai les autres membres du groupe. Je tentai de croiser leurs regards et d'adresser un sourire accueillant à certains, mais me heurtai chaque fois à des visages fermés.

Mes yeux finirent par trouver ceux de Maxx, et je ne fus pas surprise de recevoir un sourire éblouissant. Je ne le lui rendis pas et tournai plutôt mon attention vers Kristie, qui expliquait sur quoi porterait la discussion du soir.

Vingt minutes plus tard, tous travaillaient sur leurs journaux pour créer une carte de vie. Ils avaient pour tâche d'identifier à la fois des expériences positives et négatives qui les avaient touchés d'une manière ou d'une autre. Cela devait mener à une grande discussion sur ce qui avait déclenché leur usage de drogues. C'était une activité géniale qui aurait certainement apporté une incroyable interaction thérapeutique dans tout groupe de soutien à l'exception de celui-ci. Malheureusement, je ne voyais pas qui, ici, prendrait cette activité au sérieux.

Kristie m'encouragea à participer. Elle m'avait dit avant la séance que confier certains éléments personnels au groupe pouvait avoir un impact conséquent. Je devais faire attention à ce que j'exposerais de ma vie, mais donner des fragments d'informations pouvait être un bon moyen de créer un lien.

M'ouvrir ne serait-ce qu'un peu avait toujours été difficile. Et ce serait absolument insoutenable de le faire devant ces gens-là.

Une fois le temps écoulé, Kristie fit le tour du groupe, demandant à chacun de partager quelque chose. La plupart confièrent des histoires superficielles, comme Marissa et l'achat de sa première voiture, ou le rejet du premier choix d'université de Twyla. Lorsque Kyle, le mec de la fraternité, fit passer un soir enfermé à l'extérieur de son dortoir pour une expérience de vie négative, je pétai un plomb.

— Tu plaisantes ? m'écriai-je.

Treize paires d'yeux se tournèrent vers moi. Kristie fronça les sourcils, n'appréciant visiblement pas mon emportement. Elle me réprimanda sans un mot pour mon manque de sensibilité et de soutien, mais je m'en fichais. J'en avais ras le bol de rester assise semaine après semaine avec un groupe de gens qui ne prenaient pas cette opportunité au sérieux.

J'aurais tout donné pour que ma sœur ait eu la chance de participer et d'apprendre quelque chose dans un groupe pareil. Leur refus catégorique d'assimiler ce que Kristie essayait pourtant clairement de leur transmettre était si frustrant que j'étais folle de rage. Evan et April, avec leurs ricanements moqueurs, me firent craquer pour de bon.

Kyle eut l'air surpris et cligna des yeux, confus.

— Euh… ouais, c'était vraiment naze ce jour-là. J'ai dû aller au poste de sécurité du campus, et attendre une autre clé, genre, deux heures. J'étais en retard à mon cours de chim…

Je levai la main pour l'interrompre.

— Ça suffit. Tu sais que c'est des conneries, dis-je platement.

Kyle gonfla la poitrine, l'air indigné, mais je préférais ça à son indifférence placide.

— Ouais, bah, va te faire foutre. Tu sais ce que c'est de vivre une vie difficile peut-être, Barbie Girl ? intervint Evan en serrant sa copine contre lui si étroitement qu'on aurait dit qu'il avait peur qu'elle n'essaie de s'échapper.

Quoiqu'on ne pourrait pas le lui reprocher si elle essayait.

Kristie claqua des doigts pour attirer l'attention de tout le monde.

— Passons à des exercices de respiration, lança-t-elle, toute guillerette, son ton contrastant avec sa colère.

— Non, Kristie, laissez-moi répondre à Evan, repris-je en plantant mon regard dans les yeux perçants d'Evan.

Ce mec avait l'habitude d'intimider les autres. Eh bien, il pouvait aller se faire voir.

— Je pense que ce serait déplacé, Aubrey, me mit en garde Kristie d'un ton ferme.

Tout ça allait m'attirer des ennuis. Mais il fallait réagir. Ces gens ne nous respectaient ni l'une ni l'autre. Ils se vautraient dans leurs conneries égocentriques, pensant qu'ils étaient les seuls à souffrir. Alors qu'ils ne comprenaient rien à la douleur.

Il était temps d'appeler le Dr Phil pour dénoncer leurs conneries.

— Ma sœur de quinze ans est morte d'une overdose il y a trois ans. Le mec qu'elle croyait amoureux d'elle l'a gavée d'héroïne puis l'a abandonnée dans une ruelle où elle s'est étouffée dans son propre vomi. Son corps n'a été découvert que deux jours plus tard quand les éboueurs sont venus vider la benne à ordures contre laquelle elle était appuyée, lâchai-je sur un ton brusque.

Evan écarquilla les yeux, et je ne pus m'empêcher d'apprécier son mouvement de recul face à mon moment d'honnêteté. Puis je pris conscience de ce que j'avais dit. Bon sang ! Je n'avais pas eu l'intention de lâcher tout ça.

Je regardai le groupe autour de moi, et tous affichaient la même expression. Choc. Et pitié. Ce qui me donnait envie de taper dans un mur.

Néanmoins, lorsque j'osai regarder Maxx, je ne vis aucune de ces émotions sur son visage. Il avait de nouveau une expression que je n'étais pas certaine d'interpréter correctement. Parce qu'il avait l'air… soulagé ?

Kristie s'éclaircit la voix et essaya de reprendre le contrôle du groupe. À en croire la colère contenue qui se lisait sur son visage, j'avais royalement merdé.

— Je veux que vous preniez tous cinq minutes pour écrire quelques lignes sur un événement de votre carte de vie et les conséquences sur votre addiction, ordonna-t-elle en se levant.

Elle planta son regard dans le mien et désigna le couloir d'un signe de tête. Je soupirai et la suivis. Dès qu'elle eut fermé la porte, elle me tomba dessus.

— C'était complètement déplacé, Aubrey. Je suis choquée que vous ayez pu faire une chose pareille. Non seulement vous avez rabaissé un membre du groupe et invalidé ses sentiments, mais en plus vous avez axé le groupe sur vous et vos sentiments. S'il peut être bénéfique de se confier, ça ne l'est certainement pas dans un tel contexte. Cela doit permettre de solidifier le lien entre le conseiller et son patient. Quand il ne s'agit que de soi, ce n'est pas sain, m'expliqua-t-elle.

Elle me faisait la leçon, et je baissai la tête, honteuse. Elle avait raison, j'étais allée trop loin.

— Je suis vraiment désolée. Je ne sais pas pourquoi j'ai fait ça, répondis-je.

Kristie secoua la tête.

— Je crois savoir pourquoi, mais ce n'est ni le lieu ni le moment de se lancer là-dedans. Il vaudrait mieux que vous partiez. Je vais finir la séance toute seule. Et il faudra consulter le Pr Lowell pour voir s'il convient ou non que vous continuiez à animer ce groupe avec moi, dit-elle sur le ton de la conseillère compatissante et encourageante que je connaissais.

Dans l'immédiat, elle était déçue et mécontente.

J'avais bien merdé.

— Je comprends, fut tout ce que je pus répondre.

Je me sentais mal, à la fois physiquement et mentalement. J'aurais dû rentrer chez moi, aller directement au lit, et penser au bordel que j'avais créé le lendemain matin. Mais l'idée de croiser Renée était loin d'être séduisante. J'étais incapable de cacher ce que je ressentais, et même si elle n'était plus vraiment elle-même la majorité du temps, ma colocataire me comprenait encore mieux que personne.

Je finis donc par errer sur le campus. J'avais mal partout, et j'avais certainement de la fièvre, mais je ne pouvais pas me résoudre à rentrer. Il était tard et il y avait très peu de gens dehors. Je finis par m'asseoir devant la bibliothèque et contemplai un mur peint en vert et bleu vifs. Au centre, on distinguait la silhouette d'une femme qui sautait d'une jetée en bois dans une mer de vase noire, ses longs cheveux blonds ondulant derrière elle. Son visage était quelconque, à l'exception de son sourire. On aurait dit qu'elle était contente de mourir.

Eh bien, c'était sacrément déprimant.

Je me concentrai sur l'image, et j'éprouvai un étrange sentiment de familiarité qui me mit mal à l'aise. J'avais la sensation, en regardant cette silhouette gracieuse et pourtant torturée, que j'aurais dû la reconnaître.

De plus en plus troublée, je me levai et m'approchai. Ce n'était pas une fresque typique du campus avec ses jonquilles et ses étudiants rieurs. Pourtant, j'avais déjà vu ce genre d'œuvre plusieurs fois auparavant. Je me penchai pour tenter de discerner les détails malgré le mauvais éclairage. Et je les vis : les minuscules motifs sur la robe, composée de dizaines de X.

Cependant, je ne distinguai aucun chiffre ni aucun nom sur ce dessin, et je ne compris donc pas quel était le message. Normalement, les peintures de X contenaient les indices menant à *Compulsion*. Mais ça ne semblait pas être le cas de cette image.

Elle avait été créée dans un autre but.

— Alors, qu'est-ce que t'en penses ?

Je regardai par-dessus mon épaule. Maxx se tenait derrière moi. Je me tournai de nouveau vers la peinture, ne prenant pas la peine de lui répondre. Après mon emportement pendant la séance, je me sentais sur les nerfs, vulnérable, et le voir si peu de temps après m'être totalement ridiculisée me gênait.

Il vint se poster à côté de moi, et les manches de nos vestes se touchèrent. Il inclina la tête vers la fresque et me demanda de nouveau :

— Alors, t'en penses quoi ?

Je haussai les épaules, pas vraiment d'humeur à bavarder. J'avais mal à la tête et ne supporterais pas de passer une seconde de plus avec le Roméo du groupe. Je commençais à m'éloigner lorsqu'il m'attrapa par le bras.

— Attends, Aubrey. S'il te plaît.

Ce furent ces mots qui m'arrêtèrent. « S'il te plaît. » Il les avait prononcés avec douceur et sincérité. Et ils me retinrent aussi efficacement et sûrement que s'il m'avait serrée contre lui.

— Merci d'avoir parlé de ta sœur, ce soir, dit-il doucement en tirant sur mon bras pour que je me retourne vers lui.

J'obtempérai lentement, levant la tête pour croiser son regard. Toute réserve avait disparu, et je ne lisais dans ses yeux qu'une gratitude sincère.

— Ce n'est pas la peine de me remercier. J'ai fait une bêtise. Je ne devrais pas évacuer mes soucis sur vous. Vous êtes là pour vos propres raisons, elles n'ont rien à voir avec moi et mon passé, m'empressai-je de répondre.

Maxx fit glisser ses doigts le long de mon bras. Les miens étaient pliés, formant un poing, que sa paume plus large entourait, protégeait.

— Ne dis pas ça. Ce que tu as dit, ce que tu m'as… nous as montré… c'est que tu comprends. Et cela m'a donné le sentiment d'être… je ne sais pas… connecté, peut-être, dit-il.

Je ne savais pas quoi dire. J'étais si fatiguée, à la fois parce que j'étais malade et parce que j'essayais désespérément de tenir le coup. Ce soir-là, j'avais craqué. La tornade qui faisait rage en moi m'avait échappé dans la pire des situations possibles.

Pourtant, ça avait peut-être aidé. Et mon échec me semblait moins… destructeur.

Mais les mots qu'il prononça ensuite écrabouillèrent les papillons qui venaient de prendre leur envol au creux de mon ventre.

— Tu te sens responsable de ce qui est arrivé à ta sœur, n'est-ce pas ? me demanda-t-il.

J'eus aussitôt envie de nier, nier, nier. Je ne le connaissais pas. Je ne lui faisais pas confiance. Il n'avait aucun droit de connaître l'information qu'il cherchait à me soutirer.

Mais, lorsque j'ouvris la bouche, seule la vérité en sortit.

— Oui, répondis-je.

Maxx inspira profondément, ses épaules se soulevèrent et s'abaissèrent. Visiblement, mes paroles le réconfortaient.

Ses yeux bleus s'assombrirent lorsqu'il regarda au loin par-dessus mon épaule.

— Je comprends, tu sais ? Se sentir responsable de quelqu'un d'autre et échouer lamentablement, dit-il avec tant de douleur que je la ressentis jusque dans mes os.

Il tenait toujours ma main fermement dans la sienne, son pouce dessinant des cercles sur ma peau. Je ne dis rien, je savais d'instinct qu'il avait besoin de partager quelque chose avec moi, mais à son propre rythme.

Le vent soufflait autour de nous, j'avais froid, mais je ne m'écartai pas.

— Mon frère attend beaucoup de moi. Landon, tu l'as rencontré, dit-il en baissant les yeux, un petit sourire aux lèvres.

Je le lui rendis.

— Il a l'air d'un chouette gamin, commentai-je.

— Il est super. Il vaut mieux que moi, c'est sûr, soupira Maxx d'un air las.

Je ne répondis rien. Que dire ? « Ce n'est pas vrai, tu es un mec super ! » Ça aurait été un mensonge. Je ne savais pas si Maxx méritait ce genre d'éloge.

— Il m'admire. Il attend de moi que je sois cet homme génial et puissant. Que j'améliore nos vies. Mais j'en suis incapable. Je suis incapable d'être le gars qu'il a besoin que je sois, admit Maxx d'une voix brisée.

J'étais absolument abasourdie face à l'homme qui me tenait la main dans l'air frais de ce mois de janvier. Il avait été honnête avec moi. Je devais lui rendre la pareille. C'était juste. Ce moment le méritait.

— Jayme a essayé de me parler de son petit ami, Blake. Je refusais de l'écouter. Elle voulait que je sache ce qu'il se passait. Je l'ai ignorée, lâchai-je dans un murmure.

Maxx serra ma main dans la sienne.

— Jayme était ta sœur ? demanda-t-il.

Je hochai la tête et, en proie à une émotion refoulée que je ne m'étais pas permis de ressentir depuis très longtemps, je sentis ma gorge se serrer.

J'inspirai, tremblante.

— C'est le pire des maux. Blake. Il l'a incitée à prendre de la drogue, l'a manipulée encore et encore, puis l'a laissée mourir. Mais je suis peut-être pire, parce que j'ai eu l'occasion de la sauver et que je ne l'ai pas fait. J'étais si obnubilée par ma propre vie que je n'ai pas vu à quel point elle avait besoin de moi.

Ma voix était devenue un sanglot étranglé.

Maxx m'attira contre son torse, m'enlaça, me serra contre lui, comme si je pouvais me fondre en lui et être en sécurité. Je ramenai mes bras contre moi et tentai de contrôler ma respiration. Je ne pleurais pas. Je ne pleurais jamais. Cela faisait bien longtemps que mes larmes s'étaient asséchées.

Mais je sentais les coutures de mon monde se déchirer alors que Maxx me tenait contre lui. Quelque chose avait changé dans le tissu de mon univers, et je ne savais pas ce que cela signifiait pour moi ou pour l'homme qui m'enlaçait.

Je sentis Maxx se pencher, son souffle caressant mon visage. Il resta muet. Il se contentait de me serrer fort contre lui, et je crus sentir qu'il m'embrassait doucement sur le sommet de la tête, mais ce n'était peut-être que mon imagination.

Ce que je n'imaginais pas en revanche, c'était combien je m'étais calmée en l'espace de quelques minutes. Je respirais plus facilement, et je pouvais enfin desserrer les poings.

Après ce qui me sembla une éternité, il me libéra.

— Tu devrais rentrer chez toi, dit-il simplement, ses mains retournant au fond de ses poches.

La soudaineté de notre séparation physique me désorienta étrangement.

— Oui, tu as raison, répondis-je.

J'avais beau avoir envie de lui sourire, je n'en trouvai pas la force. J'avais besoin de me reposer. J'étais malade et fatiguée, mais à cet instant précis je me sentais… bien.

Maxx refusait de me regarder. Il semblait soudain sur ses gardes, nerveux, impatient de se débarrasser de moi.

— Bonne nuit, Aubrey, dit-il, me tournant le dos pour se diriger vers le parking.

Je ramassai ma fierté sur le sol et tournai les talons, un épais manteau d'émotions et de mal-être sur le cœur.

10

Maxx

Je fouillai dans le sachet en plastique rempli de comprimés, mes doigts soulevant et faisant retomber les cachets. J'en voulais un. Juste un.

Un suffirait.

C'était tout ce qu'il me fallait pour me sentir bien.

C'était du moins ce que je me répétais.

Je ne me considérais pas comme un toxico, même si c'était l'étiquette que le système judiciaire voulait me coller.

Ils disaient que j'avais besoin d'aide, d'une intervention.

Ce dont j'avais besoin, c'était d'une nouvelle vie, bordel !

Je sortis deux comprimés et les mis dans ma paume.

Je les regardai, comme si j'attendais qu'ils répondent aux mystères de ce putain d'univers.

« Allez. Tu sais que tu me veux. On passerait un si bon moment ensemble », murmura-t-elle.

— Tu sais comment me faire aller mieux, murmurai-je en frottant la surface lisse des comprimés du pouce.

Ouais, j'étais sacrément taré. Parler à ma drogue était le signe infaillible d'une dépression nerveuse.

J'avais des devoirs à faire. Je luttais pour garder la tête hors de l'eau. J'étais si près de mon foutu diplôme. J'étais arrivé jusque-là. Je m'arrangeais pour faire le minimum nécessaire pour ne pas me faire recaler.

Je devais à Landon d'essayer de faire quelque chose de ma vie. Je le devais à mes parents décédés, qui avaient cru que le garçon qu'ils laissaient derrière eux valait quelque chose.

Le problème, c'était que j'avais perdu tout goût pour la vie que, selon les autres, je devrais avoir.

J'avais le goût seulement pour les deux minuscules comprimés dans ma main.

N'étant pas du genre à repousser l'inévitable, je fourrai les petits morceaux de bonheur dans ma bouche et les écrasai entre mes dents avant de les avaler.

J'aimais ce moment, quand mes bras se relâchaient et que mes pieds semblaient disparaître. Ma bouche resta ouverte et mes paupières s'affaissèrent. Mon cœur cessa de bourdonner et je scrutai la télé, qui n'était même pas allumée.

Je ne sais pas trop combien de temps je restai assis là dans mon appart pourri, les yeux rivés sur l'écran noir, lorsque mon téléphone se mit à sonner.

Dring, dring.

Dring, dring.

Je tapotai le coussin à côté de moi, mais le téléphone n'y était pas. Ma tête roula sur le côté et je tentai d'ouvrir les yeux, mais ils ne coopéraient pas. Mes lèvres s'étendirent dans un sourire. Je me sentais super bien.

Dring, dring.

Trouvé. Mon téléphone était posé sur la table basse, juste à côté de mes pieds. Peut-être pourrais-je tendre les bras et l'atteindre, parce qu'ils me semblaient anormalement longs.

J'aurais aimé qu'il cesse de sonner. Il me cassait les oreilles, et je voulais seulement rester allongé là et ne penser à rien. Ne rien faire. Ne rien être.

Mais il ne cessait pas. Il continuait de sonner, putain !

La personne au bout du fil ne comprenait pas que j'avais autre chose à faire que répondre au téléphone ?

Je me redressai péniblement et attrapai au ralenti le foutu téléphone qui refusait de fermer sa gueule.

Je tripotai les boutons, comme si mes doigts avaient oublié comment ils fonctionnaient. Je ris tant c'était ridicule.

Je finis par décrocher.

— Allô ?

J'avais une voix étrange. Non, on aurait dit que j'essayais de passer du bon temps. Le connard qui m'interrompait pouvait aller se faire foutre.

— Putain, mec, ça fait une heure que j'essaie de t'avoir ! Tu sais pas répondre au téléphone ou quoi ? hurla la voix dans mon oreille.

Je fronçai les sourcils.

— Quoi ? demandai-je d'un ton agressif.

— Quoi ? T'es sérieux ? T'étais censé être là y a deux heures ! Gash est furax. Tu sais comment il est quand il est en colère. Ramène ton cul ici, tout de suite ! gronda la voix.

— C'est Marco Polo ? demandai-je, l'esprit embrouillé.

— T'es encore défoncé ? C'est la seule raison pour laquelle tu prendrais le risque que je te botte le cul en m'appelant comme ça. T'es censé vendre cette merde. Gash va te la foutre où je pense si tu viens ici complètement stone. Putain, on est jeudi, mec. Dis-moi que t'as trouvé un endroit, me supplia Marco, en panique.

J'aurais probablement dû paniquer, moi aussi. Gash n'était pas un mec qu'on énervait. Marco était l'un des videurs de *Compulsion* et un de mes potes depuis longtemps. C'était aussi le mec qui empochait du fric sur les entrées chaque samedi, fric qui tapissait joliment nos poches. Entre ma drogue et ses doigts furtifs, on avait créé un joli petit business parallèle qui se révélait très lucratif.

Et la vérité, c'était que je n'avais pas encore trouvé de lieu pour la soirée. Il y avait quelques perspectives très prometteuses. Une ancienne usine dans la ville voisine, ou un champ aux abords de la nôtre. Mais j'avais été occupé. Entre les cours, les travaux d'intérêt général, et m'assurer que Landon s'en sortait, le temps filait trop vite.

Mais *Compulsion* était mon gagne-pain. C'était mon moyen de me faire de l'argent pour rester à l'école. C'était là que je dealais pour me maintenir à flot et nourrir mon petit frère. Je ne devais pas cracher dans la soupe.

Seulement, je m'en foutais. Surtout quand je me sentais putain de bien.

— Tout va bien, mec. Arrête de stresser, marmonnai-je en me frottant la lèvre inférieure.

Ma bouche était tout engourdie. Je sentais à peine ma langue. Je la sortis de ma bouche et la touchai du doigt.

J'éclatai de rire. C'était trop drôle !

— Fait chier ! Faut que tu te ramènes tout de suite ! Faut que tu dises à Gash où on sera samedi. Sinon, il va agrafer tes couilles à ton cul, menaça Marco.

Je savais qu'il n'en rajoutait pas. Il disait la vérité.

Gash était un mec flippant.

Je laissai tomber mon téléphone sur le sol. L'oxy avait vraiment commencé à faire effet, et mes mains étaient incapables de tenir le portable. Je me penchai et j'essayai de forcer mes doigts à le ramasser.

Je finis par réussir à le remettre contre mon oreille.

— J'arrive, déclara Marco.

— Ouais, viens me chercher, raillai-je. C'est clair que là, je vais pas conduire, marmonnai-je avant de raccrocher.

Je fermai les yeux dans l'espoir de profiter de la fin de ma défonce tranquille. J'avais seulement besoin de quelques minutes. C'était tout.

C'était tout ce qu'il me fallait, puis tout irait bien. Tout serait parfait, même.

Je me foutais des conséquences.

Mon téléphone se remit à sonner, et je songeai à l'ignorer. C'était probablement encore Marco avec une menace à la con. C'était un sacré rabat-joie.

Et le foutu truc continuait de sonner.

— Quoi ? aboyai-je dans le téléphone.

Il m'était de plus en plus difficile de m'accrocher à ce sentiment vaporeux de béatitude.

— Maxx ?

Je me redressai sur le canapé et me frottai le visage pour m'éclaircir les idées.

— Landon, qu'est-ce qui se passe ? demandai-je, faisant de mon mieux pour ne pas paraître aussi défoncé que je l'étais en réalité.

Mon petit frère ne savait pas que son héros était un vrai raté. Jusqu'ici, j'avais réussi à garder mon arrestation et ma liberté conditionnelle secrètes, mais le maintenir dans l'ignorance était de plus en plus difficile.

— Pourquoi t'as une voix bizarre ? Je te réveille ? demanda-t-il.

Même si Landon allait avoir seize ans, son comportement lui donnait l'air beaucoup plus jeune. Peut-être que c'était ma faute. Je le traitais encore comme un enfant.

C'était plus facile pour moi de faire comme s'il ne me voyait pas tel que j'étais vraiment.

— Euh… oui, mais ce n'est pas grave, mentis-je sans effort.

C'était un vrai talent, cette manière de glisser d'un rôle à l'autre. Je pouvais jouer le gentil grand frère quand il le fallait. J'avais tant de personnages que je ne savais pas vraiment lequel était réel.

— Désolé, je peux te rappeler plus tard, s'excusa Landon.

Je me frottai les yeux pour me réveiller. Mais la drogue m'engourdissait.

Je ne voulais me soucier de rien. Ce sentiment était trop agréable pour le gâcher.

— Tu voulais quelque chose ? demandai-je.

Je devais passer pour un connard.

— Je me disais juste que tu pourrais passer dans la semaine pour m'aider à retaper la voiture, répondit Landon.

J'étais censé l'aider à réparer la vieille Mustang de papa pour quand il aurait son permis. Mais cela faisait un mois que je n'étais pas allé chez mon oncle.

Il semblait si optimiste. L'espoir pouvait aller se faire foutre. C'était une saloperie à deux balles.

— Je ne sais pas, répondis-je, évasif.

En vérité, j'avais le temps, mais pas l'envie. Je ne voulais pas afficher un visage souriant. Je détestais ce putain de visage.

Parce que je n'avais pas l'énergie d'être cet autre Maxx.

Celui qui avait bien trop de responsabilités.

Le Maxx qui échouait misérablement chaque fois.

Le Maxx que j'essayais d'être n'échouait jamais. C'était le roi de ce foutu monde et rien ne pouvait l'atteindre. Les gens le voulaient. C'était le centre de cet univers merdique.

C'était un gars qui n'était pas seul.

— Ouais, j'imagine que t'es occupé et tout. Tu ne peux pas devenir un grand médecin sans travailler. Eh, peut-être qu'Aubrey pourrait t'aider à réviser, hein, me taquina Landon, jouant le frangin moqueur.

Sa foi inébranlable en moi me rendait malade. La mention d'Aubrey me rendit nerveux.

À quoi je jouais avec elle, putain ? Et, surtout, est-ce que je jouais vraiment ? Parce que, pendant le moment qu'on avait passé ensemble après la réunion, je n'avais pas eu l'impression de jouer la comédie.

Elle m'avait parlé de sa sœur, et j'avais… éprouvé quelque chose.

Mon cœur s'était serré. Pour elle. Pour sa douleur.

Et j'avais partagé la mienne avec elle. Ma propre souffrance. Dont je niais l'existence la plupart du temps.

Et, pendant un bref moment, ça avait été vrai.

Rassurant.

Sans danger.

Je n'avais pas de temps dans ma vie pour le vrai.

Ça me cassait les couilles.

Plus je m'énervais, plus ma douce défonce se dissipait.

— Écoute, faut que j'y aille, Landon. J'essaierai de passer dans le week-end, dis-je rapidement.

Je n'attendis pas qu'il me dise au revoir pour raccrocher. Je ne voulais pas entendre la déception dans sa voix.

Je ne pouvais pas gérer ses attentes. Le poids de sa dépendance était comme un nœud coulant autour de mon cou.

J'agrippai mon téléphone et le lançai à travers la pièce. Étonnamment, il resta intact en tombant sur le parquet.

J'avais l'impression de suffoquer.

J'avais besoin de torpeur.

J'avais besoin d'échapper à la réalité de merde dans laquelle je vivais.

J'avais besoin de… rien.

Je ramassai le sachet de comprimés sur la petite table et le secouai pour en faire sortir trois cachets de trente milligrammes d'oxy.

J'entendis tambouriner à ma porte, puis Marco crier.

Je l'ignorai.

J'écrasai les comprimés avec mon manuel de statistiques, balayai la poudre dans ma paume, puis la laissai tomber dans ma bouche. La poussière amère me chatouilla le fond de la gorge et causa une forte quinte de toux.

Marco m'entendit, et il continua de marteler la porte.

Dommage pour lui, je continuai à l'ignorer.

Au moment où la drogue envahit mon système, tout semblait mieux… plus calme.

Elle ne me laissait jamais tomber.

La défonce était ma seule constante.

Quand j'en avais besoin, elle était toujours là, inconditionnellement. Elle n'avait pas besoin de moi. Elle ne m'accablait pas avec des attentes irréalistes. C'était la relation la plus parfaite de ma vie.

Elle donnait sans rien attendre en retour.

C'était ma meilleure amie.

11

Aubrey

J'avais l'impression d'être un gosse surpris par le principal en train de fumer dans les toilettes. Le Pr Lowell m'avait appelée la veille et demandé de la retrouver dans son bureau après les cours. Je savais pourquoi. Kristie m'avait prévenue qu'elle appellerait ma conseillère. Mais, dans le sillage de mon étrange rencontre avec Maxx et l'absurdité de ma charge de cours, j'avais un peu oublié que j'avais méchamment merdé en groupe de soutien.

La répression était une chose splendide.

Enfin, il était temps d'assumer les conséquences. D'y faire face. De me rétracter.

— Aubrey, entrez, dit le Pr Lowell depuis le seuil de son bureau.

Je ramassai mon sac et la suivit à l'intérieur. Je m'assis après qu'elle eut fermé la porte.

— Vous savez pourquoi vous êtes là, dit le Pr Lowell sans préambule, allant droit au but.

Je hochai la tête, la bouche sèche.

— Pourriez-vous m'expliquer ce qu'il s'est passé la semaine dernière en groupe de soutien ? demanda mon professeur en s'installant derrière son bureau, les mains croisées.

Le Pr Lowell était une belle femme, elle faisait partie de ces gens qui vieillissent bien. Ses cheveux bruns, qui commençaient à peine à grisonner, étaient courts et maintenus en arrière par une barrette, son visage était dénué de rides.

Et j'appréciais que, plutôt que de tirer des conclusions hâtives, elle me regarde gentiment, attendant une bonne explication de ma part.

— J'ai déconné, professeur Lowell. J'ai partagé des choses que je n'aurais pas dû dire en groupe de soutien. Je me suis emportée. Ces gens sont là pour apprendre comment changer leur vie, et ils se comportent comme si ça les ennuyait. J'imagine que j'en ai eu marre. Mais ce que j'ai fait était mal, et je comprends si vous pensez que je dois quitter le groupe, dis-je calmement, prête à accepter la punition.

Le Pr Lowell me regarda attentivement. Elle resta silencieuse un long moment, le seul son dans le bureau silencieux était le tic-tac de la pendule sur le mur.

Elle repoussa lentement sa chaise et se leva. Elle traversa la pièce et remplit sa tasse de café à la machine sophistiquée installée dans un coin.

Pourquoi ne disait-elle rien ?

Peut-être que le Pr Lowell était secrètement sadique et aimait regarder ses pauvres étudiants paniqués se tortiller sur leur siège.

— Vous voulez un café, Aubrey ? demanda-t-elle en me tendant une tasse.

Je hochai la tête, incapable de refuser une tasse de café. Je pris une gorgée du mélange gourmet, m'interdisant d'en apprécier le goût alors que j'allais certainement me faire sévèrement réprimander. Mais, bon sang ! ce truc était délicieux.

— Je ne veux pas que vous quittiez le groupe, dit-elle enfin, après que j'eus liquidé la moitié de ma tasse.

Je clignai des yeux, surprise.

— Vraiment ? Quand j'ai parlé à Kristie, elle semblait penser que ma présence n'était plus appropriée, dis-je.

Le Pr Lowell leva les yeux au ciel. Oui, mon professeur sévère leva littéralement les yeux au ciel.

— Kristie est une excellente conseillère, mais elle peut se montrer un peu rigide. Nous sommes tous humains, Aubrey. Ça fait partie du processus pour apprendre où sont vos limites dans la dynamique d'un groupe. Vous n'apprendrez ce genre de choses que par l'expérience sur le terrain. Je ne vous rendrais pas service si je vous retirais du groupe. On fait tous des erreurs. Cela dit, vous avez effectivement agi de manière inappropriée, dit-elle en me regardant posément. Néanmoins, je ne pense pas qu'il faille vous punir.

Le Pr Lowell retourna s'asseoir et reprit :

— Quand j'ai quitté l'université, juste après avoir eu ma licence, j'animais un groupe de maîtrise de soi mandaté par le tribunal. Tous ceux qui y participaient étaient connus des services de police pour maltraitance. Ils avaient tous été condamnés pour agression, généralement sur des membres de leur famille. C'était une vilaine brochette d'hommes. Et ils ne me prenaient pas au sérieux. Dire que je ne l'ai pas bien pris, particulièrement parce que j'étais plus impétueuse quand j'étais jeune, est un euphémisme.

Elle se mit à rire, et je me surpris à sourire.

J'allais peut-être bien sortir de cette entrevue en un seul morceau. Alléluia !

— J'ai renversé un verre d'eau sur la tête d'un des membres du groupe. Il n'avait pas aimé mon discours et m'avait insultée.

Je la regardai, bouche bée. J'aurais fait bien pire que lui verser un verre d'eau sur la tête !

— C'est peu dire que mon supérieur a été implacable. Il faut savoir que c'était une époque différente, et on commençait à peine à accepter les femmes sur le lieu de travail. C'étaient les années soixante-dix et, même s'il y avait eu des avancées en termes d'égalité des sexes, on avait encore l'impression d'être à l'âge de pierre. On m'a mise à l'essai pendant trois mois, et je n'ai pas eu le droit d'animer d'autre groupe avant d'avoir moi-même participé à des cours de maîtrise de la colère, expliqua-t-elle avec un petit rire. Vous voyez, vous n'êtes pas la seule à devoir apprendre à contrôler vos émotions et à vous souvenir d'agir de manière professionnelle.

Elle redevint plus sérieuse.

— Bon, nous savions toutes les deux en se lançant là-dedans que ce serait difficile. C'est déjà compliqué dans des circonstances normales, mais étant donné votre expérience personnelle, je savais que ce serait deux fois plus dur. Cela vous aiderait-il si nous nous voyions une fois par semaine pour parler du déroulement des séances et évaluer votre participation ? proposa-t-elle.

Je pris sur moi pour ne pas me sentir offensée. C'était mon comportement qui m'avait fait atterrir là. Mais je ne pouvais pas m'empêcher de me sentir insultée. J'avais l'impression qu'elle était en train de me dire que j'étais trop timbrée pour fonctionner correctement.

— Non, je suis certaine que ça ira, répondis-je sèchement avec un sourire forcé.

Elle hocha la tête.

— Si vous avez le moindre problème, n'hésitez pas à venir me voir. Vous savez que ma porte est toujours ouverte. À présent, parlons de la suite des événements. Kristie était loin d'être ravie quand nous nous sommes parlé. Et je ne peux pas me permettre qu'elle remette ce département en cause. Le conseil qui s'occupe des travaux d'intérêt général travaille en étroite collaboration avec l'université pour nous aider dans la formation et les heures de volontariat de nos étudiants. Elle va s'attendre à ce que qu'on prenne des mesures.

Le Pr Lowell leva de nouveau les yeux au ciel, et, cette fois-ci, je ne pus me retenir de rire. Son opinion concernant Kristie Hinkle était clair comme de l'eau de roche.

— Je pense donc que vous devriez vous mettre un peu en retrait ces prochaines semaines. Participez, mais ne prenez pas les commandes, à moins qu'elle ne vous le demande. J'expliquerai à Kristie que nous avons eu une conversation, et je lui demanderai de rédiger des notes sur votre progression à chaque séance. Je ne doute pas une seconde que, s'il y a d'autres problèmes, vous en entendrez parler. Et moi aussi, conclut mon professeur.

— J'en suis persuadée, confirmai-je.

— Très bien. Dans ce cas, je crois que nous en avons terminé. Passez une bonne journée, dit le Pr Lowell, qui se remit aussitôt à corriger ses copies.

Je ramassai mon sac, soulagée que le rendez-vous soit terminé et d'être encore entière. Seule ma dignité avait été endommagée.

J'avais le reste de la journée pour finir ma dissertation de psychologie sociale. Je me dirigeai vers la bibliothèque plutôt impressionnante de l'Université de Longwood, le pas plus léger que lorsque j'avais quitté mon appartement.

Je rejoignis directement ma place habituelle, une table de quatre personnes isolée au deuxième étage. Elle était cachée derrière la section horticulture, un lieu pas exactement populaire pour les étudiants, et j'étais donc rarement dérangée. Je sortis mes livres de mon sac ainsi qu'un sachet contenant un en-cas, me préparant à un après-midi de recherche.

J'avançais bien dans ma dissertation quand je sentis une présence dans mon petit cocon. Mon stylo se figea au milieu d'une phrase. Je levai la tête et dus ravaler mon grognement.

— Cette place est prise ? demanda Maxx en tirant la chaise en face de moi.

— En fait, d'habitude je travaille ici… toute seule, énonçai-je lentement, espérant qu'il comprendrait.

Maxx était intentionnellement obtus, ou bien il ne comprenait pas le concept du sous-entendu. J'étais quasi sûre que c'était la seconde option. Il me sourit de toutes ses dents et fit tomber son sac sur la table, renversant mes cahiers et surligneurs soigneusement organisés.

Je serrai les dents et débarrassai mes affaires.

— Sur quoi tu bosses ? s'enquit-il.

— Chut, baisse la voix. Tu vas nous faire exclure, grondai-je, lui montrant combien j'étais agacée d'être interrompue.

Maxx leva les mains en l'air.

— Désolé, je te laisse travailler.

Je lui adressai un signe de tête brusque et baissai les yeux sur mon livre. Je tentai de me concentrer sur ma lecture, mais le parfum de son après-rasage m'emplissait les narines, et sa présence me déconcertait.

Quand j'eus écrit la même phrase trois fois de suite, je laissai tomber mon crayon et me frottai les tempes.

— Tu as mal à la tête ? demanda Maxx.

— Non, j'ai juste du mal à me concentrer, marmonnai-je.

— Je te distrais ? demanda-t-il.

Je laissai tomber bruyamment mes mains sur la table, puis grimaçai. Je regardai autour de moi, espérant que la bibliothécaire ne me flanquerait pas à la porte.

— Je viens m'asseoir ici pour ne pas être dérangée. J'ai beaucoup de travail, plaidai-je, espérant sincèrement qu'il se lèverait et partirait.

Maxx pencha la tête sur le côté.

— J'essaie de trouver d'où vient cet accent depuis que je t'ai rencontrée. Sud-ouest de la Virginie ? demanda-t-il sans prendre la peine de me répondre.

Manifestement, il était là pour rester, et j'allais devoir prendre sur moi.

— Caroline du Nord, corrigeai-je sans réfléchir.

Merde !

N'engage pas la conversation, Aubrey ! N'engage pas la conversation !

— Ah, une fille du Sud, dit-il en tapotant son livre du bout de son crayon.

— Hmm, marmonnai-je, espérant qu'il en resterait là.

J'aurais dû savoir qu'il n'en ferait rien.

— Où en Caroline du Nord ? demanda-t-il une seconde plus tard.

— C'est quoi, ça ? « On fait péter les plombs à Aubrey avec un million de questions » ? aboyai-je.

— T'es sacrément susceptible quand tu travailles, fit remarquer Maxx en se mordant la lèvre pour ne pas éclater de rire.

Mes yeux furent attirés par sa bouche, et je me surpris à contempler la courbe pleine de ses lèvres.

Arrête !

Je me raclai la gorge et me mis à ranger mes affaires. Je n'arriverais à rien avec Maxx en face de moi. Autant essayer de travailler à l'appartement, en espérant que Devon n'y était pas.

— Ne pars pas. Je suis désolé, je vais me taire, promit Maxx.

Il tendit la main et la posa sur la mienne.

— S'il te plaît.

Il brandissait ces mots comme une arme. Il rendait toute discussion inutile.

C'était énervant.

Je me rassis sur ma chaise et rouvris mon livre.

— Bien. Mais sérieux, Maxx, j'ai beaucoup de travail, plaidai-je, choquée d'avoir capitulé aussi vite.

Maxx opina du chef et ouvrit promptement ses propres livres.

Je tentai de me remettre à ma dissertation, mais j'étais toujours incapable de me concentrer. Je regardai furtivement sur quoi Maxx travaillait et vis qu'il parcourait un manuel de finance d'entreprise.

— Je croyais que t'étais censé guérir le cancer ? En quoi la finance d'entreprise va t'aider à devenir médecin ? me surpris-je à demander.

Maxx leva les yeux vers moi, et je fus incapable de détourner le regard. Sa façon de me regarder me donnait l'impression d'être unique au monde. La seule personne qui comptait. Comment était-il capable de faire ça ? Il était envoûtant, j'étais aspirée dans son champ de force, comme s'il était un gigantesque trou noir capable de m'avaler.

— Je ne me vois pas devenir Dr Demelo, répondit-il sans jamais me quitter des yeux.

Avait-il conscience de l'effet qu'il avait sur les autres ? J'étais presque sûre que oui, et il était dangereux d'exercer un tel pouvoir.

Impossible de lire en lui. Je m'étais toujours vantée de mes capacités intuitives mais, quand il s'agissait de Maxx, je n'arrivais à rien. C'était troublant.

— Pourquoi ? demandai-je en refermant mon livre.

Inutile de prétendre que j'allais travailler. J'étais en cours d'introduction sur la vie de Maxx.

Il toussota et détourna le regard, brisant notre connexion.

— C'est pas mon truc, répondit-il.

J'étais prête à creuser, jusqu'en Chine s'il le fallait.

— Alors c'est quoi, ton truc ? demandai-je en posant mon menton au creux de ma main.

J'eus soudain l'impression d'étouffer dans la chaleur de l'alcôve confinée. Je portais un col roulé, et je regrettais de ne pas avoir mis un vêtement plus léger. Je sentais que je suais à grosses gouttes.

J'étais certaine que la vague de chaleur soudaine avait tout à voir avec la température dans la bibliothèque et absolument rien avec le garçon assis en face de moi.

Maxx sourit, un petit sourire mystérieux, et, au lieu de me répondre, il renversa la situation.

— C'est quoi, ton truc ? La psychothérapie, non ? C'est à cause de tes propres problèmes ou tu as le syndrome du sauveur ?

Je m'adossai à ma chaise, me demandant si je devais me sentir insultée. Essayait-il d'être grossier, ou était-ce un talent naturel ? Il posait la question avec juste ce qu'il fallait de condescendance pour me pousser à me défendre.

— Bien sûr que je veux aider les gens. Sinon, pourquoi je me casserais le cul à travailler comme ça ? demandai-je.

Je détestais lui avoir donné exactement ce qu'il voulait : des informations.

— Je ne sais pas. Je me disais que ça avait peut-être un lien avec ta sœur, dit-il, n'affichant que gentillesse et intérêt.

Comment osait-il me renvoyer ça à la figure ? Je m'étais confiée à lui dans un moment de faiblesse. J'aurais dû savoir que j'allais le regretter. Je rougis et sentis la colère m'envahir. Maxx provoquait des émotions si passionnées en moi. Que ce soit de la colère ou de l'envie, je les ressentais avec force et intensité.

Il était dangereux pour ma santé.

— Parler de ça ensemble est déplacé, dis-je froidement, regrettant de ne pas être partie quand j'avais voulu le faire.

— Ce n'est pas mon intention d'être déplacé. Je t'ai dit que parler de ta sœur était très courageux de ta part. Je respecte ça. Je te respecte, dit-il sincèrement. Je me disais juste que, vu ce qui lui est arrivé, ça te donnerait la détermination d'aider les gens comme elle. C'est sensé. C'est tout ce que je voulais dire. Je suis désolé si ça t'a dérangée que j'en parle. C'était insensible de ma part, s'excusa-t-il.

D'accord, peut-être que je dramatisais un peu. Mais parler de Jayme en général me rendait nerveuse. Et la façon désinvolte avec laquelle il avait glissé le sujet dans notre conversation m'avait mis les nerfs en pelote.

Discuter avec Maxx était une expérience étrangement intime. On aurait aussi bien pu être assis là complètement nus.

Et voilà que je pensais à lui tout nu.

Merde !

— Ce n'est rien, dis-je, surprise par la vérité de ces mots.

Je ne pouvais pas lui reprocher ce qu'il avait dit, puisque c'était la vérité.

— Et, oui, j'imagine que c'est à cause de Jayme que je fais ça, admis-je.

J'aurais aimé pouvoir coudre ma bouche pour la fermer. Où était la fonction « off » de mon cerveau quand j'en avais besoin ? Pourquoi vomissais-je ces informations sur moi à Maxx, entre tous ?

Cela n'avait sûrement rien à voir avec ses yeux incroyables, qui semblaient me supplier de révéler tous mes secrets.

— C'est super d'avoir envie de donner un sens à ta vie. Il y a peu de choses dans la mienne pour lesquelles je pourrais ressentir ce genre de passion, dit Maxx.

— On dirait pourtant que tu as quelque chose, et c'est un bon début, dis-je.

Les yeux de Maxx s'assombrirent. Ils se consumèrent littéralement. J'avais toujours pensé que ces expressions étaient des sottises galvaudées réservées aux romans à l'eau de rose. Mais non. Maxx maîtrisait la technique des yeux de braise à la perfection.

— Tu as raison. C'est un bon début, murmura-t-il, et mon cœur se mit à battre follement dans ma poitrine.

Cette allusion frustrante était de retour. J'étais troublée et déroutée.

Je bondis subitement sur mes pieds, faisant tomber ma chaise par terre. Le bruit métallique résonna dans la bibliothèque silencieuse.

— Il faut vraiment que j'y aille, lâchai-je en rassemblant mes affaires.

Maxx fronça les sourcils.

— J'ai dit quelque chose de mal ? demanda-t-il, l'air blessé.

— Non, pas du tout. C'est juste que j'ai des trucs à faire.

Je me trouvais des excuses, de mauvaises excuses. Mais, après mon rendez-vous avec le Pr Lowell où j'avais échappé de peu à un avertissement, partager des confidences avec un membre du groupe de soutien semblait être un moyen infaillible de m'attirer beaucoup d'ennuis.

— Je te vois la semaine prochaine, dis-je en serrant mon sac contre moi, faisant tout mon possible pour ne pas m'enfuir en courant.

— Au revoir, Aubrey, dit Maxx.

Mon nom était si doux sur sa langue...

12

Aubrey

Maxx avait envahi mes pensées, que je le veuille ou non. Je ne cessais de me repasser nos conversations en boucle. Je me reprochais la facilité avec laquelle je m'étais confiée à lui. Je rageais intérieurement contre mon empressement à partager des aspects de moi que j'avais intentionnellement enfouis. Par-dessus tout, ma réaction inhabituelle face à un homme que je ne connaissais pas, en qui je n'avais pas confiance, et dont je ne voulais pas qu'il connaisse tous mes secrets, me laissait perplexe.

Alors pourquoi n'avais-je pas été plus forte ? Pourquoi avais-je exposé cette vulnérabilité que je croyais avoir perdue ?

Une chose était sûre : je devais apprendre de mes erreurs, me rappeler qui était Maxx, et qui j'étais censée être.

Malgré ses beaux yeux bleus et son sourire sexy.

Et j'allais assurément ignorer le désir illogique de le revoir.

Même si j'étais fascinée par l'homme qui avait fait entrer son petit frère en douce dans le restaurant universitaire pour qu'il puisse manger. Même si j'étais étrangement obsédée par la personne qui avait cueilli une fleur sur le sol glacial de janvier et me l'avait donnée, un sourire aux lèvres. Et j'étais bien trop préoccupée par le garçon qui m'avait confié sa peur de se perdre dans l'addiction qui le contrôlait.

Le besoin détestable de l'aider existait. Je le sentais, juste derrière ma puissante détermination. Il attendait que j'admette ma volonté d'être celle qui le couvait et s'occupait de lui.

Maxx avait raison. Je souffrais d'un vrai syndrome du sauveur.

On était samedi soir, et j'avais accepté de retourner à *Compulsion* avec Brooks. Je ne l'avais pas beaucoup vu depuis la désastreuse réunion du groupe de parole. Il m'avait apporté de la soupe et un film, comme promis, mais, pour la première fois, j'avais ressenti un certain malaise entre nous.

Il avait été ailleurs. Il n'y avait pas d'autre mot. Quand je lui avais demandé ce qui n'allait pas, il avait répondu : « Rien. » Ce qui était le code pour : « Il y a quelque chose qui me dérange, mais je vais rester évasif et exaspérant juste pour te rendre folle. »

Je ne lui avais pas mis la pression. Je n'étais pas d'humeur à jouer à « trouvons ce qui fait chier Brooks Hamlin ». S'il voulait en parler, il le ferait.

Je savais qu'il était pris par la préparation de ses exams et qu'il stressait, car il attendait une réponse de l'université dans laquelle il avait postulé. Il m'avait suffisamment répété qu'il avait beaucoup de cours. J'avais cru que c'était la cause de son étrange humeur.

Alors pourquoi étais-je parano, pourquoi pensais-je que c'était dû à tout autre chose ?

Cette inquiétude, en addition à mes sentiments inexplicables envers Maxx, faisait que je n'étais pas loin de péter les plombs. Je fus donc plus que soulagée quand Brooks m'appela pour me proposer de retourner à *Compulsion*. Il avait semblé plutôt normal, et j'avais réussi à me persuader que j'avais tout imaginé.

Renée et moi entretenions toujours une paix hésitante. Nous avions même regardé un film de science-fiction cucul un soir avant d'aller nous coucher. Nous avions l'accord tacite d'éviter le sujet de Devon. Cela réduisait considérablement la tension qui s'était établie entre nous au cours des six derniers mois.

Il n'était que 18 h 30. Brooks ne viendrait pas me chercher avant 22 heures. J'avais plusieurs heures à tuer. Renée était en train de réviser pour ses examens sur le canapé. J'avais rangé et re-rangé ma chambre une bonne demi-douzaine de fois. J'avais choisi ma tenue pour la soirée, et j'étais à jour dans mes lectures pour les cours. Je m'ennuyais, ce qui était inhabituel. Je ne m'ennuyais jamais. D'habitude, je m'occupais en permanence, l'ennui n'était pas une option. Ne sachant pas quoi faire d'autre, je rejoignis Renée dans le salon.

Une chaîne de télé-achat sans son dansait en fond, et Led Zeppelin passait sur la chaîne hi-fi. Je m'affalai sur le canapé et pris la télécommande.

Renée leva la tête, m'adressant un sourire distrait avant de retourner à ses révisions. C'était bon de la voir si concentrée sur autre chose que celui dont on ne devait pas prononcer le nom.

Puis, comme si le simple fait de penser à lui invoquait sa présence, on sonna à la porte.

— Tu attends quelqu'un ? demandai-je à Renée, qui secoua la tête.

Je me levai, et je traversais la pièce pour aller ouvrir lorsque la porte s'ouvrit à la volée.

Devon entra d'un pas nonchalant dans l'appartement, des sacs de courses remplis de bières dans les mains, et deux de ses affreux potes sur les talons. Il ne fit même pas l'effort de me saluer en entrant dans mon appartement, et posa les sacs sur ma table basse. Ses amis mirent de la boue sur la moquette.

Devon arracha son manuel à Renée et le jeta derrière le canapé.

— Ça fait longtemps que c'est plus l'heure d'étudier, bébé, déclara-t-il en se vautrant dans le canapé à côté d'elle avant de flanquer ses pieds sur la table sans prendre la peine d'enlever ses chaussures.

Ses amis, qui ne s'étaient manifestement pas embarrassés d'une douche ce jour-là, attrapèrent des tabourets hauts à côté de l'îlot central de la cuisine et les apportèrent dans le salon. Chacun prit une bouteille de bière et l'ouvrit, jetant les capsules sur la table.

Renée semblait loin d'être ravie de voir son petit ami. Mais, bien sûr, elle ne dit rien. Elle le laissait envahir son espace, dicter son emploi du temps et décider de ce qu'elle ferait de son samedi soir.

Je restai là, bouche bée, n'en revenant pas de la taille des couilles de ce mec – couilles dont j'aurais été heureuse de le débarrasser avec un couteau à beurre.

— Enlève tes pieds de la table, lui dis-je d'une voix grave.

Devon me jeta à peine un coup d'œil. À une époque, j'aurais pu comprendre pourquoi Renée était folle de lui. Il était séduisant dans le style « je fais de mon mieux pour avoir l'air aussi cool ». Mais je savais que son attitude et son personnage étaient aussi faux que le cuir de sa veste.

Et, malgré l'image qu'il semblait projeter, je devenais de plus en plus consciente de la personne qu'il était réellement sous la surface.

Devon Keeton était le genre de mec qui avait besoin de traiter sa copine comme de la merde parce que sa bite était dix fois trop petite. Le mec qui mouillerait son pantalon s'il était confronté à quelqu'un de plus grand que lui, puis qui se retournerait et frapperait un chien, juste parce qu'il le pouvait.

J'observai Devon qui prenait le contrôle de l'appartement, ses amis ouvrant des paquets de chips et laissant tomber des miettes sur le sol. Renée semblait se recroqueviller sur elle-même, les yeux dans le vide.

J'étais sur le point d'exploser. Peut-être parce que je voyais mon amie perdre une part d'elle-même. Ou peut-être était-ce le fait de voir Devon et ses amis manquer de respect à notre foyer. Ou peut-être encore à cause du nombre croissant de déchets alimentaires sur mon sol immaculé.

Quoi qu'il en soit, cela déclencha quelque chose en moi, et je sus que si je restais une seconde de plus, je serais incapable de me taire. Je serais incapable de regarder ma meilleure amie se faire détruire par son connard de mec.

Je scrutai Renée, qui avait les yeux rivés droit devant elle. J'étais en colère, triste, et profondément, atrocement déçue qu'elle soit incapable de se défendre.

Je ne supportais plus d'être là. J'attrapai mon manteau et mon sac, et sortis de l'appartement en claquant la porte, le rire de Devon et de ses amis retentissant derrière moi.

Je sortis dans l'air hivernal et me maudis de ne pas avoir pris mes gants, que j'avais oubliés dans ma hâte. Je fourrai mes mains dans mes poches et me voûtai pour me protéger du vent.

Il faisait déjà nuit et j'aurais aimé être chez moi, pelotonnée dans mon lit, au lieu d'être dehors dans ce froid glacial, les nerfs à fleur de peau. C'était un temps à hiberner et, dans l'immédiat, ça ne me semblait pas être une mauvaise idée. Entre mes sentiments loin d'être professionnels envers Maxx et la dynamique perturbée entre ma meilleure amie et moi, la perspective de dormir quelques mois me semblait extrêmement attrayante.

Je me retrouvai rapidement près du campus, n'ayant aucune autre destination en tête et aucun ami à appeler.

J'imagine que j'aurais pu mettre ma réticence à chercher le contact des autres et à faire de nouvelles connaissances, à l'exception de Renée et Brooks, sur le compte de la mort de Jayme. La perdre avait été horriblement traumatisant. Mais la vérité vraie, c'était que je n'avais jamais été du genre à me chercher des amis. J'avais traîné avec quelques personnes au lycée, mais il avait été facile de perdre le contact après mon déménagement.

Bon sang! Toute cette introspection me donnait mal au crâne.

— Celui qui t'a contrariée a intérêt à faire gaffe, dit une voix derrière moi.

Je ne m'étais pas rendu compte que j'étais déjà sur le campus, plus exactement sur le trottoir juste derrière la bibliothèque.

Lorsque la silhouette sortit de l'ombre, je fus frappée par une sensation de déjà-vu si forte que j'eus un mouvement de recul. Les épaules larges, le visage méconnaissable. Je songeai immédiatement au type de *Compulsion*.

Sauf que ce n'était pas un inconnu.

La démarche arrogante de Maxx était plus assurée que jamais, et son sourire suffisant bien en place sur ses lèvres. Il portait un vieux sweat-shirt gris éclaboussé de peinture. Il bougeait lentement. Avait-il pris de la drogue ? J'espérais que non, pour son bien. Cela lui attirerait des ennuis du style « j'ai violé ma liberté conditionnelle ».

— Tu as plongé dans un pot de peinture ? demandai-je sèchement.

Maxx baissa les yeux vers son sweat-shirt et haussa les épaules.

— Travaux d'intérêt général, expliqua-t-il, et j'eus la sensation d'être une enflure. Qu'est-ce qui t'a mise dans cet état, Aubrey ? On dirait que tu t'apprêtes à tuer quelqu'un, fit-il remarquer en s'appuyant contre un lampadaire, les mains dans les poches, l'air blasé.

— Si t'es là pour me faire encore de ce foutu gringue de merde, je t'en prie, trouve une autre fille plus réceptive à ta personnalité si spirituelle. Je ne suis franchement pas d'humeur à repousser tes avances, répondis-je d'un ton agacé.

Maxx parut surpris. Il cligna des yeux plusieurs fois, ouvrit et ferma la bouche comme s'il essayait de trouver quelque chose à répondre. Je fis de mon mieux pour réprimer le sourire qui menaçait de me trahir.

— Quoi ? Rien à dire ? raillai-je.

Maxx eut un petit rire et se frotta la nuque. Son sourire suffisant se transforma en un sourire sincère qui illumina son visage et me coupa le souffle.

— Tu veux passer un moment avec moi ? demanda-t-il.

Il était évident qu'il n'avait pas prévu de me poser la question, et la spontanéité de l'offre rendait la chose très séduisante.

— Je ne suis pas sûre que ce soit convenable, dis-je.

J'essayais de retrouver du bon sens, chose dont je manquais cruellement quand il était question de Maxx Demelo.

Il pouffa.

— Qu'est-ce qui ne serait pas convenable ? On n'est pas en groupe de soutien, là. Tu es une étudiante. Je suis un étudiant. On n'est juste deux étudiants qui veulent passer un moment ensemble. Où est le mal ? demanda-t-il d'un air innocent.

Innocent, ben voyons !

Je haussai un sourcil et lui adressai mon regard le plus dubitatif. Maxx se mordit la lèvre pour ne pas rire. Ses yeux bleus, bien que rougis et fatigués, pétillaient d'excitation.

Je ne pouvais pas nier que j'avais envie de passer du temps avec lui, qu'il m'intriguait. Et, pour une raison insensée, mes alarmes internes ne retentissaient pas aussi fort que d'ordinaire.

— Viens.

Maxx inclina la tête en direction du trottoir en allumant une cigarette.

À court d'arguments et plus qu'un peu fatiguée de les inventer, je marchai à côté de lui, balayant de la main la fumée qu'il soufflait dans mon visage.

— C'est obligé, la cigarette ? Certains entretiennent de bonnes relations avec leurs poumons, lançai-je.

Maxx prit une dernière bouffée et laissa tomber la clope au sol.

— On ne fume pas. Compris, dit-il, étonnamment sérieux. Alors, tu ne vas pas me dire pourquoi t'es d'humeur massacrante ? demanda-t-il pendant que nous marchions.

— Soucis de coloc, dis-je.

— Elle t'a encore volé ton vernis à ongles Éclat Écarlate ? plaisanta-t-il, me faisant pouffer.

— Est-ce que j'ai l'air d'une fille qui fait la guerre pour du maquillage ? me moquai-je, même si je n'étais pas sûre d'avoir envie de savoir pour quel genre de fille il me prenait.

— Tu as l'air d'une fille qui refuse tout un tas de conneries, dit Maxx, m'adressant un compliment inattendu.

Je haussai un sourcil.

— Tu lis en moi comme dans un livre ouvert, hein ? répondis-je platement.

Maxx partit d'un petit rire.

— Pas même une page, dit-il dans un souffle, mais juste assez fort pour que je l'entende.

Je ne pus m'empêcher de sourire. Être avec lui était à la fois facile et inattendu. Il ne cessait de me surprendre, mais discuter avec lui était parfois aussi facile et naturel que de respirer.

La dynamique qui s'installa entre nous semblait confronter la colère et la méfiance au désir et à l'envie. La frustration était à la lutte avec la satisfaction. L'énervement et la prudence s'opposaient à la vulnérabilité et la sincérité.

Sa compagnie était épuisante et exaltante à la fois. Il était facile de comprendre pourquoi les gens étaient attirés par lui.

Quand Maxx riait ou parlait, les gens le regardaient. Ils étaient suspendus à ses lèvres. Ils convoitaient le moindre de ses atomes.

Il avait la capacité de tout décimer autour de lui.

Moi y compris.

Maxx m'arrêta devant le cinéma du coin, un bâtiment construit dans les années quarante. Je n'y étais entrée que quelques fois et j'avais été obsédée par l'éventuelle moisissure dans les toilettes. C'était humide et ça sentait le renfermé, odeur qu'aucune quantité de pop-corn ou de désodorisant ne pouvait éradiquer.

Levant les yeux vers le fronton, je fus à la fois ravie et surprise. Ils faisaient la pub de leur soirée « Films cultes » du samedi. Ils passaient une série de films peu connus à prix réduit, et l'un d'eux en particulier m'emballa.

— Tu veux aller voir ça ? demandai-je en désignant l'affiche d'un de mes films préférés de tous les temps, *The Doom Generation*.

— Ça fait longtemps que je veux être seul avec toi dans le noir, me taquina Maxx, réduisant exprès la distance qui nous séparait.

Je reculai involontairement d'un pas, recréant une distance nécessaire.

— « Si ta connerie faisait de la musique, tu serais le philharmonique de Berlin », citai-je.

Maxx partit d'un rire grave.

— J'aurais dû savoir que t'étais fan, dit-il d'un air ravi.

— J'adore les films obscurs. Ma sœur et moi avons eu une période pendant laquelle on regardait *The Doom Generation* tous les week-ends, répondis-je.

Le souvenir de Jayme et moi assises devant la télé, citant chaque réplique, riant à ne plus pouvoir respirer, était heureux.

Maxx me sourit, et je fis de même. Puis il eut un geste des plus étranges. Comme sans réfléchir, il porta la main à mon visage et la posa sur ma joue. Il en suivit la courbe d'une caresse du pouce, ses yeux bleus intenses et sérieux.

— Tu es magnifique, Aubrey. Mais quand tu souris, tu es à couper le souffle, dit-il doucement.

Mince alors. Ses mots étaient destinés à me faire fondre, et cela fonctionnait, même si je luttais pour leur résister. De qui me moquais-je ? Quelle fille ne fondrait pas après un tel commentaire ?

Nettoyage allée douze !

Il me regardait avec le genre d'expression tendre que les hommes réservaient généralement aux bals de promo et aux demandes en mariage. J'avais des papillons dans le ventre.

Puis il laissa retomber sa main et s'écarta de moi. Je restai là, perplexe, mon corps et mon cœur bourdonnant encore.

L'attitude de Maxx changeait si rapidement qu'il était difficile à suivre. Il avait cependant des éclairs de sincérité, comme à l'instant, qui rendaient plus facile d'oublier les fois où il essayait d'être quelqu'un d'autre.

Il me tendit la main pour que je la prenne, mais je me contentai de la regarder bêtement.

— Il faut qu'on entre si on ne veut pas louper le début du film, dit-il en agitant les doigts.

— D'accord, finis-je par répondre, glissant timidement ma main dans sa paume ouverte.

Nos doigts s'entrelacèrent, et il serra doucement les miens.

Il acheta nos billets, du pop-corn et des bonbons, passant outre ma requête de payer ma part. Cela commençait à ressembler un peu trop à un rencard.

Et, au plus profond de mon cœur, j'espérais que c'en était un. *Stupide, stupide Aubrey !*

Une fois dans le cinéma, il nous restait encore dix minutes avant le début du film. Nous partagions côte à côte un silence tranquille, et je fus stupéfaite de voir que je pouvais rester assise près de lui sans me sentir mal à l'aise.

En réalité, c'était plutôt… agréable.

Maxx mangea ses nounours en gélatine, m'adressant un sourire de temps en temps. Je le regardai du coin de l'œil alors qu'il arrachait la tête d'un nounours avec les dents avant de le fourrer dans sa bouche. Il répéta la décapitation encore et encore, vidant la boîte de bonbons.

— Qu'est-ce qu'ils t'ont fait, ces nounours ? demandai-je sur un ton malicieux entre deux bouchées de pop-corn.

Maxx sourit juste avant d'arracher la tête du dernier nounours de la boîte.

— Ils n'avaient qu'à pas être aussi délicieux, répondit-il, se léchant les lèvres après avoir avalé.

Je ne pus m'empêcher de rougir.

— Je ne sais rien de toi, annonçai-je sans préambule.

Je fus de nouveau choquée par la facilité avec laquelle je baissais la garde avec lui, et la rapidité avec laquelle je m'intéressais.

Maxx haussa un sourcil.

— Je ne savais pas que tu cherchais des informations.

— Pourquoi tant de mystères, Maxx ? Tu as quelque chose à cacher ? demandai-je avec un peu plus de véhémence que je ne l'avais voulu, mettant fin à notre entente détendue.

Ses yeux s'assombrirent.

— Je te dirai ce que tu veux savoir, Aubrey. Tu n'as qu'à demander, affirma-t-il avec fermeté.

Le cinéma était presque vide. Seuls quelques sièges étaient occupés. Mais j'avais quand même peur d'être entendue.

Je m'éclaircis la voix, essayant de reprendre le contrôle de la situation.

— Tu fais quoi comme études ? Manifestement pas des études de médecine, et c'est lié à la finance d'entreprise, demandai-je comme une idiote.

Maxx éclata de rire.

— C'est ça, ta question ? Mes études ? Tu veux connaître mon signe astrologique aussi ? plaisanta-t-il, et je lui donnai une tape sur le bras, m'autorisant à le toucher avec désinvolture.

— Commençons par les petits trucs et voyons où ça nous mène, répliquai-je.

Maxx tendit la main et me piqua une poignée de pop-corn, fourrant quelques grains dans sa bouche, puis essuya ses doigts gras sur son jean. Je pris sur moi pour ne pas être dégoûtée.

— Je fais des études de commerce, spécialité économie, dit-il.

— Tu fais des études de commerce ? Vraiment ? demandai-je, incrédule.

Maxx fronça les sourcils, visiblement agacé que je sois si surprise.

— Oui, je fais des études de commerce. Pourquoi est-ce si difficile à croire ? Je ne suis pas un crétin qui traîne sur le campus, fit-il remarquer, sur la défensive, son humeur faisant de nouveau volte-face.

— C'est juste que tu… enfin… tu…

— Je me suis fait arrêter pour possession de drogue ? Je suis en liberté conditionnelle et je dois aller m'asseoir dans cette putain de salle de cours toutes les semaines pour parler de mes foutus sentiments ? demanda-t-il rageusement.

Super, je l'avais énervé, et royalement, à en juger par la crispation de sa mâchoire.

— Je ne juge pas…, commençai-je, mais Maxx me coupa la parole.

— Bien sûr ! cracha-t-il.

— Écoute, je suis désolée. Je sais que tu essaies de t'en sortir. Tu viens au groupe de soutien. Tu fais tes travaux d'intérêt général. Je ne sous-estime rien de tout ça.

Je tentai de faire marche arrière. Mais mes mots semblaient au contraire l'énerver encore plus.

— Tu sais que dalle de moi ou de mes choix. Ni pourquoi j'ai fait ce que j'ai fait. Tu ne me connais pas, Aubrey, siffla-t-il en me fusillant du regard.

Comme possédée par quelque chose que je ne comprenais pas entièrement, je tendis la main et l'enroulai autour de son poing serré sur l'accoudoir. Je me penchai, jusqu'à ce que mon visage ne soit qu'à quelques centimètres du sien.

— Mais je veux te connaître, Maxx, dis-je doucement.

Et je me rendis compte que c'était absolument vrai. Il y avait quelque chose chez Maxx Demelo qui me donnait envie de creuser, de trouver tout le bon et tout le mauvais. Je me rappelai pourtant que ces investigations dépassaient toutes les limites.

Maxx prit une profonde inspiration, comme s'il était douloureux pour lui d'entendre mes mots. Il ferma les yeux, et son front se creusa.

— Je t'en prie, Aubrey, murmura-t-il.

Je n'étais pas sûre de savoir ce que signifiait cette supplication.

Je t'en prie, Aubrey, laisse tomber ?

Je t'en prie, Aubrey, je veux que tu apprennes à me connaître ?

Je t'en prie, Aubrey, c'est la conversation la plus abrutissante de toute ma vie, alors ferme-la ?

Avant que je ne puisse le pousser à m'en dire plus, les lumières s'éteignirent et Maxx tourna sa paume vers le haut, repliant ses doigts sur les miens dans le noir.

La chaleur de sa peau enveloppa la mienne, et j'étais incapable de décider si je voulais retirer ma main ou non.

Mais je n'en fis rien. J'ouvris mon poing, qui s'était fermé lorsqu'il m'avait touchée, et je nouai mes doigts avec les siens. On se tenait la main comme des lycéens lors d'un premier rendez-vous. C'était innocent et étonnamment mignon.

Bientôt, l'intensité laissa place à une sensation encore plus déconcertante, une satisfaction, un confort, avec, encore, cette aisance qui se déployait comme si elle avait toujours existé. Moi, une fille qui ne se rapprochait jamais des autres, j'étais là, en train de me glisser dans cette relation, quelle qu'elle soit, sans hésitation.

Nous riions et récitions les dialogues. Maxx continua à me voler mon pop-corn, et je tapai malicieusement sur sa main. Ses doigts se resserraient autour des miens de temps en temps, comme pour me rappeler que nous étions encore en train de nous toucher.

Comme si je pouvais oublier !

Même si mes yeux étaient rivés sur l'écran, tout ce que je sentais, tout ce à quoi je pensais, c'était sa peau contre la mienne.

Durant une scène particulièrement violente, je me détournai, n'ayant jamais été capable de la supporter. Je regardai l'épaule de Maxx, attendant que la scène soit finie. Sentant ses yeux rivés sur moi, je levai les yeux. Sur ses lèvres se dessinait un petit sourire.

— T'es une petite fleur délicate, hein ? me taquina-t-il, son souffle caressant mes cheveux près de mon oreille.

Je pouffai et secouai la tête, et nos joues se touchèrent. Maxx écarta une mèche de cheveux de mon visage, et il se pencha pour m'effleurer le nez. Ses lèvres étaient toutes proches. Ses yeux ne quittaient pas les miens à la lueur de l'écran. Il fit glisser sa main le long de mon cou puis s'arrêta et prit fermement ma tête au creux de sa paume. Il posa tendrement son autre main sur ma joue, qu'il caressa du pouce.

J'eus soudain la bouche sèche. Je devais y mettre fin. Je devais dire quelque chose. Je devais reculer et mettre la distance nécessaire entre moi et cette escalade qui allait atteindre son point culminant.

Mais je ne pouvais rien faire. Je ne réfléchissais plus. Il n'y avait plus que l'anticipation.

— Je vais t'embrasser, Aubrey, dit-il doucement contre mes lèvres.

Je déglutis malgré la boule qui s'était formée dans ma gorge.

Mais je ne me dérobai pas.

Je ne pouvais pas me dérober à lui.

A l'instant où sa bouche rencontra la mienne, je me raidis. J'avais l'impression que le dernier semblant de pensée rationnelle luttait contre mes hormones surmenées pour avoir le dessus. Mon cerveau essayait désespérément de m'empêcher de commettre un acte sur lequel je ne pourrais pas revenir.

Puis la langue de Maxx effleura le pli de ma bouche, et j'entrouvris les lèvres pour le laisser entrer.

J'avais succombé.

Il avait le goût du pop-corn, des nounours à la cerise, et de tout ce qui était décadent et interdit. Il avait le goût des mauvais choix.

Je ne pus réprimer le gémissement qui monta dans ma gorge alors qu'il ravissait ma bouche. Il réclamait, prenait, me faisait sienne. Je ne pus m'empêcher de ressentir une soudaine vague de panique lorsque le besoin d'arrêter et de reculer tenta de prendre le dessus.

Mais mon corps brûlait d'envie. Je désirais Maxx alors même que je reculais devant l'intimité. Mes lèvres commencèrent à réagir sous la pression de sa bouche, et mon cerveau était apaisé par la sensation de ce baiser.

C'était nouveau pour moi. Le désir. Sous les bons soins des mains et de la langue de Maxx, je sentis fondre toute hésitation restante. C'était terrifiant. C'était exaltant. Cela allait changer ma vie.

Je plongeai mes doigts dans l'épaisseur de ses boucles. Il tenait toujours fermement mon visage entre ses mains tandis que nous nous embrassions encore et encore.

Nos langues s'emmêlaient, nos dents s'entrechoquaient, et je pouvais à peine respirer. Je sentais sa barbe naissante frotter contre mes joues et mon menton. J'aurais la peau sacrément irritée quand ce serait fini.

Maxx gémit profondément, un son grave qui résonna en moi, me donnant des palpitations. Je me penchai davantage vers lui, et nos poitrines se heurtèrent au-dessus de l'accoudoir qui nous séparait. Maxx s'écarta et regarda le bout de plastique qui nous dérangeait. Puis, sans un mot, il me fit passer par-dessus, le tissu éraflant brutalement mes jambes, mais je me rendis compte que je m'en fichais. Je me soucierais des bleus plus tard.

J'atterris n'importe comment sur ses genoux, l'autre accoudoir me rentrant douloureusement dans le dos. Mes jambes étaient étendues inélégamment en travers des sièges.

Punaise, c'est loin d'être sexy! me dis-je, tentant de ne pas me sentir gênée par la culotte peu affriolante désormais en évidence sous ma jupe débraillée. Je sentis l'embarras et la tension refaire surface, menaçant de gâcher l'instant. Des petites voix angoissées au fond de ma tête commencèrent à se demander ce que j'étais en train de faire.

Je me tortillai pour me redresser, avec l'intention de me libérer de notre étreinte passionnée. Mais sentir mes fesses pressées contre l'entrejambe de Maxx effaça tous mes doutes.

Il gémit de nouveau, un peu plus fort cette fois. Je regardai autour de moi, gênée qu'on se donne ainsi en spectacle. Jusqu'ici tout allait bien, personne ne nous prêtait attention.

Je sentais son érection à travers son jean, et cela me noua les entrailles. Maxx enroula son bras autour de mon dos et me déplaça de manière à ce que je sois à genoux, le chevauchant sur le siège étroit, ma jupe remontée sur mes hanches. Il pressa sa main dans le bas de mon dos, me serrant contre lui. Ses lèvres embrassèrent la ligne de mon cou, sa langue voletant sur ma peau.

— T'es parfaite. T'es tellement parfaite, murmura-t-il, puis sa bouche reprit possession de la mienne.

Je me frottai contre le membre ferme dans son jean, cherchant à satisfaire l'envie qui brûlait entre mes cuisses. On s'embrassa et se toucha pendant tout le reste du film, mais en restant dans le registre déconseillé aux moins de douze ans. Cela m'avait à la fois éveillée et frustrée.

Nous le remarquâmes à peine quand le film fut fini et que les lumières se rallumèrent.

— Prenez une chambre, marmonna quelqu'un en jetant une poignée de pop-corn dans notre direction.

Maxx et moi brisâmes notre étreinte, et je partis d'un rire enroué. Sa bouche était gonflée et mon visage était certainement rouge, à vif à cause de sa barbe naissante, mais ça en avait valu la peine. Ça avait été la séance de roulage de pelles la plus puissante que j'avais jamais eue.

Je descendis de ses genoux et me levai, sur des jambes très chancelantes. Maxx me prit par la main et me guida hors du cinéma. Nous ne nous regardions pas, et je ne savais pas si c'était parce que nous étions embarrassés ou trop excités.

Nous sortîmes dans l'air frais de la nuit, et j'aurais aimé trouver quelque chose à dire, quelque chose qui ferait durer ce moment ou, peut-être, le ferait partir. Maxx me troublait. Il me déconcertait. Il me faisait absolument tout remettre en question.

Max s'arrêta brusquement et se retourna pour me faire face. Il m'attrapa par les épaules et posa sa bouche sur la mienne. Il m'embrassa intensément avant de me laisser respirer.

— Merci, dit-il contre mes lèvres.

— Pour quoi ? demandai-je, tremblante.

Maxx sourit sans répondre. Puis il recula, gardant ma main dans la sienne jusqu'à ce que nos bras soient tendus entre nous. Il relâcha lentement mes doigts.

— Bonne nuit, Aubrey, murmura-t-il en rabattant sa capuche tachée de peinture sur sa tête avant de tourner les talons. « L'espoir est cette chose à plumes qui se perche dans l'âme et chante inlassablement un air sans paroles », dit Maxx, ses mots dérivant jusqu'à moi dans l'air froid de la nuit.

Pourquoi venait-il de citer Emily Dickinson ?

Je restai là, interloquée, et le regardai s'éloigner.

13

Aubrey

Je restai dix minutes plantée devant le cinéma à me demander ce qu'il venait de se passer. Mon côté incertain et enfantin se sentait complètement et totalement rejeté.

Une minute, Maxx était en train de m'embrasser, la suivante, il me laissait seule.

C'était quoi, ce bordel ?

Si j'espérais éclaircir le mystère de Maxx Demelo ce soir, j'étais bien déçue.

J'effleurai mes lèvres. J'avais encore la bouche enflée et douloureuse, et l'air frais piquait mes joues sensibles, éraflées par la barbe de Maxx. Mon corps était crispé à l'extrême, mon cœur se sentait maltraité, et ma tête me reprochait d'avoir été une sacrée idiote.

Je sortis mon téléphone de mon sac et regardai l'heure. Il n'était que 22 heures. Quel genre de mec abandonnait sans un mot la fille qu'il avait embrassée pendant une heure ? Sans une explication ? Et sans lui proposer de la raccompagner chez elle ?

Une fois le choc passé, il fut remplacé par de l'agacement, et une espèce de pulsion rageuse de lui arracher les couilles.

Je n'aimais pas qu'on se moque de moi. Je n'appréciais pas qu'on me fasse passer pour une imbécile. Que Maxx et ses baisers aillent se faire foutre.

Mon téléphone sonna, et je baissai les yeux. Le nom de Brooks apparaissait sur l'écran.

Merde ! J'avais complètement oublié nos plans pour la soirée.

— Brooks, salut ! dis-je en prenant la direction de mon appartement.

— Où es-tu ? demanda-t-il d'un ton contrarié.

— Euh… eh bien…

Je ne finis pas ma phrase.

— Euh… eh bien ? Ça n'explique rien, Aubrey. Je suis chez toi, mais devine qui n'est pas là ? Toi. Tu m'abandonnes ? demanda-t-il sèchement.

— J'arrive. J'ai seulement dû sortir un moment. Renée est encore là ? demandai-je.

Je ne voulais pas admettre où j'étais allée. J'étais embarrassée, et je me sentais dupée.

— Il n'y a personne. Je suis debout dans le couloir comme un con. Ta voisine la dame aux chats n'arrête pas de me regarder par le judas. Elle me fout les jetons, dit-il dans un murmure exagéré.

Cela me fit glousser, même si c'était une pâle imitation de mon rire normal.

— Ne bouge pas, je suis là dans quelques minutes, promis-je avant de raccrocher.

Lorsque j'arrivai à mon appartement, Brooks était assis par terre devant ma porte, en train d'envoyer un texto. Je l'observai. Pourquoi il n'avait pas de petite copine ? C'était un beau mec, qui aurait pu faire autre chose de son samedi soir que traîner avec une fille qui n'écarterait plus jamais les jambes pour lui.

Je me demandai, et ce n'était pas la première fois, pourquoi sa vie sociale se limitait à moi. J'espérais sincèrement que ça n'avait rien à voir avec des sentiments qui perduraient mais ne pourraient jamais être partagés.

— Tu es là, enfin ! Je commençais à avoir des fourmis dans le cul, marmonna Brooks en se levant pendant que je déverrouillais la porte.

J'allumai la lumière et piquai une crise.

— Holà ! Il s'est passé quoi, ici ? C'est pas compatible avec tes TOC, dit Brooks en ramassant un sachet de bretzels pillé sur le sol.

Il y avait des bouteilles de bière vides sur la table basse et de la vaisselle sur le sol près du canapé. Le comptoir de la cuisine était jonché de déchets et de bouffe entamée.

— Je suis partie trois heures ! Ils se foutent de ma gueule ? hurlai-je en claquant la porte derrière moi.

J'en avais ras le bol de cette merde ! Devon faisait ce que Devon faisait de mieux : être un connard.

— Je vais nettoyer. Va t'habiller, proposa Brooks.

Je commençai à protester.

— On va y passer la nuit si je te laisse faire, expliqua-t-il.

Je savais qu'il avait raison. Je réprimai mon besoin de ranger et de nettoyer, et j'allai me changer. Je me regardai dans le miroir et fis la grimace. Mon visage était rouge et marbré, mes lèvres gonflées. Je n'arrivais pas à croire que Brooks ne m'ait pas interrogée sur mon état de débauche évident.

Après avoir enfilé une robe noire courte et mes bottes noires, je me fis une queue-de-cheval haute et assombris mes yeux pour les faire ressortir. Pas mal pour quinze minutes de préparation.

Brooks avait rangé du mieux que ses chromosomes de mec le lui permettaient. La façon dont il avait réarrangé les coussins du canapé me fit frissonner, mais j'appréciais l'effort.

Il leva les yeux lorsque je rentrai dans la pièce et sembla soulagé de pouvoir abandonner le ménage.

— Super, allons-y ! dit-il en me poussant vers la porte.

— Tu sais où c'est ?

Allait-on encore devoir parcourir toute la ville à la recherche d'une mystérieuse fresque ?

— Oui, j'ai parlé à des mecs de mon immeuble, et ils m'ont donné l'info, dit Brooks distraitement en sortant son téléphone pour entrer l'adresse dans son GPS.

J'étais un peu déçue. J'avais peut-être mis du temps à apprécier le street art, mais j'étais désormais une vraie groupie de X.

Nous traversâmes la ville jusqu'à l'autoroute.

— Mais où on va ? demandai-je.

— Apparemment, la boîte est dans une vieille usine de textile à vingt minutes d'ici, expliqua-t-il en s'insérant sur l'autoroute plongée dans le noir.

Je parlai très peu pendant le trajet. Mes pensées étaient ailleurs, auprès de ce foutu Maxx Demelo. Pourquoi était-il parti si brusquement ?

Cette question me torturait l'esprit et me faisait sérieusement douter de moi. Mon amour-propre en avait pris un coup, et je n'aimais pas ça du tout.

Presque trente minutes plus tard, Brooks se gara sur un parking bondé. Comme chaque fois, ça grouillait de gamins raveurs et de rebuts emo, qui se dirigeaient tous vers un bâtiment sombre au loin.

Et comme chaque fois que j'approchais de *Compulsion*, je ressentis soudain une bouffée d'excitation et d'impatience. Je commençais à être sacrément accro. C'était exaltant, un peu flippant aussi. Mais ce n'était pas une peur qui me donnait envie de prendre mes jambes à mon cou. C'était une peur qui me donnait envie de découvrir et de profiter.

Brooks me tira vers l'immense file d'attente. Observer les fêtards faisait partie du divertissement. *Compulsion* ameutait toutes sortes de gens, des minets BCBG qui s'essayaient au style mauvais garçon aux personnes carrément bizarres. Comme la fille vêtue de cache-tétons et d'une culotte en cuir noir, la reine dominatrice qui tenait une laisse en métal attachée à un homme habillé en masochiste, bâillon boule compris.

Brooks me montra discrètement un groupe de femmes, certainement d'une trentaine d'années, qui semblaient s'être échappées de leur sabbat pour la soirée, avec leurs grandes robes fluides, leurs couronnes de fleurs, leurs ongles peints en rouge vif pareils à des serres, et leurs colliers faits de ce qui semblait être des dents humaines.

Nous passâmes l'inspection minutieuse, puis nous fûmes à l'intérieur. J'avais l'impression que la chaleur et la musique m'étouffaient. C'était exactement ce qu'il me fallait.

Cette fois-ci, lorsque je commandai à boire, je ne quittai pas ma boisson des yeux. J'avais appris la leçon. Brooks était allé danser. J'avais poliment décliné, désireuse de m'imprégner de l'ambiance. Je voulais également voir si mon homme mystère allait faire son apparition.

Lasse de faire tapisserie, je finis par me glisser dans la foule et me mis à suivre la musique. Je n'avais jamais été une bonne danseuse, mais ça ne m'empêchait pas d'aimer ça. Heureusement pour moi, danser à *Compulsion* ne requérait pas beaucoup de talent. Les gens s'agitaient sur leurs pieds, des sticks lumineux entre les dents.

Je balançai la tête, ramenant mes cheveux devant mon visage. J'élevai les bras au-dessus de ma tête, et je me mis à onduler sur le rythme des basses.

Danser à *Compulsion* était une expérience communautaire. De parfaits inconnus se collaient à moi, et nous bougions ensemble comme une bête primitive de sueur et de chaleur. Mes TOC avaient laissé la place à l'énergie. C'était irréel.

Une fille avec des cheveux violet pétant attrapa ma main et fit passer mon bras autour de sa taille. Nous balancions nos hanches en rythme, dansant, deux êtres vivant la musique, rien de plus, rien de moins. Il y avait quelque chose d'incroyablement libérateur dans le fait d'être physiquement proche de tant de gens tous présents pour la même raison.

Pour s'évader.

Je sentis deux mains sur mes hanches et, sans prendre la peine de regarder derrière moi, je tirai la fille aux cheveux violets contre moi, dansant dans un sandwich de débauche.

Cela ne me ressemblait absolument pas mais, pour une fois, je me contentai de me laisser aller. C'était là la vraie beauté de *Compulsion*. Ici, ce qui sortait de l'ordinaire devenait possible.

J'adorais ça. Je ne voulais plus jamais partir.

Les morceaux s'enchaînaient sans pause. Mes partenaires de danse changeaient et j'enregistrais à peine leurs visages. Je ne parlais à aucun d'entre eux. Les mots étaient superflus. Nous n'étions pas là pour nous faire des amis.

Nous étions simplement là pour être.

Des minutes auraient pu s'écouler. Des heures auraient pu s'écouler. Mais je finis par prendre conscience que j'étais épuisée et trempée de sueur. Mes cheveux étaient plaqués sur mes joues, et j'avais bien trop chaud.

Je m'écartai de mon dernier partenaire, un mec avec plus de tatouages que de peau vierge. Il ne protesta pas et se contenta de se retourner pour danser avec quelqu'un d'autre.

Je traversai la foule, m'adossai au mur du fond et tentai de retrouver ma respiration. Je ne voyais Brooks nulle part. J'espérais seulement qu'il était encore là, quelque part. Je l'imaginais mal me laisser en plan mais, lorsque je tirai mon téléphone de ma poche, je fus surprise de voir qu'il était déjà 1 h 30 du matin.

Cet endroit semblait vous aspirer dans le néant et, sans vous en rendre compte, vous perdiez toute notion du temps.

Une fille quasiment à poil vint se poster à côté de moi.

— Tu cherches quelque chose ? me hurla-t-elle à l'oreille.

— Quoi ? criai-je, ne comprenant pas ce qu'elle me demandait.

La fille leva les yeux au ciel et me fourra un petit sachet dans la main. Je le tins en l'air devant mon visage et vit qu'il contenait un minuscule comprimé. La fille repoussa ma main vers le bas.

— Montre pas ça à tout le monde, dit-elle avec agacement.

Je tentai de le lui rendre en secouant la tête.

— Ce genre de truc ne m'intéresse pas.

La fille repoussa ma main.

— C'est un échantillon gratuit. Si t'en veux plus, faudra que tu le trouves toi-même. Tais-toi et profite du voyage, dit-elle, sa tête bougeant en rythme avec la musique.

Après m'avoir adressé un dernier regard entendu, elle disparut dans la foule.

Je ne voulais pas de drogue. Mais je ne savais pas quoi en faire non plus.

Je secouai le petit sachet, me demandant exactement ce que la fille m'avait donné. En dépit du bon sens, j'étais intriguée.

Je fis glisser le cachet dans ma paume et l'observai, comme s'il allait me donner la réponse. Mais j'étais sûre d'une chose : ce truc était dangereux. Je savais que c'était ce genre de merde qui avait tué ma sœur.

Pourtant, j'étais curieuse.

Pourquoi cet endroit me donnait-il envie de céder à tout ce qui était flippant et inconnu ? C'était dingue. C'était complètement illogique.

Et j'étais plus intelligente que ça.

Je devais l'être.

Je me dépêchai de remettre le comprimé dans le sachet et le laissai tomber au sol, l'écrasant sous ma botte.

J'étais nerveuse. Le contact avec une tentation que je ne comprenais pas totalement m'avait secouée, mais j'étais fière de ne pas avoir cédé.

Puis je le vis. Lui.

Le mec à la casquette de base-ball. Celui qui m'avait empêchée d'être le jouet d'un violeur. L'homme qui m'avait sauvée d'une mort par piétinement lors de ma première soirée au club.

Le type dont le visage demeurait un mystère.

Il parlait à un autre mec à moins de quatre mètres de moi. Ils étaient partiellement cachés dans un coin sombre. Leur discussion semblait animée, mais c'était bel et bien mon homme sans visage. Je reconnaissais la largeur de ses épaules et la casquette caractéristique baissée sur ses yeux.

Je me mis à marcher dans sa direction. Comme si j'étais attirée vers lui.

Je vis mon homme mystère prendre de l'argent, puis mettre la liasse dans sa poche. Je le vis déposer quelque chose dans la paume tendue de l'autre type. L'échange furtif se déroula en moins de trente secondes, mais ce qu'il se passait était évident.

Mon homme mystère vendait de la drogue.

Me souvenant du sachet que j'avais jeté au sol, je fus forcée de me demander si c'était lui qui faisait passer cette merde dans la foule. À voir le flot régulier de « clients », le calcul était vite fait.

Un mec bien, c'est ça ! Il était, comme tous les autres prédateurs, à la recherche d'une proie facile. J'étais dévastée par l'hypothèse que nos rencontres n'étaient peut-être rien de plus qu'une occasion pour lui d'acquérir une nouvelle cliente. Moi qui m'étais crue spéciale !

Après qu'un autre mec eut récupéré une pochette pleine d'une chose qui lui faisait visiblement très plaisir, une fille prit sa place et se colla à mon homme mystère, ses seins lui effleurant le bras. Elle ouvrit la bouche, et il laissa tomber quelque chose sur sa langue. Elle pencha la tête en arrière, et ses seins à peine couverts débordèrent de son tee-shirt.

Elle passa ses bras autour du cou de l'homme mystère et se frotta contre lui de manière aguichante. Je ne voyais pas ses yeux, mais il souriait. Il se mit quelque chose dans la bouche et laissa la fille bouger contre lui.

Elle leva le bras et lui retira sa casquette. Pour la première fois, je vis ses cheveux. Ils étaient blonds et bouclés sur les oreilles.

Je traversai la foule pour me rapprocher. Puis je m'arrêtai, tétanisée.

Le mec se retourna, les mains sur les hanches de la fille tandis qu'elle se tortillait contre lui. Sa casquette était tombée au sol, et la lumière rouge pendue au-dessus de lui éclairait son visage.

C'était Maxx.

Soudain, une sensation sombre et atroce se déploya dans mes entrailles, une sensation possessive et territoriale qui me transperça de la pointe de la trahison.

Quelques heures auparavant, il avait été intimement pressé contre moi. Quelques heures auparavant, j'avais cru que nous nous étions rapprochés, que j'avais compté pour lui.

Mais à le voir ici dans les ombres dansantes, portant le visage que je connaissais mais ne comprenais pas encore, j'avais l'impression d'être une parfaite imbécile. Comment n'avais-je pas reconnu Maxx dans les épaules larges de l'homme mystère ? Comment avais-je pu louper les boucles douces que j'avais touchées seulement quelques heures plus tôt ?

Je le regardai gober un autre comprimé puis s'écarter de la fille, qui tendit la main pour le retenir. Il la repoussa méchamment et elle trébucha en arrière, perdant presque l'équilibre. Il se pencha pour ramasser sa casquette et la remit sur sa tête. Il la tira sur ses yeux, dissimulant de nouveau son visage.

Mais il ne pouvait plus cacher qui il était. Il n'était pas un mystère. Il n'était pas un sauveur inconnu.

Il était tout autre chose.

Je tentai désespérément d'ignorer la petite voix en moi qui criait : « Attends, il ne doit pas se résumer à ça ! »

Je reculai, me servant de la masse de corps comme d'un bouclier entre moi et le garçon que j'avais brièvement accueilli entre mes murs soigneusement érigés.

Maxx traversait la foule, se frayant un chemin à coups d'épaules. Je ne sais pas ce qui me prit, mais je lui emboîtai le pas. Je restai suffisamment en retrait pour qu'il ne sache pas qu'il était suivi.

J'avais le ventre noué.

On arrêtait Maxx fréquemment, et il amenait les gens en marge de la piste de danse, où il gérait son « commerce ». Il était évident qu'il se réjouissait de son rôle dans ce monde. Il taquinait les filles qui le suppliaient pour ce qu'il cachait dans ses poches. Il défiait agressivement du regard les mecs qui étaient tous aussi désespérés de se procurer sa marchandise.

Et il parcourait la salle comme s'il était le maître des lieux. Il était sous l'influence non seulement de la drogue qu'il ne cessait de glisser sous sa langue, mais également de son propre pouvoir.

Cet endroit, qui m'avait semblé un moyen de m'évader, ressemblait davantage à une prison désormais. Je me sentais prise au piège par les secrets que *Compulsion* avait révélés : les secrets de Maxx.

J'avais vu en Maxx une source d'ennuis le jour où il était arrivé en groupe de soutien. Je savais qu'il avait un passif. Je savais qu'il avait des démons. Seulement, je pensais qu'il les combattait activement, qu'il essayait.

Mais, alors que je le suivais dans le club, il était clair qu'il ne combattait rien. C'était un homme qui se glorifiait de la personne qu'il était.

Un homme dangereux, autodestructeur et narcissique.

J'avais mal au cœur. J'avais l'impression que mon cerveau saturait, et pourtant j'étais incapable de me détourner de la personne qu'il était réellement.

Je m'étais toujours vantée de savoir lire les gens et les situations avec précision, et ma première impression de Maxx avait été un énorme panneau au néon hurlant au danger. Pourquoi l'avais-je ignoré ? Pourquoi n'avais-je pas tenu compte de cet instinct ? Pourquoi m'étais-je autorisée à me laisser porter par l'illusion grisante qu'il avait créée ?

À le voir là, dans son élément, il était évident que l'homme qui m'avait embrassée comme si j'étais l'air qu'il respirait n'était rien d'autre que le fantasme qu'il avait voulu que je voie. Je ne pouvais que l'observer et me repaître de cette émotion masochiste.

Maxx était défoncé. Ses pas devenaient lents et ses mouvements exagérés, alors que sa bouche restait figée en un sourire suffisant et désinvolte.

Il se glissa un autre comprimé dans la bouche. Bon sang, combien en avait-il pris ? Je commençais à m'inquiéter qu'il ne fasse une overdose.

Mais il continuait de tituber, heurtant les gens au passage, toujours avec cet air arrogant. Il continuait de vendre. Continuait d'être le mec qui me dégoûtait de toutes les manières possibles. Et je ne voulais plus rien avoir à faire avec lui.

La dure réalité de l'homme que je voyais zigzaguer dans la foule, à vendre de la drogue en affectant un air de supériorité et de condescendance, réduisit en mille morceaux l'émoi qui me liait encore à ce Maxx fantasmé. Ces émotions étaient les rêves d'une petite fille idiote, voués à une destruction brutale et violente.

Il n'y avait rien chez ce Maxx que je comprenais, même si le frisson que j'avais ressenti bourdonnait encore sous ma peau.

Lorsqu'il tourna le visage dans ma direction, les lumières vacillant follement au-dessus de nos têtes, je me figeai sur place alors que les autres dansaient tout autour de moi. Je voulais qu'il me voie. Je voulais lui crier « Menteur ! » au visage, ce visage si beau mais si stupide. Je voulais lui hurler dessus. Je voulais lui demander pourquoi il faisait ça. Pourquoi il m'avait fait croire à un mensonge. Pourquoi il me faisait ressentir des millions de choses que je n'avais jamais ressenties auparavant, seulement pour les anéantir avec une réalité que j'aurais désespérément aimé ne pas avoir découverte.

Mais son regard glissa sur moi, ses yeux ne remarquant pas ma présence. Il ne s'attendait pas à me voir là, et son cerveau embrouillé par la drogue ne me vit tout simplement pas. Et lorsqu'il se retourna, je fus à la fois déçue et soulagée.

— Te voilà ! Je t'ai cherchée partout ! T'es prête à y aller ? Il est vraiment tard, et je dois me lever tôt demain pour réviser, me hurla Brooks dans l'oreille en m'attrapant par le coude.

Je quittai Maxx des yeux pour regarder mon ami. Je hochai la tête.

— Bien sûr, répondis-je en reportant vivement mon attention vers l'endroit où Maxx s'était tenu quelques secondes plus tôt.

Mais il était parti.

Il avait disparu.

Et je ne pris pas la peine de le chercher.

14

Maxx

J'étais couvert de peinture. J'en avais dans les cheveux, dans les plis de mes doigts, mon pantalon en était éclaboussé. Je plongeai un pinceau dans la couleur rouge que j'étalai sur le mur de brique. J'étais en équilibre précaire sur une échelle de trois mètres, mes pots de peinture posés sur une planche en bois.

Il allait bientôt faire jour, et j'aurais dû être chez moi, au lit, et non en train de me geler. J'avais cours dans moins de quatre heures. J'avais des trucs à faire le soir. Mais j'étais là depuis 2 heures du matin. Parce que je n'arrivais pas à dormir. Parce que je ne faisais que penser à elle.

Aubrey.

Nous n'avions passé que quelques heures ensemble, et j'avais senti quelque chose changer en moi. Je l'avais désirée. J'avais été ivre de son parfum. Un désir bien identifiable avait brûlé entre nous.

Mais, étrangement, cela avait été plus que ça. Rire et parler avec elle, assis dans le cinéma, avait été facile, sans prise de tête. Je ne pouvais pas m'empêcher de me détendre en compagnie d'Aubrey. Quelque chose chez elle me mettait à l'aise.

Puis elle m'avait posé des questions. Elle m'avait fait comprendre qu'elle voulait me connaître. Cela faisait longtemps que personne ne s'était soucié de celui que j'étais, l'homme derrière le masque que j'avais créé.

Être avec Aubrey me donnait le sentiment, l'espace d'un parfait instant, que peut-être, peut-être, je pourrais être quelqu'un d'autre. Que je pourrais être quelqu'un de simple. Et que, peut-être, elle aimerait celui que j'étais. Au fond, je pouvais admettre que j'avais toujours désiré qu'on m'accepte, et Aubrey semblait offrir cela sans conditions.

Alors je l'avais embrassée. J'avais été incapable de me retenir de la toucher. Je ne pouvais pas m'empêcher d'établir un contact physique avec elle.

Mais ça avait été trop, trop vite. J'avais été submergé. Et, oui, j'avais flippé.

Je l'avais quittée.

J'avais fui comme un lâche.

Mais cela ne m'avait pas empêché de penser à elle. De vouloir ce que j'avais deviné pendant que nous étions ensemble, même si ces instants étaient irréalistes.

À présent, j'étais submergé par un mélange d'émotions confuses, et j'avais besoin de les évacuer d'une manière ou d'une autre. Ma seule échappatoire était de peindre.

Ces derniers temps, j'avais peint pour le club. Dans ces fresques-là, bien sûr, j'arrivais encore à être créatif dans mon message mais, organiquement, elles n'étaient pas miennes. Elles appartenaient à quelqu'un d'autre. Elles étaient pour eux, pas pour moi.

Cette peinture-là, ces images… elles étaient toutes pour moi. Elles exprimaient tout ce que je ressentais sans pouvoir le dire.

Je fis un grand geste avec mon pinceau, traçant un arc de rouge, puis d'orange et de violet, faisant émerger un imposant coucher de soleil. Mais il n'était pas joli et gnangnan, non. Je n'aimais pas peindre des merdes pareilles.

Deux personnes se tenaient par la main sous un ciel en pleine explosion. Et de ce ciel éclatant et coloré, il pleuvait du sang. Il inondait tout. Et ces deux personnes, si contentes, si heureuses d'être ensemble, seraient bientôt emportées par le flot.

Ouais, c'était morbide. On ne m'avait jamais accusé d'être un rayon de soleil.

Je finis le ciel et redescendis lentement l'échelle. Je tenais à peine debout. J'étais bien trop défoncé pour être dehors. Je devrais baigner dans ma bave avec toute l'oxy que j'avais prise ce soir.

Mais, quand l'envie m'en prenait, je ne pouvais pas refuser de me laisser porter. Je pris les pots de peinture et les jetai dans la benne à ordures. Ce n'était pas la peine de les trimballer jusque chez moi. Je n'en avais pas l'énergie, pas maintenant que j'avais fini et que la montée d'adrénaline qui m'avait amené là était passée.

Je fis tomber l'échelle et la tirai dans la ruelle où je l'avais trouvée. J'étais du genre à improviser quand il s'agissait de mon art, empruntant ou prenant tout ce que je pouvais trouver pour réaliser la fresque que j'avais en tête.

Je reculai d'un pas et regardai mon immense tableau à la lueur du lampadaire alors que le matin arrivait à pas de loup. C'était immense. C'était craignos. Mais, bordel, c'était moi. Et chaque once de désir que je ressentais était étalée sur ce mur.

Je hochai la tête. Mes paupières commençaient à tomber. Je ferais mieux de rentrer avant de m'évanouir sur le bord de la route.

Je me rappelais à peine le chemin jusque chez moi.

Je me réveillai plus tard dans la journée avec la nausée. J'étais blotti dans mon lit, frigorifié. J'avais dû oublier d'allumer le chauffage avant de devenir comateux. Chacune de mes articulations, chacun de mes muscles était douloureux.

Je tendis la main vers la table de nuit et tâtonnai à la recherche du sachet qui devait y être. Ma main heurta la lampe et l'envoya valser au sol. Les tremblements prirent le dessus, et je pus à peine prendre le petit comprimé. Je le pressai contre mes lèvres, mais le fis tomber. Je fouillai autour des oreillers, en quête de mon petit bout de paradis.

Une fois que je l'eus trouvé, je le glissai entre mes dents et l'écrasai avant de l'avaler, la poudre recouvrant ma langue. Je m'allongeai, fermai les yeux et attendis.

Et attendis encore.

Toujours trop long.

J'en pris un autre.

Puis, enfin, je la sentis. La chute progressive dans la torpeur. Mon cœur ralentit, et j'eus la sensation de pouvoir respirer.

Et je pus enfin me lever. Il était déjà 14 heures. J'avais loupé mes deux cours de la matinée. J'en avais un autre quarante minutes plus tard, mais je m'en branlais trop pour faire l'effort d'y aller. Il fallait que je me douche. Je puais. Je devrais probablement manger un bout, aussi. Quand avais-je pris la peine de manger pour la dernière fois ? Mais je n'avais pas l'impression d'avoir le ventre vide. J'étais trop défoncé pour ressentir quoi que ce soit.

Mon téléphone sonna. Avec une lenteur léthargique, je le pris et répondis sans prendre la peine de regarder qui m'appelait.

— Maxx ! Je suis sorti plus tôt de cours, tu veux venir m'aider sur la voiture ? demanda mon frère avec excitation.

J'aurais certainement dû me sentir mal de le laisser tomber, mais non. Je ne ressentais rien du tout.

— Peux pas, j'ai des trucs à faire, répondis-je en me traînant dans mon minuscule salon.

J'allumai la télévision pourrie installée dans un coin. Super, une rediff de l'*Agence tous risques*. Mon après-midi était tout vu.

— Mais tu as dit que tu viendrais cette semaine, plaida Landon d'une petite voix.

— Ah ouais, j'ai dit ça quand ? demandai-je sans vraiment prêter attention à la conversation.

J'avais fait des promesses et ne les avais pas tenues. Ce n'était pas nouveau !

— S'il te plaît, Maxx. David a demandé quand tu allais venir. Je crois qu'il a besoin d'argent, dit Landon en baissant la voix.

En temps normal, la mention de mon connard d'oncle m'aurait fait enrager. Je détestais cet enculé. Je détestais qu'il se serve de la tutelle de mon frère comme d'un nœud autour de mon cou. Il avait dans l'idée que j'allais financer son addiction au jeu juste parce qu'il donnait un toit à Landon. Mais j'avais moi-même suffisamment de dépendances dont je devais m'occuper. Que mon oncle veuille jouer au poker n'était pas en haut de ma liste de priorités.

Cependant, je savais que si je ne lui donnais pas ce qu'il voulait, ce serait Landon qui en pâtirait. Certains jours, la culpabilité que me donnait mon mode de vie menaçait de me dévorer tout cru. Sauf quand j'étais défoncé ou quand je dormais.

Là, la vie était belle.

— Dis-lui d'aller se faire foutre, répondis-je, scotché à la télévision.

— Qu'est-ce qui ne va pas, Maxx ? Tu ne viens plus. Je n'arrive jamais à te joindre au téléphone. Tu ne passes plus me chercher pour qu'on mange ensemble le vendredi soir. J'ai eu un gros contrôle de bio la semaine dernière, et tu ne m'as même pas demandé comment ça s'était passé. Et David est encore plus con que d'habitude. Il n'arrête pas de crier que t'étais censé apporter l'argent de ce mois-ci il y a deux semaines. T'as promis que t'arrangerais les choses, Maxx. T'as promis ! s'emporta Landon.

Je savais qu'il était contrarié. Mon cerveau comprenait que cela devrait me déranger, que j'aimais mon frère et que j'étais responsable de lui.

Merde. J'étais responsable de lui. J'avais des obligations.

Ma poitrine se serra, et je sentis la panique se rebeller contre la drogue dans mon système.

Je serrai le poing et pressai le talon de ma paume contre mon œil. Je ne pouvais plus respirer.

C'était quoi, mon problème ? Pourquoi je prenais cette merde ?

Mais j'en avais besoin, j'en avais méchamment besoin. J'étais fatigué. J'étais exténué. Je ne voulais pas qu'on compte sur moi, parce que je ne pouvais pas être celui dont on avait besoin, surtout pour mon petit frère de seize ans.

— Maxx ? dit la voix de Landon dans le téléphone.

Il avait l'air inquiet. C'était bien normal. Je perdais les pédales.

— Maxx ? répéta-t-il.

— Je viendrai demain. Dis à David que je lui apporterai l'argent. Je t'emmènerai acheter des vêtements aussi, d'accord ? finis-je par répondre dès que j'eus réussi à me concentrer de nouveau.

J'entendis Landon soupirer de soulagement.

— Super. Je lui dirai. À demain, dit-il.

Je raccrochai et fermai les yeux. L'image de la télé trembla derrière mes paupières, et j'étais loin d'être assez défoncé pour gérer cette merde.

Je tirai le sachet de ma poche.

Un de plus et ça irait mieux.

C'était tout ce qu'il fallait.

Un. Seul.

J'étais encore tombé dans les pommes et j'avais dormi pendant presque toute ma défonce. Lorsque je me réveillai, il faisait noir dehors et j'avais faim. Je me levai du canapé et me rendis dans la cuisine. J'ouvris le réfrigérateur, mais il n'y avait rien dedans à part une bouteille de lait expirée depuis une semaine. C'était quand la dernière fois que j'avais fait des courses ?

Mon ventre gargouilla et je me mis à fouiller dans les placards, où je finis par trouver une boîte de biscuits rassis. J'en mangeai une poignée avant d'aller dans la salle de bains. Avec un peu de nourriture dans l'estomac, je me sentais légèrement mieux, mais j'étais encore mou et barbouillé.

Je songeai au sachet de comprimés posé sur la table basse. Des comprimés que j'étais censé vendre, sous peine d'en répondre plus tard.

Il fallait que je me reprenne. Je devais me rendre sur le campus pour le groupe de soutien. Il était temps d'être l'autre Maxx, le Maxx confiant, le Maxx que les autres écoutaient.

J'appréciais ce Maxx. J'aurais aimé être ce Maxx en permanence. L'Intouchable. J'aimais être respecté et désiré. J'étais conscient de la façon dont les gens me regardaient, et j'adorais ça. Au sein du groupe, au club, j'étais un mec important. J'étais un mec qui avait du pouvoir, du contrôle. J'étais un mec qui savait ce qu'il voulait et le prenait.

Le type que j'étais dans cet appartement quand j'étais seul me dégoûtait. Son manque d'assurance, ses doutes, sa culpabilité et sa honte étaient répugnants. Je le détestais. J'aurais aimé ne plus jamais être lui. Mais il était toujours là, attendant de me démolir.

Dans la lumière crue de la sobriété, c'était un homme pathétique qui me regardait dans le miroir. Il était tout ce que je ne voulais pas être. C'était la somme de tous mes échecs. Voilà ce qui le définissait.

Je ne voulais montrer cet individu à personne, et encore moins à la fille qui commençait sérieusement à me consumer.

Aubrey.

Avec elle, il était si facile de faire comme si toutes ces autres versions de Maxx n'existaient pas, comme si j'étais une seule personne, avec une seule vie, comme si je ne cachais pas un million de secrets. J'étais juste un mec qui appréciait une fille, qui l'appréciait peut-être en retour.

Être avec elle, la toucher, l'embrasser avait le pouvoir de tout défaire. Je sentais qu'elle m'affranchissait chaque fois que nous étions ensemble. Elle savait me faire oublier. C'était une échappatoire plus dangereuse qu'une putain de drogue.

J'avais une personnalité sujette à la dépendance, et je mourais d'envie, je désirais, j'avais besoin… d'elle.

La perspective de la voir me poussa à me dépêcher. Je cessai de faire une fixation sur les comprimés. Tout ce que je voyais, tout ce à quoi je pensais, c'étaient ses longs cheveux blonds et le goût de ses lèvres.

Quand j'étais allé avec elle au cinéma, j'avais eu envie de ne jamais partir. J'avais voulu disparaître en elle pour toujours.

Mais je ne supporterais pas de la décevoir. J'étais déjà un raté dans tous les autres aspects de ma vie, décevoir Aubrey semblait être la pire chose que je puisse faire. Pourtant, malgré l'attirance que je ressentais pour elle et même s'il serait facile de mener une vie normale avec elle, je ne pouvais me permettre d'y céder.

Ce n'était pas la vie que je vivais.

Ce n'était pas la vie que je méritais.

Je l'avais donc quittée.

Et j'étais allé droit vers l'autre femme de ma vie, celle qui ne me laisserait jamais partir. C'était une garce jalouse, et je ne lui accordais pas l'attention qu'elle exigeait quand j'étais avec Aubrey.

La dépendance était compliquée. Elle était dévorante.

La dépendance murmurait au creux de votre oreille, vous disait qu'elle était la seule et l'unique. Qu'elle était tout ce dont vous aviez besoin.

Ne pas penser à Aubrey quand j'étais drogué était facile.

Si l'addiction était dévorante, l'envie l'était aussi. Autant que le désir.

Être avec Aubrey avait le potentiel d'éradiquer totalement cet autre Maxx.

Mais je ne pouvais pas le laisser partir. J'avais besoin de lui.

Et j'avais peur que ne vienne le jour où j'aurais tout autant besoin d'Aubrey.

Ce serait un combat à mort.

Un combat que je ne pensais pas pouvoir gagner.

15

Aubrey

Maxx arriva en retard au groupe de soutien. Je sentis ses yeux sur moi lorsqu'il prit place, mais je refusai de le regarder. Chaque fois que je pensais à lui, je ne voyais que la soirée à *Compulsion*. Lui vendant de la drogue. Lui prenant de la drogue. Lui laissant une salope se frotter contre lui. Pourquoi avais-je l'impression que c'était ça, la plus grande trahison ? J'étais vraiment stupide.

Il n'est que source d'ennuis. Je me répétais ce mantra mille fois par jour depuis que j'avais fait ma malheureuse découverte. Je fournissais de gros efforts pour ne pas faire une fixette sur la facilité avec laquelle je croyais les mensonges qu'il me vendait. Alors que je m'étais juré de ne pas me laisser impressionner par son petit numéro, je m'étais complètement fait avoir.

Je ne savais pas si j'étais plus déçue par Maxx et son incapacité à être honnête et franc, ou par ma propre crédulité d'avoir pensé que, quelque part, j'étais la chanceuse qui pouvait voir le garçon brisé sous la carapace. J'étais en colère, blessée, et je ne savais pas vraiment comment le gérer. Pour quelqu'un qui avait mis beaucoup de temps à contenir chacune de ses émotions, en ressentir une aussi intensément était paralysant.

L'image de Maxx en train de vendre sa drogue était intimement liée au souvenir de son baiser. De son contact. Et du partage de secrets que j'avais enfouis profondément dans ma mémoire.

Maudit soit-il !

J'intervins très peu pendant la séance, respectant l'accord passé avec le Pr Lowell. Toutefois, cela n'empêcha pas les participants de me regarder comme si j'allais perdre mon sang-froid à tout moment. La plupart d'entre eux semblaient presque excités par cette possibilité.

Je prenais des notes et faisais de mon mieux pour afficher un air professionnel et concentré. J'écoutais les gens quand ils parlaient, hochant la tête comme si leurs réponses monosyllabiques étaient les réflexions les plus profondes que j'aie jamais entendues.

Je n'accordai aucune attention à Maxx, même si je savais qu'il ne voulait que ça. Il était fidèle à lui-même, charismatique, absorbeur d'énergie. Mais je refusais de lui répondre de quelque manière que ce soit, pas même lorsqu'il fit une remarque sans équivoque destinée à moi seule.

— Est-ce que quelqu'un souhaiterait partager quelque chose de positif de sa semaine ? demanda Kristie pour démarrer la séance.

Bien sûr, personne ne se précipita pour répondre. Grosse surprise.

Et, bien sûr, ce fut Maxx qui se proposa le premier.

— J'aimerais partager quelque chose.

La voix grave de Maxx semblait résonner dans mes oreilles. Je gardai les yeux rivés sur mon carnet, dessinant des gribouillis frénétiques pour tenter de m'enfermer dans ma bulle.

— Super, Maxx, encouragea Kristie, l'air excité, comme chaque fois qu'il prenait le relais.

Et c'est ce qu'il fit. Il se mit à contrôler le flot de la discussion. Il manipulait les éléments pour servir son objectif.

Lorsque j'avais cru avoir la possibilité de trouver un autre homme derrière la façade narcissique, je m'étais autorisée à passer outre son air excessivement égocentrique. Mais c'était avant que je sache exactement qui il était.

— Je suis sorti avec une fille ce week-end. La fille la plus belle et la plus incroyable que j'aie jamais rencontrée, commença Maxx, et je me sentis rougir.

Merde, merde, merde ! Si quelqu'un découvrait que j'étais la fille en question, je ne m'en tirerais pas avec un simple avertissement. Je me ferais botter le cul et virer de la formation de psychothérapeute avant d'avoir pu dire « non-respect des limites ».

— Vraiment ? C'est super, commenta Kristie avec enthousiasme.

Twyla, la fille de sororité assise à côté de moi, grogna avec colère.

Son amie Lysa se pencha vers elle et lui murmura :

— Tu as trop attendu, T, taquina-t-elle.

— C'est ce qu'on verra, répondit Twyla avec un sourire suffisant.

Je m'efforçai de maîtriser mon envie folle de lui faire ravaler ses paroles. Les mots « Il est à moi » me titillaient les lèvres, que je pinçai pour ne pas lui balancer ma hargne à la figure dans un instinct animal de marquer mon territoire.

Territoire qui ne m'appartenait pas, et dont je ne voulais pas.

Si je me le répétais encore et encore, peut-être le croirais-je.

— Ouais, on est allés voir un film. C'est un peu ringard, je sais, mais il y a quelque chose chez cette fille… Il y a une affinité entre nous que je n'avais jamais ressentie avant, dit-il doucement.

Je savais qu'il voulait que je le regarde, mais je refusais de lever les yeux. Mon cœur se serra dans ma poitrine, et alors que d'un côté je dansais de joie intérieurement, d'un autre je n'avais qu'une envie, lui hurler dessus.

Il ne disait ces mots que pour la forme, et ma colère orgueilleuse surpassait mon côté nunuche.

Je serrai les dents et me mis à gribouiller plus furieusement sur mon carnet.

— Voilà qui semble très prometteur, Maxx. Je suis contente que vous ayez eu une expérience si positive, dit Kristie avec enthousiasme.

Je me risquai à lever les yeux vers lui. Il ne me regardait pas, pour une fois. Il était tourné vers Kristie, et tous les autres étaient tournés vers lui. Je pris donc le temps de l'observer, à la recherche de l'insincérité dont je m'étais convaincue qu'elle existait.

Mais son visage était plus ouvert et sincère que jamais. Une boule se forma dans ma gorge, et je sentis mes yeux me brûler. Comment pourrait-il savoir ce que ces mots représentaient pour moi, combien je voulais qu'ils soient vrais ?

Je détournai la tête avant qu'il ne me surprenne en train de le regarder. Le reste de la session passa sans que je fasse vraiment attention à quoi ou qui que ce soit. Je ne mordis pas à l'hameçon quand Evan fit un commentaire sur les « moralisateurs qui se mêlent des affaires des autres ». Je ne sourcillais pas non plus alors que Maxx le contredisait, invariablement.

J'étais trop concentrée sur ma lutte interne. Était-il l'homme qui m'avait regardée, les yeux pleins d'espoir ? Était-il l'homme qui régnait sur une boîte de nuit où il distribuait du poison ? Les deux étaient tout aussi effrayants.

Une fois la session finie, j'aidai Kristie à nettoyer et à ranger les chaises. Manifestement, mon manque d'engagement pendant la réunion n'était pas passé inaperçu. Dès que nous fûmes seules, Kristie ne manqua pas de le faire remarquer.

— Aubrey, je ne veux pas que vous ayez peur de parler au groupe. Vous êtes co-conseillère, j'ai besoin que vous soyez impliquée. Il doit seulement y avoir une limite entre eux et vous. Vous devez apprendre ce que vous pouvez dire et ce que vous devez taire. C'est un processus. C'est pour ça que vous êtes là, dit Kristie, répétant les mots du Pr Lowell alors que nous empilions les gobelets et les remettions dans leurs emballages.

— J'imagine qu'il faut juste que je trouve le bon équilibre, admis-je, ne sachant pas trop ce qu'elle attendait de moi.

— Vous savez, ce n'est pas pour tout le monde, ajouta-t-elle au bout d'un moment.

Je la regardai, choquée. Ses mots me blessaient dans mon orgueil. Il devenait douloureusement évident que je ne marquais pas de points auprès d'elle. Je savais qu'elle remettait en cause mes motivations à devenir conseillère. Elle commençait à se dire que je n'avais pas le professionnalisme inné nécessaire pour gérer mes sentiments personnels et les séparer de mon travail.

Et plus le temps s'écoulait et plus j'avais d'interactions avec Maxx, plus je savais, au fond, que les peurs de Kristie étaient fondées. Je dépassais les limites. Je me comportais de manière inappropriée. Mes sentiments pour Maxx commençaient à éclipser tout le reste.

Mais je n'étais pas prête à jeter l'éponge pour autant. Je me battrais de toutes mes forces pour la vie que je voulais, même si cela impliquait une forte dose de déni, encore et encore.

— Que voulez-vous dire ? demandai-je d'une voix rauque, faisant de mon mieux pour qu'elle ne tremble pas.

Mais mes émotions échappaient totalement à mon contrôle, et je ne pus empêcher ma lèvre inférieure de trembler alors que je tentais de retenir mes larmes.

Kristie posa sa main sur mon épaule, dans un geste qui me parut condescendant.

— Je veux simplement dire que c'est un domaine difficile. Tout le monde ne fait pas le poids, expliqua-t-elle, et elle m'adressa un sourire trop calme pour être sincère.

J'avais pris Kristie pour une conseillère bien intentionnée et compétente. Elle était certes compétente, mais elle était aussi critique. Et pas qu'un peu à mon égard.

Je ne pris pas la peine de répondre. J'attrapai mes affaires, enfilai mon manteau et partis en marmonnant un vague « Bonne soirée ».

— Salut.

Je sursautai en entendant cette voix grave. Maxx était adossé au mur, les mains dans les poches, un bonnet gris sur la tête. Mon cœur fit un bond en le voyant, mais mon cerveau ne se laissa pas impressionner aussi facilement.

Je hochai sèchement la tête et remontai le couloir sans m'arrêter plus longtemps, mes chaussures claquant bruyamment sur le carrelage.

— Aubrey, attends, s'écria Maxx, mais je ne ralentis pas.

Maxx était une bombe à retardement. Il avait détruit la part de moi qui avait songé, bien que brièvement, à faire fi de toute prudence. C'était un menteur. C'était un imposteur. Et c'était la seule personne capable de gâcher toute ma vie.

— Je dois y aller. On se parlera plus tard, dis-je par-dessus mon épaule en accélérant le pas.

Je l'entendis m'imiter, puis il posa sa main sur mon bras, m'arrêtant net.

Il me tira dans un couloir sombre et se mit en travers de la sortie. En le voyant ainsi dans l'obscurité, je me sentis de nouveau stupide de ne pas l'avoir reconnu plus tôt en boîte.

— Pourquoi refuses-tu de me parler ? demanda-t-il, visiblement blessé par mon rejet.

Ce mec était un pro. Il jouait les émotions comme si elles étaient authentiques. Dommage que je ne sache jamais si ce qu'il me montrait était sincère.

— On n'a rien à se dire, soupirai-je, lasse, essayant de le repousser.

Maxx se mit sur le côté, ses mains enserrant toujours mes bras, nos poitrines se frôlant. Il était considérablement plus grand que moi. Ce serait si facile de passer mes bras autour de lui, de me laisser aller contre lui, de nicher ma tête sous son menton.

Mon corps ne se souvenait que trop bien du contact du sien. Il me criait d'arrêter d'être aussi bornée et de lâcher prise. Mais je ne céderais pas, pas maintenant que je connaissais la vérité.

— Je crois que nous avons beaucoup de choses à nous dire. Je veux passer plus de temps avec toi, Aubrey. Je t'en prie, supplia-t-il d'une voix grave.

Sa voix était comme un sédatif. Ce serait si facile de croire à ce qu'il voudrait bien me dire.

Je secouai la tête et tentai de reculer d'un pas, mais il me tenait fermement, refusant de me laisser bouger.

— Laisse-moi partir, Maxx, dis-je d'un ton ferme en me débattant.

— Qu'est-ce qui se passe? Je croyais que ce qui s'était passé samedi voulait dire quelque chose. Ça voulait dire quelque chose pour moi, murmura-t-il en desserrant son étreinte, libérant mes bras.

Il baissa la tête. Mince, il savait jouer les cœurs brisés!

Je pouffai et il leva les yeux vers moi, surpris. J'eus un sourire suffisant, alors même que mon cœur battait la chamade dans ma poitrine.

— Tu es doué, je te l'accorde, lançai-je froidement.

Quelque chose se brisa puis s'éteignit dans les yeux de Maxx, et il se détourna comme s'il ne supportait pas de me regarder.

— Waouh! Ça fait mal, dit-il doucement en retirant son bonnet avant de se passer la main dans les cheveux.

— Si je pouvais être sûre que ce que tu dis est vrai, peut-être que je pourrais te croire, rétorquai-je.

Maxx leva la tête, les sourcils froncés.

— Ça veut dire quoi, ça? demanda-t-il, agacé.

Je tentai de reculer, mais il ne me laissa pas faire. Il m'empoigna de nouveau.

— Arrête de me fuir. Je croyais qu'il se passait quelque chose entre toi et moi. Qu'est-ce qui a changé? Est-ce que c'est parce que je t'ai laissée seule devant le cinéma? Parce que je sais que c'était nul de faire ça, mais je devais aller quelque part…

— Comme *Compulsion*? l'interrompis-je.

Instantanément, le visage de Maxx fut de toute expression. Il affectait un air si neutre que si je ne l'avais pas vu de mes propres yeux au club, je l'aurais cru innocent lorsqu'il demanda:

— De quoi tu parles?

Je me penchai vers lui et baissai la voix, bien que nous soyons complètement seuls dans le couloir sombre.

— Je t'ai vu là-bas. Après que tu m'as laissée devant le cinéma. Tu étais à *Compulsion*, et tu ne vendais pas des cookies, assenai-je en haussant les sourcils, sentant ma colère remonter à la surface.

Cette fois, ce fut Maxx qui recula d'un pas. Il me lâcha, comme si mon contact lui brûlait les mains. Il plia son bonnet et le mit dans sa poche avant de s'agripper les cheveux.

— Je ne comprends pas de quoi tu parles, nia-t-il, même s'il était évident que ma déclaration le faisait paniquer.

Quel couple nous faisions, à nier tous les deux la vérité, même quand nous étions au pied du mur.

Je ris, jaune.

— J'étais là, Maxx. Je t'ai vu vendre ces petits comprimés que les gens te réclamaient sans cesse. Je t'ai aussi vu en prendre, et je sais que ce n'était pas du Tylenol, accusai-je en croisant les bras. Je t'ai suivi un moment. Je sais, confiai-je.

Une multitude d'émotions passèrent sur le visage de Maxx.

Surprise. Colère. Indignation. Puis quelque chose sembla se briser en lui. Il enfouit son visage dans ses mains et s'effondra au sol.

Je restai bouche bée. Je ne savais pas quoi faire. Sa réaction me prenait de court. Je m'étais attendue au déni, à une réplique pleine d'esprit soutenant que j'imaginais des choses, ou encore à un aveu arrogant. Peut-être même à des excuses. Mais je n'avais pas imaginé un instant que Maxx craquerait.

J'étais horrifiée d'avoir causé cette réaction. Où était passée ma sensibilité ? Où était la femme qui voulait aider les autres ? Maxx, assis là, l'air perdu, n'avait-il pas besoin de mon aide ?

Je me comportais comme une petite amie méprisée et non comme la conseillère que je voulais devenir. L'addiction de Maxx avait une emprise puissante sur lui, c'était évident. Mais, bien que sa consommation de drogue soit terrible, ce n'était pas ça qui me dérangeait.

C'était qu'il la vende. Qu'il refile ce sale truc aux autres. Bien sûr, il ne rôdait pas sur les trottoirs pour distribuer de la drogue emballée dans des paquets de chewing-gums aux écoliers, mais, dans mon esprit, il profitait de la vulnérabilité des autres, de jeunes comme ma sœur.

C'était ça qui me rendait malade.

Mais j'étais surtout furieuse parce que j'avais entraperçu l'homme qu'il était en dessous. Et il était tellement plus, tellement meilleur que le mec qui dealait de la drogue à tous ces étudiants stressés. Je fis un pas vers lui, puis un autre, jusqu'à ce que je me tienne au-dessus de lui. Il ne leva pas les yeux vers moi. Je ne savais pas si c'était à cause de la honte ou de la culpabilité, ou si c'était parce qu'il ne voulait pas que je le voie tel qu'il était réellement. Mais c'était trop tard.

Je m'agenouillai devant lui.

— Tu viens au groupe de soutien toutes les semaines pour raconter la même histoire larmoyante. Tu as besoin d'être sauvé, dis-je durement, n'exerçant plus aucune censure sur mes pensées, mes émotions prenant le dessus. Qui essaies-tu de duper ? Kristie ? Les autres membres du groupe ? Moi ? demandai-je. Ou toi-même, peut-être ? Parce qu'il t'est impossible d'aimer la personne que tu vois dans le miroir. Tu ne peux pas aimer vendre de la drogue pour financer une dépendance qui finira par te tuer. Réveille-toi, Maxx, dis-je en élevant la voix.

Il leva brusquement la tête.

— Tu ne sais pas qui je suis, Aubrey ! Tu n'en as aucune idée, putain !

Il était rouge de colère, ses yeux lançaient des éclairs. Je ne l'avais jamais vu aussi enragé.

Mais je refusais de céder.

— Oh, je t'en prie. Tu crois que parce que t'as la vie dure, ça te donne le droit de vendre cette merde ? D'entraîner tout le monde dans ta chute ? Tu mens chaque fois que tu viens ici ! Tu n'essaies pas de t'en sortir ! Tu n'essaies pas de décrocher ! Sois honnête avec toi-même et avec les autres ! hurlai-je.

Maxx se leva brusquement et se pencha en avant, son visage à quelques centimètres du mien.

— Si c'est ce que tu penses vraiment, si tu penses que je suis ce mec-là, alors qu'est-ce que tu fous encore là ? demanda-t-il, le visage sombre.

Je déglutis et me levai, mettant de la distance entre nous. Mais Maxx était passé à l'offensive.

— Ce que t'es naïve, Aubrey ! Tellement égocentrique. Tu crois que tu peux te pointer et me juger. Je sais que tu ne comprends pas. Que tu te sens trahie, cracha-t-il. Ce que tu ne comprends pas, c'est qu'au moins, quand je suis quelqu'un d'autre, quand je suis ce mec shooté au club, je ne suis pas obligé d'être moi ! aboya-t-il.

— Et pourquoi est-ce si horrible d'être Maxx Demelo ? demandai-je.

Je voulais qu'il soit honnête, juste un instant. J'étais en quête d'une percée pour qu'il voie où tout cela prenait racine.

— Parce que je suis un raté ! s'écria-t-il.

Il se passa les mains sur le visage puis serra le poing et frappa le mur avec une telle force qu'un cri de stupeur m'échappa.

Des larmes roulaient sur son visage, et il frappa de nouveau le mur. Il se couvrit le visage des deux bras et hurla, son cri étouffé par son pull. Je m'attendris. Ce pincement au cœur que je ne ressentais que pour lui remplaça peu à peu la colère. Je regardai autour de moi, soulagée que nous soyons toujours seuls.

Maxx laissa retomber ses mains et me regarda. Ses yeux étaient hantés, totalement perdus.

— Je suis un raté, murmura-t-il. Et ceux qui s'attendent à ce que je sois autre chose ne seront que déçus.

Il me regarda durement.

N'attends rien de plus de ma part.

— C'est bon de sentir qu'on veut de moi. Que les gens ont besoin de moi pour quelque chose que je peux vraiment leur donner. J'aime savoir que je peux prendre un comprimé et que plus rien ne compte. Je ne ressens pas la culpabilité. Je ne ressens pas le poids de toute cette merde, grommela Maxx en tirant sur son pull au niveau de son cœur avant de me regarder, les yeux plissés.

Alors ne me dis pas ce que tu penses que je devrais ou ne devrais pas faire. Parce que tu ne sais rien de moi.

Je ne savais plus quoi dire. Je n'étais plus Aubrey, la future conseillère. J'étais Aubrey, une jeune femme essayant de sauver un garçon triste auquel je commençais à tenir, en dépit de tout bon sens.

— Je ne peux pas me sauver moi-même, Aubrey. Je le sais. Je suis une cause perdue.

Il était furieux. Il se rapprocha de moi et saisit mon visage entre ses mains. L'intensité de son regard me glaça. Je ne savais pas s'il était en colère contre moi ou contre lui-même. Certainement un peu des deux.

Il me surprit en plaquant sa bouche contre la mienne avec une telle force que je sentis le goût du sang. Puis il s'écarta aussi subitement qu'il m'avait embrassée. Il était déchaîné, incontrôlable. Il était complètement impulsif et indéchiffrable. Je n'avais aucune idée de ce qu'il allait faire.

Il tenait toujours fermement mon visage entre ses mains.

— Je te veux, Aubrey, dit-il, ses mots brefs mais clairs.

Il enfonça ses doigts dans ma peau, et je m'efforçai de ne pas grimacer.

Maxx me tenait fermement contre lui, comme s'il avait peur que je ne m'échappe. Mon côté rationnel mais conflictuel envisageait encore la fuite, justement. Je savais que je ne devais pas m'embarquer dans ce que Maxx représentait. Il était dans la catégorie « pas touche » de toutes les manières possibles. Mais cela ne changeait rien à ce que je ressentais quand j'étais avec lui, ni à l'appel que lançait cet homme destructeur et brisé à la femme qui ne voulait rien de plus que de le soigner, de le sauver, de remettre de l'ordre dans son monde.

— Ne me quitte pas, murmura-t-il.

Ses mots me firent frissonner.

Je posai mes mains sur les siennes et le regardai dans les yeux, des yeux qui me suppliaient de rester.

— Tu me fais peur, lui avouai-je en toute honnêteté.

Il se pencha vers moi et appuya son front contre le mien. Il inspira profondément, tremblant un peu.

— Je me fais peur à moi-même, dit-il.

Je passai mes bras autour de son cou alors qu'il laissait tomber ses mains sur mes hanches. Nous respirions à l'unisson, les yeux fermés, laissant la vérité de nos paroles en suspens entre nous.

— Il faut que tu arrêtes, Maxx. Tu es en liberté conditionnelle. Si tu te fais prendre, tu iras en prison, raisonnai-je.

Maxx opina, son nez effleurant le mien.

— Je sais. Je ne peux plus être ce mec-là. Mais c'est difficile de le lâcher. Je ne suis pas sûr de pouvoir le faire seul.

— Tu es en train de te détruire. Ce truc a tué ma sœur. Il pourrait te tuer aussi, poursuivis-je.

Il ne nia pas. Il ne se mit pas sur la défensive. Il ne me dit pas de me mêler de mes oignons.

Il se contenta de hocher la tête.

— J'ai besoin de toi, dit-il, si doucement que je l'entendis à peine.

Et, comme ça, il me ferra. C'était presque trop facile. Mais il avait besoin de moi. Et je vivais pour qu'on ait besoin de moi. C'était une addiction aussi puissante que la sienne. Et elle avait le potentiel d'être tout aussi destructrice. Seulement, j'ignorais encore à quel point.

— Il faut que je t'embrasse encore. S'il te plaît, supplia-t-il.

J'étais surprise qu'il me demande la permission, vu comme il avait attaqué ma bouche quelques minutes auparavant. Mais il semblait vouloir mon consentement. Comme pour me faire savoir que, si je le lui donnais, ce serait différent. Les choses changeraient entre nous, et il serait impossible de faire machine arrière.

Maxx ouvrit les yeux, le bleu de ses iris m'implorant de céder. J'étais impuissante face à lui. J'essayai de me souvenir de mes raisons de garder mes distances, mais il était si près de moi, à me supplier de cet air si triste et désespéré, que je ne pouvais rien faire d'autre qu'obtempérer.

Je l'attirai contre moi et me mis sur la pointe des pieds. Nos bouches se rencontrèrent et il passa ses bras autour de moi, serrant fermement mon corps contre le sien. Il me poussa contre le mur tandis que sa bouche dévorait la mienne. Ma langue se mêla à la sienne et mes mains agrippèrent ses cheveux, les tirant juste assez pour lui faire mal.

Il gémit contre ma bouche, et notre étreinte se fit plus passionnée. Maxx me souleva, prenant mes fesses à pleines mains, et j'enroulai mes jambes autour de sa taille. Il balança son bassin contre le mien, et je sentis son érection à travers les couches de vêtements.

Maxx quitta ma bouche et se mit à m'embrasser dans le cou. Je me cambrai à son contact, voulant tout ce qu'il donnait. Il enleva une main de mes fesses et tira sur la fermeture Éclair de ma veste pour l'ouvrir. Puis il tira mon pull vers le bas, étirant l'encolure à la recherche de peau nue.

Et, comme la fois précédente, je m'autorisai à éprouver les sensations dingues que Maxx déclenchait en moi, ces sensations que lui seul provoquait.

Il posa ses doigts sur mes seins pour les caresser et les pétrir. Je gémis bruyamment dans le couloir désert. Le son résonna autour de nous et sembla l'encourager. Il écarta mon soutien-gorge de ma peau brûlante, ses doigts me touchant avec hésitation pour la première fois. Il ne semblait pas sûr de lui, mais plus je me tortillais contre lui, plus il prenait de l'assurance, et il saisit mon téton dur entre son pouce et son index, le titillant juste assez vigoureusement pour attiser les flammes dans mon ventre. Je ressentis ce feu entre mes cuisses, et me mis à balancer énergiquement mes hanches contre lui, à la recherche de la jouissance.

— Magnifique, murmura-t-il avant de refermer ses lèvres sur mon sein.

— Mon Dieu ! lâchai-je dans un souffle, ma tête se renversant en arrière et heurtant le mur en béton derrière moi.

Ses dents éraflaient ma peau brûlante, me mordillant, me goûtant. Il fit tourner sa langue autour de mon téton tout en glissant l'autre main vers l'avant de mon jean. Il ne me portait plus, mes pieds touchèrent le sol, et je me rendis compte que je tenais à peine debout tant mes genoux tremblaient.

Je ne pensais même pas à l'endroit où nous étions ni à qui pouvait nous voir. Mon cerveau gonflé de désir ne pensait qu'à sa main qui se glissait dans mon jean ouvert, le long de la couture de ma culotte mouillée.

Maxx m'embrassa le sein une nouvelle fois avant de s'écarter légèrement. Nous nous regardâmes dans les yeux tandis qu'il écartait ma culotte pour me toucher. J'étais défaite, frissonnante. Mes seins, toujours nus, se soulevaient et s'abaissaient rapidement alors que je tentais de reprendre le contrôle de ma respiration.

Mes lèvres étaient douloureuses et enflées. Je voulais qu'il m'embrasse encore, mais il ne le fit pas. Il m'observait tout en me touchant lentement et résolument, le bout de son doigt taquinant mon sexe puis s'aventurant plus haut pour caresser mon clitoris.

— Oh, mon Dieu ! gémis-je lorsqu'il glissa enfin un doigt en moi, très lentement, comme s'il savourait de me toucher.

Je fermai les yeux, la sensation était presque trop puissante. Maxx me passa son autre main dans les cheveux, agrippant l'arrière de ma tête tout en faisant aller et venir son doigt en moi. Le mouvement fut d'abord lent et langoureux, puis le rythme s'accéléra, et il me pénétra plus profondément.

— Regarde-moi, Aubrey, exigea-t-il, sa voix rauque se brisant alors qu'il glissait un deuxième doigt en moi.

J'obéis et je faillis refermer les yeux en voyant le désir pur sur son visage. Il était si passionné que le regarder était douloureux.

Son pouce caressait mon clitoris tandis que ses doigts s'incurvaient en moi, touchant le point qui me fit jouir instantanément. Je me mordis la lèvre pour retenir le cri qui menaçait de s'échapper de ma bouche.

Puis une porte claqua au bout du couloir, et je crus que mon cœur s'arrêtait. Je repoussai Maxx, qui chancela, confus.

— Aubrey, commença-t-il, la voix rauque, mais je levai la main pour l'arrêter, secouant frénétiquement la tête, espérant qu'il se tairait.

J'essayai de remonter la fermeture Éclair de mon jean, mais elle était bloquée. Je m'empressai de fermer ma veste et la rabattis, cachant la preuve de ce que nous étions en train de faire.

Les cheveux de Maxx avaient à juste titre l'air d'avoir été ébouriffés par mes doigts. Il avait les lèvres rouges et gonflées, et ses yeux bleus étaient presque noirs de désir. Il était sacrément sexy, et mon corps chargé d'hormones le désirait tant que j'étais tentée d'oublier toute prudence et de le plaquer au sol pour finir ce que nous avions commencé.

Heureusement, le bon sens l'emporta, et je me détournai pour essayer de mettre une certaine distance physique et émotionnelle entre nous. Malgré cela, avant de lui tourner le dos, je vis la douleur infligée par mon rejet se peindre sur son visage.

Je savais comment il interpréterait mes actes. Mais il ne comprenait pas les ramifications des conséquences si on nous surprenait ainsi. Ce que ça signifierait pour lui et sa liberté conditionnelle. Ou pour moi et ma future carrière. Toutes deux seraient tuées dans l'œuf. J'avais laissé mon désir pour lui obscurcir mon jugement… une nouvelle fois. Pourtant, même à présent, malgré mes nerfs en pelote et ma peur d'être découverte flottant encore dans l'air, je ne pouvais m'empêcher de le désirer.

Je n'étais pas sûre de pouvoir arrêter un jour.

Je m'essuyai la bouche du revers de la main et me penchai pour ramasser mon sac, forçant mon cœur à se calmer, au moment même où Kristie remontait le couloir.

Elle ne remarqua notre présence qu'une fois à notre hauteur. Elle sursauta, surprise de nous trouver presque cachés dans un recoin sombre du couloir. Elle s'arrêta, fronça les sourcils, et son regard alla de Maxx à moi. J'avais les mains moites, et j'espérais que la culpabilité que je ressentais ne se lisait pas sur mon visage.

— Tout va bien ? demanda-t-elle à Maxx, mais c'était moi qu'elle regardait.

Était-ce de la suspicion dans ses yeux ? Sentait-elle la tension sexuelle dans l'air aussi clairement que moi ?

Maxx s'éclaircit la gorge.

— Je n'étais pas très bien après la réunion, Kristie. Aubrey m'aidait avant que je rentre chez moi, mentit-il sans effort.

Il était si convaincant.

Le visage de Kristie se détendit.

— C'est super, je suis contente de voir que vous faites face par des moyens appropriés, Maxx, s'enthousiasma-t-elle en lui donnant une petite tape sur l'épaule.

Je voulus confirmer, mais les mots restèrent coincés dans ma gorge. Certains n'étaient pas aussi bien équipés que les autres pour mentir, j'imagine. Maxx croisa mon regard, et tout signe de vulnérabilité avait disparu de son visage. Tout comme la passion. Comme si elle n'avait jamais existé.

Et, une nouvelle fois, je me demandai ce qui était vrai.

— Je ferais mieux d'y aller, il est tard, dis-je quand j'eus enfin retrouvé l'usage de la parole.

Kristie discutait encore avec Maxx des ressources de la communauté qu'il pouvait utiliser au besoin. Elle était totalement inconsciente de l'énergie sexuelle qui irradiait entre nous.

Le visage de Maxx était indéchiffrable, ses yeux noirs et sombres. Mon cœur et mon corps me hurlaient de ne pas le quitter. Mais ma tête me disait de courir.

Tant que je le pouvais encore.

16

Aubrey

Il y avait des avantages à s'occuper. En se concentrant sur des choses triviales, les trucs plus sérieux paraissaient moins importants.

Les cours et les révisions jouèrent ce rôle pour moi. Ils remettaient tout à sa place et me faisaient avancer. Il n'y avait pas de place dans mon monde pour de séduisants yeux bleus ni pour des suppliques passionnées qui me faisaient tout oublier.

La douleur me donnait désespérément envie de parler à quelqu'un. Quelqu'un à qui je pourrais me confier sur ces sentiments contradictoires qui me ravageaient. Renée me manquait cruellement. Je désirais ardemment retrouver l'époque où j'aurais été capable de tout lui dire.

Je me sentais seule, même quand je ne l'étais pas. Personne ne devait savoir que mon cœur se donnait, doucement mais sûrement, à un homme qui allait – je le craignais – le détruire.

— Je vais peut-être proposer à Charlotte d'aller boire un verre, annonça subitement Brooks au beau milieu de notre séance de révisions.

Je levai les yeux de mes notes, surprise. Brooks ne me parlait jamais vraiment de filles. Je n'aurais pas été gênée d'avoir ce genre de conversation. Nous étions amis. C'était ce que faisaient les amis. Mais nous n'étions pas du genre à glousser bêtement en parlant de nos amoureux.

— C'est qui, Charlotte ? demandai-je en tendant la main vers le paquet de bretzels posé sur la table basse.

Je devenais plus flexible sur ma règle « pas de bouffe dans le salon ». Les révisions exigeaient qu'on se nourrisse. Et je ne voulais pas être mal assise sur une chaise à la table de la cuisine pour relire mes notes.

Brooks étendit les jambes, ses pieds effleurant les miens. Je n'évitais jamais son contact. C'était mon ami. Alors pourquoi était-ce si… étrange, tout à coup ? Depuis la manifestation possessive de Maxx avant la réunion l'autre soir, j'avais ressenti une altération dans ma relation avec Brooks, un changement que j'étais incapable d'expliquer ou de comprendre, et dont mon ami ne semblait pas vouloir parler.

— Elle est en cours avec moi. Blonde, des seins énormes, expliqua-t-il en prenant une gorgée de bière, les yeux rivés sur moi.

Il m'observait de près. De trop près. C'était quoi, son problème ?

Je lui adressai mon sourire le plus encourageant.

— Bonne idée. Lance-toi, mec, dis-je en lui envoyant un paquet d'Oreo, qu'il attrapa au vol.

— Ah oui ? Tu pourrais peut-être la rencontrer. Pour me dire ce que t'en penses, proposa-t-il sans me quitter des yeux.

C'était déconcertant, et ça ne me plaisait pas du tout.

— Ce n'est pas comme si tu avais besoin de ma bénédiction, Brooks. Tu l'aimes bien, invite-la à sortir. C'est aussi simple que ça, dis-je d'un ton détaché, espérant détendre le ton de la conversation.

Brooks ouvrit lentement le paquet de gâteaux et en sortit un.

— J'aimerais savoir ce que tu penses d'elle. Il n'y a rien de mal à ça, si ? me défia-t-il.

Que voulait-il que je dise ? Pourquoi avais-je l'impression que je ne lui donnais pas ce qu'il voulait ?

— Ouais, si tu veux. Je suis dispo tout le week-end.

— Pourquoi tu ne sors jamais, Aubrey ? J'espère que je ne t'ai pas dégoûtée des hommes pour toujours ? me taquina-t-il, et je fus soulagée de le voir plus désinvolte.

Je pouffai.

— Oui, après toi, j'ai revu ma position sur le lesbianisme, plaisantai-je.

Brooks plissa les yeux, mais un sourire se dessina sur ses lèvres.

— Allons, ce serait du gâchis, répondit-il, et je me mis à rire un peu nerveusement. Il se passe quoi avec le mec de ton groupe ? Celui que j'ai vu dans le couloir ? Il avait l'air bizarre.

Et voilà. Le sujet que nous avions évité tous les deux.

Je m'éclaircis la voix et baissai de nouveau les yeux sur mon cahier.

— C'est juste un mec. Je ne le connais pas vraiment, mentis-je.

Mon esprit me ramena instantanément à notre interlude dans le couloir la semaine précédente. À sa main touchant et caressant mes parties les plus intimes, tandis qu'un désir sauvage se lisait sur son visage.

Je croisai les jambes pour essayer de réprimer la chaleur soudaine entre mes cuisses au souvenir des choses extrêmement stupides mais époustouflantes que nous avions faites. Si je fermais les yeux et me concentrais, je pouvais encore sentir ses doigts bouger en moi et son souffle dans mon cou alors que je jouissais.

Merde.

— Vraiment ? Parce que sa façon de te regarder était franchement possessive, dit Brooks sur un ton léger, mais je remarquai clairement l'accusation sous-jacente et l'éclair de jalousie dans sa voix.

Merde. Merde. Merde.

— Que veux-tu dire ? demandai-je, sur la défensive, n'appréciant pas son insinuation, même s'il disait vrai.

Brooks détourna le regard, l'air honteux.

— Rien, Aubrey. Oublie.

Je songeai à le pousser à m'en dire plus. Je voulais qu'il exprime ses soupçons, et peut-être pourrais-je partager avec lui ce qu'il s'était passé. Je n'aimais pas avoir des secrets. Je détestais la culpabilité. Et, surtout, je détestais le désir écrasant qui sapait ma volonté. Il fallait que je parle à quelqu'un de la situation délicate dans laquelle je me trouvais avec Maxx. J'avais peur d'être sur le point de faire la plus grosse erreur de ma vie.

Je devais être précocement sénile si je croyais une seconde que Brooks était la personne à qui je pouvais me confier. Nous avions beau être amis, je sus en voyant ses traits tirés et son air mécontent que lui confesser mes péchés concernant Maxx Demelo était loin d'être sage.

Le silence dans la pièce était assourdissant. Notre gêne était tangible, et elle était amère.

Brooks laissa échapper un soupir bruyant.

— Aubrey…, commença-t-il, mais, avant qu'il ne puisse finir sa phrase, la porte d'entrée s'ouvrit à la volée, et Renée entra précipitamment dans l'appartement.

Brooks croisa mon regard, l'air stupéfait, alors que nous assimilions l'état de ma colocataire. Elle était blottie dans sa veste noire en cuir, ses cheveux roux plaqués contre ses joues. Ses épaules tremblaient, et je savais qu'elle pleurait. Elle laissa tomber son sac sur le sol et courut presque dans sa chambre sans dire un mot. Elle disparut derrière sa porte, qui se ferma dans un bruit sec.

— C'était quoi, ce délire ? demanda Brooks.

Je jetai un coup d'œil en direction du couloir. Quelque chose n'allait pas, je le sentais.

— Je ne sais pas, mais je pense qu'il vaut mieux que j'aille voir, lui dis-je en me levant, reconnaissante, très égoïstement, que Renée ait fait son entrée à ce moment précis, quelle qu'en soit la raison.

Brooks grogna, frustré.

— N'enfile pas ton costume de chevalier blanc tout de suite. Elle s'est sûrement encore mangé la connerie de Devon Keeton. T'as pas besoin de t'enliser dans cette merde, me prévint-il, et, pour la première fois, le fait qu'il rejette ainsi Renée m'irrita.

— Elle reste mon amie, et je dois vérifier qu'elle va bien. Tu ferais mieux d'y aller, dis-je sèchement.

Brooks fronça les sourcils, conscient qu'il m'avait énervée.

— Écoute, Aubrey, oublie ce que j'ai dit. Mais c'est toujours la même chose ! Ne commence pas à croire que tu peux tout arranger dans sa vie, parce que certains ne veulent pas d'aide. Plus tôt tu le comprendras, mieux ce sera pour toi, dit-il avec colère.

Parlions-nous toujours de Renée ?

— Waouh, tu es si charitable, Brooks ! Contente de voir que tu as choisi la bonne profession, raillai-je.

La mâchoire de Brooks se crispa.

— D'accord, bon, on en parlera plus tard, dit-il en rassemblant ses affaires.

Je me sentais nulle. Ce qu'il s'était passé entre nous quelques instants auparavant ne changeait rien au fait qu'il ne pensait qu'à mon bien. Comme toujours.

— Attends, Brooks…, commençai-je, mais il secoua la tête.

— Va voir ce qu'il se passe. On se parle plus tard, dit-il sans me laisser l'opportunité de faire la paix.

C'était une sensation horrible. Alors je ne fis rien. Je le laissai partir puis remontai le couloir pour aller voir Renée.

Je frappai à sa porte. Comme elle ne répondait pas, je l'ouvris et j'entrai. Elle était roulée en boule au milieu de son lit. Elle n'avait enlevé ni ses chaussures ni son manteau. On aurait dit qu'elle essayait de disparaître en elle-même.

Dans mon esprit, je revis une autre époque et une autre personne ainsi recroquevillée comme si elle s'écroulerait si elle lâchait.

Je repensai au jour où j'étais allée dans la chambre de Jayme, quelques mois avant sa mort. Nos chambres étaient l'une à côté de l'autre, et je l'avais entendue rentrer des heures après le couvre-feu. Nos parents avaient été fous d'inquiétude en ne la voyant pas rentrer à 23 heures comme prévu. Ils m'avaient demandé d'aller la chercher, mais j'avais une dissertation importante à rendre le lundi suivant, et je les avais convaincus qu'elle faisait seulement sa crise d'adolescence. J'étais la gentille fille. Jayme était l'écervelée depuis sa puberté.

Ça avait été si facile de dire que son comportement était typique.

J'avais prévu d'aller la voir dans sa chambre pour l'engueuler d'avoir rendu nos parents si inquiets. J'étais imbue de ma supériorité morale bien-pensante. Je n'inquiétais jamais nos parents. Je faisais ce que j'étais censée faire. Jayme aurait dû essayer de m'imiter. Elle aurait pu apprendre une chose ou deux de son aînée collet monté.

Ce que j'avais trouvé quand j'étais rentrée dans sa chambre avait fait mourir toutes mes platitudes sur mes lèvres. Ma petite sœur de quinze ans était recroquevillée sur son lit, un peu comme Renée à présent. Tout son corps tremblait sous la force de ses sanglots.

Quand je m'étais assise à côté d'elle, elle avait rampé jusqu'à moi et posé sa tête sur mes genoux, ses cheveux blonds si semblables aux miens emmêlés devant son visage. Elle était prise de tremblements incontrôlables, avait les joues pâles et les yeux rougis d'avoir trop pleuré et d'avoir, comme je l'apprendrais plus tard, pris de la drogue.

Je lui avais demandé ce qui n'allait pas, mais elle n'avait pas répondu. Elle s'était seulement cramponnée à moi et avait pleuré, pleuré, pleuré. Et je ne l'avais pas interrogée. Je n'avais pas exigé de réponses. Je m'étais contentée de la tenir dans mes bras jusqu'à ce qu'elle s'endorme enfin. Puis j'avais soigneusement retiré ses chaussures et l'avais bordée sous les couvertures, essuyant du pouce le mascara qui avait coulé sur son visage.

Le lendemain matin, Jayme avait fait comme s'il ne s'était rien passé. Elle ne m'avait jamais dit pourquoi elle avait pleuré. Et je n'avais jamais demandé. J'avais été distraite par ma dissertation, et mes parents avaient encore menacé de la punir, même s'ils n'étaient jamais allés au bout. C'était leur bébé. Leur préférée. Ils lui pardonnaient et l'excusaient chaque fois.

Puis, deux mois plus tard, Jayme était morte. Et je ne lui avais jamais demandé ce qui l'avait fait craquer cette nuit-là. Pourquoi elle avait tant eu besoin que je la prenne dans mes bras. Et je me haïssais tous les jours de ne pas l'avoir découvert.

J'avais fait le serment de ne plus jamais répéter cette erreur.

Je rejoignis tout de suite Renée et m'assis sur le lit à côté d'elle. Je l'attirai contre moi. Elle commença par résister, mais je refusai d'abandonner.

Elle finit par céder et me tomba dans les bras, posant sa tête sur mes genoux, comme Jayme l'avait fait tant d'années auparavant. Je me retrouvai à répéter des actes si familiers : je lui caressai les cheveux, les écartai de son visage et la laissai pleurer.

Cette fois, en revanche, je ne me tus pas. Je refusais de faire comme si mon amie n'était pas en train d'imploser sous mes yeux.

— Que s'est-il passé, Renée ? demandai-je doucement une fois qu'elle se fut calmée.

Elle tourna la tête, couvrant son visage de ses épais cheveux roux.

— Je t'en prie, dis-moi ce qui ne va pas, suppliai-je avec douceur.

Lentement, elle s'assit sur le lit, la tête baissée, ses cheveux dissimulant son visage.

— J'ai été si stupide, murmura-t-elle, sa voix se brisant en sanglots.

Elle repoussa ses cheveux en arrière et me regarda d'un air presque provocateur. Je retins un cri de surprise en la voyant.

Elle avait la peau rouge et marbrée d'avoir trop pleuré, mais ce n'était pas ça qui me fit reculer avec horreur. C'était la contusion violette qui encerclait son œil. Elle avait la lèvre supérieure ouverte et croûtée.

Je portai ma main à ma bouche, faisant de mon mieux pour ne pas hurler de rage en voyant son beau visage horriblement mutilé. Inutile de demander qui avait fait ça. Le chagrin vif qui se lisait dans ses yeux était la seule confirmation qu'il me fallait.

J'allais tuer Devon Keeton.

— Que s'est-il passé ? demandai-je, les dents serrées.

Renée secoua la tête, ses cheveux retombant autour de son visage pour le cacher.

— Il était tellement en colère. Je ne l'avais jamais vu aussi furieux. Je n'ai rien fait !

Sa voix s'éleva, paniquée, et je la serrai contre moi. Elle céda facilement, cette fois, ne repoussant pas mes efforts pour la réconforter.

Je lui caressai le dos lentement, avec tendresse.

— Je sais, murmurai-je, tout en réfléchissant à cent façons de rendre paraplégique son connard de mec.

— Pourquoi je le laisse me faire ça ? sanglota-t-elle contre mon épaule, et je ne pus m'empêcher de m'écarter pour lui répondre.

— Il l'avait déjà fait, Renée ? demandai-je durement.

Elle me regarda d'un air paniqué en entendant la violence dans ma voix.

— Une seule fois, dit-elle précipitamment.

Je fermai les yeux pour contenir ma colère. J'allais vraiment démonter ce salaud !

Je la serrai de nouveau contre moi et la laissai pleurer toutes les larmes de son corps. Quand elle finit par se calmer, nous nous allongeâmes sur son lit comme nous avions l'habitude de le faire, à fixer le plafond en parlant de ce que nous avions le plus de mal à dire.

Je laissai Renée parler et l'écoutai. Et, surtout, j'étais là. Je ne pouvais m'empêcher de penser à Jayme et au nombre de fois où je lui avais tourné le dos simplement parce que j'avais d'autres choses en tête. J'avais ma vie : l'école, quelques amis, mes devoirs, la préparation pour l'université. J'étais dans mon monde. Et j'en avais oublié ma petite sœur, qui venait juste d'entrer au lycée et peinait à trouver sa place dans le vertige de l'acceptation adolescente.

Renée me parla de la colère et de la jalousie de Devon, me dit qu'il avait pété les plombs au bar quand elle avait parlé avec un mec de son cours d'éco, qu'il avait cogné le type avant de la tirer dehors.

Devon l'avait emmenée derrière le bâtiment, où il faisait sombre, et lui avait crié dessus, l'accusant de le tromper. Il l'avait frappée au visage, puis dans la poitrine. Il lui avait dit qu'elle était moche et stupide, qu'elle avait de la chance qu'il daigne la regarder, que personne ne voudrait jamais d'elle à part lui. Puis, ne tenant pas compte de ses démentis dévoués, il l'avait menacée de bien pire si elle regardait ce gars une nouvelle fois. Il avait ri quand elle l'avait supplié d'arrêter. Il avait été furieux quand elle s'était mise à pleurer.

— Je ne veux plus jamais le revoir, Aubrey. Jamais ! s'écria-t-elle en couvrant son visage tuméfié des deux mains.

Elle se remit à pleurer et je la tins tout contre moi, mon esprit distrait de ma rage par les souvenirs de ma sœur.

— Il m'aime, Brey. Il ne veut même pas que je regarde un autre mec. Il dit qu'il mourrait sans moi, dit Jayme, cherchant à me faire comprendre.

J'étais arrivée un peu plus tôt pour trouver ma sœur et son copain, Blake Fields, en train de se disputer dans sa chambre. Il l'avait plaquée contre le mur, la retenant des deux mains pendant qu'il lui hurlait au visage. Jayme pleurait, et Blake n'avait fait que monter d'un ton. Cet idiot avait de la chance que ce soit moi qui sois rentrée, et non notre père, alors qu'il posait ainsi ses mains sur Jayme.

Je les avais interrompus, ordonnant à Blake de partir. Il m'avait regardée, complètement stone. Il avait les yeux vitreux et injectés de sang. J'avais à peine remarqué que ceux de ma sœur étaient dans le même état. Comment avais-je pu être aussi aveugle ?

Il n'avait pas protesté. Il n'avait pas pris la peine de dire un mot de plus à Jayme avant de partir.

Ma sœur était furieuse, son attitude imprévisible. Elle me somma de m'occuper de mes affaires. Et je me dis que la scène à laquelle je venais d'assister n'était qu'un drame adolescent, quelque chose que j'avais heureusement choisi de ne pas vivre en grandissant. Je balayai la remarque de ma sœur d'un revers de main, levant les yeux au ciel.

— C'est ridicule, Jay. Quel genre de cinglé dirait ça ? demandai-je, pleine de condescendance.

Que savait-elle de l'amour ? Elle venait d'avoir quinze ans. Elle venait d'entrer au lycée. Elle ignorait tout des vraies relations.

Le mec avec qui elle sortait, Blake, était en première et venait d'être transféré d'un autre établissement. Je n'avais pas vraiment fait attention à lui. Il était quelconque, dans le genre « je fais tout mon possible pour être unique mais en fait je suis comme tout le monde ». Il suivait la mode emo un peu trop religieusement. Avec ses cheveux noirs balayés sur le côté qui lui tombaient sur les yeux, son jean skinny et son eye-liner, il semblait sortir des pages d'un magazine pour ados.

J'avais vu les gens avec qui ce Blake avait choisi de traîner, et tout le monde savait que c'était une bande de drogués. Mais ils semblaient préférer jouer le rôle des marginaux hardcore plutôt que d'aller au bout de leurs convictions. Je ne les prenais pas au sérieux.

Personne ne les prenait au sérieux.

Jayme croisa les bras sur sa poitrine à peine existante et me lança un regard noir. Elle commençait à peine à avoir des seins. Cela faisait des années qu'elle se plaignait d'être plate, sans aucunes formes. Sa puberté tardait à se manifester, et elle faisait une fixette dessus. Son manque de courbes ébranlait sérieusement sa confiance en elle. Elle disait qu'elle était moche, qu'aucun garçon ne voudrait la regarder. C'est pourquoi, quand Blake s'était montré intéressé, elle s'était laissée embobiner par ses compliments et l'attention qu'il lui accordait.

Elle ne le voyait pas tel qu'il était réellement : une brute pathétique qui s'en prenait aux filles comme Jayme. Et elle ne se voyait pas comme papa, maman et moi la voyions : une jolie jeune fille qui avait la vie devant elle.

Elle ne voyait que ce que Blake voulait qu'elle voie. Elle devenait la fille qu'il voulait qu'elle soit. Elle suivait avidement ses traces dans l'obscurité.

— Je l'aime, Aubrey. On sera ensemble pour toujours, dit-elle avec la passion de l'inexpérience.

Je levai de nouveau les yeux au ciel, ne la croyant pas le moins du monde.

— Y a pas le feu, Jay ! Pourquoi tu ne sors pas avec d'autres garçons pour voir qui te plaît vraiment ? Pourquoi faut-il que tout

soit viscéral ? demandai-je tout en souhaitant qu'elle la ferme pour que je puisse retourner à ma lecture.

J'avais une montagne de devoirs à faire, et plus elle restait là à parler de son stupide petit copain, moins j'avais de temps pour les finir.

— C'est le seul qui me comprend. Tu ne piges pas, gémit-elle en sortant de la chambre en claquant la porte.

Je ne saisissais vraiment pas son besoin constant de précipiter les choses, pourquoi il fallait qu'elle saute à pieds joints dans la piscine avant même d'avoir appris à nager. Mais Jayme avait toujours été pressée de vivre. Pressée d'aimer.

Pressée de mourir.

Je n'avais pas remarqué que Jayme avait peu à peu commencé à tout changer. Elle avait fini par cesser de me parler. Elle s'éloignait de plus en plus de sa famille, s'enfonçait de plus en plus dans le monde de Blake Fields et de ses amis, et nous étions devenues des étrangères habitant sous le même toit.

Et je n'avais pas remarqué qu'elle était partie avant qu'il soit trop tard.

Jusqu'à cette nuit où Jayme Marie Duncan n'était pas rentrée.

Jusqu'à ce qu'on la retrouve asphyxiée par son propre vomi dans une ruelle, devant un repaire notoire de drogués, après une overdose de drogues dont j'avais ignoré l'existence.

J'avais alors fait attention. Quand ce n'était plus important.

— Il faut prendre les choses un jour après l'autre, murmurai-je à Renée qui commençait à s'endormir, épuisée d'avoir pleuré tout son soûl.

Elle hocha la tête, les paupières lourdes.

— Merci, Aubrey, marmonna-t-elle avant de s'endormir.

Je restai allongée un moment à scruter le plafond, à penser à tout ce qui avait déraillé dans ma vie, songeant que, alors que je croyais enfin me remettre sur les rails, j'étais prête à tout foutre en l'air une nouvelle fois.

Que faisait Maxx ? Était-il là dehors, à mijoter un truc pas net ? Était-il complètement défoncé, en train de faire une overdose dans un caniveau ?

Je repensai à lui en train de vendre de la drogue à ces gens en boîte, et à son air suffisant et investi. Je haïssais cet homme.

Puis mon cerveau passa à tout autre chose, et je songeai au Maxx qui me parlait de son frère et s'inquiétait de le décevoir. Je ne pouvais ignorer l'attraction que je ressentais pour lui, ni l'aide que j'avais envie de lui apporter. Comme il serait facile de plonger avec lui.

Je roulai sur le côté et contemplai le visage contusionné de mon amie. Jayme et elle se confondaient dans ma tête. Et elles se mélangeaient au souvenir de Maxx quand je l'avais mis au pied du mur à propos de *Compulsion*. À sa réaction quand il avait pris conscience que je l'avais vu. Il avait été effondré.

Il s'était brisé.

Et, bon sang ! je voulais ramasser toutes les pièces et les mettre dans ma poche. Je voulais m'assurer qu'il pourrait se reconstruire.

Jamais je ne pourrais tourner le dos à Renée.

Et je ne pouvais pas tourner le dos à Maxx.

17

Aubrey

J'ÉTAIS RESTÉE ÉVEILLÉE UNE GRANDE PARTIE DE LA NUIT pour veiller sur Renée, qui alternait entre pleurs et cris étouffés dans son oreiller. Son téléphone s'était mis à sonner vers minuit. Au début, nous avions ignoré les appels incessants de Devon. Mais, au bout du cinquième appel, j'avais éteint le téléphone, et Renée n'avait pas protesté. Son visage rouge et enflé affichait une expression à la fois triste et résignée.

En me levant le lendemain pour mon cours magistral, je vérifiai que Renée allait bien et fus contente de voir qu'elle dormait encore. Je l'avais convaincue de ne pas aller en cours et de se reposer. Elle avait peur de tomber sur Devon et elle était gênée que les gens voient son visage.

Je lui avais assuré qu'on pouvait masquer les bleus et que le gonflement de sa lèvre aurait disparu dès le lendemain matin. Elle s'était apaisée.

Après m'avoir confié le comportement violent de Devon, elle avait complètement cessé de parler de lui. Elle avait dit qu'elle n'était pas prête à tout résoudre tout de suite, et, à contrecœur, j'avais abandonné le sujet.

Je sortis dans le froid et j'inspirai profondément, laissant l'air frais emplir mes poumons. Je resserrai mon manteau autour de moi et descendis la rue. Je vis un groupe de peintres faire le tour de mon immeuble.

J'entendis certains ronchonner à propos de « ces cons de gamins et leurs stupides graffitis ». Curieuse, je les suivis et m'arrêtai net. Je penchai la tête en arrière et contemplai l'immense fresque peinte sur le mur de derrière mon immeuble.

— Qu'est-ce que… ? marmonnai-je pour moi-même.

C'était incroyable. Absolument magnifique. Mais aussi extrêmement perturbant.

Quelqu'un avait peint un ciel superbe d'où il pleuvait… du sang ? Deux personnages étaient dessinés, un homme et une femme. Ils étaient tous les deux blonds, se tenaient par la main, marchaient le long d'une version macabre de la route de brique jaune et avançaient vers une mer déchaînée tandis que des nuages sublimes déversaient au-dessus de leurs têtes un torrent de sang.

Le sol était un amas de X liés les uns aux autres, révélant l'identité de l'artiste. J'aurais dû le savoir. Il avait un style unique.

Mais pourquoi ce mystérieux artiste de rue avait-il peint ceci sur mon immeuble ? Une nouvelle fois, cette image n'avait rien à voir avec *Compulsion*. Cette fresque racontait tout autre chose.

Les peintres installèrent leurs échelles et ouvrirent les pots de peinture blanche. Ils se préparaient à recouvrir le dessin. Et l'idée qu'ils le détruisent me fit paniquer.

— Attendez ! m'écriai-je alors qu'un homme d'une cinquantaine d'années avec une bedaine et un début de calvitie passait son pinceau sur le couple merveilleusement heureux de la fresque.

Il me regarda par-dessus son épaule, manifestement agacé.

— Vous êtes obligé de le recouvrir ? demandai-je, me rendant compte combien j'avais l'air ridicule.

— Écoutez, madame, le propriétaire nous a engagés pour repeindre ce truc. C'est pas nous qui décidons. Alors laissez-nous travailler, dit un autre mec en plongeant son pinceau dans le pot avant d'étaler la peinture blanche sur les couleurs vives.

Je n'ajoutai rien. Je reculai d'un pas et regardai les peintres détruire la beauté que X avait visiblement mis du temps à créer. J'avais l'impression d'être témoin d'un meurtre. C'était un crime d'effacer quelque chose d'aussi beau comme si ça n'avait jamais été là.

Étrangement triste, je me forçai à m'éloigner, incapable de regarder une seconde de plus.

En temps normal, le vendredi matin, je retrouvais Brooks pour prendre un café avant mon premier cours. Mais il n'avait pas répondu à mes nombreux SMS. Je me rendis donc toute seule au café du campus.

Je détestais me sentir seule, et, ce matin-là, la solitude me pesait terriblement. Je n'aimais pas avoir le sentiment qu'il se passait quelque chose avec Brooks et qu'il faisait exprès de garder ses distances. Il faudrait bien que je lui en parle, mais avec tout ce qu'il se passait en ce moment, je n'avais égoïstement pas envie de dépenser l'énergie que la confrontation exigeait.

Je pris un latte au caramel et un muffin, et m'assis à ma table habituelle près de la fenêtre. Je sortis mes notes au cas où il y aurait un contrôle surprise et pris une petite gorgée de mon breuvage. Je passai le temps en observant les gens.

C'est alors que je vis entrer dans le café des épaules larges et un bonnet gris qui m'étaient familiers.

Je songeai sérieusement à me recroqueviller sur mon siège pour éviter qu'il ne me voie, mais je me ravisai. Pourquoi devrais-je me cacher ? Il n'y avait rien de mal à ce qu'il me trouve ici, même si le seul fait de le voir me faisait rougir jusqu'au bout des orteils au souvenir de notre rencontre dans le couloir.

Comme s'il avait senti ma présence, Maxx tourna les yeux vers moi. J'agitai les doigts, peu enthousiaste.

Il sourit, de ce sourire qui illuminait son visage.

J'attendis, les nerfs en pelote, qu'il commande son café et rejoigne ma table.

— Cette chaise est prise ? demanda-t-il.

Cette question résonnait comme une blague entre nous, et ses yeux pétillèrent d'amusement. Cependant, contrairement à la fois où il m'avait posé cette question à la bibliothèque, je lui offris la chaise. Non sans hésitation, mais plus volontiers. Je ne pouvais m'empêcher d'avoir encore peur d'être vue avec lui. J'avais des fourmillements dans les lèvres, et mon cœur battait à tout rompre dans ma poitrine, mais je restais sur mes gardes.

Maxx retira son bonnet et le laissa tomber sur la table. Il saisit sa tasse et souffla sur la vapeur avant de prendre une gorgée de café. Je restai assise à le regarder, la langue nouée.

— Merci de m'avoir abandonné aux mains de Kristie, au fait, plaisanta-t-il en prenant une autre gorgée.

Je ris nerveusement tout en coupant mon muffin en petits morceaux.

— Oui, désolée, marmonnai-je.

— Désolée ? Va parler de « solidifier tes systèmes de soutien » pendant une heure avec elle, et on verra comment tu te sentiras.

Il était détendu et me taquinait, les yeux pétillants.

Il avait l'air heureux.

Cela me surprit. Je n'avais pas l'habitude de le voir comme ça. Je m'étais habituée à l'être souffrant et torturé, tapi derrière la façade trop assurée.

Mais, ce jour-là, Maxx était décontracté, comme si, en se comportant de manière désinvolte, il essayait de me faire oublier qu'il s'était effondré. Qu'il m'avait montré son côté effrayé et vulnérable.

Cette fois-ci, lorsque je ris, c'était sincère.

— Ça craint. C'est vrai qu'elle peut être assez bavarde, admis-je.

— Tu crois ? lança Maxx en tendant la main au-dessus de la table pour attraper un morceau de mon muffin.

— Pourquoi tu me voles tout le temps ma bouffe ? demandai-je alors qu'il mâchait.

— C'est juste meilleur quand c'est à toi.

Et voilà. Le sous-entendu sexuel que j'attendais. Néanmoins, il ne m'agaça pas comme ça aurait été le cas autrefois. Non, au contraire, il incendia ma peau.

Deux filles passèrent à côté de notre table, et je remarquai leur regard de séductrices posé sur Maxx. Mais jamais il ne quitta mon visage des yeux.

Être au centre de son attention intense me mettait mal à l'aise.

— Alors, à propos de mardi…, commença-t-il.

Je levai la main pour l'arrêter.

— On est vraiment obligés d'en parler ? demandai-je, un peu gênée de discuter de notre étreinte au milieu d'un café, où n'importe qui pouvait nous entendre.

Le visage de Maxx s'assombrit, puis s'éclaira aussitôt.

— Je me demandais quand nous pourrions le refaire ? dit-il, et je sursautai lorsque sa main toucha ma cuisse sous la table.

— Euh…, bégayai-je.

Ses doigts décrivaient des cercles sur mon jean, remontant lentement le long de ma jambe. Je posai ma main sur la sienne, immobilisant sa paume sur ma cuisse.

Maxx eut un petit rire et retira sa main.

— Enfin, je suis prêt quand tu l'es, dit-il jovialement, comme s'il parlait de la météo.

J'avais la sensation que mon absence de réponse l'avait blessé. Et, étant qui il était, il couvrait la souffrance d'un charme désinvolte.

Avant que je ne puisse répondre, Maxx se leva et enfila son bonnet. Il effleura mon épaule, puis me sourit et partit. L'échange n'avait duré que cinq minutes en tout et pour tout, et je restai immobile, perdue et – ce qui était exaspérant – excitée.

Ce garçon était mauvais pour le cœur.

Je voulais le revoir. J'avais beau être consciente que je devrais ignorer cette envie, je n'en fis rien. Qui était cette fille qui avait tant de mal à contrôler ses impulsions ?

Je garai ma voiture sur le parking du magasin à l'abandon où *Compulsion* avait lieu ce soir-là. Mes jambes voulaient courir vers la musique qui retentissait, mais mes nerfs me retenaient.

Maintenant que j'étais là, je ne savais pas trop à quoi j'avais pensé. Le Maxx Demelo qui était ici chez lui n'était pas nécessairement celui qui avait sa place auprès de moi. Il me faisait peur. Il me terrifiait. Il me fascinait.

Je rangeai mon téléphone dans mon sac, que je fis passer autour de mon bras, le plaquant contre moi. Mon cœur battait presque au même rythme que les basses, que j'entendais s'estomper dans l'air de la nuit.

Je me dirigeai vers la file de gens qui patientaient comme chaque fois que *Compulsion* s'animait, attendant leur chance, espérant qu'on la leur accorderait.

Approchant de la tête de la file, je vis de plus en plus de gens se faire refouler. Je n'avais jamais compris pourquoi on accordait l'entrée à certains tandis que d'autres étaient renvoyés chez eux. Il n'y avait aucune logique apparente. Randy, le videur flippant, semblait toujours savourer le peu de pouvoir qu'il avait.

Toutefois, après la première soirée où Brooks et moi nous étions fait refouler, je n'avais pas eu de problème. Je savais que je n'aurais jamais la tête de l'emploi. Je n'avais toujours pas ma place au sein de la population qui venait ici, mais c'était comme si j'avais un passe magique dont je n'avais pas connaissance.

Je me tins une nouvelle fois devant Randy et l'autre videur. Il me regarda rapidement de la tête aux pieds, puis tendit la main pour que je lui donne mon argent, que je déposai dans sa paume tendue. Il attrapa mon poignet et retourna brutalement ma main pour presser le tampon sur ma peau.

Alors que je m'approchais de la porte, je remarquai qu'on renvoyait chez elles un autre groupe de jeunes. Les filles, toutes sur leur trente et un et bien mieux sapées pour aller en boîte que moi, se mirent à taper un scandale.

Une fille qui portait une robe avec un décolleté si plongeant que ses seins menaçaient de s'échapper me pointa du doigt en faisant la moue.

— Pourquoi cette salope entre et pas nous ? Elle n'a rien à faire là !

Je rougis, embarrassée de recevoir malgré moi l'attention de toute la file d'attente. On aurait dit qu'ils me jugeaient tous. Et, manifestement, je n'étais pas à leur goût. Excusez-moi de ne pas me saper en fan de goth metal.

Randy lança un regard mauvais à la fille et ses amies.

— Dégagez. Certains ont leur place ici. D'autres non. Pour vous, c'est non, grogna-t-il.

Je connaissais le regard qu'il leur adressait. C'était celui auquel Brooks et moi avions eu droit la première fois. Je frissonnai, presque désolée pour elles.

La fille aux seins débordants soupira avec indignation, mettant sa poitrine manifestement chirurgicalement augmentée en avant pour un effet optimal avant de s'éloigner en tapant des pieds, ses amies sur les talons.

L'autre videur, auquel je n'avais jamais prêté attention auparavant, se retourna. Je m'attardais devant la porte, et il m'adressa un regard acerbe m'invitant à bouger de là.

— C'est là-dedans qu'ça s'passe, poupée. Enfin, je suis sûr que je peux te trouver quelque chose à faire ici si tu veux t'amuser.

Il sourit puis se passa la langue sur les lèvres. Il était mignon dans le style brut de décoffrage, avec son crâne rasé et son visage plein de métal. Je savais, sans aucun doute, que je n'apprécierais pas sa façon de « s'amuser ».

Je m'empressai d'entrer dans la boîte, le rire du videur résonnant derrière moi. *Compulsion* était fidèle à elle-même : sombre et oppressante, mais vibrant d'une énergie indescriptible.

Je voulais danser. Je voulais me déchaîner. C'était pour ça que les gens venaient. C'était si facile d'oublier qui j'étais et pourquoi j'étais là. Je comprenais l'attrait de cet endroit. Toutefois, je voulais trouver Maxx. Il fallait que je lui parle ici, sur son territoire.

Je traversai la foule, essayant de saisir parmi les ombres le visage que je reconnaîtrais. Autant chercher une aiguille dans une botte de foin. J'avais eu du mal à trouver Renée la première fois, et je n'avais réussi qu'avec l'aide de Maxx.

Si je restais près du bar, il me verrait peut-être. Il m'avait toujours trouvée. Je commandai une bière et m'adossai au mur, guettant, attendant. J'étais nerveuse. Non, j'avais carrément les nerfs en pelote. Je n'avais pas bien réfléchi à cette mission de sauvetage.

Qu'espérais-je accomplir en venant chercher Maxx en boîte ? J'avais vraiment des idées irréalistes et irréalisables quand il était question de Maxx Demelo. Je pourrais admettre que je succombais déjà à la rêverie dans laquelle j'étais cette fille, celle pour qui il changerait.

Mais je le tenais pour responsable de ce sentiment. Parce qu'il me faisait croire que j'étais cette fille, justement, qu'il comptait sur moi pour le tirer du chaos dans lequel il se trouvait.

J'étais loin de comprendre exactement les démons qu'il affrontait, ou les épreuves qu'il devait surmonter chaque jour. J'avais seulement aperçu une âme torturée peinant à garder la tête hors de l'eau.

Mon esprit dramatisait-il la situation en se mettant en quête de celui qui aurait besoin que je le sauve ?

Qui savait ? Maxx me faisait vraiment péter un câble.

Je parcourus la salle des yeux sans prendre la peine d'être particulièrement discrète. J'attirai malgré moi l'attention de quelques individus loin d'être engageants, mais chaque fois je me redressais et détournais rapidement la tête, espérant que mon rejet évident suffirait à les dissuader.

Puis je tombai sur celui que je ne voulais pas trouver.

Brooks était sur la piste avec une fille que je reconnus vaguement. Brooks était vraiment mauvais danseur, mauvais dans le sens « tu devrais t'abstenir de danser en public ». Mais nous étions dans un endroit où style et technique n'avaient aucune importance, ce qui était une chance pour lui, parce qu'on aurait pu le croire victime d'un spasme violent.

La fille qui l'accompagnait était mignonne, sans prétention. Elle était blonde, et ses cheveux étaient très similaires aux miens en termes de couleur et de coupe. Elle avait visiblement cherché comment s'habiller pour aller en boîte sur Google et choisi l'exemple le plus extrême qu'elle avait pu trouver. Elle portait du cuir noir des pieds à la tête. Elle avait un stick lumineux entre les dents, et elle balançait sa tête par mouvements maladroits et saccadés. Elle était autant à sa place que moi.

Je me cachai derrière deux amants en train de se grimper dessus à côté de moi, espérant ainsi éviter de croiser Brooks. C'était la dernière chose dont j'avais besoin.

J'étais si occupée à faire en sorte que Brooks et Catwoman ne me voient pas que je ne me rendis pas compte qu'il était derrière moi, jusqu'à ce que je sente une main se poser sur ma taille.

— Qu'est-ce que tu fais là? demanda Maxx, son souffle caressant ma joue.

Mon cœur se mit à battre à une cadence irrégulière, et je désirai plus que tout me laisser aller dans ses bras. Sa chaleur brûlait mon dos, chaque nerf et chaque synapse de mon corps frissonnait d'anticipation.

Je me retournai pour lui faire face et pris aussitôt conscience que venir à *Compulsion* avait été une très mauvaise idée.

Maxx était complètement défoncé. Je ne voyais pas ses yeux sous la visière de sa casquette, mais il se balançait d'un pied sur l'autre, et ses lèvres étaient étirées en un sourire exagéré qui était tout sauf normal.

— Le Petit Chaperon Rouge cherche son loup?

Ses mots étaient étouffés, inarticulés. Il sourit d'un air suffisant, et le barman lui apporta un verre, bien que je n'aie pas vu Maxx en commander. Il prit son cocktail et en but une bonne gorgée.

Je secouai la tête, furieuse d'avoir été aussi naïve. Et j'étais en colère contre lui qu'il soit shooté. Ce n'était pas un homme à la recherche d'un quelconque salut. C'était un homme qui appréciait son voyage en enfer.

Maxx enfonça ses doigts dans ma peau nue sous l'ourlet de ma jupe. Je sentis ses ongles pénétrer ma chair lorsqu'il me pinça. Il se pencha tout contre moi, jusqu'à ce que son souffle se mêle au mien.

— Je vais te manger toute crue, petite fille. Ça te plairait ?

Sa voix était rauque et enrouée, comme s'il avait crié. Il se comportait bizarrement. Je n'avais pas encore rencontré cette incarnation de sa personnalité, l'égocentrique shooté. Et je n'aimais pas du tout cette version de Maxx.

Je me dégageai et reculai d'un pas, percutant une fille derrière moi.

— Fais gaffe ! s'écria-t-elle en me donnant un coup de coude dans le dos.

Je trébuchai, et Maxx me rattrapa. Ma poitrine heurta la sienne et, l'espace d'un instant, je sentis qu'il se détendait. Il passa ses bras autour de moi, et il me tint tendrement contre lui. Les secondes passèrent et nous restions immobiles, moi lovée dans les bras de Maxx.

Il se pencha pour presser sa joue contre mes cheveux, et je sentis quelque chose le quitter. Ses épaules s'affaissèrent et ses genoux plièrent, mais ses bras resserrèrent leur étreinte autour de moi.

— Aubrey, me chuchota-t-il à l'oreille, et je sentis le bout froid de son nez glisser le long de mon cou.

Maxx s'effondra sur moi, et je chancelai sous son poids.

— Maxx ! lui criai-je à l'oreille, essayant de me dégager.

Il tituba vers le mur et s'appuya lourdement contre le béton. Je tendis la main et lui retirai sa casquette. Ses pupilles étaient si dilatées que ses yeux paraissaient noirs. Malgré cette lumière atroce, je voyais bien que quelque chose n'allait pas.

— Qu'est-ce que t'as pris ?

J'élevai suffisamment la voix pour qu'il m'entende malgré les basses qui martelaient l'air. Maxx balança sa tête d'un côté à l'autre, mais ne me répondit pas.

Je l'attrapai par le tee-shirt et le secouai.

— Maxx, bordel, t'as pris quoi ? lui hurlai-je au visage.

Il repoussa mes mains avec des doigts maladroits.

— Dégage, Aubrey. Barre-toi, marmonna-t-il.

Au bout de quelques minutes, il s'écarta du mur et repartit d'un pas lourd dans la foule. Je m'élançai juste derrière lui, jouant des coudes pour le suivre. Les gens essayaient de l'arrêter, et il ne faisait pas dans la dentelle pour les repousser.

J'avais peur. Les mouvements de Maxx étaient lents et mal assurés. Il semblait avoir du mal à rester droit. Il était hors de question que je le quitte des yeux.

Il se dirigea vers le fond du vieux magasin et était presque arrivé à la sortie lorsqu'un mec qui ressemblait fortement au flippant Randy l'attrapa. Il arborait une crête verte et un genre de tatouage sous l'œil droit. Il était grand et costaud, et devait manger des chatons au petit déjeuner. Et il semblait très en colère. Contre Maxx.

Merde ! Que se passait-il ?

M. Crête tira Maxx derrière une porte au fond de la pièce. Je me dépêchai de le suivre, concentrée sur ce type flippant qui l'avait enlevé. Toute réflexion quant à ma propre sécurité était passée à la trappe.

J'ouvris la porte, qui menait à un couloir mal éclairé, puis en remarquai une deuxième en train de se refermer à côté une pancarte où était écrit « Réservé au personnel ».

Je courus presque pour la retenir avant qu'elle ne claque. Je l'ouvris d'un coup d'épaule et me glissai derrière. J'entendis des éclats de voix, que je suivis jusqu'à une sortie de secours. Le « boum, boum, boum » de la musique m'empêchait de comprendre ce qu'on criait. La personne était en colère, limite meurtrière.

J'entrouvris la porte et jetai un coup d'œil dehors. Il faisait si noir que je n'y voyais presque rien. Néanmoins, on avait garé une voiture derrière le bâtiment, dont les phares éclairaient une scène que j'aurais aimé pouvoir oublier.

Maxx peinait à rester debout alors que deux types, dont le tueur en série à la crête, le tabassaient méchamment. Je fourrai mon poing dans ma bouche pour étouffer le cri qui montait dans ma gorge.

Maxx ne bougeait pas. Il n'opposait aucune résistance. Il se contentait de rester là tandis que les pieds de ses bourreaux frappaient son corps encore et encore. M. Crête souleva Maxx et lui hurla quelque chose au visage. Mais je n'entendais rien à part l'écho.

M. Crête donna un coup de poing dans les dents à Maxx et l'envoya au sol. Maxx gémit et, même dans l'obscurité, je remarquai la quantité excessive de sang qu'il perdait. J'avais la nausée. Je crus que j'allais me vomir dessus. Je ne savais pas quoi faire. J'étais terrifiée.

Je ne pouvais pas rester là et regarder Maxx se faire tabasser à mort. Je poussai la porte plus fort que je ne l'aurais voulu. Elle claqua contre le mur, résonnant comme un coup de feu dans la nuit.

Les deux mecs qui tabassaient Maxx se tournèrent vers moi à l'unisson, et mon sang se glaça dans mes veines. Ils étaient sacrément remontés. Merde, ils allaient me tuer ! J'étais témoin de leur agression, ils seraient obligés de se débarrasser de moi !

Je baissai les yeux vers Maxx gisant au sol. Il était immobile, et je vis que ses yeux étaient fermés. Il fallait que je sache s'il respirait encore.

Je descendis l'escalier en fer de la sortie de secours avec hésitation et levai les deux mains en l'air.

— Je veux seulement voir s'il va bien, dis-je placidement.

Je m'étais exprimée avec douceur et prudence, en m'efforçant de ne pas faire de mouvements brusques.

L'homme posté à côté du gars à la crête pencha la tête et m'observa. Je n'arrivais pas à déchiffrer son visage. Il était plus âgé, dans la quarantaine. Il avait d'épais cheveux noirs qui ne pouvaient être que teints. Ils étaient trop épais et trop noirs pour être vrais. Il était loin d'être séduisant. C'était même l'homme le plus effrayant que j'avais jamais vu.

— Tu le connais ? demanda-t-il en désignant la silhouette prostrée de Maxx d'un signe de tête.

Il avait la voix rauque d'un homme qui aurait fumé un paquet de Marlboro par jour depuis ses douze ans. C'était la voix des cauchemars et des croque-mitaines. Pourquoi faisait-il du mal à Maxx ?

Dans quelle merde à la *Soprano* Maxx s'était-il fourré ?

— C'est un ami, articulai-je clairement.

J'étais vraiment une idiote. Pourquoi ne lui offrais-je pas ma vie sur un plateau pour qu'il la piétine ? Je pouvais presque l'imaginer en train de penser à toutes les manières dont il pouvait se débarrasser de mon corps. Je n'étais pas très grosse, ce ne serait donc certainement pas très difficile.

— Tu devrais mieux choisir tes amis, mon chou.

L'atroce homme Marlboro éclata de rire, comme si Maxx n'était pas en sang à ses pieds.

— Il va bien ? ne pus-je m'empêcher de demander.

Je m'immobilisai, ne voulant pas trop me rapprocher.

M. Crête haussa les épaules.

— Qu'est-ce que j'en sais…, marmonna-t-il en s'appuyant contre la voiture pour s'allumer une cigarette.

L'homme Marlboro mit les mains dans les poches de sa veste et m'examina de la tête aux pieds. C'était extrêmement désagréable. Je me sentais souillée par son attention, comme s'il me violait avec ses yeux.

— Si t'es son amie, fais-le sortir d'ici. Et dis à cette merde de revoir ses priorités. C'était le dernier avertissement.

Il monta dans la voiture avec M. Crête, puis ils firent marche arrière et partirent.

Sans les phares, il faisait nuit noire. Je distinguais à peine Maxx, qui n'avait toujours pas bougé. Je tombai à genoux à côté de lui et le secouai.

— Maxx ! Ça va ? hurlai-je comme s'il était sourd.

Il gémit et agita la tête. Je le secouai de nouveau.

— Maxx ! Réveille-toi !

J'étais passablement hystérique. Ce n'était pas comme ça que j'avais imaginé ma soirée.

Dans le film que je m'étais fait dans ma tête, j'allais trouver Maxx et le persuadais de partir avec moi. Nous serions rentrés chez moi, où nous aurions eu une fantastique conversation à cœur ouvert. Maxx aurait éclaté en sanglots et partagé tous ses secrets les plus sombres. Il m'aurait dit que j'étais la seule à pouvoir l'aider. J'aurais juré de rester à ses côtés. Puis nous aurions connu la meilleure partie de jambes en l'air de notre vie.

Je délirais complètement.

Maxx revint enfin à lui. Il marmonna un truc insensé. Confus et vague. Au bout d'un moment, je parvins à le remettre sur pied. Non seulement Maxx était shooté, mais en plus il était gravement blessé, et le simple fait de marcher était laborieux. Je pressentais un voyage aux urgences dans notre futur proche.

Je fis passer son bras autour de mes épaules et le soulevai alors qu'il luttait pour se relever.

— Je ne peux pas te porter. Il va falloir que tu marches jusqu'à ma voiture, dis-je résolument.

— D'accord, fut tout ce que Maxx répondit.

Il semblait si loin de la réalité que je n'étais pas sûre qu'il sache qui j'étais ou ce qu'il se passait. Au lieu de retourner dans la boîte de nuit, nous contournâmes lentement le vieux magasin.

J'eus l'impression qu'il me fallut une heure pour l'amener à l'avant du bâtiment. Je devais m'arrêter régulièrement pour me reposer. Maxx était un grand gaillard, et il ne m'aidait pas beaucoup. Je devais lui hurler dessus régulièrement lorsqu'il semblait sur le point de tomber dans les pommes.

Une fois sous la lumière des lampadaires, je pus l'examiner de plus près. Il avait un côté du visage enflé et contusionné. Son œil gauche ne s'ouvrait plus. Il avait la lèvre supérieure éclatée.

Son tee-shirt blanc était taché de terre et de sang. Il avait une sale tête.

— Maxx ! hurla quelqu'un.

Je ne m'arrêtai pas, de peur que, qui que ce soit, il ait envie finir ce que les deux sbires avaient commencé.

— Arrêtez ! s'écria la voix.

J'entendis des bruits de pas précipités derrière moi et me retournai. C'était l'un des videurs. Pas Randy, mais l'autre, celui qui avait flirté avec moi quand j'étais arrivée.

— Putain ! Qu'est-ce qui lui est arrivé ? demanda-t-il en prenant immédiatement l'autre bras de Maxx pour m'aider.

— Merci, dis-je sincèrement.

Nous avancions beaucoup plus vite. Le videur n'était pas particulièrement grand, mais il était costaud et manipulait Maxx avec aisance.

— Il s'est fait tabasser, expliquai-je sans savoir pourquoi je lui confiais ça, si ce n'était qu'il m'aidait, et ça me suffisait dans l'immédiat.

— Gash, souffla le videur.

— Hein ? demandai-je.

Mon pied percuta un caillou, me faisant trébucher. Je tombai sur Maxx, qui gémit.

— Je le tiens, tu peux lâcher son bras, me dit le videur.

J'obtempérai, soulagée de me libérer du poids mort que représentait Maxx. Il avait vraiment une sale mine. Il essaya d'ouvrir les yeux, mais sans grand succès. Le gauche était gonflé et impossible à ouvrir, et le droit était vitreux, dans le vague.

— Tu peux le ramener chez lui ? me demanda le videur.

J'opinai du chef, serrant mes bras autour de ma taille. J'étais prise de tremblements incontrôlables, et mon cœur battait à tout rompre. Je n'étais pas loin de m'effondrer.

— Où est ta voiture ? me demanda le videur, l'air frustré et à bout de souffle à force de porter la carcasse d'un mètre quatre-vingt de Maxx.

Je pointai le bout du parking du doigt. Le videur hissa Maxx pour avoir une meilleure prise et agita la tête avec impatience.

— Ouvre la marche. Il est pas léger, le garçon, se plaignit-il, les dents serrées.

— Comment tu t'appelles ? lui demandai-je, lasse de l'appeler « le videur » dans ma tête.

— Marco, répondit-il simplement.

— Moi, c'est Aubrey, lui dis-je, bien qu'il ne m'ait rien demandé.

Vu les circonstances, autant nous appeler par nos prénoms.

Marco ne fit aucun commentaire, et j'eus la sensation qu'il se fichait éperdument de savoir qui j'étais.

Je me précipitai devant lui pour déverrouiller la portière passager de ma voiture. Marco hissa Maxx sur le siège et positionna sa tête droite. Maxx ouvrit péniblement les yeux. Je n'étais pas sûre qu'il sache qui nous étions. Il marmonna quelque chose d'inintelligible dans son souffle puis referma les yeux.

Marco grommela une série de jurons puis se mit à fouiller les poches de Maxx.

— Qu'est-ce que tu fais ? demandai-je, n'appréciant pas sa brutalité soudaine.

Maxx était manifestement sur le point de perdre connaissance pour de bon. Marco m'ignora et sortit un sachet en plastique de la poche de jean de Maxx.

Il le tint à la lumière, la bouche pincée et les yeux plissés. Il était vide. Marco laissa tomber le sachet sur le plancher de ma voiture, et je dus me retenir d'exiger qu'il le ramasse et s'en débarrasse proprement. Mes TOC ne reconnaissaient pas la situation insensée dans laquelle je me trouvais. Tout ce qu'ils voyaient, c'était un déchet là où il n'aurait pas dû y en avoir.

Marco tira une liasse de billets de la poche de Maxx et se mit à compter.

— Attends une minute ! Ce n'est pas à Maxx, ça ? demandai-je, consternée.

Marco allait-il vraiment voler Maxx juste devant moi ? C'était quoi, ce monde de cinglés ?

— Mêle-toi de tes oignons, ma jolie, dit Marco avec une moue dédaigneuse sans prendre la peine de me regarder.

Il finit de compter les billets et poussa un soupir de dégoût avant de remettre l'argent dans la poche de Maxx. Puis il attrapa Maxx par le menton et lui donna une gifle. Un cri alarmé et pathétique m'échappa.

— Arrête ! Il est blessé ! protestai-je, ma terreur me donnant une voix quand j'aurais peut-être dû rester muette.

Marco m'ignora et gifla Maxx une nouvelle fois. Maxx tenta d'ouvrir les yeux et repoussa faiblement la main du videur.

— Laisse-moi tranquille, putain, marmonna-t-il.

Du moins, je crois que c'est ce qu'il dit. Les mots étaient mal articulés, et je ne pouvais pas en être entièrement sûre. Mais vu la façon dont Maxx se débattait, je ne pouvais que supposer que c'était le message général.

Marco secoua Maxx violemment.

— Où est le reste du fric ? grogna-t-il.

Maxx se tapit contre le siège de la voiture et secoua mollement la tête.

— C'est tout ce qu'il y a, mec, répondit-il.

Marco lui lâcha le menton et le regarda d'un air dégoûté.

— Putain de junkie ! lança-t-il avant de cracher dans la terre à côté de ma voiture.

Je me glissai lentement derrière le volant, sans faire de mouvements brusques. La respiration de Maxx était superficielle, et il semblait lutter pour rester éveillé. Il gémit et porta une main à son visage couvert de contusions.

— Aïe, souffla-t-il.

— Faut que je l'emmène à l'hôpital ? demandai-je bêtement.

Je ne savais pas ce que j'étais censée faire.

Marco retroussa de nouveau les lèvres.

— Pas la peine. Il vivra. Même s'il préférerait certainement ne pas survivre, si Gash décide de finir ce qu'il a commencé.

Je ne savais absolument pas qui était Gash. Je ne savais pas de quoi Marco parlait. Je voulais seulement emmener Maxx loin de là. Je sentais le début d'une crise de panique pointer le bout de son horrible nez.

Marco claqua la portière passager, et je descendis la vitre.

— Ramène-le chez lui. Et dis-lui que je passerai le voir dans quelques jours et qu'il ferait mieux d'avoir une putain de bonne excuse, dit Marco, une menace pointant dans la voix.

Je ne pris pas la peine de répondre. Je ne savais pas ce qu'il se passait, et le découvrir n'était pas ma priorité. Ce qui m'importait, c'était de tirer Maxx de là en un seul morceau.

— Je ne sais même pas où il habite, dis-je.

— Il a un appartement au-dessus du *Quikki Mart* en centre-ville. Maintenant, dégage-le d'ici. Tout de suite ! aboya Marco, me faisant sursauter.

— D'accord, d'accord. On se calme, marmonnai-je assez fort pour que Marco m'entende.

Il haussa un sourcil et eut un drôle de sourire. Si je n'avais pas eu plus de jugeote, j'aurais cru qu'il me trouvait drôle. Marco tapa sur le toit de ma voiture avant de s'éloigner.

— Aubrey ! Tout va bien ?

Oh, mon Dieu ! Tout mais pas ça !

Brooks et Catwoman se tenaient à côté de la voiture, côté conducteur. Brooks m'observait, les sourcils froncés. Ses yeux se posèrent sur mon passager, dont la lucidité était contestable.

Il fronça les sourcils.

— Qu'est-ce que tu fous avec lui ? cracha-t-il, visiblement mécontent de me trouver avec Maxx.

Malheureusement pour mon ami, je n'avais pas le temps de m'expliquer.

— Je le reconduis chez lui, dis-je en haussant les épaules, espérant que mon excuse suffirait.

Maxx choisit ce moment précis pour reprendre connaissance. Il tourna la tête et me regarda. Il sembla surpris de me voir là, puis son visage battu s'illumina lorsque son œil vitreux fit le point sur moi.

— Aubrey, chérie, marmonna-t-il en posant sa main sur ma cuisse.

— C'est quoi ce délire, Aubrey ? Ce mec est pas dans ton groupe de soutien ? demanda Brooks en regardant ostensiblement les doigts de Maxx qui remontaient sous ma jupe.

Merde.

Je repoussai la main de Maxx, qui ricana avant de refermer son œil valide.

— Ce n'est rien, dis-je.

— Tu ne comprends pas ce qu'il pourrait se passer ici ? Il est défoncé, Aubrey ! Et tu traînes avec lui comme ça ? Cette situation est plus que déplacée, prêcha Brooks, montant à la tribune qu'il affectionnait tant.

Je n'étais pas d'humeur à ce qu'on me fasse la leçon, surtout pas Brooks. Un bruit de gargouillis s'éleva de la gorge de Maxx, et j'eus peur qu'il ne dégueule dans ma voiture.

— On parlera plus tard. Je dois y aller, dis-je précipitamment.

Brooks se pencha par la vitre ouverte et baissa la voix. Il envahit mon espace personnel comme jamais il ne l'avait fait auparavant. Je reculai, mal à l'aise. Je regardai son amie par-dessus son épaule. Elle n'avait pas l'air enchantée que Brooks se montre aussi possessif envers moi. Je ne pouvais pas le lui reprocher, et, à dire vrai, je la plaignais.

— Ne fais pas ça, Aubrey. C'est illogique, irrationnel et indigne de toi. Ne sois pas si stupide, déclara-t-il d'un ton ferme, comme si me traiter d'idiote était la formule magique pour me pousser à l'écouter.

Manifestement, il ne me connaissait pas du tout.

— Éloigne-toi de ma voiture si tu ne veux pas que je te roule dessus, l'avertis-je en faisant vrombir le moteur pour souligner mes propos.

Brooks me lança un regard noir. Je lui lançai un regard noir. Nous étions en plein bras de fer. Puis Maxx se mit à avoir des haut-le-cœur, et Brooks s'écarta de ma voiture. Je me penchai par-dessus de Maxx et ouvris la portière passager avant de pousser sa tête dehors juste à temps pour qu'il vomisse à l'extérieur.

— Beurk. Brooks, allons-y, gémit Catwoman.

Je ne pris pas la peine de les regarder. J'étais trop occupée à frotter le dos de Maxx alors qu'il dégueulait ses tripes.

Je sentis que Brooks hésitait, mais il finit par s'éloigner avec la fille en cuir. Maxx cessa de se vider de ses entrailles et se redressa sur le siège en gémissant. Je sortis de la voiture et me dépêchai de fermer la porte en faisant bien attention à éviter la flaque de vomi dans le gravier. Je sentis la bile remonter dans ma gorge mais parvins à me retenir.

J'observai Maxx quelques minutes pour m'assurer qu'il n'allait pas se sentir mal une nouvelle fois. Quand je fus sûre que non, je retournai m'asseoir et sortis la voiture du parking.

Le trajet jusqu'à l'appartement de Maxx se fit dans le silence à l'exception de quelques gémissements occasionnels. Je me garai devant le *Quikki Mart* et me dépêchai de faire le tour de la voiture. Maxx revenait peu à peu à lui et fut capable de sortir seul du véhicule.

— Viens. On va te faire rentrer, murmurai-je avec douceur, faisant de mon mieux pour le faire avancer.

Mais il était si shooté qu'il était à peine capable de tituber.

— Je veux seulement m'asseoir dehors un moment, dit-il, faisant le tour de la boutique en chancelant pour se laisser tomber sur un escalier en bois.

Il appuya sa tête contre le mur et porta la main à son visage. Il ne semblait pas trop endolori, ce qui était bien, parce qu'il souffrirait atrocement le lendemain matin.

— Mon visage est bizarre. Qu'est-ce qu'il a ? demanda-t-il.

Il mangeait encore ses mots. J'écartai sa main de ses blessures et la tins entre les miennes.

— Il faut juste que tu rentres et que tu te fasses aider, dis-je sur un ton apaisant, espérant le convaincre de se relever.

Maxx secoua la tête.

— Je veux rester ici. Juste un petit moment, dit-il, puis il serra ma main. Ne le dis pas à Landon. Papa et maman seraient tellement en colère contre moi. Je n'arrête pas de tout foutre en l'air. Ne le dis pas à Landon, marmonna-t-il, son menton tombant contre son torse.

Je le secouai, de peur qu'il n'ait perdu connaissance. Il gelait dehors, et je commençais à être prise de tremblements incontrôlables. Là où la peau de Maxx n'était pas violacée ou en sang, elle était blême et pâle. Il fallait que je le fasse rentrer.

— Allez, debout, insistai-je en le tirant par le bras.

Maxx protesta, mais, au bout de quelques instants, je pus enfin lui faire monter l'escalier jusqu'à la porte de son appartement.

— Où sont tes clés ? demandai-je.

Maxx sourit d'un air suffisant, même si c'était une pâle copie du sourire arrogant qu'il affichait d'ordinaire. Il était difficile de prendre ses tentatives de séduction au sérieux avec sa lèvre éclatée.

— Il va falloir que tu viennes les chercher, maugréa-t-il.

J'étais contente de constater que, même quand il planait totalement, il savait encore jouer au con.

Je levai les yeux au ciel et fourrai ma main dans ses poches à la recherche de ses clés. Maxx pouffa et vacilla avant de s'appuyer contre le mur pour ne pas tomber. Je tirai un porte-clés de la poche arrière de son jean, puis me mis à chercher celle qui déverrouillait la porte.

Après quelques tentatives infructueuses, je parvins à l'ouvrir et poussai Maxx à l'intérieur. Il riait et divaguait de façon incohérente. J'allumai la lumière et l'assis sur le canapé usé qui trônait dans le salon.

Maxx tomba sur le flanc et resta ainsi. Une coupure s'était ouverte sur son front, et du sang coula sur sa joue, tachant le tissu.

— Tu as une trousse de premiers secours ? lui demandai-je.

Mais il ne m'entendait plus. Je me mis en quête de ce qu'il fallait pour le nettoyer.

L'appartement de Maxx était presque vide, et le peu de meubles qu'il possédait étaient vieux et usés. Aucun élément personnel, ce que je trouvais triste. C'était le foyer d'un homme qui ne se préoccupait pas le moins du monde de ce qui l'entourait. Le laisser-aller et le désordre donnaient au lieu une note de désespoir.

La salle de bains était au bout du couloir, et je fus contente de voir qu'il faisait au moins en sorte qu'elle reste propre. Je trouvai des pansements et de la crème antiseptique dans l'armoire à pharmacie.

Puis, comme j'étais incapable de m'en empêcher, j'ouvris la seule autre porte du couloir. J'allumai la lumière et vis tout de suite qu'il s'agissait de sa chambre. Le lit était défait, et il y avait des vêtements éparpillés sur le sol. Je vis des manuels scolaires et un vieil ordinateur sur une table près de la fenêtre.

Je trouvai un tee-shirt propre dans la commode, puis, simplement parce que j'avais envie de fouiner, je me mis à fouiller les piles de fringues. Je trouvai deux boîtes de médicaments sur ordonnance vides et un nombre ridicule de sachets en plastique.

Enfin, au fond du tiroir du bas, je trouvai une photo pliée. Je la sortis et vis une famille. C'était l'un de ces clichés pris chez un photographe, avec le fond bleu cucul et les poses gênantes. Une femme aux cheveux blonds et ondulés était assise sur un tabouret devant un homme plutôt grand qui avait posé une main sur son épaule. Un petit garçon, la tête pleine de boucles blondes, était debout à côté de la femme, et elle avait sur les genoux un bébé qui ne devait pas avoir plus de six mois.

Je sus sans aucun doute possible que c'étaient les parents de Maxx. J'observai la photo, pensant qu'elle me révélerait peut-être quelque chose sur l'homme dans les vapes dans le salon. Peut-être pourrais-je découvrir qui il était et pourquoi il faisait ce qu'il faisait.

J'entendis un « boum » dans la pièce voisine et me dépêchai de remettre la photo à sa place dans le tiroir. Je rassemblai tout ce que j'étais allée chercher et fermai la porte de la chambre derrière moi.

Maxx s'était assis et se frottait le menton.

— Ça va ? demandai-je en m'asseyant à côté de lui.

— Putain de table basse, marmonna-t-il en se tournant vers moi avec un sourire hésitant.

Je brandis les pansements.

— Je vais te nettoyer, annonçai-je.

Maxx ne dit rien, il se contenta de fermer les yeux et me laissa faire ce que j'avais à faire. J'essuyai le sang et couvris l'entaille avec un pansement. Je nettoyai les égratignures sur ses paumes, qu'il avait dû se faire quand il s'était écroulé par terre.

— Qui sont les types qui t'ont tabassé ? demandai-je sans être sûre d'obtenir de réponse vu son état.

Je fus donc surprise lorsqu'il m'expliqua :

— C'était Gash. C'est lui qui tient le club. J'imagine qu'il est en colère contre moi, dit-il en pouffant comme si c'était une blague.

— J'imagine, oui, murmurai-je.

Comme Maxx ne m'offrait pas de plus amples explications, je tentai de le pousser à m'en dire davantage.

— Pourquoi est-il en colère contre toi ?

Maxx haussa les épaules de manière exagérée. Sa tête commença à tomber sur le côté.

— N'en parle pas à Landon, marmonna-t-il.

— De quoi ne dois-je pas lui parler ? demandai-je en finissant de le soigner.

Maxx ouvrit péniblement son œil valide et se tourna vers moi pour me regarder. Il prit mes mains entre les siennes et les serra si fort que je grimaçai.

— De moi. Ne lui parle jamais de moi, murmura-t-il en secouant la tête, et un sanglot lui échappa. Ils seraient si déçus.

Il était de plus en plus agité. Je posai ma main sur son bras.

— Qui serait déçu ?

La poitrine de Maxx se souleva. Il avait toujours les yeux fermés.

— Ils voulaient que je devienne un grand médecin. Quelqu'un de spécial, expliqua-t-il en secouant violemment la tête. Regarde-moi !

Il agrippa son tee-shirt et tira dessus, déchirant le tissu. Il s'énervait vraiment. Il plongea une main dans une poche, puis dans l'autre.

— Ils sont où ? demanda-t-il en se levant, titubant, avant d'enfoncer ses mains tout au fond de ses poches.

— Où sont quoi ? demandai-je, choquée par son changement d'humeur soudain.

— J'en ai besoin ! hurla-t-il en me bousculant pour aller dans la cuisine d'un pas lourd.

Il se mit à tout sortir des placards, à tout jeter par terre. Ne trouvant pas ce qu'il cherchait, il poussa un hurlement et courut presque jusqu'à sa chambre.

Je le suivis de loin. J'envisageai un instant de l'arrêter, mais mon instinct de conservation m'en empêcha.

Il mit la chambre sens dessus dessous, jetant ses affaires au sol. Il ramassa les sachets vides et les déchira.

— Où sont-ils ?

Son cri était désespéré. Il renversa sa table de nuit, tomba à genoux et se mit à fouiller dans le bazar éparpillé par terre. Il ramassa une boîte et la secoua. Elle fit du bruit, et l'expression d'euphorie qui remplaça le désespoir sur le visage de Maxx me glaça le sang. Je savais exactement ce qu'il cherchait.

— Non, Maxx ! Tu n'as pas besoin de ça, m'écriai-je en tombant à genoux à côté de lui.

Je tentai de lui arracher la boîte des mains, mais Maxx l'écarta et recula sur ses genoux pour m'échapper. Il ôta le couvercle et, avant que je ne puisse faire quoi que ce soit, il fit tomber le petit comprimé sur sa langue.

Il l'écrasa entre ses dents. Sa bouche se détendit, et il se laissa tomber contre le mur derrière lui.

— Maxx, soufflai-je avec regret.

Il leva les yeux vers moi. Ses lèvres d'ordinaire si belles s'étiraient en un sourire désinvolte bien trop familier. Avant, je trouvais ce sourire sexy et énigmatique. Désormais, il était juste triste et pathétique. Je savais exactement pourquoi il souriait ainsi.

Je détestais ce sourire.

Je détestais qu'il ait l'air si heureux.

Je détestais qu'il abandonne aussi facilement, ne prenant même pas la peine de se battre.

C'était ainsi qu'il vivait sa vie : d'une défonce à l'autre, mauvais choix après mauvais choix, décisions suivies par des conséquences catastrophiques dont il se fichait totalement, dans l'immédiat du moins.

Peut-être que, le lendemain matin, quand il ne planerait plus et qu'il pourrait sans doute réfléchir plus rationnellement, ça ne lui serait plus égal.

Je remontai mes genoux contre ma poitrine et y appuyai ma joue, épuisée et en colère. Mais également déterminée.

Ses yeux se fermèrent. Il passa une main dans ses boucles blondes puis laissa son bras retomber mollement le long de son corps. Sa tête se balança d'un côté à l'autre, comme s'il s'assurait qu'il pouvait encore la bouger.

Je me retrouvai à observer sa poitrine qui se soulevait et s'abaissait, craignant que, si j'arrêtais de la surveiller ne serait-ce qu'un instant, elle ne cesse de bouger, qu'il ne s'éteigne sans un bruit, sans que je m'en rende compte.

Avant que je n'aie pu me battre pour lui. Parce qu'il n'avait manifestement pas la force de se battre pour lui-même.

Ce n'était pas un consommateur occasionnel. Il se faisait lentement dévorer de l'intérieur. C'était comme regarder une voiture lancée à pleine vitesse contre un mur de brique. Je me figeai un instant en sentant cette lourde sensation d'impuissance dont je ne me souvenais que trop bien.

Je le décevrais.

Je le perdrais, tout comme j'avais perdu Jayme.

J'étais idiote de penser que je pouvais faire une différence dans la vie de quiconque.

Je parcourus des yeux la chambre mise sens dessus dessous et soupirai. Je devrais le laisser dans son misérable cycle de vie.

Je n'avais pas besoin d'être mêlée à ça. Brooks avait raison. Ma présence ici était inappropriée. Les limites étaient déjà floues.

Et, de toute façon, pourquoi est-ce que ce serait important ?

Maxx tendit le bras et prit ma main.

— Reste, murmura-t-il.

Je secouai la tête. Je ne pouvais pas rester. Pas après tout ce que j'avais vu. Il n'y avait pas de place pour moi dans son monde.

— S'il te plaît, Aubrey. Reste avec moi, supplia-t-il.

Je me retournai vers lui. Ses pupilles étaient dilatées, mais je ne savais pas si c'était seulement à cause de la drogue ou s'il avait une commotion. J'aurais dû l'emmener à l'hôpital. Il avait peut-être des fractures. Mais j'avais laissé mon besoin de m'occuper de lui noyer mon bon sens. Mon besoin de tout faire moi-même.

Comme si j'avais quelque chose à prouver en arrangeant les choses toute seule.

J'avais peur de le laisser dans cet état. Mais j'avais peur de rester, sachant que, si je restais, c'était fini. J'aurais franchi cette ligne invisible. Et, une fois que ce serait fait, je ne pourrais pas revenir en arrière. Ce serait trop tard.

Je baissai les yeux vers Maxx. Il avait l'air si jeune, si vulnérable, avec son visage dénué de son air calculateur et séducteur si caractéristique. Il avait l'air… innocent.

Je ne le laisserais pas. Je ne pouvais pas passer cette porte et faire comme si ce garçon ne comptait pas pour moi.

Il était déjà devenu important à mes yeux. Jamais je n'aurais dû le laisser occuper cette place. Mais les regrets ne changeaient rien.

J'allai accepter de rester, mais Maxx avait les yeux fermés et la bouche grande ouverte. Je trouvai une couverture et l'en recouvris.

Puis je m'allongeai sur le lit, m'enveloppai dans mon manteau et le regardai dormir. Chaque soulèvement de sa poitrine me liait à lui, un lien si puissant que ça me faisait peur.

Je ne pouvais pas le quitter.

J'avais pris ma décision.

J'espérais seulement que c'était la bonne.

18

Maxx

J'avais la poitrine serrée, et ma tête hurlait de douleur. Chaque articulation, chaque membre me faisait mal, me brûlait. Ça me faisait mal de bouger. Ça me faisait mal de respirer. J'avais la nausée, et la bile remontait dans ma gorge.

J'allais vomir.

Je tentai de relever la tête, mais chaque mouvement, aussi infime soit-il, provoquait un haut-le-cœur qui précipitait la bile dans ma gorge.

Je roulai sur le côté et me vidai. Et encore. Puis, pour faire bonne mesure, encore une fois.

Je gémis et roulai de l'autre côté. J'avais la certitude d'être sur le sol de ma chambre, mais je ne savais pas comment j'y avais atterri. Tout ce qui avait suivi mon arrivée à *Compulsion* la veille au soir avait disparu dans un trou noir.

J'avais çà et là des flashs, souvenirs d'événements que j'aurais préféré oublier.

Je tentai de me hisser sur le lit, mais j'eus de nouveaux haut-le-cœur. Mon visage et l'arrière de mon crâne étaient trempés de sueur. L'odeur âcre de mon vomi m'emplit les narines, et je me mis à trembler, avec l'envie de gerber encore.

— Punaise, entendis-je marmonner.

Puis deux mains fraîches m'attrapèrent sous les bras pour me mettre sur le lit. Je reconnaissais la voix, même si mon esprit confus était incapable de relier les points.

Je tentai d'ouvrir les yeux, mais une seule paupière obéissait. Putain ! Pourquoi je ne pouvais pas ouvrir l'autre ?

Je commençais à paniquer. Je me touchai lentement le visage et sifflai de douleur lorsque mes doigts rencontrèrent ma chair à vif.

J'allais encore être malade.

— Attends, m'intima la voix.

Je ne pouvais pas attendre. J'ouvris la bouche, mais rien n'en sortit. Mon estomac était officiellement vide. Mais cela n'empêcha pas mon corps d'essayer d'en expulser la paroi.

J'étais pris de tremblements incontrôlables, et ces mains fraîches et douces touchèrent mon visage. Je gémis. C'était si agréable. *Continue à me toucher.*

— Je ne vais nulle part, dit la voix apaisante.

Et durant la courte seconde qui s'écoula avant que je perde de nouveau connaissance, je me sentis réconforté. Et cela rendit ma chute libre dans l'obscurité d'autant plus douce.

— Putain ! râlai-je.

J'essayai de m'asseoir, mais mon corps refusait de coopérer. J'avais l'impression que mes membres pesaient des tonnes, que mes doigts et mes orteils étaient en feu. J'avais l'impression de mourir de chaud et de froid à la fois.

Mes dents claquaient et ma tête me lançait. J'avais mal au ventre, mon estomac était noué, prêt à expulser le peu de choses qu'il y restait sur le sol de ma chambre.

Je crus que j'allais mourir.

Non, je *savais* que j'allais mourir.

Je ne connaissais que trop bien cet horrible sentiment.

Je ne voulais pas mourir.

Je voulais vivre.

Je voulais me sentir bien de nouveau.

— S'il te plaît, gémis-je, pas certain cependant qu'il y ait quelqu'un pour entendre mes pathétiques supplications.

Je me souvenais vaguement de mains me touchant et de mots glissés à mon oreille avant que je perde connaissance.

Mais je me moquais royalement de tout ça.

— Donne-moi mes putains de cachetons, grommelai-je en essayant de m'asseoir, plus énergiquement cette fois.

Mes doigts s'enroulèrent comme des griffes pour attraper la boîte que je gardais sur ma table de nuit.

— Maxx, allonge-toi. Tu as besoin de te reposer, dit doucement la voix.

Il faisait sombre dans la pièce. Je ne voyais pas à qui elle appartenait. De toute façon, je m'en foutais.

— Donne-moi mes putains de comprimés, maintenant! hurlai-je.

Il fallait que la voix me donne ce que je voulais, sinon je la tuerais!

Je me jetai sur le tiroir. Mon corps ne fonctionnait pas correctement: j'avais l'impression que mes bras ne servaient à rien, que mes mains étaient faibles. Je tapai le dessus de la table de chevet, faisant tomber ma lampe, ne bronchant pas quand le verre se brisa sur le sol.

— Maxx, tout va bien, souffla la voix.

J'allais tuer cette voix! Je la détestais! Elle s'interposait entre moi et la seule chose qui pouvait me faire du bien!

— Je vais te trancher la gorge si tu ne me donnes pas mes comprimés! jurai-je en me jetant vers la voix.

— Maxx, s'écria la voix, triste.

Mon corps était en feu. J'avais mal au cœur chaque fois que je bougeais. Je me penchai par-dessus le bord de mon lit en sentant la bile remonter dans ma gorge et sortir de ma bouche, gouttant sur mon menton.

— Je t'en prie, sanglotai-je entre deux haut-le-cœur.

La voix ne dit rien. Mais des mains se posèrent sur moi lorsque je me mis à trembler.

Je les repoussai.

— S'il te plaît, donne-les-moi ! suppliai-je en roulant sur le côté.

Je tentai de ramener mes genoux contre mon torse, mais j'eus peur de me briser en deux. J'avais l'impression d'être écorché vif.

— S'il te plaît ! criai-je.

Et la voix me chantonna quelque chose à l'oreille. Et les mains me massèrent le dos. Et je ne pouvais que pleurer, pleurer et pleurer. Je pleurais pour ce dont j'avais besoin mais que la voix refusait de me donner.

Puis, par bonheur, tout redevint noir.

— Il faut que tu boives quelque chose.

Je remuai en entendant la voix murmurer à mon oreille. Une main forte m'attrapa par la nuque et me redressa. Mes lèvres avides touchèrent le bord d'un verre, et un liquide froid coula sur ma langue.

Au début, ma gorge convulsa, et mon estomac menaça de régurgiter le liquide. Le verre disparut tandis que je haletai et tentai de contrôler la rébellion douloureuse de mon corps.

Comme je parvenais à me retenir de vomir, on remit le verre contre mes lèvres, et cette fois je bus plus d'eau. Ma bouche était douloureusement sèche, et ma langue collait à mes lèvres.

— Ça suffit pour l'instant, murmura la voix alors que le verre s'éloignait.

Ma bouche resta ouverte comme celle d'un poisson, elle avait désespérément besoin d'en avoir plus.

Des mains me repoussèrent sur le lit, puis caressèrent doucement mon visage. Je les attrapai et les tins fermement, écrasant les petits doigts entre les miens, bien plus larges.

— Arrête, tu me fais mal, souffla la voix.

Mon œil, le seul qui le pouvait, s'ouvrit, et je regardai, horrifié, le magnifique visage qui flottait au-dessus de moi et dont les traits trahissaient la souffrance.

Je lâchai Aubrey et tentai de m'asseoir, mais je me rendis compte que même cette simple action était hors de ma portée.

Je n'avais aucune énergie. Bouger la tête était à peu près le seul effort dont j'étais capable pour le moment. Même cligner des yeux suffisait à me donner envie de faire la sieste.

J'avais aussi mal partout que si j'étais passé sous un camion. Ma tête me lançait terriblement, comme si dix mille aiguilles minuscules essayaient de me percer le crâne. J'avais l'impression qu'on m'avait arraché l'estomac et qu'on l'avait tordu dans tous les sens avant de le remettre à sa place.

En gros, j'avais l'impression d'être le trou du cul d'un mort.

Et s'il y avait bien une personne que je ne voulais pas comme témoin de mon état, c'était Aubrey Duncan.

— Qu'est-ce que tu fous ici ? demandai-je durement, sans même essayer d'être gentil.

J'étais au-delà des politesses. Le mec confiant qu'elle avait l'habitude de voir était parti. Ce mec avait été victime d'une mort rapide et visiblement très douloureuse.

Je ne savais pas trop pourquoi Aubrey était là, ni comment elle avait trouvé mon appartement. Je savais seulement que je voulais qu'elle me laisse dans ma misère.

Si Aubrey se sentit insultée par mes manières loin d'être exemplaires, elle n'en montra rien. Elle se mit à lisser mes couvertures et me borda comme si j'étais un enfant de cinq ans qui avait seulement besoin d'un bisou et d'un câlin pour se sentir mieux.

— Tu devrais essayer de manger quelque chose, dit-elle en se levant.

Je remarquai que ses vêtements étaient froissés, comme si elle les avait sur le dos depuis un moment.

Merde, que s'était-il passé ?

Ma tête n'était qu'un bordel flou. Je ne me souvenais de rien.

Avant qu'Aubrey ne puisse s'éloigner, je l'attrapai par le poignet, l'arrêtant net.

— Pourquoi t'es là ? demandai-je durement.

J'aurais aimé ne pas avoir ce ton de sale con.

— Je ne pouvais pas te laisser dans cet état, répondit-elle simplement en me regardant, le visage dénué d'expression.

Je secouai la tête et le regrettai aussitôt lorsque je sentis les aiguilles me transpercer de nouveau le crâne.

— Que s'est-il passé ? demandai-je, essayant un nouvel angle.

Aubrey soupira et tira sur sa queue-de-cheval blonde, qui tombait à moitié sur ses épaules. Elle avait l'air fatigué. Et triste ? Est-ce que c'était possible ?

Mais elle était magnifique. Elle était toujours magnifique.

Et il fallait qu'elle parte.

— Il faut que tu sortes d'ici, dis-je en forçant mon corps faible à s'asseoir.

Aubrey semblait avoir envie de me repousser sur le matelas, mais elle ne bougea pas. Elle me regarda droit dans les yeux.

— Je ne vais nulle part, affirma-t-elle.

Pour la première fois, je parcourus ma chambre du regard et fus surpris de l'état dans lequel elle était.

— Qu'est-ce qui s'est passé, ici ?

Je posais beaucoup cette question. Aubrey s'esclaffa.

— Toi. Tu ne te rappelles pas, hein ? demanda-t-elle doucement.

Elle avait sur le visage une expression que je détestais. Une expression de pitié. Et de compassion et toutes ces autres foutues émotions qui m'étaient totalement inutiles.

Je n'avais pas besoin de sa pitié, ni de ses leçons de morale.

— Sérieux, Aubrey, dégage. Je ne veux pas de toi ici, rétorquai-je, les dents serrées.

Je fis basculer mes jambes par-dessus le bord du lit pour poser les pieds par terre. Je sentis l'air frais sur ma peau nue, et je me rendis compte que je ne portais qu'un caleçon.

Putain, Aubrey m'avait déshabillé ? D'ordinaire, l'idée qu'Aubrey m'enlève mes vêtements serait un fantasme super bandant. Mais pas là.

Là, je me sentais humilié.

— Donne-moi mon pantalon ! aboyai-je en essayant vainement de me tenir droit.

Et, non, je n'étais pas fier de hurler sur Aubrey comme ça. Je la vis tressaillir. C'était comme un couteau dans le cœur. Cette fille me faisait quelque chose, elle m'inspirait des émotions dont je me serais passé.

Culpabilité, honte, ce fichu besoin d'être avec elle tout le temps.

Mais j'étais conscient qu'il y avait aussi du positif. Dès que je savais que j'allais la voir, je devenais comme un gosse le matin de Noël. J'étais toujours impatient à l'idée de la retrouver, et je ressentais autre chose aussi… la nécessité d'être quelqu'un de bien.

Et cela me donnait à la fois envie de m'enfuir et de m'agripper à elle de toute mon âme.

Aubrey traversa lentement ma chambre dévastée, se pencha et ramassa mon jean. Elle réduisit délibérément la distance qui nous séparait. Ma poitrine se serra. J'étais nerveux et faible. La regarder d'un seul œil me déroutait. Je voulais reculer. Je voulais me tapir dans un coin et me recroqueviller de honte. Je détestais qu'elle me voie au plus bas. Je ne voulais pas paraître autrement que sous mon meilleur jour avec elle.

Pourtant, nous étions là. Et je ne pouvais pas échapper à la réalité de ce qu'elle avait vu.

Elle me tendit mon pantalon pour que je le prenne, son regard assuré planté dans le mien. En temps normal, je l'aurais soutenu. J'aurais relevé le défi et j'aurais adoré ça.

Cette fois, je baissai les yeux sur le sol pour lui échapper.

J'attrapai mon jean et l'enfilai aussi vite que mon corps tremblant me le permit.

— Tu auras sûrement besoin d'aide, dit platement Aubrey en me tendant une chemise.

Pourquoi aurais-je besoin d'aide pour m'habiller, bordel?

Je lui arrachai la chemise sans prendre la peine de répondre. Mais, lorsque je levai le bras pour enfiler la manche, je fus pris d'une violente douleur aux côtes. Ce n'était pas une petite douleur qui fait un peu mal. C'était une douleur atroce, à vous faire pleurer comme une fillette et à vous rouler en boule.

Je portai ma main à mes côtes du côté droit, et le contact le plus léger me fit grimacer et me donna un haut-le-cœur. Je baissai les yeux : ma cage thoracique était couverte de contusions jaunes et vertes.

— Je pense que tu as des côtes cassées. Maintenant que tu es réveillé, tu devrais certainement aller à l'hôpital. Pour voir ce que tu as, me conseilla Aubrey.

Je la regardai et remarquai qu'elle ne s'était pas approchée de moi. Elle n'était pas partie, mais elle me laissait respirer.

J'étais reconnaissant et détestais ça à la fois.

Je passai avec précaution mes doigts le long de ma chair battue, et des souvenirs flous de Gash et Vin démangèrent mon subconscient. J'avais le sentiment de m'être mis dans un sacré pétrin.

J'avais beau avoir envie qu'Aubrey parte pour m'épargner l'embarras d'admettre que j'avais besoin qu'elle m'aide, j'étais coincé. Dans l'immédiat, je ne pouvais pas m'en sortir tout seul.

J'avais besoin d'elle.

Bordel ! J'avais vraiment besoin d'elle.

Le poids de cette réalité me heurta de plein fouet.

— Tu peux me donner un coup de main ? demandai-je à contrecœur.

Je me sentis incapable de croiser son regard en admettant la défaite. C'était trop.

Aubrey ne dit pas un mot, mais je la sentais, je la flairais, je pouvais presque la goûter sur ma langue tandis qu'elle se tenait devant moi, ses doigts boutonnant ma chemise. Ses cheveux effleurèrent mon visage lorsqu'elle se pencha en avant. Je ne pus m'empêcher de m'approcher pour respirer son parfum, mon nez frôlant le sommet de sa tête.

Elle fit en sorte de ne pas toucher ma peau nue pendant qu'elle boutonnait ma chemise à la hâte. Quand elle eut fini, elle me saisit par les bras et me repoussa sur le matelas.

— Je vais t'apporter à manger, dit-elle d'un ton ferme en m'installant contre les oreillers.

Je ne me rappelais pas la dernière fois qu'on s'était occupé de moi. Certainement pas depuis que mes parents étaient morts.

J'étais encore jeune quand ma mère était décédée et ensuite, mon père avait cessé de prendre soin de lui-même, sans parler de ses deux fils. Puis il était mort à son tour, et avec lui avait disparu la dernière personne chargée de s'occuper de moi.

J'avais oublié ce que ça faisait d'avoir quelqu'un aux petits soins. D'être traité avec gentillesse.

Il y avait longtemps que personne n'avait fait quoi que ce soit pour moi. Je ne savais pas quoi faire des sentiments inattendus qu'éveillait en moi l'offre innocente d'Aubrey de me faire à manger. Elle me donnait l'impression d'être dorloté. Voulu. La floraison d'émotions dans ma poitrine me faisait suffoquer. La prise de conscience était violente. Cette femme pouvait tout changer.

— Je n'ai pas faim, mentis-je en essayant de ravaler la boule qui s'était formée dans ma gorge.

Aubrey m'ignora et me laissa seul avec mes émotions incontrôlables et mon corps endolori, perdu dans un champ de mines de sensations prêtes à exploser de la pire des manières.

J'avais trop de questions et aucune réponse. À en juger par l'état de ma chambre, les choses avaient mal tourné. J'espérai seulement que ça s'était passé avant l'arrivée d'Aubrey.

Et qu'est-ce qu'elle foutait là, d'abord ? C'était la question à laquelle j'avais le plus de mal à répondre.

Je tendis le bras vers la table de nuit, à la recherche de la solution testée et approuvée à tous mes problèmes. J'ouvris le tiroir et me rendis compte qu'il était vide.

— Merde ! marmonnai-je en me tirant hors du lit.

Je n'écoutai pas mes muscles qui protestaient alors que je tombais à genoux pour trouver de la boîte qui se trouvait toujours là.

— Tu cherches quelque chose ?

Je me redressai si vite que ma tête se mit à tourner. Aubrey posa un bol de soupe sur la table de chevet que j'avais mise à sac, puis elle s'accroupit à côté de moi. Je m'assis sur le sol et me passai les mains dans les cheveux.

— Non, j'étais juste en train de…

Je n'avais pas d'explication et d'ailleurs, elle n'en avait pas besoin. On était chez moi. Dans ma chambre. C'étaient mes affaires.

Aubrey tira un objet de sa poche et le tint devant moi.

— Qu'est-ce que… ? grommelai-je en tendant une main tremblante vers la boîte.

Aubrey se leva, tenant toujours mon salut sans se soucier de ce que cette petite boîte marron signifiait pour moi. Dans l'immédiat, elle représentait tout, plus que la fille qui l'agitait devant moi comme une foutue carotte.

Elle se moquait de moi ? Je vis rouge.

— Donne-la-moi immédiatement ! exigeai-je en m'approchant d'elle.

J'oubliai que je me sentais mal. Je me concentrai sur l'objectif de lui prendre la boîte et l'adrénaline emplit mes veines.

Aubrey semblait hésiter. En réalité, elle semblait même avoir peur. Je ne pouvais pas le lui reprocher. J'imaginais bien de quoi je devais avoir l'air, prêt à me jeter sur elle et à lui arracher la boîte, violemment si nécessaire. Ça ne me faisait ni chaud ni froid de devoir briser un à un ces jolis petits doigts, j'aurais ce dont mon corps avait besoin.

— Tout de suite, Aubrey, murmurai-je, la voix vibrant de colère.

Ses lèvres tremblaient, et je vis qu'elle retenait ses larmes. Je m'en foutais. Il n'y avait qu'une seule chose qui m'importait dans l'immédiat.

Elle me tendit l'objet et se précipita vers la porte de la chambre. Je saisis la boîte et la secouai. Un silence assourdissant. J'arrachai le couvercle et la retournai.

Vide.

— Où sont-ils ? hurlai-je.

Ma rage était incandescente. Aubrey tremblait. Toutefois, elle ne quitta pas la pièce. Elle me faisait face sur des jambes chancelantes.

— Il n'y en a plus, Maxx, dit-elle calmement.

Non, j'avais dû mal entendre.

— C'est impossible, rétorquai-je en lançant la boîte à travers la pièce.

Aubrey secoua la tête, ses cheveux voletant autour de son visage.

— Je te jure, il n'y en a plus. Il n'en reste aucun, dit-elle.

Je serrai les poings. J'allais péter les plombs.

Puis Aubrey fit une chose très étrange. Elle revint vers moi et prit mon visage entre ses mains.

Je tentai de m'arracher de son étreinte. Je lui saisis les poignets et serrai suffisamment fort pour lui briser les os. Dans l'immédiat, je la détestais. Je voulais qu'elle souffre comme je souffrais.

Oui… Je voulais… Je la voulais, elle.

— Maxx, tu n'as pas besoin de ça, me dit-elle avec une telle assurance que si j'avais eu les idées en place, je l'aurais crue.

Je retirai ses mains de mon visage sans cesser de lui serrer les poignets.

— Ne me dis pas de quoi j'ai besoin ! hurlai-je.

Puis elle m'embrassa. Cette tarée délirante m'embrassa.

Comme si ça allait me faire oublier ce que je voulais.

Comme si ça pourrait remplacer un jour ce que mon corps désirait ardemment.

J'écartai ma bouche de la sienne, furieux. Enragé. Elle respirait bruyamment, des larmes brillaient dans ses yeux.

— S'il te plaît, Maxx. Ne fais pas ça. Sois ici. Avec moi, supplia-t-elle.

Puis elle m'embrassa encore, et me dit :

— Je ne te quitterai pas. Je ne te quitterai jamais.

Et il y avait quelque chose dans ces mots et dans la sensation de ses lèvres contre les miennes qui traversa le brouillard rouge de ma colère, le besoin inconsolable qui me tourmentait.

Elle ne me quitterait pas.

Comment pouvait-elle savoir à quel point j'avais besoin d'entendre ces mots de sa bouche ? De la bouche de quiconque ?

Je me surpris à lui rendre son baiser. À la dévorer comme si elle était la drogue dont j'avais tant besoin. Et, pendant ce bref instant, elle était même mieux que ça.

— Ne me quitte pas, sanglotai-je contre sa bouche, mes dents blessant ses lèvres alors que je l'embrassais fougueusement.

Je le pensais de tout mon être. Je ne survivrais pas sans elle. C'était une perspective atroce. Mais c'était la pure vérité. En une fraction de seconde, elle était devenue ce que j'avais de plus vital. Elle était celle qui garantirait ma santé mentale. Qui me permettrait de rester ici. Qui m'empêcherait de sauter de la falaise pour obtenir cette drogue que mon corps désirait tant.

Elle était le filet qui m'empêchait de m'effondrer. Elle était la seule personne à être restée à mes côtés alors que je lui avais demandé de faire le contraire. Je n'avais rien exigé d'elle, et pourtant elle m'avait tout donné. Comment pourrais-je refuser de m'accrocher à cet espoir comme un parasite ? Comment pourrais-je refuser de me nourrir d'elle pour rester en vie ? Comment pourrais-je refuser de vivre dans ce monde imaginaire où elle serait tout ce dont j'avais besoin, où tout irait bien ?

Mais elle ne me quitterait pas. Ces mots étaient une promesse à laquelle je m'accrocherais.

Ce baiser était l'apogée de chaque sentiment de haine, de chaque pensée négative et de mépris de soi. Ce n'était pas un baiser de conte de fées. Il exprimait une angoisse terrible que je ne souhaitais à personne, mais que les fous cherchaient à connaître quand même.

Mais, à un moment, d'une manière ou d'une autre, ce baiser devint tout autre chose. Aubrey prit les commandes, et il se fit plus doux. Ses lèvres s'attendrirent, sa langue devint une caresse engageante. Elle plongea ses doigts dans mes cheveux sales comme si elle ne voulait plus jamais toucher autre chose.

Je n'attaquais plus sa bouche, je l'adorais. L'aimais. La goûtais et l'appréciais.

Je savais que j'avais besoin d'Aubrey. J'avais besoin d'elle de la pire des façons. J'étais égoïste et affolé, et ça m'était égal de la traîner en enfer avec moi, parce que le voyage serait la plus douce des expériences.

Elle était mienne.

Et je ne la laisserais jamais partir.

19

Aubrey

Deux jours.

C'était le temps que j'avais passé avec Maxx dans son appartement.

Cela faisait deux jours que je l'avais ramené chez lui après qu'on l'eut presque tabassé à mort à *Compulsion*.

Cela faisait deux jours qu'il avait perdu la tête, victime du manque le plus intense et le plus atroce que je puisse imaginer.

Deux jours, et ma vie avait complètement changé.

J'entendais couler l'eau de la douche. Cela faisait trente minutes que Maxx était allé dans la salle de bains pour se nettoyer après que je l'eus forcé à manger de la soupe et du pain. Son visage avait pris une teinte verdâtre quand il avait avalé ma piètre tentative culinaire, mais il s'était retenu.

Nous avions très peu parlé depuis que je l'avais embrassé. Je ne sais pas pourquoi j'avais fait ça. C'était tellement stupide. Ma seule excuse était que j'étais à court d'idées, et que la lueur folle dans son regard quand il me réclamait la drogue m'avait terrifiée.

Il était atrocement en manque. Je le savais sans même avoir été témoin d'une telle situation auparavant. J'avais lu suffisamment d'études de cas pour savoir qu'il ressentait la pire douleur physique et mentale imaginable. Ses envies devaient être irréelles.

Et, par moments, je sentais qu'il serait prêt à me faire du mal pour obtenir ce que son corps désirait si désespérément.

Pourtant, je restais auprès de lui. Parce que je tenais trop à ce garçon paumé et à sa vie merdique pour m'en aller.

Alors quand il avait pesté contre moi, m'avait lancé des menaces qu'il mettrait certainement à exécution, j'avais utilisé la seule arme de mon arsenal. Ma bouche et mes mains.

Et ça avait fonctionné.

Enfin, plus ou moins.

Je ne criais pas au miracle, loin de là. On n'était pas dans un roman cucul où l'amour d'une douce femme sauvait un garçon de ses démons.

Si seulement c'était si facile.

Ce que j'avais fait l'avait toutefois choqué. Cela avait stoppé net la méchanceté qui jaillissait de ses lèvres. Il ne s'était pas attendu à ça.

Ce n'était pas comme si après nous nous étions tombés dans les bras et enlacés pendant que je lui disais que tout irait bien.

Non. Maxx avait pris le bol de soupe et s'était mis à manger. Il ne m'avait pas regardée. Nos regards ne s'étaient pas croisés. Nous n'avions pas parlé de sentiments ni d'avenir. Mais, bon sang ! il mangeait.

Et cette petite réussite me suffisait.

— Putain ! entendis-je crier dans la salle de bains.

Je bondis du canapé, où je m'étais postée telle une sentinelle en attendant qu'il sorte. Je frappai à la porte.

— Tout va bien ? demandai-je.

La porte s'ouvrit et de la vapeur s'échappa vers le salon. Je fis de mon mieux pour ne pas faire une fixation sur le fait que Maxx ne portait qu'une serviette drapée autour de ses hanches étroites. Son torse, même s'il n'était pas excessivement musclé, était bien dessiné. Maxx était grand. Bien plus grand que moi. Mes yeux étaient donc à la bonne hauteur pour observer longuement son corps élancé.

Mon regard remonta vers le visage brisé de Maxx. Ses boucles blondes étaient tirées en arrière, et la colère luisait dans son œil valide.

— Qu'est-ce qui m'est arrivé ? demanda-t-il.

Maxx effleura la peau rouge et à vif de son visage. Il grimaça et siffla entre ses dents serrées.

— Je t'ai suivi à l'arrière de la boîte et je t'ai trouvé en train de te faire tabasser par deux gars, lui expliquai-je.

Les épaules de Maxx se crispèrent.

— À quoi ils ressemblaient ? demanda-t-il.

Je ne savais pas s'il était en colère ou s'il avait peur. Peut-être un peu des deux.

Je tentai de me souvenir de ses agresseurs mais, après quarante-huit heures durant lesquelles j'avais très peu dormi, mes souvenirs étaient flous. Mon instinct avait été d'aider Maxx, pas d'identifier les hommes qui lui avaient fait du mal.

— Je ne me souviens pas de grand-chose. Il faisait sombre. J'étais concentrée sur toi en train de te vider de ton sang. Désolée, bredouillai-je.

— Comment t'as fait pour me ramener chez moi ? T'as pas pu me tirer jusqu'à ta voiture toute seule, poursuivit-il.

Pourquoi avais-je l'impression d'être interrogée ? Où était le « merci » ?

— Un mec m'a aidée. Je l'ai reconnu, c'était un des videurs, expliquai-je simplement, agacée par son attitude.

— Marco, souffla-t-il.

Oui, Marco. C'était ça. Je hochai la tête.

Maxx me bouscula et entra dans sa chambre. Il était encore faible, ses pas lents et maladroits. Je le suivis et me figeai sur place.

Maxx se tenait complètement nu au milieu de sa chambre, sa serviette avait glissé à ses pieds tandis qu'il fouillait dans ses tiroirs à la recherche de vêtements.

Je déglutis péniblement et détournai les yeux pendant qu'il s'habillait. L'envie de jeter un coup d'œil était irrésistible, mais je refusai d'y céder. Ce n'était pas bien de le reluquer après tout ce qu'il avait traversé. Certes, j'avais dépassé toutes les limites dans notre relation, mais il me restait encore un peu de sens moral.

— Tu as vu mon téléphone ? demanda-t-il quelques instants plus tard.

Je me retournai pour le regarder et ravalai ma déception de le voir entièrement habillé. Je pointai son bureau du doigt.

— Je l'ai posé là. Il était dans la poche de ton jean, lui dis-je.

Maxx attrapa le portable et le porta à son oreille. Il leva les yeux vers moi, et je compris que je n'étais plus la bienvenue. Il était temps pour moi de partir.

Il me tourna le dos, m'excluant aussi sûrement que s'il m'avait claqué une porte au nez.

Je fus agacée par son rejet, furieuse qu'il me repousse ainsi.

Mais je me sentis plus humiliée encore par les larmes qui me brûlèrent les yeux. Je ne pleurais jamais. Je détestais les larmes.

Je restai là un moment à écouter Maxx laisser un message affolé sur le répondeur de Marco. Il s'exprimait à voix basse avec des phrases courtes que je n'entendais pas tout à fait. Une chose était claire, Maxx était agité.

Je fermai doucement la porte de la chambre et regagnai le salon miteux. J'avais fait l'effort de ranger un peu pendant que Maxx était sous la douche, mais on ne pouvait pas faire grand-chose pour rendre cet espace confortable.

Je songeai à laisser un mot, puis me ravisai. Quel intérêt ?

J'attrapai mon sac à main et en sortis mes clés de voiture, prête à m'échapper.

— Où vas-tu ?

Je regardai par-dessus mon épaule. Maxx venait à ma rencontre. Il avait l'air crispé et fatigué, mais ses yeux avaient retrouvé un peu de leur éclat.

— Je me disais que je devrais rentrer chez moi. Tu sais, pour te laisser tranquille, répondis-je en levant le menton d'un air de défi.

Maxx posa la main à plat sur la porte d'entrée, me barrant la sortie. Son visage, dur et nerveux quelques instants auparavant, affichait à présent une expression inquiète et vulnérable.

Il se pencha, jusqu'à ce que son visage ne soit qu'à quelques centimètres du mien. Je sentis le parfum mentholé de son dentifrice dans son souffle. Il riva ses yeux sur les miens, me transperçant du regard.

— Ton intervention, l'aide que tu m'as apportée, le fait d'être restée avec moi… Je ne sais pas ce qui m'a valu ça. Mais merci, dit-il calmement.

Je l'avais enfin, la reconnaissance tant désirée. Pourtant, à présent qu'il me l'avait accordée, je ne savais pas ce qu'il attendait de moi. Ni ce que j'attendais de lui.

Je m'adossai à la porte. La proximité de son corps me submergeait.

— Ce n'est rien, répondis-je en secouant la tête.

Maxx posa son autre main sur le bois à côté de ma tête. J'étais prise au piège entre ses bras, pas moyen de s'échapper.

— Ce n'est pas rien, protesta-t-il. Pourquoi étais-tu au club ?

— Je ne sais pas…, commençai-je, mais il m'interrompit.

— Tu le sais, Aubrey. Pourquoi ?

— Pour toi, Maxx. Je te cherchais, avouai-je, à bout de souffle, le cœur battant à tout rompre. Je m'inquiétais pour toi.

— Tu ne me connais même pas, Aubrey. Pourquoi tu t'inquiéterais pour moi ? insista-t-il.

Je fermai les yeux. J'avais besoin d'échapper à l'intensité de son regard.

— C'est juste que… je voulais t'aider.

J'ouvris les yeux et le regardai sans faillir.

— Je ne veux pas qu'il t'arrive quoi que ce soit. Tu as visiblement besoin qu'on s'occupe de toi. Et je tiens à toi, Maxx. Tellement, dis-je dans un murmure.

Maxx déglutit, ses lèvres tremblaient après mon aveu. Son visage abîmé afficha une émotion que je ne parvins pas à déchiffrer. Il baissa la tête et appuya son front contre le mien, nos nez se frôlant.

— Tu ne devrais pas. Je n'en vaux pas la peine, Aubrey, plaida-t-il dans un gémissement étranglé.

Je levai lentement une main pour le toucher avec précaution et faire glisser mes doigts sur sa joue. Il laissa aller son visage contre ma main. Il semblait être en guerre contre lui-même.

— Tu en vaux la peine, Maxx. Il faut que tu l'apprennes et que tu le croies, dis-je.

Maxx captura ma main, ouvrit les yeux et me regarda intensément.

— Sache que si tu décides de t'impliquer avec moi, je ne serai jamais capable de te laisser partir. Jamais.

Ses mots étaient tremblants. Sa promesse m'effrayait un peu.

Mais, surtout, j'espérais qu'il me serrerait fort contre lui… pour toujours.

Je libérai ma main et effleurai de nouveau son visage. Je passai mon pouce le long de la courbe de sa bouche. Il entrouvrit les lèvres et embrassa ma peau, sa langue me goûtant timidement.

La vague puissante d'émotions que ce simple contact déclencha en moi me fit frémir.

— Maxx, laisse-moi t'aider, suppliai-je, consciente que j'escaladais petit à petit le mur qu'il avait érigé.

Il m'entoura de ses bras et m'attira contre son torse. Je sentis le battement de son cœur sous mon oreille.

— Tu m'aides déjà, dit-il, sa voix résonnant dans ma tête.

Je m'écartai légèrement pour le regarder. Il avait l'air chagriné, comme s'il s'en voulait de faire ce qu'il faisait, mais ne pouvait s'en empêcher.

— Qu'est-ce que tu te fais subir? demandai-je en prenant son visage au creux de ma main, touchant avec douceur sa peau couverte de bleus.

Maxx ne me répondit pas. Il attrapa ma main et embrassa ma paume avant de la poser contre son cœur. Puis nous nous enlaçâmes, ni lui ni moi ne voulant lâcher prise, ni lui ni moi ne voulant contrarier la beauté ténue de cet instant en pensant à l'horrible réalité dans laquelle il vivait.

Parce que, pour l'instant, nous avions ça.

— Ma mère est morte quand j'avais dix ans et Landon cinq. D'un cancer. Je ne me rappelle pas tellement d'elle malade. J'ai de vagues souvenirs d'elle au lit pendant de longues périodes, et je me rappelle être allé la voir à l'hôpital. Mais, à part ça, mon esprit semble avoir tout refoulé. J'imagine que j'ai continué ma vie comme si rien de bouleversant ne s'était passé.

Maxx poussa un soupir de dégoût et resserra ses bras autour de moi.

Nous étions assis sur le canapé. Cela faisait deux heures que nous étions là. Nous n'avions pas beaucoup parlé. Maxx était resté assez silencieux, et j'hésitais à briser le silence, ne sachant pas ce qui allait suivre.

Il semblait avoir simplement besoin de me tenir dans ses bras. Il passait ses doigts dans mes cheveux et m'embrassait tendrement sur la tempe. C'était tout. Dans l'immédiat, c'était apparemment tout ce dont il avait besoin.

Je ne pus m'empêcher de remarquer, une nouvelle fois, les tremblements légers de son corps, le battement irrégulier de son cœur sous ma paume, la fine couche de sueur qui perlait sur son visage. Il essayait toujours de sortir de cet horrible état de manque. Il était maladivement pâle, avait des grands cernes noirs, et ses yeux d'un bleu d'ordinaire si vif étaient ternes et apathiques.

Je m'étais habituée au silence, et j'avais sursauté de surprise quand il s'était mis à parler. Ce bruit était presque obscène dans le calme.

— Quel genre de personne ne se souvient pas de sa propre mère mourante ? demanda-t-il.

Je ne savais pas s'il attendait une réponse, mais je lui en donnai une quand même.

— Tu n'étais qu'un enfant, Maxx. Tu ne pouvais pas comprendre ce qu'il se passait.

Maxx était redevenu muet. Je n'étais pas convaincue qu'il m'ait entendue. Il me serra plus fort que jamais dans ses bras, ses doigts s'enfonçant dans ma peau comme s'il essayait de nous faire fusionner.

— Mon père a en quelque sorte disparu de nos vies après ça. Il était là, mais il n'était pas là. Il travaillait beaucoup, et c'est moi qui me suis occupé de Landon. Je lui préparais le petit déjeuner et le dîner, je l'aidais à faire ses devoirs. Je m'assurais qu'il avait des vêtements propres à se mettre et qu'il allait au lit quand il était censé aller se coucher. Il est devenu ma responsabilité. Je suis devenu une maman et un papa à dix ans.

Je ne savais pas à quoi je m'étais attendue. J'avais imaginé mille explications à sa façon d'être, à ce qui l'avait poussé dans le monde dans lequel il vivait. Mais je ne m'étais pas attendue à l'histoire d'un petit garçon qui avait perdu ses deux parents et avait été forcé de devenir adulte bien trop tôt.

Je me doutais bien que son passé était loin d'être rose. Maxx gardait trop de choses pour lui pour que son enfance ait été idyllique.

J'avais vu son attitude protectrice envers Landon. Il était plus qu'évident qu'il se sentait responsable de lui. Mais l'histoire que Maxx partageait avec moi dévoilait une facette triste de sa vie, et pourtant, étrangement, cela me donnait de l'espoir sur la personne qu'il pouvait être.

— Puis mon père est mort d'une crise cardiaque deux semaines après que j'ai commencé le lycée. Je crois que je ne l'ai jamais vraiment connu. Je ne me rappelle même pas comment il était avant la mort de maman, quand il n'était pas déprimé et en deuil. Putain ! Je ne sais même pas de quoi je parle, marmonna-t-il en se passant la main dans les cheveux, l'autre me tenant toujours fermement la taille.

Il essayait de faire le tri dans tout ce qu'il se passait dans sa tête, il essayait de trouver les mots qu'il voulait partager avec moi.

— Après ça, j'ai pris conscience qu'il y avait tout un tas de degrés de trucs merdiques. Et la merde que j'ai connue avant la mort de mon père n'était rien à côté de celles qui me sont arrivées après, dit Maxx, la voix brisée. Mon oncle David n'avait jamais fait partie de nos vies. C'est à peine si je connaissais son existence. C'est le petit frère de ma mère. Quand on est allés vivre chez lui, j'ai tout de suite compris pourquoi on ne l'avait jamais rencontré. C'est un connard. Pire que ça, c'est un connard sadique et intéressé, un mec qui prend son pied à traiter les autres comme de la merde si ça peut lui rendre la vie facile. Il a obtenu notre garde parce qu'il n'y avait personne d'autre. Nos quatre grands-parents étaient décédés, et mon père était fils unique. Il ne restait donc que David. Au départ, il a refusé de nous recueillir. Mais quand il a su qu'on était accompagnés d'un gros chèque de la sécurité sociale chaque mois jusqu'à nos dix-huit ans, il a vite changé d'avis. Cet enfoiré de merde a pris notre argent en faisant bien attention à ce qu'on n'en voie pas un sou. D'après lui, on le lui devait, grommela Maxx.

Je pris sa main dans la mienne et entrelaçai nos doigts.

— Je suis tellement désolée, Maxx, dis-je sincèrement.

J'espérai ne pas avoir un ton condescendant. Il y avait quelque chose de si ridicule dans ces mots, « Je suis désolée ». Comme si je pouvais comprendre ce qu'il avait vécu. Malgré les saloperies que j'avais traversées avec mes parents après la mort de Jayme, je ne savais pas ce que c'était de se sentir mal-aimé, non désiré.

Mon enfance avant la mort de Jayme était proche de la perfection. Mes parents me donnaient tout. Je ne pouvais pas partager les sentiments d'abandon et d'isolement que Maxx avait éprouvés. Et devoir assumer le rôle du parent alors qu'il n'était lui-même encore qu'un enfant était inimaginable.

La relation que j'entretenais avec mes parents autrefois avait totalement disparu au cours des dernières années. Mais, pour la première fois, je me demandai qui était fautif dans l'histoire. Mes parents étaient-ils entièrement responsables, comme je m'en étais convaincue ? Ou avais-je été trop perdue dans mon deuil égoïste pour me rendre compte que je repoussais les deux personnes qui m'avaient le plus aimée dans ma vie ?

La prise de conscience était une chose effrayante. Cela fragilisait toutes les certitudes. Étrange que ce soit ce garçon perturbé et sa vie pleine de souffrance qui me fassent remettre en question tout ce que je savais sur moi-même.

Et c'était étrange qu'ils me fassent douter de tout, absolument tout.

— Je veux seulement m'occuper de mon frère. C'est tout ce que j'ai toujours voulu. Mais David est son tuteur légal, et il me le rappelle dès qu'il en a l'occasion. J'essaie de faire en sorte que Landon ait de l'argent pour vivre, mais David finit toujours pas tout prendre. Je tuerais ce salaud si je pouvais. J'ai imaginé toutes les façons de le rayer de nos vies. Parfois, cette colère me fait mal. (Maxx agrippa le tissu de sa chemise sur sa poitrine et tira.) Elle me fait si mal, putain ! Je n'arrive plus à réfléchir, je ne vois rien d'autre. La haine me ronge. Je hais David parce qu'il se sert de mon frère et de moi. Je hais mes parents parce qu'ils nous ont abandonnés. Parfois, je hais même Landon, je le hais de dépendre autant de moi. Et, surtout, je me hais. Parce que je suis faible et égoïste. Parce que je ne veux pas de cette responsabilité de m'occuper de quelqu'un d'autre que moi. Je veux seulement vivre ma vie pour moi et pour personne d'autre. Je déteste savoir que je ressens tout ça. Je déteste en vouloir à Landon et à mes parents pour toute la merde qu'ils m'ont mise sur les épaules, volontairement ou non. J'ai l'impression de me noyer, de ne pas avoir d'issue.

Le visage de Maxx se tordit de chagrin et de dégoût. Cela me déchira le cœur. Bon Dieu ! Si seulement je pouvais le soulager de toute sa souffrance.

— Comment as-tu atterri à *Compulsion*… à faire… ce que tu y fais ? demandai-je timidement, ne sachant pas comment poser les questions que je voulais poser.

Je m'intéressais à ce qui l'avait poussé à s'immerger dans ce monde sombre et effrayant, comment il avait fait pour se sentir si à l'aise dans un lieu qui semblait vous vider de tout et ne vous laissait que des regrets.

— J'ai presque toujours connu Marco. Il est un peu plus vieux que moi, mais je l'ai rencontré au lycée. Après la mort de mon père et notre emménagement chez David, j'étais vraiment mal. J'étais paumé, déprimé. Et puis Marco m'a donné un flyer pour *Compulsion*. Il m'a fait entrer, m'a présenté à Gash, le gérant du club. Je voulais trouver ma place quelque part, faire un truc qui me ferait me sentir bien. Ça a commencé plutôt simplement. J'aidais Vin à trouver un endroit pour le club chaque semaine. On me payait bien, mais ça ne suffisait pas prendre en charge les besoins de Landon. Puis j'ai été accepté à l'Université de Longwood. J'avais envoyé ma candidature sur un coup de tête, convaincu qu'il n'y avait pas moyen que j'y entre un jour, même si j'étais accepté. Mais quand j'ai reçu la lettre, je me suis dit : « Eh, ce pourrait être ma chance de m'en sortir, de construire une vraie vie pour Landon. »

» Mais ça exigeait de l'argent, beaucoup d'argent. Entre les frais de scolarité, le logement, et ce qu'il fallait pour m'assurer que Landon allait bien, je ne pouvais pas survivre avec la petite somme que me rapportaient les repérages pour la boîte. Et je me suis dit que je me ferais bien plus en vendant de la drogue. Tu sais, de l'ecstasy, un peu d'oxy. Un peu de cocaïne çà et là. Peut-être du speed. En un rien de temps, je me suis retrouvé blindé de fric. Gash me fournissait la drogue, et je la vendais en prenant un pourcentage. Et, grâce à ça, je vivais la vie que j'avais toujours voulue. Je n'avais de comptes à rendre à personne. J'étais le roi du monde.

Maxx avait les yeux dans le vide. Il me racontait son histoire, et j'avais l'impression qu'il me donnait enfin un aperçu de celui qu'il était vraiment. Pas de faux-semblants. Pas d'illusions. C'était Maxx. Le vrai Maxx.

— Pour la première fois, les gens venaient me chercher, moi. Ils désiraient ma compagnie. Ils aimaient ce que j'offrais. Et j'étais le seul à pouvoir le leur donner. Pour la première fois depuis des années, j'étais quelqu'un que les gens connaissaient. Quelqu'un dont ils avaient besoin. Quelqu'un qu'ils voulaient.

Le visage de Maxx s'illumina d'une lueur fanatique, et je compris que ce pouvoir, quoique néfaste, nourrissait quelque chose en lui. Il lui donnait un but, aussi sombre soit-il.

— J'aime la sensation que ça me confère, Aubrey. Je ne vais pas m'excuser ou me sentir mal pour ça. Ça m'aide à m'occuper de mon frère. Ça me permet d'avoir un toit. Ça me permet de rester à l'université et d'essayer de faire quelque chose de cette vie merdique qui m'a été donnée, déclara-t-il, sur la défensive.

— Honnêtement, tu as aimé ce que tu as ressenti ces deux derniers jours ? Tu te fais du mal, Maxx, essayai-je de raisonner.

Je portai sa main à mes lèvres et embrassai ses doigts, me pressant contre lui.

— Tu n'as pas besoin de ce truc pour te sentir bien dans ta peau. Tu as tellement plus d'atouts que ça, plaidai-je.

Maxx ricana et s'écarta légèrement de moi. Même si ce n'étaient que quelques petits centimètres, j'avais l'impression que des kilomètres nous séparaient.

— Je sais ce que tu penses. Je vois bien ta façon de me regarder. Tu me regardes toujours comme ça. Je sais que tu crois que je suis comme tous les autres junkies. Que je ne peux pas vivre sans drogues. Que, s'il le fallait, je sucerais des bites pour avoir ma dose.

Je fis de mon mieux pour ne pas grimacer face à sa colère. Il était furieux.

— Mais je ne suis pas comme ça, Aubrey. Je ne suis pas un toxico obsédé qui se lève le matin en se demandant où et quand il va pouvoir se shooter. J'ai été parfaitement capable de vivre la majeure partie de ma vie sans. Je peux arrêter quand je veux. Mais pourquoi le voudrais-je alors que ça m'apporte quelque chose que rien d'autre ne peut m'offrir ?

Je fronçai les sourcils, perplexe. De quoi parlait-il ? Je ne comprenais pas. Je ne pouvais même pas faire semblant. Je ne comprenais pas du tout sa logique. Seulement je voyais bien que, dans son esprit, ce qu'il disait était sensé.

— Ça m'empêche de réfléchir, Aubrey ! Et, pour un mec comme moi, réfléchir, c'est vraiment à chier ! J'ai besoin de cette paix, expliqua-t-il, comme si c'était la chose la plus évidente du monde.

Je voulais le secouer. Je voulais lui taper sur la tête et lui crier de se réveiller et de regarder dans quel monde il vivait. Je voulais lui dire que ces quelques moments de paix se payaient le prix fort. Il ne se souvenait peut-être pas du mec affreusement malade et à peine conscient qu'il avait été deux jours auparavant, mais moi si ! Et, de mon point de vue, ces comprimés ne lui apportaient aucune paix, ils le poussaient toujours plus près de l'anéantissement total.

Il pensait sincèrement qu'il n'avait pas de problème. Il avait une idée nette et précise de ce qu'était un toxicomane et, dans son esprit, il ne remplissait aucun des critères. Ses illusions le détruiraient.

Je me souvenais parfaitement de l'homme roulé en boule sur son lit, en train de vomir sur le sol, secoué de tremblements et trempé de sueur alors que la drogue quittait son système, et je me souvenais de sa façon de me maudire et de me menacer quand il n'avait pu se shooter comme il pensait en avoir besoin. Ce n'était pas ainsi que réagissait quelqu'un qui pouvait arrêter quand il le voulait.

Son esprit refusait qu'il arrête, et son corps également, cela ne faisait aucun doute. Il était pris au piège dans la prison de son addiction, qu'il en soit conscient ou non. Et c'était le déni qui le rendait prisonnier de cette situation.

Mais je ne me disputerais pas avec lui pour ça. C'était une perte de temps. On ne pouvait pas aider quelqu'un qui n'était pas prêt à s'aider lui-même. Tout ce que je pouvais faire, c'était être là en espérant que je parviendrais à l'empêcher de tout perdre. Je serais là s'il tombait, et je le relèverais quand il toucherait le fond.

J'avais besoin de faire ça pour lui. J'avais besoin de faire ça pour moi.

Alors que j'écoutais Maxx parler, je songeai à ma sœur réclamant l'aide que je ne lui avais jamais donnée. Pas cette fois. Je m'accrocherais à Maxx et affronterais la tempête avec lui.

— Je veux être le mec qui peut s'occuper de son frère. Le mec qui peut sauver ce putain de monde, comme ma mère m'en croyait capable. Mais j'aime aussi être l'autre mec, celui qui ne laisse rien l'atteindre, celui qu'on ne peut pas tirer vers le bas, le mec qui peut tout être. Et je veux être ce mec-là pour toi, dit Maxx avec tant de conviction qu'il était facile de croire qu'il pouvait être tout cela.

Mais le prix à payer était trop élevé.

— Pourquoi ne peux-tu pas simplement être Maxx Demelo ? Je l'aime bien, ce gars-là, dis-je en posant ma main sur sa nuque.

Maxx sourit d'un air suffisant, spectre du sourire que je lui connaissais.

— Je peux être tellement plus pour toi. Je veux être tout ce que tu pourrais jamais vouloir.

Je secouai la tête. Je ne comprenais pas d'où ça sortait. Pourquoi avait-il l'impression qu'il devait être un super-héros ? Pourquoi ne pouvait-il pas se contenter de la personne qu'il était ?

— Je ne veux que toi, lui dis-je en espérant qu'il m'entendait.

— Et je te veux, toi, Aubrey. Tout entière. Chaque petite fraction parfaite de toi. Je veux que tu m'appartiennes, que tu sois à moi seul, pour que tu ne partes jamais. Je t'en prie, ne pars pas, supplia-t-il dans un murmure.

Comment lui refuser quoi que ce soit ? Il me fourrait presque son cœur entre les mains, insistant pour que je le prenne. Il ne me donnait pas le choix. Et, même s'il me l'avait donné, je connaissais déjà ma décision. Je m'accrocherais à lui, à son cœur, à son âme, avec tout ce que j'avais.

Cet homme se démenait pour faire taire le petit garçon anxieux en lui qui avait peur de ne pas suffire ou d'être abandonné.

J'aurais aimé qu'il voie la personne merveilleuse qu'il était sans que le reste gâche tout.

Je me penchai et embrassai son œil gonflé, laissant mes lèvres s'attarder le long de sa joue. Maxx m'avait aspirée, et je ne pouvais plus m'échapper.

J'espérais seulement que je ne regretterais pas ma décision de rester.

20

Aubrey

Mon cœur m'avait trahie.

Il me tenait prisonnière d'une tornade violente d'émotions inconnues et écrasantes.

M'occuper de Maxx, être témoin de sa lutte brutale avait changé quelque chose en moi. J'avais cessé de le regarder comme l'homme qu'il voulait que je voie, et commencé à le voir tel qu'il était vraiment. Le garçon seul et effrayé qui avait tant perdu et essayait de s'accrocher au peu de contrôle qu'il avait sur sa vie.

Le voir au plus bas m'avait inexplicablement radoucie vis-à-vis de lui. Les dernières briques de mon mur autrefois impénétrable avaient éclaté. Un changement s'était opéré. Je ne pensais plus seulement à le soigner. Mes sentiments étaient devenus beaucoup plus compliqués. Plus déroutants.

Et carrément plus profonds.

Même si j'étais pétrifiée de voir les paramètres de notre relation s'étendre et se tendre pour faire place à cette nouvelle réalité, je désirais vivement ce changement. Je le voulais. Je le voulais, lui.

J'aurais dû être sur mes gardes, hésiter. Pourtant, je me lançai dans une relation grisante et dévorante avec un homme que j'avais rencontré dans des circonstances déraisonnables.

Où était la fille qui s'inquiétait de tout faire foirer ? Elle avait apparemment laissé place à celle qui découvrait pour la première fois un véritable lien émotionnel.

Je savais que c'était mal. J'avais déjà peur que les gens ne pigent, que mes camarades de classe ne voient, quand ils me regardaient, une fille qui faisait quelque chose qu'elle n'était absolument pas censée faire.

Mais je ne pouvais pas m'en empêcher.

Quitter l'appartement de Maxx fut bouleversant. J'avais vécu deux jours dans cette bulle confinée, oubliant tout ce qui existait au-dehors. Il était aisé d'oublier ces choses futiles qu'étaient les devoirs et les amis quand j'étais dans le monde de Maxx. Voilà la vitesse à laquelle il m'absorbait.

Mais je me pris la réalité en pleine figure lorsque je me rendis compte que, ce soir-là, je devrais faire face à Maxx dans un contexte totalement différent, un contexte certainement éprouvant, difficile et franchement gênant.

Le groupe de soutien.

Renée était là quand je rentrai de chez Maxx. Je lui avais envoyé des SMS les deux derniers jours pour lui expliquer que mon absence était liée aux cours. Elle ne m'avait pas posé de questions, trop occupée à remettre sa vie compliquée sur les rails à présent que Devon en était sorti.

Elle était contente de me voir, et je fus tentée de tout lui raconter : ce qui était arrivé à Maxx en boîte, pourquoi je n'étais pas rentrée depuis deux jours.

Autrefois, il y aurait eu de grandes chances pour que je le fasse. Mais, étant donné l'état fragile de notre amitié, l'idée de partager Maxx avec elle tout de suite me mettait mal à l'aise.

C'était nul de lui mentir, de la regarder dans les yeux et de lui raconter une histoire complètement fausse. Mais je n'avais pas tellement le choix.

Renée m'informa que Brooks était passé plusieurs fois, et que manifestement, il n'était pas très content. J'eus l'impression qu'elle avait envie de m'interroger sur le sujet, et je lui fus reconnaissante de n'en rien faire.

C'était une autre partie de mon histoire que je ne voulais pas partager avec Renée. Et je serais obligée d'affronter Brooks et sa désapprobation bien assez tôt.

Mon téléphone sonna alors que je traversais le campus en direction du bâtiment de psycho pour la réunion du groupe ce soir-là. Je fus surprise de voir le numéro de Kristie Hinkle sur l'écran.

— Allô ? dis-je après avoir décroché.

— Aubrey, je suis contente de vous avoir. Désolée de vous appeler si tard et juste avant le début de la séance, mais il va falloir que vous assumiez le rôle de conseillère principale ce soir.

Merde !

— Pourquoi ? demandai-je brutalement.

Mon impolitesse me fit grimacer, mais la nouvelle m'avait perturbée. Kristie toussa grassement.

— Je suis malade, répondit-elle simplement, mais le fait qu'elle expectore sa glaire me suffisait amplement comme réponse.

— On ne peut pas annuler ? demandai-je en espérant qu'elle serait assez fiévreuse pour accepter cette suggestion.

Affronter Maxx si tôt après tout ce qui s'était produit, et dans un contexte si compliqué, était la recette parfaite pour un désastre total.

On aurait pu espérer que je pourrais compter sur mes capacités à rester professionnelle et impassible. Mais, à la seconde même où j'avais suivi mes sentiments et laissé Maxx entrer dans ma vie, ces frontières joliment édifiées s'étaient envolées par la fenêtre avec une tendance suicidaire.

Je ne me faisais pas confiance… pas du tout.

Je n'étais pas sûre de pouvoir regarder Maxx en groupe de soutien sans voir le garçon qui était entré en force dans ma vie et dans mon cœur. Mes émotions étaient encore à vif, et j'étais toujours sous le choc de la prise de conscience que mes sentiments pour lui avaient considérablement changé.

Comment pourrais-je jamais le traiter comme tout le monde ? Parce qu'il ne faisait aucun doute qu'il n'était pas comme tout le monde.

J'étais une épave. Une énorme épave dans le genre « ma vie m'échappe ».

— Non, ce n'est pas envisageable. On ne peut pas interrompre l'avancement du groupe, surtout à ce stade. J'ai besoin que vous preniez les rênes ce soir, Aubrey. J'espère que vous avez parcouru le plan de séance, dit Kristie entre deux quintes de toux grasse.

Beurk.

— Euh… oui, je l'ai revu la semaine dernière, répondis-je en me raclant la gorge.

Je n'avais aucun moyen d'y échapper. *Prends sur toi, Aubrey, sois une grande fille.*

— Je pense que ça peut être une très bonne opportunité pour vous de gagner un temps d'animation non négligeable. À partir de ce soir, un autre étudiant en psychothérapie viendra observer les séances. Il pourra intervenir si nécessaire, dit Kristie.

Bla, bla, bla.

Puis, soudain, je compris ce qu'elle venait de dire.

— Un autre étudiant ? répétai-je.

Super, un nouveau témoin de mon abjecte humiliation.

— Le Pr Lowell m'a appelée tout à l'heure pour me dire que l'un de ses étudiants de dernière année a besoin de quelques heures d'observation en plus pour valider son diplôme et a demandé d'assister à un groupe de soutien pour le reste du semestre. Je n'ai pas encore eu l'occasion de le rencontrer, et j'ai noté son nom quelque part, mais c'est à mon bureau.

Manifestement, l'univers s'amusait à me faire chier. Sans m'en rendre compte, j'étais devenue la cible d'une bonne grosse blague cosmique. J'aurais dû savoir qui était ce fameux étudiant.

Lorsque j'entrai dans la salle de classe quelques minutes plus tard et que je trouvai Brooks en train d'installer les chaises, je ne pus que m'esclaffer de l'absurdité de ma vie.

— Qu'est-ce que tu fais là ? demandai-je en essayant de maîtriser mon fou rire presque hystérique.

Brooks leva la tête et m'adressa le regard disant « t'es vraiment cinglée » qu'il affectionnait tant.

— Kristie ne t'a pas appelée ? demanda-t-il froidement.

Son ton glacial mit le holà à mon amusement.

— C'est toi, l'étudiant de dernière année qui vient observer ? demandai-je bêtement.

— Manifestement, marmonna-t-il en détournant intentionnellement la tête.

La distance entre nous devenait désagréablement familière. Je commençais à m'habituer à son mépris et à sa déception dédaigneuse de plus en plus fréquente, et je n'aimais pas ça.

— Eh ben, euh… c'est génial, mentis-je.

Brooks posa violemment la dernière chaise sur le sol avant de se tourner vers moi.

— T'étais où pendant deux jours, Aubrey ? J'ai essayé de t'appeler. Je suis allé chez toi, mais Renée m'a dit que tu avais du travail.

Il mima des guillemets avec ses doigts. Il était vraiment, vraiment en colère.

— Ouais, si c'est comme ça que t'appelles ce junkie avec qui je t'ai vue samedi. Alors pourquoi tu ne me raconterais pas ce qu'il s'est passé ?

Brooks traversa la pièce pour se planter juste devant moi. Je ne m'étais jamais sentie intimidée par lui. Ce n'était pas dans sa nature d'être agressif. Mais, dans l'immédiat, j'avais envie de lui donner un coup de genou dans les couilles et de m'enfuir en courant. Je n'appréciai pas sa façon de me regarder, comme si je débarquais de la planète Je Prends Des Décisions Débiles.

— Euh…, balbutiai-je.

Mentir, mentir, mentir. C'était tout ce que je faisais ces temps-ci.

Brooks prit ma main dans la sienne, et son visage se radoucit.

— Aubrey, tu peux me parler, promit-il en me caressant le pouce.

J'ouvris la bouche, sans savoir ce qui allait en sortir.

Peut-être lui dirais-je toute la vérité, aussi infâme soit-elle. Peut-être garderais-je cette histoire de travail pour les cours.

Peut-être me mettrais-je à parler en langues mortes pendant que ma tête tournerait sur trois cent soixante degrés.

Quelqu'un s'éclaircit la gorge avant que je ne puisse le découvrir.

Je regardai par-dessus mon épaule : Maxx était appuyé contre le chambranle de la porte, les bras croisés. Nos regards se rencontrèrent, et l'air sembla s'embraser entre nous. Il avait l'air d'aller mieux. Les cernes noirs étaient moins marqués, et sa peau était moins cireuse.

Maxx baissa vivement les yeux sur ma main, toujours dans celle de Brooks, et je la retirai immédiatement. Je lançai un coup d'œil à Brooks, qui me regarda avec suspicion.

Maxx entra dans la pièce et s'assit à sa place habituelle, sans jamais me quitter des yeux. Mes joues et mon cou rougirent vivement, et je sus sans l'ombre d'un doute que la séance de ce soir serait une leçon d'esquive.

Brooks alla vers Maxx et lui tendit la main.

— Je suis Brooks. Je vais assister à la réunion, ce soir. Et tu es ?

Maxx regarda la main tendue de Brooks et me regarda de nouveau, ignorant totalement mon ami.

Le silence était assourdissant. Maxx n'avait pas l'intention de répondre.

— Je te présente Maxx Demelo, m'empressai-je de répondre.

Un rictus se forma sur les lèvres de Brooks. Il tourna le dos à Maxx. Son expression voulait tout dire. Il allait rendre ce moment aussi pénible et difficile que possible.

Fabuleux.

Heureusement, le reste du groupe arriva. Brooks fit le tour des membres pour se présenter, et je ne pus m'empêcher d'être impressionnée par la facilité avec laquelle il interagissait avec eux, y compris Evan et April. Brooks leur parlait, et ils répondaient tous avec bien moins de virulence que d'ordinaire. Bien sûr, c'était inné chez Brooks.

C'était inné d'être un foutu emmerdeur.

Une fois que tout le monde fut assis, je leur dis que Kristie était malade et que ce serait moi qui animerais la réunion. Twyla pouffa et leva les yeux au ciel, mais ce fut la seule réaction à laquelle j'eus droit. J'étais soulagée. Je ne m'étais pas attendue à une révolution, mais au moins aux conneries que réservaient les étudiants aux professeurs remplaçants.

J'entamai la discussion en parlant des étapes du processus de guérison. Je connaissais le sujet de A à Z.

Et tandis que ma bouche bougeait, que les mots se déversaient aisément, mon cerveau était engagé dans une bataille désespérée. Ma volonté faiblissait et menaçait de céder sous la force du regard de Maxx.

Ne regarde pas Maxx! ne cessais-je de me répéter, encore et encore.

Je tentai d'ignorer les fourmillements qui me parcoururent lorsque, quand je fis le tour du cercle pour distribuer les feuilles, mes doigts effleurèrent les siens comme par hasard.

J'échouai lamentablement.

— Ce soir, vous allez vous écrire une lettre à vous-mêmes. Je veux que vous pensiez à où vous serez dans six semaines, six mois, six ans. Parlez des défis qui s'imposeront à vous, mais aussi de vos réussites personnelles. Vous devez également inclure des messages positifs que votre vous du futur voudra entendre. Soyez honnêtes. Soyez réalistes, instruisis-je.

— Je peux avoir d'autres feuilles? demanda Maxx.

Je me raclai la gorge et répondis d'une voix à peine audible:

— Bien sûr.

Je lui tendis du papier, et, quand il le prit, ses doigts caressèrent intentionnellement la paume de ma main. Il s'attarda sur ma peau, ses yeux de braise rivés sur les miens. La pièce autour de nous disparut, nous étions seuls au monde.

— Aubrey, m'appela Brooks, me faisant revenir à la réalité.

Je retirai immédiatement ma main, comme si le contact m'avait brûlée.

Le visage de Maxx s'assombrit. Il regarda Brooks, qui nous observait tel un faucon. Maxx avait une expression meurtrière sur le visage.

— Je peux avoir du papier et un crayon ? demanda durement Brooks en haussant un sourcil.

Maxx ouvrit la bouche comme pour dire quelque chose, mais je me dépêchai de rejoindre Brooks pour ne pas lui en laisser le temps.

— Tiens, dis-je en fourrant des feuilles entre les mains de mon ami.

Brooks leva les yeux vers moi. Ils lançaient des éclairs.

— Merci, marmonna-t-il.

Je retournai m'asseoir et pris des notes absurdes dans mon carnet, faisant tout mon possible pour calmer les battements de mon cœur. Tout le monde était silencieux, on n'entendait que le grattement des crayons sur le papier.

J'observai Maxx aussi discrètement que possible, mais il semblait absorbé par sa lettre.

Une fois le temps écoulé, je distribuai des enveloppes et demandai à tous les membres du groupe de mettre leur lettre à l'intérieur et d'y inscrire leur adresse. Kristie m'avait expliqué qu'elle les posterait à l'issue de toutes les réunions pour qu'ils puissent les lire.

— C'est franchement débile, déclara Evan alors que je faisais le tour pour récolter les lettres.

Et voilà. J'aurais dû savoir que je ne pourrais pas aller au bout de la réunion sans que M. Charmant ne donne le fond de sa pensée sur quelque chose.

Je fis de mon mieux pour ne pas lever les yeux au ciel. Franchement. Mais j'avais du mal à me maîtriser.

— Pourquoi ça ? lui demandai-je platement, et je sus que je l'avais énervé.

— Comme si une lettre allait changer quoi que ce soit à nos vies. Ces conneries de psy vont rien y faire. Il faut vraiment que vous dégagiez et que vous vous occupiez de votre cul, bande de prudes qui aimez nous faire la leçon et nous dire ce qu'on doit faire ou ne pas faire, cracha-t-il.

Je sentis mon visage brûler en entendant d'autres membres acquiescer.

Je tendis la main pour prendre la lettre d'Evan, refusant de m'embarquer dans cette discussion avec lui. *Respire, Aubrey. Retiens-toi. Ignore-le.* Je répétai ces phrases apaisantes en boucle dans mon esprit.

Je savais qu'Evan voulait provoquer une réaction. Il cherchait l'affrontement. Et je ne lui donnerais pas ce plaisir, même si je mourais d'envie de faire quelques commentaires de choix et bien fleuris.

Evan me lança un regard noir, faisant cliqueter l'anneau à sa langue contre ses dents du bas.

— Hors de question que je te la donne, fit-il rageusement.

Le regard d'April passa nerveusement de son petit ami à moi.

Je laissai retomber ma main.

— C'est ton choix, dis-je doucement en avançant pour prendre la lettre de la personne suivante.

— Hors de question que tu prennes la lettre de qui que ce soit, annonça-t-il en se levant.

Evan se dressa de toute sa hauteur, essayant visiblement de se rendre plus intimidant.

D'accord, il était peut-être un peu intimidant, surtout que personne ne semblait pressé d'intervenir. *Merci beaucoup, les gars.*

— Ce n'est pas à toi de décider, Evan, répondis-je prudemment en croisant son regard.

Il était important de ne pas montrer de faiblesse, de ne pas lui laisser voir qu'il m'inquiétait, même si c'était le cas. Il me faisait peur. Il avait décidément l'attitude d'un désaxé.

Evan fit tomber les lettres de ma main et les envoya loin de moi d'un coup de pied.

— C'est que des conneries ! grogna-t-il.

Brooks se leva et fut à mon côté en un éclair. Il leva la main pour calmer Evan.

— Prenons un instant pour nous calmer, Evan, dit-il sur un ton apaisant, convoquant ces incroyables talents de conseiller qu'il avait développés au cours des quatre dernières années.

Eh bien, apparemment, les mots « nous calmer » eurent l'effet inverse sur Evan, qui donna un coup de pied dans sa chaise, l'envoyant valser au sol avec fracas. Ça commençait à dégénérer. Evan avait les yeux qui lui sortaient de la tête. Maintenant que je les observais de plus près, il était évident qu'April et lui avaient tous les deux pris de la drogue avant de venir.

Employer raison et logique serait donc inutile.

— Evan, je pense qu'il est temps que tu partes, dit Brooks d'un ton ferme en avançant lentement vers M. Je Vais Vous Défoncer La Gueule.

April tenta de poser la main sur le bras de son copain, mais il la repoussa si brutalement qu'elle tomba en arrière. Le reste du groupe s'écarta lentement. *Bande de lâches.*

— Je pars quand je suis prêt à partir, bordel! hurla Evan en postillonnant.

On aurait dit un dément. Il semblait prêt à faire de sacrés dégâts... sur le visage de Brooks et le mien.

Il avança d'un pas vers moi, l'air menaçant, et je ne pus m'empêcher de reculer. Ça m'était égal de faire preuve de faiblesse, d'annoncer à l'assemblée tout entière que ce type me fichait la trouille. Mon instinct de survie prenait le relais, et le besoin de m'éloigner de lui l'emportait sur tout le reste.

Avant qu'Evan ne puisse encore avancer vers moi, Maxx l'attrapa par le col et le plaqua contre le mur. Il pressa son avant-bras contre sa gorge et se pencha en avant, une expression si terrifiante sur le visage qu'Evan cessa aussitôt de se débattre.

— Tu ne lui parles plus jamais comme ça! hurla Maxx en appuyant plus fort sur la gorge d'Evan, le faisait suffoquer. Tu m'entends, tas de merde ? Si tu poses la main sur elle, je te tue ! menaça-t-il.

Evan tressaillit. Visiblement, il n'avait plus du tout envie de se battre. April sanglotait sur sa chaise, et les autres membres du groupe contemplaient la scène, bouche bée, sous le choc.

Brooks tira Maxx par le bras.

— Lâche-le, Maxx ! Tout de suite ! s'écria-t-il.

Mais Maxx était tel un mur de pierre, ses yeux assassins toujours rivés sur Evan, et il n'adressa pas même un regard à Brooks.

— Va présenter tes excuses à Aubrey. Tout de suite. Sinon, tu vas cracher des dents pendant une semaine ! dit Maxx d'une voix grave et glaciale.

Il pressa son bras plus fort contre la gorge d'Evan, dont le visage vira au bleu.

Brooks tira de nouveau sur le bras de Maxx, qui accepta enfin de lâcher Evan. Le jeune homme avala une grande goulée d'air avant de se tourner vers moi.

— Je suis désolé, s'excusa-t-il d'une voix éraillée en se frottant la gorge.

Je ne pus que hocher la tête, aussi choquée par la transformation en Musclor de Maxx que le reste du groupe. Evan attrapa la main d'April et ils quittèrent la salle au pas de course.

Brooks dit quelque chose à Maxx, mais celui-ci le dépassa et marcha droit vers moi. Il me prit les mains et les porta à sa bouche. Il ne les embrassa pas, se contentant de les tenir contre ses lèvres en fermant les yeux pour se reprendre.

La pièce était mortellement inerte, tout le monde nous regardait. Ce n'était pas bien. Il fallait vraiment que j'y mette fin. Mais j'étais incapable de bouger. J'étais prise au piège par le besoin écrasant et fébrile qui s'était libéré en moi dès que Maxx m'avait touchée.

Il finit par ouvrir les yeux et rabaissa nos mains.

— Tu vas bien ? me demanda-t-il calmement.

J'opinai du chef, incapable de faire quoi que ce soit d'autre, ni même de respirer correctement. L'intensité de son regard était troublante, mais je ne rêvais que de jeter mes bras autour de son cou et de le serrer contre moi.

Il ouvrit lentement ses mains pour libérer les miennes, qui retombèrent mollement le long de mon corps. Nous étions si proches l'un de l'autre que nos poitrines se touchaient. Il leva la main pour me caresser la joue mais s'arrêta avant de me toucher.

Puis, sans un mot, il recula et quitta la pièce.

Pendant un moment interminable, personne ne bougea, puis ce fut comme si tout le monde se précipitait vers la porte en même temps. Je voulus faire une annonce pour la réunion de la semaine suivante, mais je restai muette. Brooks dut reprendre les rênes.

Je restai immobile, abasourdie après ce qu'il venait de se passer, choquée que Maxx ait clairement fait comprendre à tout le monde qu'il se passait quelque chose entre nous, quelque chose qui pourrait nous attirer beaucoup d'ennuis à tous les deux.

Une fois la salle vide, Brooks claqua la porte et se retourna brusquement pour me faire face.

— J'y crois pas, Aubrey ! T'es stupide ou quoi ? lança-t-il, odieux.

Je tressaillis, mais ne dis rien. Je ne pouvais pas nier, et pourtant j'étais incapable d'avouer à haute voix. La culpabilité m'avait rendue muette.

Brooks replia les chaises en métal, visiblement furieux, et les poussa contre le mur. Je me repris comme je pouvais et ramassai les papiers qu'Evan avait dispersés au sol.

— Tu vas gâcher toutes tes chances de devenir conseillère. C'est le premier truc qu'on apprend, Aubrey ! Ne pas entamer de relation avec un patient ! Je n'arrive pas à croire que tu sois aussi inconsciente. Et pour ce mec ? Sérieux ? hurla Brooks.

Mais ma colère s'éleva soudain. Je ne supporterais pas sa réprobation moralisatrice une seconde de plus.

— Tu crois que je ne sais pas tout ça ?

Ma respiration était lourde, rapide. Brooks avait enfoncé ses mains dans ses poches comme pour se retenir de me tordre le cou.

— Je ne peux pas expliquer comment c'est arrivé. Je ne le voulais pas ! implorai-je.

— Tu admets donc qu'il s'est effectivement passé quelque chose ? demanda Brooks, l'air peiné.

Je savais que je n'avais pas le droit d'être en colère. Brooks ne faisait que veiller sur moi, comme n'importe quel ami.

— Pas encore. Pas vraiment, soupirai-je doucement.

— Alors tu as encore le temps d'y mettre un terme, avant de ne plus pouvoir revenir en arrière. Tu te feras éjecter de la formation de psy, Aubrey. C'est une grave violation de déontologie, soutint Brooks, dont la colère s'estompait.

Ses épaules s'affaissèrent.

— Je ne peux pas, Brooks, soufflai-je dans un murmure étouffé.

La bouche de Brooks se pinça de frustration.

— Pourquoi pas ? Pourquoi lui ? me demanda-t-il.

Je secouai la tête et pressai mes doigts contre mes tempes pour essayer de chasser la migraine qui commençait à me lancer.

Comment pourrais-je expliquer à Brooks que je ne pouvais pas abandonner Maxx ? Que je voyais chez cet homme désespéré quelque chose qui me donnait envie de l'aider ? Que je savais que quelque chose de grand, de beau, se cachait sous la surface, quelque chose que moi seule pouvais voir ? Que mon cœur, mon âme le désiraient comme jamais je n'avais désiré auparavant ?

C'était ridicule. Illogique. Hormonal. Ces pensées me faisaient passer pour une idiote, et peut-être que c'était exactement ce que j'étais.

Tout ce que je savais, c'était qu'il avait besoin de moi. Et que moi, j'avais besoin de lui. Que nous pouvions nous guérir l'un l'autre.

Comment pouvais-je tourner le dos à ça ?

Alors je ne dis rien. Je laissai Brooks tirer ses propres conclusions. Le silence se prolongea entre nous, et mon ami finit par soupirer tristement.

— Je ne peux pas rester là et te regarder tout gâcher comme ça, dit-il dans un ultime effort pour me faire entendre raison.

Mais je savais pertinemment que mes sentiments pour Maxx n'étaient pas raisonnables.

— Alors ne regarde pas, murmurai-je en rassemblant mes affaires, laissant Brooks seul avec sa déception dans les vestiges croulants de notre amitié.

Je m'empressai de rejoindre ma voiture, la tête baissée, essuyant les larmes qui roulaient sur mes joues.

— Aubrey.

Je levai la tête. Le vent fouettait mes cheveux, obscurcissant ma vue. Maxx se tenait dans l'ombre. Il n'était reconnaissable qu'à l'inclinaison de ses épaules et à sa tête pleine de boucles blondes, découverte dans l'air frais.

Mais, dorénavant, je le reconnaîtrais n'importe où.

Je m'approchai de lui, comme tirée par un câble invisible. Il vint à ma rencontre, bras tendus. Je m'immobilisai et regardai autour de moi, craignant d'être vue.

Maxx remarqua mon hésitation.

— Qu'y a-t-il ? demanda-t-il.

Je posai ma main sur son bras, résistant à l'envie de me jeter contre lui.

— C'est juste qu'il faut qu'on fasse attention, Maxx. Tu ne peux pas me toucher en public. Ce qu'il s'est passé ce soir à la réunion, bien que j'apprécie, c'était trop. Les gens vont penser qu'il se passe quelque chose entre nous, lui reprochai-je gentiment.

Maxx fronça les sourcils et pinça les lèvres.

— Eh bien, il se passe quelque chose. Non ? demanda-t-il en reculant d'un pas, la voix rauque, les yeux voilés.

Je sentis l'impact de mon rejet sur lui. Il s'éloignait car il se préparait à souffrir. Faisant fi de tout bon sens, je l'attrapai et l'attirai vers moi avant de prendre son visage entre mes mains.

— Il se passe tant de choses que ça me fait peur, Maxx. Ça, dis-je en montrant l'espace entre nous, ça pourrait nous attirer beaucoup d'ennuis. Tu es dans le groupe de soutien que je co-anime. Je pourrais me faire virer de la formation. C'est aussi une violation de ta liberté conditionnelle. Il faut qu'on pense aux conséquences, raisonnai-je.

Comme irrité par ma supplique, Maxx attrapa mon visage et pressa brutalement sa bouche sur la mienne, sa langue écartant mes lèvres, envahissant les moindres recoins de ma bouche. Il me détroussait et me dévorait sans attendre mon accord. Il n'était pas question de moi. Ce baiser ne concernait que lui. Il s'écarta avant que je ne puisse réagir.

— J'en ai rien à foutre des conséquences, Aubrey, m'avertit-il, ses yeux brillant dans l'obscurité.

Mon cœur battait à tout rompre. Maxx n'en faisait qu'à sa tête. Il n'y avait aucun moyen de contrôler ou de dicter sa façon de gérer la situation dans laquelle nous nous trouvions.

Quand il ressentait, il réagissait.

Quand il pensait, il agissait.

Comment ne pas m'attendre à ce que cela m'explose au visage ?

Plus surprenant encore, une partie de moi s'en fichait complètement. Pourquoi étais-je aux anges en voyant l'intensité de son regard, quelles que soient les conséquences ? Pourquoi me cambrais-je pour me rapprocher de lui alors que nous étions dans un coin sombre du campus où n'importe qui pourrait nous voir ?

— Rentre avec moi, murmura Maxx en baissant la tête, frottant son nez contre mon oreille.

Je frissonnai, et ça n'avait rien à voir avec le froid.

— S'il te plaît, chuchota-t-il dans mon cou.

— Il faut qu'on fasse attention, dis-je avec prudence avant que ma présence d'esprit ne me quitte totalement.

Maxx ne répondit pas. Il n'apaisa pas mes craintes. Il ne me réconforta pas, ne me calma pas. Au lieu de cela, il m'attira dans le noir et m'y dévora. Et j'étais heureuse de le suivre.

Et plus tard, à son appartement, alors qu'il me déshabillait lentement, avec respect, je me convainquis que le choix d'être avec lui était le seul qui vaille la peine.

Maxx embrassa chaque parcelle de mon corps, écartant mes cuisses de ses mains puissantes et jouant de sa langue et de ses lèvres sur mes parties les plus intimes.

Je m'étais complètement donnée à lui, j'avais mis mon cœur et mon âme à nu.

Je le regardai se déshabiller puis me couvrir de son corps pour se positionner entre mes jambes.

J'avais encore une infime réticence dans mon esprit. J'avais peur que cette étape ne soit une étape que je ne devrais pas franchir. Peur que faire l'amour avec Maxx ne soit un engagement définitif. Que je lui appartienne ensuite.

Et je n'étais pas certaine de pouvoir me tirer intacte de sa possessivité.

Mais Maxx m'embrassa fougueusement, et toute résistance s'envola.

Je passai mes bras autour de lui, mes jambes autour de ses hanches. Il me pénétra lentement, nous liant l'un à l'autre.

Je retenais ma respiration, il gémissait. Je bougeais, il tenait bon. Il allait aussi loin que mon corps le lui permettait. Nos deux corps s'accordaient, s'unissaient à la perfection.

Maxx me murmura des sottises romantiques à l'oreille tout en allant et venant en moi.

— Je t'ai attendue toute ma vie.

Il embrassa la peau sensible de mon cou sous l'oreille.

Je ne pouvais rien dire. Je ne voulais pas faire de promesses ou de déclarations que nous ne pourrions pas tenir.

Maxx planta ses doigts dans ma cuisse pour la faire passer par-dessus sa hanche. Il posa sa main sur ma fesse et me regarda, ses yeux sombres emplis d'une tendresse qui me coupa le souffle.

— Voilà ce que je veux, pour toujours, murmura-t-il.

Puis sa voix se coinça dans sa gorge alors qu'il bougeait les hanches pour me pénétrer pleinement. Je me calai sur son rythme, ses mots désespérés résonnant dans mes oreilles tandis que nous atteignions l'orgasme.

Il était impossible qu'il éprouve déjà ces sentiments. Pas encore. Je n'étais pas certaine d'être prête pour ses envies d'éternité.

Pourtant, c'était ce que je voulais le plus au monde.

Et, dans l'obscurité torride, je ne pouvais nier que, moi aussi, je ressentais ces vérités passionnées.

21

Aubrey

Le lendemain matin, je me réveillai au bord de la crise de nerfs. Je clignai des yeux dans la pénombre pour tenter de voir où j'étais. Mon cerveau ne comprenait pas pourquoi je n'étais pas chez moi, dans mon lit, entourée de mes affaires.

Puis des bras m'enserrèrent, des lèvres effleurèrent ma nuque, et je me figeai. Ah, merde ! Je me rappelais maintenant.

J'avais couché avec Maxx Demelo.

Les mots qu'il avait prononcés la nuit précédente me revinrent à l'esprit, encore ensommeillé. Me voulait-il vraiment pour toujours ? Ou l'avait-il dit seulement dans le feu de l'action ?

Ma poitrine se serra lorsque je me souvins de son expression quand il m'avait regardée, les yeux doux et emplis d'un besoin que je ressentais aussi intensément.

Mais, dans l'immédiat, j'avais besoin d'aller aux toilettes.

Je me tortillai contre Maxx. Ma vessie était pleine à craquer, mais il ne semblait pas prêt à me lâcher de sitôt.

Je me retournai, pensant pouvoir me glisser sous ses bras pour m'échapper. Mais à présent que j'étais face à lui et que je voyais ses yeux fermés et son visage endormi étonnamment jeune, je ne voulais plus bouger.

J'aimais le voir ainsi, sans son assurance prétentieuse ou sa triste vulnérabilité. Les deux me brisaient le cœur. Cependant, tranquille dans son sommeil, il paraissait content.

Un sourire se dessina sur ses lèvres.

— Je sais que tu me regardes, marmonna-t-il.

Je levai les yeux au ciel.

— Il faut vraiment que j'aille aux toilettes, mais je suis un peu plaquée au matelas, là, fis-je sèchement remarquer en me remettant à gigoter.

Dans un mouvement fluide, Maxx ouvrit les yeux et me fit rouler sur le dos, ses hanches se plaçant entre mes jambes et s'alignant parfaitement avec moi. N'ayant pas pris la peine de nous habiller cette nuit-là, nous étions nus. Mon corps répondit instantanément à sa proximité.

— J'aime me réveiller à côté de toi, murmura Maxx avec un sourire en me pénétrant de quelques centimètres.

Ma respiration devint superficielle, et un désir dévorant me noua l'estomac.

— Oh, mon Dieu ! gémis-je lorsque Maxx pénétra davantage en moi.

Je me cambrai, poussant ma poitrine en avant, et Maxx prit mon sein dans sa bouche, faisant tournoyer sa langue autour de mon téton pointu et brûlant.

Il ne m'avait pas encore totalement pénétrée, et j'étais dans tous mes états. Je lui plantai mes talons dans les fesses pour essayer de le pousser en avant, mais il me résistait, riant contre ma poitrine.

Puis, alors que je pensais qu'il allait céder, il se retira et roula sur le côté pour se laisser retomber sur le matelas. Je m'assis, incrédule, le cœur battant la chamade, la tête embrouillée par cet orgasme insatisfait.

— Qu'est-ce que tu fous ? demandai-je en lui lançant un regard noir.

Maxx s'allongea tranquillement, les bras croisés derrière la tête, et me sourit comme un dément.

— Va aux toilettes, fais tes trucs de fille. Je serai là quand tu reviendras, me taquina-t-il en me décochant un clin d'œil espiègle.

Je me levai en faisant la tête et allai dans la salle de bains. M'éloigner du corps de Maxx me permit d'avoir les idées plus claires, et je pus réfléchir plus rationnellement à la situation dans laquelle je me trouvais.

Je repensai à ce qu'il s'était passé la veille pendant la réunion, et cela me glaça le sang. Nous avions été inconscients et franchement imprudents. Ce n'était qu'une question de temps avant que Kristie, puis le Pr Lowell et le reste du département de psychologie de l'université l'apprennent.

Il était impossible de justifier l'attitude de Maxx et mon incapacité à réagir convenablement en sa présence. Ce que nous ressentions l'un pour l'autre était plus qu'évident. Mon pire cauchemar était devenu réalité.

Mais je devenais vite accro à lui.

Je ne voulais que lui.

Je respirai profondément avant de retourner dans la chambre. Il faisait encore noir dehors. Je n'avais aucune idée de l'heure. Il était trop tôt pour être debout, mais je n'étais plus fatiguée.

Voir Maxx allongé sur le lit en train de m'attendre me remplit d'une joie intense que je ne pouvais plus confondre avec un simple désir sexuel. C'était beaucoup plus puissant que ça.

Je me glissai contre lui, l'enlaçant sous les couvertures, la jambe enroulée autour de sa hanche, le bras posé sur son torse. Je blottis ma tête sous son menton, et il me serra contre lui.

C'était fou comme Maxx pouvait me faire perdre complètement la tête de désir, et aussitôt après me bercer dans un état de relaxation parfaite dans ses bras. Les émotions luttaient en permanence les unes contre les autres, mais je ressentais chacune profondément. Et la lutte m'affaiblissait, j'étais sur le point de perdre le contrôle.

L'attrait était le même que lorsque j'étais allée à *Compulsion*. L'opportunité de m'abandonner et d'embrasser une facette de moi-même qui avait été latente quasiment toute ma vie.

Les doigts de Maxx allaient et venaient sur mon bras, un geste apaisant qui rendait mes paupières lourdes. Néanmoins, lorsqu'il prit la parole, je n'eus plus du tout envie de m'endormir.

— Merci, murmura-t-il en m'embrassant sur le sommet du crâne.

— Pour quoi ? demandai-je en posant mon menton sur son torse.

Son visage était sombre dans l'obscurité, rappel sinistre de la personne qu'il était une partie du temps. Mon homme mystère, la personne avec laquelle je n'étais pas certaine de me réconcilier.

— Merci d'être là avec moi. De ne pas m'avoir laissé l'autre nuit après ce qu'il s'est passé en boîte. D'être restée même quand ça a mal tourné.

Sa voix se brisa, et il se racla la gorge, puis me sourit d'un air penaud. Il se pencha pour m'embrasser sur le bout du nez.

— Merci d'être qui tu es, conclut-il en prenant ma tête au creux de sa main pour tourner mon visage vers le sien.

Il captura ma bouche dans un baiser torride, et je ne pus que fondre en lui. Voilà le pouvoir qu'il avait sur moi. Un pouvoir total et absolu. J'étais impuissante, incapable de lui résister.

Je sentais le battement de son cœur sous ma paume, fort et régulier. Jusqu'à présent, il ne présentait aucun signe de manque. J'espérais seulement que cela ne voulait pas dire qu'il s'était déjà shooté avant que je me réveille. Je mourais d'envie de le savoir, mais j'avais peur de gâcher cet instant avec des questions qui ne feraient que le rendre furieux.

Je le laissai m'embrasser jusqu'à ce que nous soyons tous les deux à bout de souffle. Il me tira sur lui de façon à ce que je le chevauche. Mon désir était éveillé. Je ne pus m'empêcher de me frotter contre lui, et je souris en l'entendant gémir, un son rauque et grave.

— Passe la journée avec moi, demanda Maxx avec un sourire qui se transforma vite en gémissement alors que je me frottais de nouveau contre lui.

Je me redressai et me positionnai au-dessus de lui. Lentement, intentionnellement, je descendis jusqu'à ce qu'il me pénètre totalement. Ce qui nous fit gémir haut et fort tous les deux.

— J'ai cours. J'ai une dissertation à écrire. Tu n'as pas des devoirs ? demandai-je entre deux soupirs.

Maxx me saisit les hanches et me fit bouger sur lui, me guidant tout en balançant son bassin vers l'avant. Puis il me renversa pour que je me retrouve sous lui, et il caressa mon visage en ralentissant la cadence.

— Juste pour aujourd'hui, supplia-t-il.

J'entrepris de secouer la tête, mais il m'embrassa longuement, fougueusement.

— Pas de cours, pas de travail. Juste toi. Juste moi. Juste nous, ensemble, m'implora Maxx en rythme avec notre cadence effrénée.

— Oui, fut tout ce que je pus dire, le dos cambré, mes ongles s'enfonçant dans ses épaules.

Je jouis avec une puissance qui me stupéfia. Puis il jouit à son tour. Ensuite, nous restâmes simplement allongés, immobiles, essayant de contrôler notre respiration, attendant que nos cœurs ralentissent.

Nos corps étaient trempés de sueur et, en temps normal, la façon dont nos peaux collaient l'une contre l'autre m'aurait dégoûtée, mais, étrangement, cela ne me dérangea pas. J'avais la main posée dans un truc mouillé, mais tout ce que j'avais en tête, c'était à quel point c'était agréable d'être allongée tout contre lui, encore intimement liée à lui.

Maxx fit glisser sa main le long de mon dos et me donna une tape sur les fesses.

— Je vais aller préparer le petit déjeuner. Je meurs de faim !

J'aurais aimé que son énergie soit contagieuse, mais je me sentais léthargique, paresseuse, et je n'avais absolument pas faim.

Mais je le laissai me tirer hors du lit puis dans le couloir tandis qu'il allumait toutes les lumières de son minuscule appartement.

— Assieds-toi, je vais tout préparer, m'ordonna Maxx en s'agitant autour de moi.

Il était si heureux. Et c'était très flatteur de me dire que j'étais certainement responsable du sourire qui dansait sur ses lèvres.

Nous étions encore tous les deux nus, et je commençai à me sentir mal à l'aise. Je n'étais pas du genre à traîner à poil. Pour moi, la nudité se limitait à la douche et au changement de fringues. Je tirai un coussin du canapé devant ma poitrine, mais Maxx l'attrapa et le jeta par terre.

Il tomba à genoux et passa ses bras autour de ma taille, puis il leva la tête vers moi et me regarda.

— Ne te couvre jamais devant moi. J'ai besoin de te voir, murmura-t-il en m'écartant les cuisses.

J'étais totalement exposée. Cela me mettait mal à l'aise, mais c'était aussi extrêmement érotique.

— Tout entière, poursuivit-il en frottant son nez le long de ma cuisse.

Je sentis son souffle chaud sur mon sexe et je frissonnai, trop excitée pour être gênée par l'effet indéniable qu'il avait sur mon corps.

Il se mit sur ses talons, ses doigts agrippant toujours la chair au-dessus de mes genoux, et il me regarda comme si j'étais la chose la plus belle de l'univers. Il faisait vraiment du bien à mon ego.

— Reste ici, comme ça, m'ordonna-t-il avant de bondir sur ses pieds.

Je restai assise un moment sur le canapé, un peu gênée, avant d'aller à l'encontre de ses souhaits et de replier les jambes sur le canapé, mais sans me couvrir, en dépit de ce que mon instinct exigeait. Je n'étais pas sûre de pouvoir prendre cette habitude. C'était trop bizarre.

Maxx revint seulement quelques minutes plus tard avec deux assiettes. Il me tendit la mienne et s'assit à côté de moi, aussi près que possible.

Je baissai les yeux et éclatai de rire. Maxx sourit timidement.

— Je n'ai pas grand-chose à manger, désolé, balbutia-t-il.

Je pris un rouleau de réglisse et le fourrai dans ma bouche avant de prendre une poignée de Doritos. Pas le petit déjeuner le plus nourrissant du monde, mais certainement l'un des plus intéressants.

Je progressai dans ma sélection de cochonneries en me disant que c'était probablement le meilleur repas de ma vie.

Quand j'eus fini, j'étais rassasiée, un peu écœurée par la quantité excessive de sucre et de glucides aussi tôt dans la journée, mais tout à fait satisfaite.

Maxx prit la télécommande.

— T'aimes quoi ? demanda-t-il en allumant la télévision.

Je le regardai d'un air ahuri.

— On peut regarder Bob Ross peindre des arbres, ou…

Il zappa sur plusieurs chaînes avant de s'arrêter sur une émission de stylisme que j'avais déjà vue plusieurs fois.

— C'est quoi, cette merde ? demanda-t-il en fronçant les sourcils.

Je lui piquai la télécommande et montai le son.

— Il est évident que tu as besoin de découvrir la diva qui se cache en toi, Maxx, plaisantai-je en me laissant retomber dans le canapé.

Nous regardâmes l'émission quelques minutes avant que Maxx n'en puisse plus. Il se tourna vers moi et attrapa la télécommande pour couper le son, puis me hissa sur ses genoux.

— On s'en fout de la télé, parle-moi de toi, dit-il en repoussant mes longs cheveux derrière mes épaules. J'adore tes cheveux, dit-il doucement en faisant glisser des mèches entre ses doigts. Ils sont si doux. « Qui connaît son sourire a connu le parfait. / Elle fait de la grâce avec rien, elle fait / Tenir tout le divin dans un geste quelconque[1] », murmura-t-il.

La caresse de ses doigts m'apaisait, me plongeait dans un bien-être et un calme des plus agréables. Je le regardai, les paupières lourdes.

---

1. Edmond Rostand, *Cyrano de Bergerac*, acte I, scène 5.

— Pourquoi les citations ? demandai-je en me blottissant contre lui. Tu cites souvent des œuvres.

Maxx sourit, une expression douce sur le visage.

— Parfois, les mots dans mon cœur ont déjà été écrits par quelqu'un qui les exprime bien mieux que je ne le pourrai jamais.

Je caressai ses lèvres du bout du doigt. Il ouvrit la bouche et me mordilla gentiment.

— En tout cas, le truc du mec sensible, c'est super canon.

Je souris. Maxx leva les yeux au ciel et me pinça les hanches. Je ne pus me retenir de me tortiller.

— Arrête de changer de sujet, ordonna-t-il. Je suis en mission de découverte, là.

Il me décocha un clin d'œil et se remit à passer ses doigts dans mes cheveux.

— Plat préféré ? s'enquit-il.

— Fettucine Alfredo et pain à l'ail, répondis-je.

Maxx hocha la tête.

— Noté. Couleur préférée ?

— Le orange, répondis-je.

— Le orange ? fit Maxx en haussant un sourcil. Pas un truc de fille comme le rose vif ?

Je lui tirai la langue, et il éclata de rire.

— Non. C'est impossible d'être de mauvaise humeur quand tu portes de l'orange, répliquai-je.

Maxx se tapota la tempe.

— Compris. Très bien. Fleurs préférées ?

— Pourquoi toutes ces questions ? demandai-je.

— Je veux tout connaître de toi. Et ce sera toujours utile plus tard de savoir comment te caresser dans le sens du poil, plaisanta-t-il en tirant sur mes hanches de telle sorte que je me retrouvai plaquée contre lui.

Je levai les yeux au ciel, mais ne pus m'empêcher de sourire.

— Je ne suis pas très fleurs, en réalité, répondis-je avant de me pencher en avant pour poser mes lèvres contre son oreille. Mais si tu veux m'émoustiller, achète-moi du chocolat. Je ferais n'importe quoi pour du chocolat.

Maxx laissa échapper un petit rire, mais je le sentis se durcir contre moi.

— Il faut du chocolat pour que t'enlèves le bas. C'est bon à savoir.

Je me frottai contre lui et l'embrassai dans le cou.

— Au cas où tu ne l'aurais pas remarqué, Maxx, j'ai déjà enlevé le bas.

Maxx me saisit les fesses à pleines mains et me fit bouger en rythme contre lui.

— Oh, j'avais vu…, dit-il, sa voix se brisant alors qu'il accélérait la cadence.

Puis on cessa de parler pendant un moment.

Des heures plus tard, lorsque nous remontâmes enfin à la surface, Maxx insista pour que je me douche et que je m'habille.

— Prends ton temps, dit-il, puis il m'embrassa.

Je fronçai les sourcils.

— D'accord, répondis-je en allant dans la salle de bains, un peu perplexe.

J'en ressortis trente minutes plus tard, habillée et avec la sensation d'être un peu plus humaine. Maxx s'était habillé également et il se tenait dans le salon, un large sourire aux lèvres.

J'avançai pour le rejoindre et m'arrêtai net. Sur la table basse étaient posées plusieurs boîtes de chocolats. Il avait acheté des assortiments de tous types. À côté, dans un vase, se trouvait un bouquet de lys orange. Et il avait un sac de courses à la main.

— Qu'est-ce que c'est que tout ça ? demandai-je, bêtement touchée par sa gentillesse.

Qui aurait cru que Maxx Demelo pouvait être aussi romantique ?

Il semblait tout joyeux.

— Je n'ai jamais été le petit ami de personne, mais je veux faire ça bien, Aubrey.

Il me tendit le sac de courses. Je le pris et regardai à l'intérieur.

— Je vais te préparer des Fettucine Alfredo pour le déjeuner. Je ne sais pas cuisiner, mais j'imagine que je suis capable de suivre une recette.

Il m'embrassa vivement sur la bouche, les yeux brillants.

Nous passâmes le reste de la matinée dans les bras l'un de l'autre tandis que Maxx poursuivait sa version personnelle du portrait chinois. Quand il en avait marre de m'interroger, il me dévorait. Nous étions incapables de cesser de nous toucher ou de nous goûter l'un l'autre.

Jamais je n'avais été aussi attirée par quelqu'un physiquement et émotionnellement. J'avais essayé les relations monogames par le passé, et ça n'avait jamais bien fini. Arrivée à un certain point dans la relation, j'avais toujours instinctivement battu en retraite, incapable d'aller plus loin.

Mais c'était différent avec Maxx. Peut-être parce que je savais qu'il avait besoin de ce lien autant que moi. Observer Maxx était comme contempler une version plus sombre et plus tourmentée de moi-même. Il était si renfermé, si seul, comme je l'avais été ces trois dernières années. Et en lui donnant de minuscules fragments de moi-même, j'espérais nous sortir tous les deux de notre solitude.

Par moments, mon bon sens essayait de reprendre le dessus, et je me demandais ce que cela signifierait vraiment de m'ouvrir à lui. Puis je pensais à ce qui m'attendrait quand je quitterais la sécurité de l'appartement de Maxx. L'incertitude me paralysait.

— À quoi tu penses ? me demanda Maxx.

En réalité, je pensais peut-être un peu trop à mon éventuelle suspension, à ma carrière ruinée, à un avenir universitaire avorté, à mes amis furieux contre moi à vie.

Je m'efforçai de sourire.

— À rien, mentis-je.

Maxx fronça les sourcils, hésitant manifestement à me croire. Je me redressai sur les genoux et déposai un baiser sur sa bouche. Il pressa aussitôt ses lèvres contre les miennes.

Je m'écartai et liai mes doigts aux siens.

— Tu sais tout de moi. J'aimerais en savoir plus sur toi.

Maxx se crispa légèrement avant de m'adresser un sourire éblouissant.

— Tu sais déjà tout, Aubrey, dit-il en me tirant vers lui.

Il m'attrapa par la nuque plutôt violemment et inclina ma tête sur le côté pour me mordiller le cou.

— Je ne te crois pas, rétorquai-je en m'écartant de nouveau.

Je savais qu'il se passait plein de choses dans la vie de Maxx. Bien plus que ce qu'il m'avait révélé jusqu'à présent.

— Je te jure, il n'y a rien à savoir que tu ne saches pas encore. Je t'ai parlé de mes parents, de Landon et de mon oncle. J'en ai jamais raconté autant à personne. Il n'y a rien de plus à dire, dit-il en m'embrassant sur le bout du nez.

J'ouvrais la bouche pour insister lorsque son téléphone sonna.

Il regarda l'écran et fronça les sourcils, mais répondit immédiatement.

— Tout va bien, Landon ? demanda-t-il.

La transformation de Maxx lorsqu'il parlait à son frère était fascinante. Il devenait littéralement quelqu'un d'autre. Il avait une voix calme, posée, chaleureuse.

Ses yeux se posèrent sur moi.

— Je ne crois pas, mon pote. Pas aujourd'hui.

— …

— J'ai des choses de prévues.

— …

— Oui, Landon, avec une fille.

— …

— Oh, ça va, la ferme !

Je ricanai. Même si je n'entendais qu'un côté de la conversation, il était évident qu'il se faisait chambrer par son petit frère. Je ne connaissais pas Landon, mais je l'adorais déjà.

Maxx grimaça.

— Ce n'est probablement pas une bonne idée. Je peux passer dans la semaine.

Je posai ma main sur le bras de Maxx pour l'interrompre. Il baissa les yeux sur mes doigts enroulés autour de son poignet puis les releva vers moi.

— Je peux t'accompagner, proposai-je en espérant qu'il accepterait mon offre.

Maxx écarta son téléphone de son visage.

— Je ne suis pas sûr que ce soit une bonne idée.

Il fronça les sourcils, manifestement peu ravi de ma proposition. Je lui serrai le bras.

— S'il te plaît. J'aimerais revoir Landon.

Maxx ferma les yeux, comme s'il débattait avec lui-même. Il les rouvrit et me regarda un long moment avant de remettre le téléphone contre son oreille.

— Ouais, on va venir. On est là dans une heure. Et David n'est pas là, hein ? D'accord, à plus.

Maxx raccrocha et se leva en me tendant la main.

— Viens, allons voir mon petit frère, déclara-t-il, et je sus qu'il était heureux de cette perspective.

Et j'étais surexcitée d'avoir la chance de les revoir tous les deux ensemble, pour découvrir un peu plus encore le Maxx qui m'avait tant séduite.

Le Maxx que j'espérais voir beaucoup plus souvent.

22

Aubrey

Nous nous arrêtâmes devant la maison de l'oncle de Maxx peu après 13 heures. Que Landon ne soit pas en cours m'étonnait et je posai la question à Maxx.

— Son enseignant est en formation. Landon me tanne pour que je vienne l'aider avec sa voiture, mais j'ai été occupé, répondit Maxx, sur la défensive.

Quelque chose me disait que ce n'était pas parce qu'il avait été occupé qu'il n'était pas allé voir son frère, mais je gardai cette réflexion pour moi.

Maxx vint m'ouvrir la portière. Ce geste fit palpiter mon petit cœur. Je n'avais jamais imaginé que Maxx était le genre d'homme à ouvrir la porte à une femme. J'étais contente de m'être trompée.

Je me mis sur la pointe des pieds et l'embrassai. Le baiser était tendre et rassurant, et bien trop court.

Maxx s'écarta doucement et me sourit avec tendresse.

— C'était pour quoi, ça ? demanda-t-il.

Je l'embrassai sur le menton puis desserrai mon étreinte autour de son cou.

— Pour m'avoir surprise, répondis-je.

Le sourire de Maxx se fit interrogateur, et il rit tout bas, me serrant plus fort contre lui.

— Rappelle-moi de te surprendre plus souvent, murmura-t-il, et ce fut mon tour de rire.

— Prenez une chambre ! s'écria une voix.

Maxx et moi nous écartâmes l'un de l'autre, et il sourit par-dessus son épaule au jeune garçon qui se tenait sous le porche.

— La ferme, Landon, répliqua-t-il en faisant les gros yeux à son frère.

Il m'attrapa par la main et m'entraîna vers la modeste maison aux allures de ranch. Elle était un peu miteuse et aurait eu besoin d'un bon coup de peinture, mais, à part ça, elle n'était pas mal entretenue.

Maxx ébouriffa les cheveux blonds de son frère en montant les marches du porche.

— Comment ça va, mon pote ? demanda-t-il à Landon, qui se déroba à la main de Maxx.

Landon sourit en me voyant.

— Je me souviens de toi ! Tu es cette meuf de la fac de Maxx !

Maxx donna une tape sur l'arrière du crâne de Landon et passa un bras autour de ma taille.

— Ce n'est pas une meuf, Landon. Un peu de respect, réprimanda-t-il, et je ne pus me retenir de rire.

— D'accord, c'est une meuf canon. C'est mieux ? demanda Landon avec un sourire satisfait presque identique à celui de son frère.

— Ça, c'est trop. Ça fait longtemps qu'il faut que je te botte le cul, plaisanta Maxx en feignant de se jeter sur son petit frère.

Landon sauta du porche et se mit à courir dans le jardin, Maxx sur les talons. Ils finirent tous les deux au sol à se battre comme des enfants. J'étais prise d'un fou rire en les voyant ainsi jouer aux voyous.

Quand Landon parvint enfin à se libérer, il frappa Maxx dans le dos, et ils continuèrent leurs singeries jusqu'à ce que nous soyons dans la maison.

Maxx passa un bras autour de mes épaules et sourit. Il était détendu, à l'aise. Il était heureux d'être avec son frère. Il m'embrassa sur la tête, et je posai une main sur son torse lorsqu'il me serra contre lui.

Maxx se tourna vers Landon, qui retirait de l'herbe de ses cheveux.

— Landon, je veux te présenter ma petite amie, Aubrey Duncan. Aubrey, voici mon petit frère, Landon, dit Maxx avec un sourire rayonnant.

Landon écarquilla les yeux.

— Ta petite amie ? Vraiment ? Je crois pas que t'en aies déjà eu avant, plaisanta-t-il.

Je sentis le rouge me monter aux joues. Avait-il vraiment dit que j'étais sa petite amie ?

Bordel, j'étais la petite amie de Maxx Demelo !

Je ne pouvais m'empêcher de sourire comme une idiote.

Maxx tendit le bras enroulé autour de mes épaules pour donner une tape à Landon.

— Il faut vraiment que tu déconnectes ta bouche et ton cerveau avant que je ne te botte encore les fesses, somma-t-il, même si son ton n'était en rien menaçant.

Je n'avais jamais vu Maxx comme ça. Son attitude avait radicalement changé. L'homme torturé auquel je m'étais accoutumée avait disparu. Cet homme-là était satisfait de sa vie.

Landon retira ses chaussures et nous conduisit à l'intérieur. Il était clair que c'était une maison de garçons. Ce n'était pas sale ni dégoûtant, mais si l'endroit avait un jour été propre et bien rangé, c'était à présent en désordre et rempli de meubles dépareillés. La maniaque en moi vivait un enfer.

— Merci d'être venu. David ne devrait pas rentrer avant un moment, du coup je me disais qu'on pourrait travailler sur la voiture, dit Landon avant de jeter un coup d'œil vers moi. Mais on n'est pas obligés. On peut juste traîner là…

Je levai les mains.

— Pas question, je veux voir vos super dons de mécanos à l'œuvre. Ne vous gênez pas pour moi.

Maxx, qui ne m'avait pas lâchée, me caressa le bras.

— Tu veux me voir tout sale et en sueur, hein ? me chuchota-t-il à l'oreille.

Je rougis et me raclai la gorge en jetant à coup d'œil à Landon, qui ne nous prêtait heureusement pas attention.

Je frappai mollement le torse de Maxx, et il se mit à rire contre mon cou avant d'y déposer un petit baiser. Je fis de mon mieux pour ne pas frissonner sous cette caresse innocente.

Nous allâmes dans la cuisine. Elle était petite et exiguë, avec une table et des chaises poussées contre un mur et de la vaisselle empilée dans l'évier. Je dus réprimer l'envie folle de tout laver.

Maxx se dirigea vers le réfrigérateur.

— Tu as quelque chose à boire ? demanda-t-il en ouvrant le frigo.

— Non, euh… pourquoi pas de l'eau ? s'empressa de répondre Landon en tentant de refermer la porte.

Maxx fronça les sourcils et poussa gentiment son frère. Il ouvrit le réfrigérateur et poussa un grognement.

— Quand est-ce que t'es allé faire les courses pour la dernière fois ? demanda Maxx, manifestement mécontent, son humeur changeant instantanément.

Landon baissa la tête, les épaules voûtées.

— Je ne sais pas, bredouilla-t-il.

Je regardai dans le réfrigérateur et vis qu'il était vide à l'exception de quelques cartons de bière.

Maxx claqua la porte du frigo et y donna un violent coup de poing. Je sursautai, surprise par sa brutalité soudaine. Seulement quelques instants auparavant, il avait été heureux, et à présent il fulminait. Landon, en revanche, ne cilla pas. Manifestement, les sautes d'humeur de Maxx n'étaient pas inhabituelles.

Maxx sortit ses clés de sa poche et retourna à la porte d'entrée d'un pas énergique.

— Prends ta veste, on va faire des courses, annonça-t-il.

Landon et moi le suivîmes.

— Tu n'es pas obligé de faire ça, Maxx. Je peux y aller dans la semaine, protesta Landon.

Maxx se retourna brusquement pour faire face à son frère.

— C'est des conneries, Landon ! L'argent que tu reçois chaque mois est pour toi ! Pas pour que David se tire et le dépense en putes et au poker ! hurla Maxx en serrant les poings. À partir de maintenant, je vais venir une fois par semaine pour t'emmener au supermarché. Comme ça, je saurai que tu as de quoi manger.

Il prit une profonde inspiration et adressa à Landon un regard qui ne tolérait aucune protestation.

Landon me regarda, et je compris qu'il était embarrassé.

— D'accord, marmonna-t-il en dépassant son frère pour sortir sous le porche.

Maxx se frotta les tempes, ferma les yeux et poussa un soupir frustré. Quand il se fut repris, il me regarda et me sourit d'un air penaud.

— Désolé pour tout ça, s'excusa-t-il.

Je secouai la tête.

— Ne le sois pas. C'est ton frère. Je comprends que tu veuilles prendre soin de lui. Allons faire les courses, dis-je en mettant ma main dans la sienne.

Il referma ses doigts sur les miens, m'attira contre lui et m'embrassa tendrement.

Nous allâmes tous trois au supermarché et surchargeâmes Landon d'assez de bouffe pour nourrir une armée. Landon protestait chaque fois que nous mettions quelque chose dans le chariot, mais Maxx refusait de prendre ses objections en considération.

Une fois rentrés, il nous fallut une demi-heure pour rentrer les sacs et tout décharger. Maxx poussa Landon à ranger plusieurs boîtes de gâteaux, de biscuits et de barres de céréales dans sa chambre.

— Pour qu'il ne puisse pas tout prendre, expliqua Maxx en fourrant des boîtes dans le placard de son frère.

Peu à peu, la colère de Maxx disparut, laissant place à la camaraderie désinvolte dont j'avais été témoin plus tôt dans la journée. J'avais le cœur lourd de voir les deux frères ensemble, et je ne pus m'empêcher de penser à Jayme, et à quel point elle me manquait.

Mon histoire avec ma sœur s'était mal terminée. J'espérais que celle-ci connaîtrait un meilleur dénouement.

— Allons dans le garage ! Je veux te montrer sur quoi j'ai travaillé cette semaine, s'enthousiasma Landon une fois que tout fut rangé.

Maxx sourit à son frère et passa un bras autour de ses épaules maigres.

En voyant Maxx avec Landon, il m'était impossible d'ignorer les sentiments que j'avais pour lui. Face à l'homme attentionné et à la figure presque paternelle que Maxx devenait auprès de son frère, il m'était facile d'oublier les facettes terrifiantes de sa personnalité.

J'accompagnai les garçons au garage. L'air était chargé d'émanations de peinture, et Maxx appuya sans tarder sur un bouton pour ouvrir la porte du garage.

— J'espère que tu laisses ouvert si tu peins ici. Tu vas finir demeuré si tu ne fais pas attention. Déjà que tu n'as pas beaucoup de neurones, plaisanta Maxx en bousculant Landon d'un air taquin.

Landon sourit à son grand frère. Manifestement, il adorait être au centre de l'attention de Maxx. Il buvait ses paroles, n'en perdant pas une miette. Landon idolâtrait sérieusement Maxx.

— Je n'ai fait que quelques retouches ici. Ne t'inquiète pas, expliqua Landon en retirant une bâche de protection de l'énorme objet au centre de la pièce.

La vieille Mustang avait récemment été repeinte en un rouge cerise vif, avec de longues flammes sur l'arrière.

Maxx fit le tour de la voiture, tout sourires.

— Qui a fait la peinture ? demanda-t-il en passant son doigt sur la surface brillante.

Landon sourit jusqu'aux oreilles quand il vit que la voiture plaisait à Maxx.

— Le cousin de mon pote Tate tient une carrosserie. Il est venu la chercher plus tôt dans la semaine. Il l'a repeinte et, en échange, je dois faire quelques petits boulots pour lui. Plutôt pas mal, hein ? demanda-t-il.

Il ne tenait pas en place.

Maxx opina du chef et alla poser sa main sur l'épaule de Landon.

— Elle est terrible. C'est toi qui as fait les flammes ? demanda-t-il.

— Ouais ! Je n'avais encore jamais peint à la bombe et je pensais tout foirer, mais je trouve que ça rend carrément bien ! J'ai dessiné les flammes et j'ai tout fait, répondit modestement Landon.

Son talent m'épatait. Les flammes étaient peintes dans des teintes de rouge, orange et jaune avec des ombres en noir et gris. Il avait reproduit de la texture et de la profondeur, et on aurait dit que des flammes léchaient littéralement la carrosserie de la voiture.

— C'est incroyable, Landon. C'est tellement pro ! intervins-je en m'approchant de la voiture pour la voir de plus près.

Je m'agenouillai et passai mes doigts sur la peinture.

— Tu le penses vraiment ? demanda Landon en venant se poster à côté de moi.

Je me redressai et lui adressai un sourire franc et sincère.

— Absolument ! Maxx m'avait dit que tu étais un artiste, mais je ne savais pas que tu étais aussi doué, répondis-je.

Landon rougit de fierté, la poitrine bombée.

— Merci, Aubrey ! J'espère aller dans une école d'art après le lycée. En graphisme ou quelque chose comme ça.

Landon jeta un coup d'œil à Maxx, qui avait toujours un sourire aux lèvres, bien qu'il semble à présent un peu forcé. Landon se retourna vers moi et haussa les épaules.

— Enfin, on verra, j'imagine, dit-il, comprenant le silence sans équivoque de Maxx.

Je fis les gros yeux à Maxx, mais il ne me regardait pas. Il avait le regard rivé sur son frère, l'air triste.

Je me raclai la gorge, résignée à détendre l'atmosphère.

— Alors, qu'est-ce qu'il reste à faire pour que cette machine reprenne la route ? demandai-je en tapant sur le capot.

Le visage de Landon se dérida.

— Il faut juste changer l'alternateur, mettre de nouvelles plaquettes de freins et remplacer le tuyau de carburant.

Je me tournai vers Maxx, qui fouillait dans la boîte à outils.

— Vous faites ça tout seuls ? demandai-je.

Maxx hocha la tête.

— Où avez-vous appris tous ces trucs ? demandai-je.

Landon se mordit la lèvre avant de répondre.

— En fait, c'est David qui nous a appris. Il adore les bagnoles, et quand on est venus vivre avec lui, il passait des journées entières à travailler ici. Du coup, si on voulait passer du temps avec lui, il fallait qu'on apprenne comment aider. C'est des compétences utiles sur le long terme, cela dit. Ça peut nous faire économiser une fortune en factures méca, dit Landon en ouvrant le capot de la voiture pour jeter un coup d'œil dessous.

— C'est vrai. J'ai toujours voulu en savoir plus sur les voitures. C'est pas facile, pour une fille, de discuter avec des mécaniciens. Dès qu'ils en voient une, ils pensent qu'ils peuvent la faire payer deux fois plus cher, dis-je en regardant sous le capot.

Ce n'était qu'un tas de métal et de crasse pour moi.

Maxx vint à côté de moi et pointa le moteur du doigt.

— Eh bien, ça, c'est le moteur, me taquina-t-il.

Je lui donnai un coup de coude dans le ventre et il grogna.

— Petit malin, marmonnai-je.

— Prends une chaise et installe-toi, Aubrey. On va faire de toi une pro de la mécanique en un rien de temps, promit Landon avec ce sourire si similaire à celui de son frère.

Ces deux-là, ensemble, faisaient des ravages dans mon cœur.

Landon alluma une petite radio et les garçons se mirent à travailler sous le capot de la Mustang. Je les observai, impressionnée par leur habileté à manœuvrer dans les entrailles de la voiture.

Ils riaient et plaisantaient, et l'atmosphère était joyeuse dans le garage.

Jusqu'à ce qu'un pick-up se gare dans l'allée, le moteur ronflant comme un avertissement.

En l'entendant, Landon leva la tête et se mit à ranger les outils à toute allure. Les épaules de Maxx se contractèrent et sa mâchoire se crispa. Il aida Landon à ranger en prenant bien soin de ne pas regarder la silhouette qui venait à notre rencontre.

— Bordel ! Il était temps que tu viennes, s'écria une voix.

Mon regard alla de Maxx à l'homme qui approchait. Je fus stupéfaite de découvrir une version plus âgée de Maxx et Landon.

Leur oncle David était un bel homme, quoiqu'un peu bedonnant. Il devait avoir dans les trente-cinq ans et marchait avec arrogance, ce qui n'était pas sans me rappeler Maxx.

Mais il était clair que David et l'aîné de ses neveux ne pouvaient pas se voir. Maxx regarda son oncle d'un air de dégoût lorsque ce dernier entra dans le garage, et David regarda la Mustang avec mépris avant de donner un coup de botte dans l'un des pneus.

— Je ne sais pas pourquoi vous vous faites chier avec ce tas de ferraille. Vous n'arriverez jamais à la faire rouler, railla-t-il méchamment.

Landon semblait un peu désemparé, et j'eus envie de gifler David pour ôter ce sourire odieux de son visage.

L'adolescent continuait de ranger, mais il semblait peu à peu se replier sur lui-même.

— Je t'ai dit de laisser cet endroit propre et rangé, sinon je fais embarquer cette bagnole loin d'ici, menaça David en renversant une pile de cartons.

— Désolé, Oncle David. Je vais ranger, s'empressa de répondre Landon.

Maxx tendit le bras pour empêcher son frère d'accourir pour ranger les cartons.

— Ce n'est pas Landon qui a mis le bazar, David. Pourquoi tu bouges pas ton gros cul pour ranger toi-même ? gronda-t-il.

Le visage de David vira au rouge, puis son attention se focalisa sur moi. Il parcourut mon corps de ses yeux bleu terne, et un sourire lascif se dessina sur ses lèvres.

— Cette jolie petite poupée est un cadeau d'anniversaire en avance ? demanda-t-il.

Son intérêt manifeste me donnait envie de prendre une douche.

— Tu parles pas de ma copine comme ça, lança Maxx en m'attrapant par le bras pour me tirer derrière lui.

David éclata de rire.

— Impossible que tu gardes un joli lot pareil très longtemps, reprit David en penchant la tête vers moi. Un conseil, ma belle, lâche cette petite bite et trouve-toi un vrai mec.

David passa sa langue sur ses lèvres, et je frissonnai de dégoût.

Maxx poussa un cri étranglé, et, l'espace d'un instant, je crus que j'allais avoir droit à un combat de gladiateurs. David et Maxx se défiaient du regard, et aucun ne cédait d'un pouce.

J'agrippai Maxx par le bras en enfonçant mes ongles dans sa peau pour essayer de l'empêcher de faire ce qu'il semblait sur le point de faire. Il finit par se retourner vers moi.

— Il faut qu'on parte avant que je ne lui éclate la gueule à coups de pied-de-biche, gronda Maxx les dents serrées avant de se tourner vers son frère, qui ramassait les cartons que David avait fait tomber. On doit y aller, Landon. Je t'appelle dans quelques jours, promit-il, le visage empreint de regret.

Landon hocha la tête mais ne la leva pas pour nous regarder partir. Maxx bouscula son oncle, qui tendit la main pour l'attraper par le bras. Maxx se débattit pour lui échapper.

— Me touche pas ! cracha-t-il.

David leva les deux mains en signe de reddition et rit un peu nerveusement.

— J'espère que tu m'as laissé du cash. Ça a été un peu juste ces derniers temps.

David parlait d'un ton léger, mais ses mots prirent une dimension clairement menaçante lorsque son regard se posa sur Landon, encore en train de débarrasser le bazar mis par son oncle.

La position dans laquelle Maxx se trouvait à cause de son oncle n'était que trop claire. David se servait de Landon pour obtenir ce qu'il voulait de Maxx. Et Maxx aimait trop son frère pour dire non. J'avais aisément condamné sa vie à *Compulsion*, je n'avais pas compris sa motivation.

C'était ça, sa motivation.

Maxx sortit son portefeuille et jeta deux billets de cent dollars sur le trottoir avant de m'attraper de nouveau par le bras pour me tirer derrière lui.

— Merci, Maxxy ! s'écria David.

Je regardai une dernière fois par-dessus mon épaule et vis l'homme s'accroupir pour ramasser l'argent sur le trottoir, ainsi que Landon debout à l'entrée du garage en train de nous regarder partir.

Je levai la main pour lui dire au revoir, et Landon me fit signe à son tour. Cela me faisait mal au cœur de laisser le jeune frère de Maxx seul avec son oncle. Je ne pouvais qu'imaginer ce que Maxx ressentait chaque fois qu'il devait rentrer chez lui.

— Monte ! me lança Maxx d'un ton bourru en m'ouvrant la portière.

Il tremblait de tout son corps, et son regard était affolé.

Je me dépêchai de m'asseoir. Maxx claqua la porte derrière moi avant de s'installer à son tour. Il se mit à frapper le volant des deux poings en hurlant. C'était un son grave et douloureux qui me donna envie de le toucher, de le réconforter. Mais quelque chose me disait que cela ne serait pas bienvenu dans l'immédiat.

Ses mouvements rapides et saccadés, il démarra le moteur et s'engagea sur la route sans prendre la peine de regarder si une voiture arrivait.

— Je déteste cet enfoiré ! hurla-t-il en donnant un coup de volant sec à droite, puis à gauche. Je vais lui casser la gueule, un de ces jours ! Quand Landon ne sera plus obligé d'habiter chez lui, il va se retrouver six pieds sous terre, ragea Maxx en faisant des embardées sur le chemin du retour.

Mon cœur battait violemment dans ma poitrine. J'avais peur de ne pas arriver en un seul morceau chez lui. Mais je ne dis rien. Je ne voulais pas que sa colère soit dirigée contre moi.

Et quelque chose me disait que, de toute façon, il ne m'écouterait pas.

Une fois arrivés à l'appartement, je me dépêchai de suivre Maxx dans l'escalier. Il ne m'attendit pas.

Il alla droit dans sa chambre sans s'arrêter pour allumer les lumières ni enlever sa veste. Le Maxx qu'il avait été ce matin-là n'existait plus.

Il ouvrit le tiroir de sa table de chevet, le renversant lourdement au sol. Il tomba à genoux et ramassa la petite boîte marron qu'il gardait toujours là mais dont j'avais espéré qu'il n'en aurait plus jamais besoin.

La douceur et la tendresse que j'avais éprouvées jusque-là s'évanouirent dans un mélange de désarroi et de dégoût tandis que je regardais Maxx faire tomber plusieurs comprimés dans sa paume avant de les mettre dans sa bouche. Il les écrasa entre ses dents dans un crissement atroce.

Puis il en prit d'autres, qui suivirent la première fournée dans sa gorge.

C'est alors qu'il leva les yeux et se rendit compte que j'étais encore là.

— Rentre chez toi, Aubrey, dit-il d'un air las en se relevant pour se laisser tomber sur son lit.

— Pourquoi ? ne pus-je m'empêcher de demander.

Je n'étais pas sûre du sens de ma question. Pourquoi laissait-il son oncle l'atteindre ainsi ? Pourquoi son premier instinct avait-il été de venir ici pour se droguer ? Pourquoi ne pouvait-il pas se tourner vers moi quand il était contrarié ? Pourquoi étais-je toujours en compétition avec la garce tapie au fond de cette petite boîte ? Il disait qu'il avait besoin de moi, qu'il me désirait, moi ! Mais vers quoi se tournait-il quand les choses devenaient difficiles ?

Pourquoi ne pouvais-je pas suffire ?

Maxx secoua la tête et posa un bras en travers de ses yeux.

— Rentre chez toi, répéta-t-il mollement.

Je finis donc par le quitter, triste mais résignée, incapable d'assister à sa chute au fond du précipice obscur dans lequel il souhaitait manifestement se jeter.

23

Maxx

J'AURAIS AIMÉ QU'AUBREY ME SUFFISE.

J'avais beau être incapable de rester loin d'elle et vouloir être tout le temps avec elle, je ne pouvais pas me permettre de dépendre complètement d'elle.

Pourquoi ne pouvais-je pas m'autoriser à me tourner vers elle quand j'étais au plus bas, quand je m'effondrais et me brisais en mille morceaux ?

J'étais un homme déchiré en deux. Et la moitié qui désirait Aubrey ardemment luttait contre celle qui avait follement envie de tout autre chose.

Quand Aubrey et moi étions ensemble, je n'entendais plus le bruit dans ma tête. Les envies irrésistibles qui étaient devenues si familières ne faisaient plus souffrir mon corps. Je ne pouvais penser à rien d'autre qu'à me perdre en elle.

Elle était mon baume. Et, quand elle était avec moi, ses mains, ses lèvres, son sourire et son rire étaient les seules drogues dont j'avais envie.

Jusqu'à ce que la colère reprenne le dessus. Il me fallait alors davantage que le calme d'Aubrey pour effacer la rage en moi.

Et quand Aubrey partait, *elle* prenait sa place.

Elle n'aimait pas qu'on l'ignore. *Elle* hurlait dans mon cerveau et distordait mon corps dans sa frénésie. Il fallait l'apaiser avant qu'*elle* ne me dévore.

Dans ces moments désespérés, j'étais trop heureux de céder. C'était comme si les heures passées avec Aubrey formaient un barrage. Quand elle partait, on libérait les eaux, qui m'emportaient sans pitié. Résister était douloureux. Je ne résistais donc pas.

Autrefois, je n'avais besoin que d'un cachet pour planer. Puis ce fut deux. Puis trois.

Il me fallait désormais quatre comprimés pour éprouver le genre de bonheur susceptible de remplacer aisément tout et tout le monde.

Y compris, pendant un certain temps, Aubrey.

Elles étaient en guerre l'une contre l'autre. Aubrey et la drogue. Elles avaient toutes deux des prétentions sur moi. J'avais besoin des deux. Mais elles ne pouvaient coexister.

Il fallait que je cache la drogue à Aubrey. Il fallait que je fasse attention. Je comprenais qu'elle la déteste, après ce qui était arrivé à sa sœur. Plus antidrogues, tu meurs.

Elle ne comprenait pas que j'avais fait le choix de me droguer. Que c'était moi qui dictais quand je consommais et en quelle quantité. Que planer était la meilleure forme de contrôle que j'avais dans ma vie.

J'aurais aimé que les choses soient aussi simples que prendre la main d'Aubrey pour nous enfuir joyeusement dans le crépuscule de notre happy end. Je voulais vraiment tout ça.

Mais j'avais des responsabilités. Landon comptait sur moi. Mon oncle se servait de moi. Gash et le club me tenaient par les couilles si je ne faisais pas mon travail. Et la drogue… Je lui appartenais. C'était ma clé pour sortir de prison. Et la promesse d'Aubrey ne suffirait pas à m'inciter à jeter cette clé. Mon cœur voulait le faire, mais mon esprit refusait.

Alors je la gardais.

Nous avions tous nos secrets, le mien était la drogue.

Et j'étais celui d'Aubrey.

Elle était terrifiée à l'idée qu'on se fasse prendre. Elle se prenait la tête sur les conséquences de notre liaison. Sans s'en rendre compte, elle avait fait de moi un truc laid et honteux. Et je ne pouvais même pas lui en vouloir, parce que c'était déjà ce que je ressentais à propos de moi-même.

Mais quand Aubrey m'embrassait, quand j'étais en elle, je pouvais prétendre que je suffisais.

Elle me disait que j'étais parfait, que j'étais intelligent et méritant. Elle m'encourageait sans cesse afin que je ne sois jamais tenté de tomber.

Quand nous étions ensemble, j'y croyais. Mais, quand elle partait, je me mettais à douter, du moins jusqu'à ce que je la retrouve, *elle*.

Je mettais les comprimés entre mes dents et souriais en avalant mon autodestruction.

Y a-t-il sensation plus agréable que de savoir que chaque souffrance, chaque douleur, chaque pensée répugnante, rongée par la culpabilité, pouvait disparaître… d'un coup… comme… ça ?

Aubrey n'arriverait pas avant son cours du soir. J'avais à peu près cinq heures à tuer avant de devoir être sobre, et je décidai donc de faire bon usage de mon temps. Je trouvai un sachet d'oxy dans le tiroir de ma commode et le secouai pour faire tomber quatre comprimés dans la paume de ma main.

Je fis rapidement l'inventaire de mes réserves. Je serais obligé de doubler le prix des comprimés restants pour rattraper la différence. Le fait que je consomme la drogue que j'étais censé vendre aurait dû m'inquiéter davantage.

La correction que m'avaient infligée Gash et Vin était un avertissement. Je n'aurais pas la chance de m'en sortir la prochaine fois. Marco m'avait arraché la tête quelques jours après mon rétablissement. Il était furieux et parano, il flippait à mort qu'on ne découvre notre petit business à cause de ma négligence.

Ma drogue me tirerait vers le bas, mais pas seulement. J'entraînerais Marco avec moi. Cela faisait maintenant trois mois qu'on se prenait une part sur les entrées de la boîte. Pas assez pour que ça se remarque mais, avec le temps, ça commençait à faire un joli pactole.

Je n'étais pas seul dans ma stupidité. Marco était présent. L'avidité faisait autant planer que la drogue. La montée d'adrénaline qu'on éprouvait quand on glissait l'argent dans nos poches était presque aussi addictive que les comprimés.

J'avais déjà Gash sur le dos puisque l'argent de mes ventes ne correspondait pas aux ressources qu'on me donnait. J'aurais dû avoir l'intelligence de couvrir mes traces. J'avais été bête, et je le paierais.

Mais pour l'instant, je devais rentrer dans le rang et ne donner à Gash et ses singes savants aucune raison de douter de mon travail. Je ferais en sorte que le nez de Marco reste propre et loin du poing de Gash.

Je laissai tomber ma tête contre le dossier du canapé. Mes bras étaient lourds et ma tête embrumée. Je m'inquiéterais de vendre le reste du sachet pendant le week-end.

Aubrey s'attendait-elle à toutes ces conneries que fait un petit ami ? J'avais été en elle, j'avais déposé mon cœur à ses pieds, et pourtant je ne savais jamais comment me comporter avec elle. Elle me faisait douter de tout.

Bordel, depuis quand j'étais une vraie nana pour tous ces trucs ?

J'avais encore des choses à faire, et j'avais beau avoir envie de passer tout mon temps avec Aubrey, c'était impossible.

Maintenant que je pensais à elle, j'étais incapable de m'arrêter. Même défoncé comme je l'étais, incapable de bouger les bras ou les jambes, le corps lourd, complètement shooté, mon cœur battait la chamade lorsque je repensais à son visage. Un sourire bête se dessina sur mes lèvres quand je me rappelais combien il était facile d'être moi-même avec elle, d'être cet homme que je ne savais plus être.

— Yo, Maxx, laisse-moi entrer ! cria une voix de l'autre côté de la porte, suivie par un martèlement qui me secoua le cerveau.

Y avait pas moyen que je lève mes fesses du canapé. Celui qui voulait entrer n'avait qu'à aller se faire foutre. Il fallait prendre un numéro.

Je fermai les yeux, essayant d'ignorer les coups répétés.

— Je défonce la porte si tu m'ouvres pas ! menaça la voix.

Ho, on se calme !

Je me levai et marchai lentement jusqu'à la porte.

Marco me bouscula dès que j'ouvris.

— Qu'est-ce que c'est que ce bordel, mec ? Ça fait des jours que j'essaie de t'avoir !

Marco me fusilla du regard en entrant dans mon appartement. Il alla droit dans ma chambre.

Cet enfoiré ne comprenait vraiment pas le concept de limites personnelles.

J'avais du mal à y voir clair. Je savais que l'entrée agressive de Marco aurait dû m'inquiéter mais, comme chaque fois que je planais, je n'avais pas l'énergie de m'en soucier.

Je m'appuyai contre le chambranle de la porte et regardai Marco ouvrir le tiroir de ma table de chevet et fouiller jusqu'à ce qu'il trouve le sachet de comprimés que j'y avais mis. Il le tint à la lumière et se mit à compter.

— Fais comme chez toi, dis-je d'une voix traînante en agitant la main.

Marco jeta le sachet sur le lit et s'approcha de moi. Ma bouche était figée sur un sourire désinvolte qui l'agaçait.

Il m'attrapa par le col et me secoua. Je tentai de le repousser, mais en vain.

— Qu'est-ce tu fous ? marmonnai-je en essayant de lui échapper.

— Tu en as pris, hein ? T'es censé les vendre, pas les manger au p'tit déj ! me hurla-t-il au visage.

Marco était un mec flippant pour beaucoup de monde. Mais je me souvenais encore de lui à l'époque où il portait son pantalon au niveau des genoux, avait le visage couvert d'acné et aucun style. C'était un tocard, à l'époque. Aujourd'hui, il aimait se considérer comme un dur. Mais quelques années de gonflette et des tonnes de métal sur la gueule n'effaçaient pas le fait qu'il avait été le plus grand crétin du monde.

— Commence pas, avec tes leçons à la con. Si je voulais des conseils, je ne les demanderais pas à un gars qui laisse une nana droguée percer son bidule avec une aiguille, raillai-je avec un sourire suffisant.

Je repoussai Marco, le faisant trébucher en arrière. Même complètement shooté, je pouvais encore le prendre. J'agrippai grossièrement ma bite à travers mon pantalon et lui fis un doigt d'honneur. J'allai jusqu'à mon lit et ramassai le sachet pour le remettre dans le tiroir.

— Touche pas à mes affaires, l'avertis-je en pointant un doigt tremblant vers lui.

Marco ricana, un sourire méprisant aux lèvres.

— Alors, c'est quoi ton super plan, Maxx ? Comment tu vas te faire du fric pour pas que Gash te fourre le nez dans ton cul ? Allez, dis-moi ton dernier éclair de génie ! C'est trop de suspense, là.

Marco se vautra sur le lit et mit ses rangers boueuses sur mes draps. Ils n'étaient pas propres ou quoi que ce soit, mais je n'aimais pas qu'il foute le bordel comme ça.

— Enlève tes grolles de mon lit, mec, lui dis-je d'une voix frêle.

Se confronter à lui shooté et en ayant envie de faire la sieste, ce n'était pas top. J'arrivais à peine à garder les yeux ouverts. Marco était en train de ruiner ma défonce. Je le lui ferais payer plus tard.

Marco ignora mon commentaire sans cesser de m'observer.

— Regarde-toi, Maxx. T'es à la masse. Si Gash te voyait comme ça, tu porterais ta cage thoracique en guise de chapeau. Qu'est-ce qui t'arrive ? demanda-t-il, à la fois furieux et inquiet.

Au fond, en dépit de son numéro de skinhead style « j'vais t'planter dans le bide », il ne faisait que veiller sur moi. Marco et moi étions amis depuis des années. On se connaissait depuis toujours. On s'était toujours couverts l'un l'autre. C'était grâce à Marco que j'avais eu le boulot très bien payé que j'avais, qui me permettait de prendre soin de mon frère, d'avoir un toit au-dessus de ma tête et de payer la fac.

— Je ferai payer le double, répondis-je en haussant les épaules, comme si c'était la réponse la plus évidente au monde.

Marco explosa de rire.

— Tu te fous de ma gueule ? demanda-t-il d'un air incrédule.

Je fronçai les sourcils. J'avais cru que c'était une bonne idée.

— Pourquoi c'est si drôle ?

Marc s'esclaffa.

— Mec, y a plein de gars qui tournent dans la ville, si tu fais payer deux fois plus cher, tu vas pas te faire un centime. Ça va pas rapporter à Gash l'argent qu'il attend. T'es un vrai débile, mon pote.

— Tu sais que dalle, Marco. Tu te contentes de rester à la porte et de dire aux meufs si elles sont jolies, et tu me laisses le sale boulot, raillai-je.

Le visage de Marco s'assombrit. Il laissa ses pieds tomber sur le sol dans un gros « boum ».

— Déconne pas. Tu fous tout en l'air, et pas que pour toi, pour moi aussi. Tu crois qu'il va se passer quoi, si Gash se rend compte que tu prends plus que tu ne vends, que tu n'as pas l'argent à lui donner ?

Marco se leva et se mit à faire les cent pas, comme toujours quand il était à deux doigts de péter les plombs.

Pourquoi flippait-il autant ? C'était moi qui devrais m'inquiéter. Ma tête se mit à me lancer, et les comprimés de l'autre côté de la pièce hurlaient pour réclamer mon attention.

— Il va tous nous surveiller, mec. J'ai été malin pour l'argent des entrées, mais Gash pourrait comprendre, tu sais ! Il pourrait nous virer tous les deux !

Marco frappa dans le mur à côté de mon bureau.

— Arrête de faire ta femmelette. Personne t'a pointé un flingue dessus pour que tu voles de l'argent à l'entrée. Alors te plains pas, dis-je.

La mâchoire de Marco se crispa.

— T'as trouvé un endroit ? demanda-t-il, changeant de sujet.

Je haussai les épaules.

— Pas encore, dis-je, impassible.

Mon instinct de conservation me faisait vraiment défaut. Je marchais sur de la glace très fine.

Marco se prit le crâne entre les mains, crâne couvert d'un tatouage tribal mal fait. Ce mec avait vraiment mauvais goût en matière d'art corporel.

— Tu veux me tuer, c'est ça ? Sérieux ! Bon, prends tes affaires, on va aller chercher quelque chose maintenant. Gash attend l'info ce soir.

Marco passa devant moi et alla dans le couloir.

— Je ne peux pas ce soir. J'ai des trucs de prévus, dis-je, et je me retins de rire en le voyant s'énerver davantage.

— C'est ça, ouais. Prends. Tes. Affaires. On s'arrache, annonça Marco en claquant la porte d'entrée derrière lui.

J'aurais dû appeler Aubrey. J'aurais dû lui expliquer que je ne serais pas chez moi ce soir.

Mais je ne le fis pas.

Avec la drogue, le présent n'était qu'un souvenir flou et brumeux.

Avec la drogue, je pensais pouvoir m'en occuper plus tard.

Marco se gara devant un modeste immeuble de bureaux quelques heures plus tard. Il était un peu plus de 20 heures, et nous venions de trouver une école délabrée. Nous avions visité le bâtiment et, même s'il semblait être sur le point d'être condamné, il conviendrait très bien pour la boîte.

Marco s'était arrêté dans un *diner* sur le chemin du bureau de Gash et m'avait gavé de bouffe et de café pour essayer d'éliminer la drogue de mon système. Je commençai déjà à redescendre, c'est-à-dire que j'étais tremblant et nauséeux.

Le hamburger que j'avais mangé plus tôt menaçait de remonter. J'attrapai Marco par le bras avant de rentrer dans le bureau.

— Mec, t'as pas un truc? demandai-je en faisant de mon mieux pour ne pas être suppliant. Sérieux, j'ai juste besoin d'un comprimé.

Marco grogna et me regarda avec dégoût.

— Faut vraiment que tu te reprennes, mec, marmonna-t-il en tirant un petit sachet de sa poche.

Il en sortit un comprimé blanc et le tint entre son pouce et son index.

J'allai pour le prendre, mais il recula la main.

— T'es pas censé aller à un groupe de soutien ou je sais pas quoi ? Parce que si c'est comme ça que ça marche, le truc des douze étapes, ça craint, commenta-t-il.

Je lui jetai un regard noir, sans prendre la peine de le corriger sur le commentaire concernant les douze étapes. J'étais trop occupé à ravaler la bile qui me remplissait la bouche.

— Donne-la-moi et garde ton sermon pour quelqu'un que ça intéresse, dis-je en me retenant de vomir sur les chaussures de mon pote.

Ma tête s'était remise à me lancer, et je savais qu'il me serait impossible d'affronter Gash sans rien pour me calmer.

Marco me fourra la pastille dans la main. Je m'empressai de la mettre dans ma bouche et de l'écraser entre mes dents.

— Donne-moi une seconde, dis-je en m'appuyant contre la Volvo défoncée de Marco.

Dix minutes plus tard, les tremblements s'étaient arrêtés, et la nausée avait presque disparu. Je planais encore un peu, mais je me sentais suffisamment bien pour entrer.

Le bureau de Gash n'était pas ce à quoi on s'attendait de la part du type qui tenait la boîte de nuit clandestine la plus prospère de la côte Est. La première fois que j'étais venu, je pensais trouver lumière noire et lampes d'ambiance, et au moins un homme de main costaud ou deux.

C'était complètement désert, ce qui n'était pas surprenant puisqu'il était 20 heures passées. Gash avait des horaires… inhabituels.

L'endroit était aseptisé et quelconque. Le bureau se trouvait dans le genre d'immeuble où on s'attendrait à croiser un troupeau de comptables. Marco et moi faisions tache dans cet environnement de murs crème et de mauvaises reproductions artistiques.

Dans son autre vie, Gash était connu sous le nom de Trevor McMillan et était analyste informatique pour une petite entreprise de sécurité.

Comment Trevor était-il devenu Gash ? C'était la question de la décennie. De nombreuses rumeurs circulaient sur les débuts de *Compulsion*, tout comme il y avait un million d'histoires sur l'origine de son surnom, et je doutais sincèrement qu'une d'entre elles soit vraie.

Qui savait ? Était-ce vraiment important ? La réponse ne changeait rien au fait que c'était un enfoiré sacrément flippant pour un informaticien maigrichon qui jouait au patron de boîte de nuit.

Marco frappa à la porte et entra sans attendre de réponse. Gash était assis derrière un bureau banal en bois, la tête penchée sur un clavier. Il aurait pu passer pour un oncle pédophile ou un vendeur de voitures d'occasion. Il n'était pas particulièrement intimidant, juste un peu obséquieux… jusqu'à ce qu'il vous regarde.

Son regard froid mettrait n'importe qui mal à l'aise. Je n'avais pas peur d'admettre que j'avais failli me pisser dessus une fois ou deux en sa présence.

Marco ferma la porte et s'assit sur l'une des chaises tapissées contre le mur. Je le suivis, les mains dans les poches, la tête enfoncée dans les épaules, sur la défensive. On ne savait jamais à quoi s'attendre lors d'une réunion avec Gash.

Certains jours il était aimable, voire courtois, même s'il souriait très rarement.

Puis il y avait des jours où on craignait qu'il ne sorte un couteau de son manteau pour vous trancher la gorge. Il était imprévisible, ce qui aurait dû nous faire y réfléchir à deux fois avant de le voler. Nous n'aurions pas dû déconner avec un mec comme Gash. Mais l'argent et la drogue étaient des tentations auxquelles nous ne pouvions pas tourner le dos, couillons pathétiques et tarés que nous étions.

Marco tendit le bout de papier sur lequel nous avions inscrit l'adresse de la vieille école. Sans nous regarder, Gash se tourna vers son ordinateur et se mit à cliquer à tout-va, puis examina une carte sur l'écran.

— C'est une zone résidentielle ? demanda-t-il en nous regardant enfin.

Il posa son regard impassible sur moi. Je secouai la tête.

— C'en était une, mais la zone est en ruines aujourd'hui. La plupart des maisons ont été saisies ou abandonnées. Peu de gens y vivent encore, et les derniers sont vieux. Pas de familles. Pas d'enfants, relatai-je.

J'enroulai ma main autour de l'accoudoir de la chaise. Je suais à grosses gouttes. Putain ! Il me fallait un autre comprimé.

— La police ? demanda Gash.

— Le poste de police est à l'autre bout de la ville. Ils viennent de virer trois agents, ils sont un peu en sous-effectif en ce moment. Ils ne devraient pas nous poser problème, intervint Marco pour exposer ce que j'aurais déjà dû savoir.

C'était le genre de recherches que j'aurais faites en temps normal. Marco avait pris le relais, et je lui étais vraiment redevable.

— Je demanderai à un des gars d'aller faire un tour, voir s'il y a quelqu'un à qui parler pour s'assurer qu'on n'aura pas de problèmes samedi, dit Marco en me regardant du coin de l'œil.

C'était tellement évident que je n'avais rien fait ! Et Gash l'avait remarqué. Il me regardait comme si j'étais de la merde sous sa chaussure.

— Et qu'est-ce que tu foutais pendant que Marco faisait ton boulot ? Pourquoi je te paie, hein ? Un peu de peinture çà et là ne suffit pas. Assieds-toi correctement ! ordonna Gash.

J'avais l'impression d'être un gamin dans le bureau du principal. Ma punition serait-elle une heure de colle ou une bonne raclée ?

Je me redressai lentement sur mon siège. Je ne pouvais pas m'empêcher d'avoir envie de faire le contraire. J'étais con comme ça.

— J'ai été pas mal occupé, offris-je comme excuse, même si je savais qu'elle était, au mieux, bidon.

Ma justification pathétique mit visiblement Gash très, très en colère.

Il se pencha par-dessus le bureau, les sourcils froncés, les lèvres retroussées sur ses dents jaunies.

— Je me fous de ce qu'il se passe dans ta vie, tu as un boulot à faire, alors fais-le ! Marco ne devrait pas avoir à s'occuper des trucs pour lesquels je te paie.

Gash agita son pouce en direction de Marco, qui avait quasiment disparu dans la tapisserie de la chaise. Ne pas attirer l'attention sur soi quand Gash était énervé était une question de survie, tout simplement. Je hochai sèchement la tête.

— Je comprends, ça n'arrivera plus, affirmai-je.

— Vin dit qu'il t'a donné la came de cette semaine il y a quelques jours. Je veux l'argent dimanche. Pas lundi. Pas mardi. Dimanche, putain ! Je te surveille, et je n'aime pas ce que je vois, m'avertit Gash en passant son doigt sur la cicatrice sous son œil.

Un camé complètement défoncé lui avait mis un coup de couteau au visage quelques années auparavant. Le camé était mort. Gash était toujours là. Message reçu.

Je hochai de nouveau la tête.

— Tu l'auras, pas de problème.

Dommage que ce soit en réalité un énorme problème.

— Tu trembles un peu. Ça va ? demanda Gash en m'observant, perspicace.

Il n'était pas débile. Je savais *qu'il savait* que je commençais à être grave en manque.

— C'est ces tranquillisants. Il te faut quelque chose pour te remettre. Essaie ça. Reprends-toi. J'ai pas besoin qu'un junkie vende mes produits. C'est un risque que je ne veux pas prendre, grogna-t-il en jetant un sachet d'herbes séchées sur mes genoux.

J'ouvris le sachet et sentis les herbes. Qu'est-ce que c'était ? Ça ne sentait pas la weed. Peut-être était-ce un hallucinogène.

— C'est de la tisane, petite merde. Du ginkgo biloba, un peu de ginseng. C'est bon pour la circulation du sang vers le cerveau. Rentre chez toi et fais-toi une tasse.

L'ironie de la situation me donnait envie de me taper le cul par terre. Gash, le plus grand vendeur de drogue de ce côté de New York, m'offrait un sachet de tisane.

Je hasardai un regard vers Marco, qui se mordait l'intérieur de la joue comme si lui aussi se retenait de rire de voir notre boss me fourguer ses remèdes hardcore aux herbes.

— OK, ça a l'air top, dis-je en mettant le sachet dans ma poche.

Gash pointa le doigt sur moi.

— Je suis sérieux, tu as le week-end pour me montrer que tu peux encore gérer tout ça. Parce que la semaine prochaine, je reçois de la marchandise du Mexique qui peut rapporter un paquet de fric à tout le monde. Il faut que je sache que tu feras ce que j'ai besoin que tu fasses.

Marco et moi nous levâmes.

— Pas de souci, Gash, promis-je.

— Et bois de la tisane, m'ordonna notre boss alors que nous partions, et je tapotai ma poche pour acquiescer.

Dehors, sur le parking, j'essuyai la sueur sur mon front. Il fallait que je rentre. Il fallait que j'en reprenne. Je m'en branlais de sa tisane.

— T'as eu de la chance, Maxx. Il faut que t'écoutes ce que Gash t'a dit, me sermonna Marco.

Je levai les yeux au ciel, las d'entendre toujours les mêmes conneries.

Ce ne fut qu'une fois chez moi, après avoir pris quelques comprimés, que je me souvins d'Aubrey. Avant de perdre connaissance, je me demandai si elle était venue. Je devrais peut-être l'appeler. Lui expliquer ce qu'il s'était passé.

Mais la défonce reprit le dessus, et j'oubliai complètement Aubrey.

J'oubliai tout.

24

Aubrey

J'ÉTAIS EN COLÈRE.

Non, j'étais furieuse.

J'étais allée chez Maxx la veille au soir et j'avais tambouriné à la porte. Il n'avait pas répondu. J'avais donc attendu dehors. Dans le froid glacial. Pendant des heures !

Et il n'était jamais venu.

J'avais essayé de l'appeler, mais j'étais tombée directement sur la messagerie. J'avais été tentée de l'appeler en continu, mais je m'étais retenue.

Voilà pourquoi j'étais non seulement en colère et blessée, mais aussi prête à lui faire du mal la prochaine fois que je le verrais.

Cela ne faisait que quelques semaines que nous étions ensemble, mais nous étions déjà en train de faire foirer notre relation. Quelles étaient nos chances alors que j'étais déjà gagnée par la méfiance et la défiance ? Je savais que quand il n'était pas avec moi, il était en train de faire quelque chose qui me briserait le cœur.

Je savais qu'il me trompait.

Mais pas avec une autre femme. Il passait tout son temps avec les petits comprimés blancs qu'il aimait tant.

Je sortis de l'aile de psycho et rabattis ma capuche sur mes cheveux. Il s'était mis à neiger pendant que j'étais en cours, et j'aurais aimé pouvoir apprécier le silence ouaté qui s'était installé sur le campus. Mais je ne pouvais pas. J'étais trop remontée.

— Aubrey !

Je levai vivement la tête et vis Maxx traverser la cour en courant, son sac sur l'épaule. Il avait les cheveux mouillés à cause de la neige, et ses boucles étaient collées à son front. Il vint à ma rencontre, un sourire éclatant aux lèvres. J'avais espéré quitter le campus avant de le voir. J'aurais dû me douter que je n'y arriverais pas. Sa connaissance de mon emploi du temps était déconcertante.

Quand on le regardait, il ressemblait à n'importe quel autre étudiant. Mais je savais ce qui se cachait sous la surface : une terrible noirceur portant son si beau visage.

J'envisageai de l'ignorer et de m'en aller, mais je savais qu'il me suivrait. Et je n'allais pas essayer de le distancer sur le campus.

J'attendis donc qu'il me rattrape.

Il tendit la main pour attraper la mienne, mais je m'écartai avant qu'il ne puisse me toucher.

Maxx grimaça.

— Oui, j'avais oublié où on était. Désolé, dit-il, puis son sourire revint, plus éblouissant que jamais. Tu as fini les cours ? demanda-t-il en m'emboîtant le pas.

Je ne lui répondis pas. Mon irritation et ma frustration rendaient la communication impossible.

Le silence s'étira entre nous, et le sourire de Maxx s'évanouit. Il fronça les sourcils puis m'attrapa par le bras pour m'arrêter.

— Qu'est-ce qui ne va pas ? demanda-t-il, perplexe.

— Je t'ai attendu hier soir, lui répondis-je froidement en plissant les yeux.

Maxx baissa la tête.

— Oui. Je savais que tu allais venir. Je suis désolé, dit-il.

Il releva les yeux pour me regarder, et son expression m'implorait de lui pardonner.

— Où étais-tu ? demandai-je, laissant mon agacement transparaître.

— Marco est venu. On a dû sortir un moment, me dit-il.

C'était une explication bien brève. J'aurais pu lui demander ce qu'ils avaient fait, mais je ne voulais probablement pas le savoir. Et, de toute façon, je doute qu'il me l'aurait dit. On ne parlait jamais de sa vie à *Compulsion*. Elle se dressait comme un mur entre nous.

— Pourquoi tu ne m'as pas appelée dans ce cas ? Au moins pour me dire que tu ne serais pas chez toi ? demandai-je en faisant de mon mieux pour maîtriser ma colère.

Ce qui n'était pas difficile face à l'air si contrit de Maxx.

Il se mordit la lèvre tandis que des gouttes de neige fondue glissaient sur son visage.

— J'aurais dû t'appeler. Je ne l'ai pas fait. Je n'ai pas d'excuse, du moins aucune qui te satisferait. Sache seulement que je suis désolé et que je préfère être avec toi que nulle part ailleurs, dit-il.

Étrangement, son absence de justification m'aida à apaiser ma colère. Il ne se cherchait pas d'excuse. Il n'essayait pas de se tirer de l'embarras. Il reconnaissait qu'il avait merdé, et il s'excusait. Et, bizarrement, j'appréciais.

Je soupirai, relâchant mes épaules.

— Essaie seulement de t'en souvenir la prochaine fois, d'accord ?

Peut-être que je n'étais pas assez dure avec lui. Peut-être que j'aurais dû le faire se sentir encore plus coupable de m'avoir posé un lapin. Mais quel intérêt ? Pourquoi prolonger notre malheur à tous les deux ?

— Je le ferai, promis, dit-il.

Je me retins de grimacer. « Promis. » Pourquoi avais-je le sentiment qu'il se vouait lui-même à aller droit à l'échec en prononçant ces mots ?

Maxx remonta son sac sur son épaule, et son sourire revint.

— Je peux t'emmener quelque part ? demanda-t-il, ses yeux brillant d'excitation.

Je me frottai les mains l'une contre l'autre pour les réchauffer. Il jeta un coup d'œil autour de lui avant de me caresser la joue.

— Dans un endroit spécial. Ça te dit ? demanda-t-il.

Je fermai brièvement les yeux, sachant parfaitement que j'allais céder.

— D'accord.

Le sourire de Maxx était contagieux, et je ne pus m'empêcher de le lui rendre.

— Allons-y, dans ce cas, dit-il en laissant retomber sa main pour attraper la mienne, se fichant qu'on puisse nous voir.

Il me tira vers le parking, jusqu'à sa voiture. Il ouvrit la portière passager pour me laisser monter. J'avais des papillons dans le ventre chaque fois qu'il faisait ça.

Une fois assis, Maxx démarra la voiture et actionna le chauffage. Il prit mes mains entre les siennes et souffla dessus pour les réchauffer. Il embrassa mes doigts un à un, souriant contre ma peau.

La neige tombait à gros flocons et formait un épais manteau sur l'herbe. Jusque-là, les routes semblaient praticables, mais je n'étais pas sûre que sa voiture tiendrait la distance.

— La route semble plutôt mauvaise. On devrait peut-être faire ça un autre jour, suggérai-je en regardant dehors.

Maxx secoua la tête.

— Pas question. C'est la météo parfaite pour ce que j'ai en tête, me répondit-il avec enthousiasme.

Il prit ma main dans la sienne et sortit sa voiture du parking.

— Pourquoi ça me rend nerveuse ? le taquinai-je alors qu'il s'engageait sur la chaussée.

— Détends-toi. Je vais prendre soin de toi, dit-il en toute sincérité.

Je voulais vraiment le croire. Quand il était comme ça, détendu et insouciant, c'était facile de lui faire confiance.

Maxx conduisait sans se préoccuper des conditions météo qui se détérioraient pourtant rapidement. La neige continuait de tomber à gros flocons.

— Tu devrais peut-être ralentir, conseillai-je, avant de pousser un petit cri lorsque Maxx prit un virage un peu trop vite à mon goût.

Il s'esclaffa.

— Ça se voit que tu viens du Sud. Aubrey, ce n'est rien. J'ai conduit dans pires conditions que ça, me rassura-t-il.

— Pas avec moi, non, marmonnai-je.

Cela le fit rire mais il ralentit considérablement, à mon grand soulagement.

Quelques minutes plus tard, il se gara dans une rue résidentielle lambda.

— Où sommes-nous ? demandai-je.

Je fus surprise de voir Maxx sortir de la voiture. Il fit le tour jusqu'à ma portière pour m'ouvrir. Il releva mon menton et m'embrassa tendrement, la neige humide et froide se mêlant à la chaleur de ses lèvres.

— Tu vas voir, dit-il.

Ses yeux scintillaient. Il alla jusqu'au coffre et l'ouvrit.

— Mets ça, dit-il en me donnant une paire de grosses bottes de neige noires.

— Elles ne vont jamais m'aller, m'exclamai-je en les tenant par les lacets.

— Tu n'as qu'à bien serrer les lanières sur les côtés. Ça ira très bien, assura Maxx en se penchant pour enfiler les siennes.

Je fis ce qu'il dit et enlevai mes baskets, que je tendis à Maxx, et il les jeta dans le coffre. Je glissai mes pieds dans les bottes, deux fois trop grandes pour moi. Je serrai les lacets et tirai les lanières sur les côtés autant que possible, consciente que j'avais l'air ridicule.

Je mis mes mains sur mes hanches et lui lançai un regard noir.

— Tu vas m'expliquer pourquoi tu m'obliges à m'habiller en Bozo le clown ? demandai-je.

Maxx me tendit un thermos avant de tirer deux derniers objets de sa voiture. Il avait tout prévu.

— Des luges ? demandai-je, incrédule.

Maxx cala les deux luges rouges sous son bras et sourit tendrement.

— Oui, ce sont des luges, me taquina-t-il avant de fermer le coffre, puis il me montra d'un signe de tête un chemin boisé entre deux maisons. Viens.

Je suivis Maxx d'un pas lourd dans la neige, qui m'arrivait déjà aux chevilles. Marcher avec les bottes de Maxx me ralentissait considérablement, et il était obligé de s'arrêter régulièrement pour m'attendre. Il me conduisit le long d'un petit chemin traversant un bosquet d'arbres.

Au loin, j'entendis des rires et des cris. Nous émergeâmes des arbres et nous retrouvâmes à l'arrière d'un pâté de maisons, où une pente raide s'achevait sur un terrain de foot. Ça grouillait d'enfants. Visiblement, l'école avait fini plus tôt à cause de la neige, et la plupart des gamins du quartier s'étaient rassemblés sur la piste de luge la plus longue que j'aie jamais vue.

— C'est ici que tu voulais m'emmener ? demandai-je à Maxx en le regardant avec stupéfaction.

À ce stade, les agissements de Maxx n'auraient même pas dû me surprendre. Seulement, j'étais incapable de faire le rapprochement entre l'homme que j'avais appris à connaître et la personne qui se tenait à côté de moi, deux luges d'enfant sous le bras, aussi excité que les petits autour de lui.

Il enfonça ses mains dans ses poches et contempla la scène qui se déroulait devant lui, le regard lointain et un léger sourire aux lèvres.

— Ma mère m'emmenait toujours ici quand il neigeait. C'était un petit truc spécial entre elle et moi. Elle me faisait dévaler la pente jusqu'à ce que je ne tienne plus debout, puis elle me donnait du chocolat chaud et me portait jusqu'à la voiture.

Je ne dis rien. Je ne voulais pas gâcher ce rare moment de transparence. Maxx me désigna un affleurement de rochers en bas de la colline.

— Je me suis cassé le bras en percutant un rocher là-bas.

Il se mit à rire, un son triste et solitaire.

— Ma mère a totalement flippé. J'ai pu faire un tour en ambulance, ce qui est le truc le plus cool du monde pour un gamin de neuf ans. Je ne pensais pas tellement au fait que mon os dépassait de ma peau.

Son sourire s'évanouit et se transforma en grimace.

— Je ne suis pas venu ici depuis mes dix ans, murmura-t-il en regardant droit devant lui, perdu dans ses souvenirs.

Je sentis ma gorge se serrer et mes yeux me brûler. Je savais ce qu'il était en train de faire, même s'il n'en avait pas conscience. Il partageait avec moi un fragment de lui-même, une partie de lui qui appartenait à une autre époque, avant la drogue. Avant la boîte de nuit. Avant que sa vie déraille.

J'inspirai profondément, un peu tremblante, et tentai de calmer les battements irréguliers dans ma poitrine. Comment ne pas offrir mon cœur à l'homme qui se tenait devant moi et me donnait ce qu'il avait de plus précieux ? Ses souvenirs. Son bonheur. Les rares moments purs de sa vie.

Maxx cligna plusieurs fois des yeux, comme pour se rappeler où il était. Il se tourna vers moi, un petit sourire au coin des lèvres. Il me prit le thermos des mains, le posa contre un arbre et me tendit l'une des luges.

— Ça va être marrant. Promis, dit-il en sortant son bonnet de sa poche pour l'enfiler.

Encore ce mot. « Promis. »

Pourtant, cette fois-ci, avec ses yeux pleins d'étoiles, je le crus.

— Bien sûr, si je ne me brise pas le cou avant, plaisantai-je, et Maxx m'embrassa sur le bout du nez.

— Arrête d'être aussi pessimiste, me réprimanda-t-il en m'attrapant par la main pour m'entraîner en haut de la colline.

Je me mordis la lèvre en regardant les enfants la dévaler à toute allure en criant. Je devais admettre que j'étais un peu chochotte. Sauf que la pente était vraiment raide, et que j'avais déjà été témoin de quelques gamelles.

— Euh… je ne suis pas trop sûre, dis-je avec hésitation alors que Maxx s'asseyait sur sa luge.

Les enfants nous regardaient bizarrement. Ce devait être étrange de voir deux adultes jouer dans la neige avec eux.

Maxx leva les yeux vers moi.

— Tu n'as jamais fait de luge, c'est ça ? comprit-il.

Je secouai la tête. Je me sentais bête. Il faut dire qu'il n'y avait pas beaucoup de neige en Caroline du Nord. Quelques flocons et tout s'arrêtait. Un centimètre faisait fermer les écoles. Mais il n'y en avait jamais eu assez pour faire de la luge.

Maxx recula et tapota le plastique devant lui.

— On va faire la descente ensemble, dit-il.

— On sera trop lourds. Ça ne va jamais marcher, raisonnai-je.

— En vrai, on va plus vite quand on est plus lourd, intervint un petit garçon à côté de moi.

Je le regardai et fronçai les sourcils.

— Ça ne m'aide pas vraiment, lui dis-je.

Le garçon, qui ne devait pas avoir plus de sept ans et était habillé des pieds à la tête pour jouer dans la neige, leva les yeux au ciel.

— Sois pas une poule mouillée, lança-t-il.

Maxx s'esclaffa, et je restai bouche bée. Ce gamin se moquait de moi ?

— Tu as entendu le petit mec. Sois pas une poule mouillée, me provoqua Maxx.

Ne voulant pas passer pour une idiote aux yeux d'un écolier, je m'assis sur la luge devant Maxx et rentrai mes jambes dans le cadre. Maxx cala les siennes de chaque côté et passa ses bras autour de ma taille, me serrant fort contre lui. Je sentais la chaleur de son corps malgré les couches de tissu.

Il posa son menton sur mon épaule et m'embrassa dans le cou.

— On y va. Tiens-toi bien, murmura-t-il doucement, faisant se hérisser les cheveux près de mon oreille.

Le petit garçon me regardait avec un sourire satisfait aux lèvres, et je lui tirai la langue. Il écarquilla les yeux et s'enfuit en courant.

— Waouh ! Quelle maturité, Aubrey, plaisanta Maxx avant d'éclater de rire.

Je haussai les épaules.

— Il l'avait mérité, lançai-je avec malice, me sentant tout excitée de sentir Maxx rire dans mon dos.

Puis, sans me laisser une chance de me préparer, Maxx nous propulsa en avant et nous dévalâmes la colline. Mes cheveux s'envolaient derrière moi, et je sentais le vent froid sur mon visage. Je criai comme une mauviette tout du long.

Quand nous atteignîmes le pied de la colline, la luge percuta une congère et nous nous envolâmes dans les airs. Maxx et moi décollâmes de la luge. J'atterris sur le dos dans un bruit sourd, de la neige fondue plein le visage. Je restai ainsi à regarder le ciel, tentant de reprendre ma respiration.

Soudain, Maxx se pencha au-dessus de moi en souriant comme un idiot.

— C'était pas génial ?

Il m'aida à me lever et retira la neige de mon jean. Je me palpai les bras et les jambes à la recherche d'os cassés.

Maxx m'attrapa par la main et se mit à remonter la colline.

— On recommence, s'écria-t-il en me tirant derrière lui.

Soudain, je trébuchai et tombai, emportant Maxx dans ma chute. J'éclatai de rire, attrapai une poignée de neige et la fourrai dans son tee-shirt. Il cria et tenta de l'enlever.

J'étais pliée en deux, prise d'une crise de rire frôlant l'hystérie, de voir mon petit ami sautiller partout en essayant de retirer la neige de son tee-shirt.

Puis il s'arrêta, et je sus que cet éclair espiègle dans ses yeux bleus était mauvais signe. Il se pencha très lentement pour ramasser une poignée de neige.

— Tu veux jouer à ça, hein ? me demanda-t-il en tassant la neige en une boule compacte.

Je levai les deux mains et commençai à reculer.

— T'as pas intérêt, Maxx ! Je te jure…

Je laissai ma menace en suspens car je m'étais mise à courir, et Maxx me poursuivait. Je sentis le projectile m'atteindre au milieu du dos.

— Attrape-la ! cria le petit garçon de tout à l'heure.

Je ne courais plus pour échapper seulement à Maxx, mais à quatre enfants qui me jetaient tous des boules de neige.

Puis Maxx me tacla et fit bouclier alors que les gamins nous bombardaient.

— Unissons nos forces, me glissa-t-il à l'oreille.

Je hochai la tête, et nous nous relevâmes pour courir après nos assaillants. Ils se mirent à crier alors que la bataille de neige s'engageait.

Lorsque nous déclarâmes le cessez-le-feu, j'avais tant ri que j'avais mal aux joues et aux côtes. Les gosses adoraient Maxx. Je ricanai en le voyant remonter la colline avec trois garçons pendus à lui comme des singes. C'était inné chez lui, et le voir interagir si aisément avec les enfants me serra le cœur.

Je n'avais jamais imaginé que je pourrais autant m'amuser en me gelant. Lorsque nous quittâmes la piste, j'étais épuisée, mais cela faisait longtemps que je n'avais pas été aussi heureuse.

Maxx me tendit le thermos et nous regagnâmes la voiture. Je dévissai le bouchon et pris une gorgée de chocolat, encore bien chaud. J'adressai un sourire en coin à Maxx.

— Du chocolat chaud ? demandai-je.

Maxx me sourit d'un air satisfait.

— Je me suis souvenu de ce qu'il fallait pour te caresser dans le sens du poil, répondit-il.

Je m'arrêtai au milieu du chemin ombreux et me tournai vers lui. Passant mes bras autour de son cou, j'attirai sa tête vers le bas pour que mes lèvres puissent toucher les siennes.

J'ouvris la bouche et glissai ma langue contre la sienne. Il grogna et me serra contre lui. La neige tombait toujours, et mes vêtements étaient trempés, mais je m'en fichais.

La seule chose qui m'intéressait, la seule chose qui comptait, c'était l'homme que je tenais dans mes bras.

Je m'écartai, et Maxx appuya son front contre le mien.

— C'était pour quoi ? demanda-t-il doucement.

Je passai mes doigts dans ses cheveux mouillés, ignorant l'engourdissement de mes doigts.

— Pour m'avoir surprise, répondis-je sur le même ton en lui souriant.

Maxx planta ses doigts dans mon dos.

— Rappelle-moi de te surprendre plus souvent, grogna-t-il en me mordillant la lèvre.

Je ris bêtement et levai la tête pour l'embrasser encore, mais Maxx m'en empêcha. Il avait la mine grave, soudain.

— Qu'y a-t-il, Maxx ? lui demandai-je.

Il ferma les yeux et déglutit.

— Je t'aime, Aubrey, dit-il dans un murmure presque douloureux, comme si cet aveu lui était arraché par la force, comme si prononcer ces mots lui faisait mal.

Je fronçai les sourcils et lui effleurai le visage. Il ouvrit les yeux, et ils brillèrent dans l'obscurité grandissante. J'entrouvris les lèvres. Je voulais lui répondre.

Je voulais lui dire que moi aussi, je l'aimais.

Parce que c'était la vérité.

Mes sentiments avaient évolué peu à peu, et je savais ce que je ressentais sans jamais avoir éprouvé ces sentiments auparavant.

C'était de l'amour. Un amour pur et total.

Mais, pour une étrange raison, les mots restèrent coincés dans ma gorge. Je restai là, muette comme une carpe, tandis que Maxx me regardait, me suppliait du regard, m'implorait de partager ses sentiments.

Ce qui était le cas.

Alors pourquoi étais-je incapable de dire les mots qu'il avait besoin d'entendre ? Les mots que je voulais dire ?

Le silence s'étira, et je ne disais toujours rien.

Maxx finit par soupirer et détourna le regard. Je me sentais terriblement mal. Je le laissais tomber alors qu'il avait désespérément besoin de moi. Je n'avais pas été capable de lui donner ce dont il avait besoin.

Pourquoi ?

Je ne pouvais expliquer pourquoi j'hésitais tant à verbaliser les sentiments que j'éprouvais. Peut-être était-ce le manque de confiance encore présent, ou bien la peur grandissante de l'échec.

J'étais furieuse contre moi-même de gâcher une journée parfaite avec mes incertitudes.

Maxx porta ma main à sa bouche et m'embrassa les doigts. Il sourit, mais ses yeux, pétillants de bonheur quelques minutes auparavant, étaient à présent emplis de tristesse.

— Rentrons chez moi. Je crois que je te dois un plat de Fettucine Alfredo, dit-il en nouant ses doigts aux miens avant de rejoindre sa voiture.

— Maxx…, commençai-je, mais il secoua la tête avant que je ne puisse poursuivre.

— Ne dis rien, Aubrey. Rentrons, et je te ferai les meilleures pâtes que tu aies jamais mangées, dit-il d'une voix dure alors même qu'il tentait de ne pas sembler affecté.

Je clignai des yeux pour chasser les larmes qui me montaient aux yeux et lui souris faiblement.

— J'ai hâte.

25

Aubrey

Après notre journée dans la neige, je pensais que nous avions franchi un cap dans notre relation. Malgré mon incapacité à exprimer mes sentiments, nous avions passé une merveilleuse soirée ensemble.

Nous étions retournés chez Maxx, et il m'avait fait à manger. Il avait manifestement pris le temps de ranger son petit appartement et avait même passé l'aspirateur sur la moquette.

Il avait fait beaucoup d'efforts pour que cette soirée soit spéciale. Je l'avais aidé à préparer la sauce et à faire la salade. Puis nous avions mangé ses pâtes trop cuites et son pain à l'ail un peu brûlé à la lueur d'une dizaine de bougies.

Après avoir rangé, Maxx avait suggéré que nous regardions un DVD. Il avait soigneusement choisi le film, *The Doom Generation*, en hommage à notre premier rendez-vous. Ce clin d'œil romantique m'avait émue.

Sans prendre la peine de regarder le film, je l'avais attiré dans la chambre et m'étais dépêchée de retirer nos vêtements. Puis nous avions fait l'amour jusqu'à l'aube.

Tout avait été si beau, tout en simplicité, si facile. Et je m'agrippais avidement à ces instants, de peur qu'ils ne me glissent entre les doigts.

Parce que la nature de notre relation n'était pas un bonheur tranquille. Et les semaines qui suivirent notre incroyable journée ensemble me montrèrent que nous étions voués à connaître un destin bien plus sombre.

Parce que Maxx ne cessait de disparaître. Il s'éclipsait sans que je m'en rende compte, et son absence me tourmentait. Je me demandais ce qu'il faisait, quelle drogue il prenait, de quelles façons il se détruisait.

Quand nous étions ensemble et qu'il me touchait, je m'efforçais d'ignorer l'angoisse chuchotant que c'était temporaire, que quand nos respirations auraient ralenti et que notre sueur aurait séché sur nos corps, il me quitterait encore. Mais il ne cessait de revenir pour en demander plus.

Maxx prenait le contrôle.

Il me submergeait.

Je me noyais.

Les instants de bonheur où nous étions ensemble étaient doux-amers parce qu'ils ne duraient jamais assez longtemps.

Je savais où il allait. Je n'étais pas stupide. Néanmoins, Maxx évitait adroitement mes questions quand je les posais. Mais je n'insistais jamais trop. Je ne le cuisinais jamais trop.

Pour être tout à fait honnête, je ne voulais simplement pas qu'il confirme ce que je soupçonnais : qu'il vendait encore, qu'il consommait encore, qu'il foutait encore sa vie en l'air de la pire des manières. J'avais peur de devoir prendre une décision radicale concernant notre relation si jamais mes soupçons se confirmaient. Et j'avais peur de me haïr d'avoir fait ce choix.

Une partie de moi voulait retourner à *Compulsion*. J'avais beau connaître la réalité de l'endroit et son rôle dans le monde de Maxx, je me souvenais encore du frisson qui me parcourait quand j'y étais. La tentation était attrayante.

Je faisais donc l'autruche et m'efforçais d'avancer comme si ce trou noir dans sa vie n'existait pas.

Certains jours, Maxx était le petit ami idéal. Il était romantique. Il était amoureux. Il m'aimait de tout son être. On riait, on parlait et on vivait des instants volés de pur bonheur. Il essayait de me donner tout ce dont j'avais besoin.

Excepté la seule chose que je voulais vraiment : qu'il arrête. La drogue, le club, tout ça.

Je savais qu'il ne le ferait pas. Je ne lui demandais donc pas, consciente que sa réponse me briserait le cœur. Parfois il était lucide, ses yeux bleus parfaitement clairs. Il ne tremblait pas, ne transpirait pas, ne se pliait pas en deux à cause de la nausée causée par le manque. Je pouvais presque me convaincre que la bête était vaincue, que les inquiétudes qui me hantaient n'avaient pas lieu d'être.

Mais elles étaient quand même présentes, enracinées dans une réalité douloureuse qui n'était jamais loin de la bulle dans laquelle nous essayions de survivre.

Maxx refusait de me parler de la boîte de nuit ou de quoi que ce soit en rapport avec *Compulsion*. Je détestais ça. Je ne voulais pas qu'il me cache des choses, pas même ces horreurs que j'aurais voulues inexistantes.

Et bien qu'il passe sous silence une grande partie de sa vie, je savais qu'il m'aimait. Et bien que je n'aie pas encore verbalisé mes sentiments, Maxx ne manquait jamais une occasion de me dire ce qu'il ressentait.

J'avais « Je t'aime » sur le bout de la langue. Et quand je serais prête à le dire à haute voix, Maxx me quitterait encore, et je resterais seule avec ces inquiétudes sombres et tordues qui devenaient bien trop familières.

— Eh bien, si ce n'est pas ma coloc ! Je commençais à me dire qu'il faudrait que je signale ta disparition, plaisanta Renée lorsque j'entrai dans l'appartement après les cours ce jeudi-là.

Je n'avais pas beaucoup vu Renée ces dernières semaines. Et elle m'avait manqué. Ma vie ressemblait à des montagnes russes, et j'aurais voulu me confier à elle comme avant. Nous avions beau revenir doucement vers une amitié plus semblable à celle d'autrefois, je n'étais pas certaine d'être prête à partager ma pénible situation avec elle.

Elle semblait plus heureuse. Les bleus causés par les poings de Devon avaient disparu depuis longtemps, et elle avait commencé à reprendre des kilos bien nécessaires. Elle avait bonne mine, et elle commençait à remettre ses vieilles fringues.

C'était la preuve que Devon ne faisait plus partie de sa vie.

— Ha, ha.

Je levai les yeux au ciel en laissant tomber mon sac sur le sol. Je venais de passer chez Maxx, espérant le voir un moment. Bien sûr, il n'était pas là. J'avais attendu vingt minutes, mais il ne s'était pas pointé. La pluie m'avait décidée à partir.

— C'était quand la dernière fois que tu as passé la nuit ici ? Je commençais à croire que je vivais toute seule, fit observer Renée en fermant son livre avant de le poser sur le canapé à côté d'elle.

Comme je ne disais rien, elle m'adressa un petit sourire.

— Alors, c'est qui ce mec, et pourquoi ne l'ai-je pas encore rencontré ? demanda-t-elle en me suivant dans la cuisine.

J'ouvris le réfrigérateur et pris un soda. Je l'ouvris et bus une longue gorgée en réfléchissant à la réponse que j'allais lui donner.

Je vivais encore dans un état constant de paranoïa à l'idée de me faire prendre. Je me tracassais de savoir ce qu'il arriverait si la mauvaise personne nous voyait ensemble, Maxx et moi. Je me faisais des films sur le moment où tout mon univers imploserait et où mes rêves voleraient en éclats.

Je posai ma canette sur le bar et soupirai.

Renée croisa les bras et me regarda sans ciller. Même si notre amitié avait changé en un an, elle me connaissait encore mieux que personne.

— Qu'est-ce qui ne va pas ? C'est à propos de ce mec ? demanda-t-elle, l'air inquiet.

Je soupirai une nouvelle fois. Renée fronça les sourcils.

— Crois-moi, aucun mec ne vaut la peine que tu te sentes comme de la merde, déclara-t-elle d'un ton ferme.

Je m'adossai au plan de travail.

— Je crois que je l'aime, dis-je à toute vitesse, me choquant moi-même.

Les mots m'avaient échappé sans que ma retenue habituelle les arrête. Je couvris ma bouche d'une main comme si je pouvais les remettre à l'intérieur, en sécurité. Mais, à présent que je les avais prononcés, il m'était impossible de les reprendre.

Renée cligna des yeux, surprise.

— Hein ? Tu aimes un mec que je n'ai jamais rencontré ? Quelqu'un dont tu n'as jamais parlé ? Désolée, mais j'ai du mal à le croire, lança-t-elle en haussant un sourcil, l'air sceptique.

— Je ne peux pas te parler de lui, Renée, plaidai-je en espérant qu'elle laisserait tomber.

Mais je n'allais pas y échapper.

— Non, non, ça fait longtemps qu'il faut qu'on discute entre filles. Prends la glace, je prends les chips, et on se cale sur le canap', ordonna Renée.

Je ne pus m'empêcher de sourire. J'avais hâte de révéler certains de mes secrets après les avoir gardés si longtemps.

Je sortis deux pots de Ben & Jerry's du congélateur et la rejoignis dans le salon.

— Il faut que tu commences par le commencement. Pourquoi cette relation est si secrète ? Ça ne te ressemble pas, commença Renée alors que nous nous installions sur le canapé.

Je me fourrai une cuillerée de glace dans la bouche en espérant que le froid me ferait retrouver la raison.

— Il est dans le groupe de soutien que je co-anime, avouai-je, confessant aussitôt mes péchés.

C'était comme arracher un pansement. Autant le faire le plus vite possible.

Renée écarquilla les yeux.

— Mouais, ce n'est pas terrible, fit-elle remarquer.

— Euh… c'est carrément pas bien, marmonnai-je en me mettant encore plus de glace dans la bouche.

— Maintenant, je comprends pourquoi tu gardais le secret, médita Renée en posant le pot de Ben & Jerry's pour entamer un paquet de chips crème aigre et oignon.

— Ça a commencé avant même que je ne me rende compte de ce qu'il se passait. Il s'est insinué furtivement dans ma vie et puis, d'un coup, c'était comme si je craquais complet. Tu vois ce que je veux dire ? demandai-je.

En réalité, parler de ma relation avec Maxx me faisait comprendre à quel point la situation était de la folie.

— Totalement, répondit Renée en grimaçant.

Je savais qu'elle pensait à Devon, et je me sentis coupable, pas pour la première fois, d'avoir traité ses sentiments pour son ex avec autant de mépris et d'insensibilité. Je comprenais désormais à quel point il pouvait être difficile de quitter une personne à laquelle on tenait, même si elle était mauvaise pour nous.

— Brooks est au courant, dis-je.

Renée leva les yeux au ciel, ce qui me surprit.

— Parfait. Il a besoin de voir la réalité en face.

— Hein ? demandai-je.

Renée me tendit les chips.

— Ce mec flashe sur toi depuis bien trop longtemps. C'est embarrassant, à force.

Je secouai la tête.

— Impossible. On est juste amis. On a fait le tour de la question, argumentai-je.

Renée leva de nouveau les yeux au ciel, me donnant l'impression d'avoir loupé quelque chose d'apparemment évident.

— Dans ce cas, t'es aveugle. Parce que ce mec veut à tout prix un deuxième billet pour le train Aubrey Duncan direction ta culotte. Vous vous connaissez… bibliquement. Ce n'est pas possible de passer de ça à l'amitié sans qu'il reste tout un tas de merde sous la surface. Et Brooks Hamlin te veut… intensément. Alors, je répète : parfait ! Il avait besoin d'un truc énorme pour passer à autre chose, expliqua Renée sans ménagement.

Son observation indélicate apportait un nouveau niveau de complication à une équation déjà pas évidente. Renée avait-elle raison ? Bien sûr qu'elle avait raison. Au fond, ça faisait un moment que je le soupçonnais.

— Mais il est au courant. Et si tu as raison et qu'il éprouve ces sentiments que je ne partage pas, qu'est-ce qui l'empêche de le raconter à quelqu'un ? gémis-je.

Renée ne dit rien. Ce n'était pas la peine de souligner l'évidence : si j'avais tant peur des conséquences, je n'avais qu'à m'abstenir. Si je tenais vraiment à mon avenir, je devais mettre un terme à ma relation avec Maxx et l'oublier.

Mais cela rendrait les choses bien trop simples. Et, manifestement, mon cœur n'aimait pas la simplicité.

Renée tendit la main et me caressa les cheveux.

— Honnêtement, je ne pense pas que Brooks te ferait une chose pareille. C'est ton ami, Aubrey. Tu ne te serais jamais autant rapprochée de lui si tu le pensais capable d'une telle vacherie.

Encore une fois, ma coloc soudain si sage avait raison. Je n'imaginais pas Brooks être aussi odieux.

Cela dit, il était difficile d'oublier la colère et la souffrance qui s'étaient peintes sur son visage quand il avait compris ce qu'il se passait entre Maxx et moi. Je ne savais plus en qui ni en quoi je pouvais avoir confiance.

— J'aimerais pouvoir te dire quoi faire mais, au cas où tu ne l'aurais pas remarqué, je ne suis pas la mieux placée pour donner des conseils amoureux. Je peux seulement te demander de faire attention. Je ne veux pas te voir souffrir, reprit Renée en me regardant avec compassion.

Oh, les temps avaient bien changé. Il n'y avait pas si longtemps, c'était moi qui la regardais ainsi. J'étais tombée bien bas.

Avant que je ne puisse m'effondrer au sol en m'apitoyant sur mon sort, le téléphone de Renée bipa, lui annonçant qu'elle avait reçu un message. Elle l'attrapa sur la table basse et lut le texto. Son visage se déforma de colère et de peur.

— Qu'est-ce que c'est ? demandai-je en la regardant supprimer le message.

Renée m'adressa un sourire forcé et rangea le téléphone dans sa poche.

— Rien, mentit-elle.

Je la regardai, les yeux plissés, et elle haussa les sourcils.

— C'est Devon, répondit-elle.

— Devon ? Je croyais que c'était fini entre vous ? demandai-je, espérant ne pas avoir loupé un changement majeur de sa situation pendant que j'étais collée à Maxx.

— Oh, c'est fini entre nous. Il a seulement du mal à l'accepter, marmonna-t-elle.

— Que disait son message ? demandai-je.

Connaissant la personnalité extraordinaire de Devon Keeton, je pouvais avancer une hypothèse sur son contenu.

— Pas grand-chose. Mais il a un certain penchant pour des mots pas très sympas.

Elle haussa de nouveau les épaules.

Je mourais d'envie de dire un truc méchant sur son ex. Mais je me mordis la langue. Renée tenait bon, même si j'ignorais combien de temps ça durerait. Et je savais que mes remarques haineuses n'aideraient pas, même si elles avaient le pouvoir de me soulager. En observant Renée, je voyais à quel point Devon et leur relation avaient laissé des traces. Mais elle l'aimait encore. C'était évident. Et cet amour la faisait souffrir.

Je ne pouvais pas m'empêcher de me demander si j'étais dans la même situation. Mes sentiments pour Maxx me poussaient à prendre des décisions que je n'aurais jamais prises par le passé. J'étais en train d'oublier tout ce qui avait compté pour moi, j'étais peut-être en train de tout gâcher pour sauver un garçon qui, j'en étais presque sûre, ne voulait pas être secouru.

L'amour nous rendait stupides.

L'amour nous rendait aveugles.

L'amour pouvait nous rendre incapables et impuissants.

Et l'amour pouvait aussi tout arranger.

Je ne pouvais pas me permettre de penser autrement.

Cela dit, l'amour de Renée avait failli la détruire. Il n'avait rien arrangé. Mon amie avait dans les yeux un savoir que je n'y avais jamais vu auparavant.

Je tendis la main et serrai la sienne, lui offrant mon soutien, ce qui était en fin de compte ce que nous voulions tous. Elle voulut sourire, mais sa bouche forma plutôt une grimace.

— Il faut que j'aille à la bibliothèque. Tu seras là ce soir ? demanda Renée.

— Je ne suis pas sûre, répondis-je en toute honnêteté.

Parce que je savais que si je parvenais à trouver Maxx, je ne rentrerais pas. J'étais déjà excitée et impatiente d'être avec lui. Nous nous étions vus dans la matinée, et pourtant je ne tenais pas en place, comme une junkie en manque.

Maxx était ma drogue.

Renée m'adressa un sourire triste.

— Ne le laisse pas te tirer vers le bas, Aubrey. Apprends de mes erreurs, me conseilla-t-elle.

Je voulais rejeter son affirmation, mais je ne pouvais pas. Elle avait raison.

Après le départ de Renée, je cédai et tentai d'appeler Maxx encore une fois. Et, encore une fois, il ne répondit pas. Je songeai à laisser un message avant de me raviser. Il verrait que j'avais appelé. J'espérais seulement qu'il me contacterait à son tour.

Je ne pouvais pas rester oisive en attendant que mon téléphone sonne. C'était pathétique. J'avais des choses à faire. J'avais négligé les cours ces dernières semaines, et il me faudrait travailler d'arrache-pied pour me remettre sur les rails.

Je pris mon sac en essayant de ne pas m'arrêter sur l'état de ma chambre, que j'avais également négligée à cause de mon obsession pour Maxx. La couche de poussière me fit déguerpir.

Une fois sur le campus, je me dirigeai vers l'entrée à l'arrière du bâtiment de psychologie. J'avais oublié de vérifier le planning de cours du Pr Lowell pour la semaine, et je ne voulais pas aggraver mon cas en n'y assistant pas.

J'espérais ne pas tomber sur ma conseillère, mais j'aurais dû me douter que je n'aurais pas cette chance. Ces derniers temps, l'univers me faisait, semblait-il, un beau doigt d'honneur.

— Aubrey ! Entrez discuter une minute, s'écria le Pr Lowell alors que j'essayais de me faufiler dans le hall d'accueil en passant devant son bureau sans me faire remarquer.

Il fallait vraiment que je travaille ma discrétion.

Regarder en face cette enseignante pour qui j'avais beaucoup de respect en sachant parfaitement que je trahissais sa confiance était un nouveau genre de torture. J'avais peur qu'elle ne me perce à jour simplement en posant les yeux sur moi.

Je détestais que cet amour flambant neuf que j'éprouvais pour Maxx apporte avec lui une quantité incommensurable de culpabilité et de honte. Pourquoi n'avais-je pas pu rencontrer Maxx dans des circonstances différentes ?

Pourtant, au fond, je savais que ce qui m'avait attirée chez lui, c'était aussi le chaos qui le tourmentait et l'avait fait atterrir dans le groupe de soutien.

Mon Dieu ! Qu'est-ce que ça disait de moi ? Peut-être que ce n'était pas Maxx qui était à la masse ? Il était clair que mes problèmes étaient tout aussi préjudiciables.

J'entrai dans le bureau du Pr Lowell et je restai maladroitement à côté de la porte. Elle leva les yeux vers moi et me fit signe de m'asseoir. Je scrutai son visage, à la recherche d'un signe de mécontentement ou de colère. Je m'enlisais dans ma propre méfiance.

— Laissez-moi juste un instant pour finir ça, dit le Pr Lowell en triant une pile de papiers.

En attendant, j'observai le bureau dans lequel j'avais passé tant de temps. Je me souvenais de mon premier cours avec elle en première année. Le cours d'introduction à la psychologie n'avait pas été le plus fascinant, mais j'avais adoré la façon d'enseigner du

Pr Lowell. Sa capacité à instiller la passion chez ses étudiants était impressionnante.

Cette année-là, je venais de perdre Jayme, j'étais désorientée et malheureuse. Ma relation avec mes parents était tendue. J'étais à des centaines de kilomètres de chez moi, et j'étais seule. J'avais coupé les ponts avec tous mes amis du lycée et je n'avais essayé de me lier avec personne.

Mais, d'une manière ou d'une autre, le Pr Lowell avait vu quelque chose en moi et m'avait rapidement prise sous son aile. Je respectais son refus de chercher ou d'accepter des excuses pour quoi que ce soit. J'avais été séduite par sa personnalité austère mais bienveillante, et j'appréciais qu'elle attende de moi que je prenne mes responsabilités sans pour autant oublier mon chagrin.

Elle encourageait mon envie de devenir conseillère. Elle me guidait sur le chemin que j'avais choisi. Elle était mon mentor. Ma conseillère. Mon professeur préféré. Et la perspective de la décevoir me rendait malade. J'étais terrifiée à l'idée de la regarder un jour dans les yeux et d'y lire de la déception.

Le Pr Lowell finit par m'accorder son attention, et je faillis tomber de soulagement en la voyant sourire. Elle n'était pas mécontente de me voir. Au contraire, elle semblait ravie.

— Je ne veux pas vous retenir, Aubrey. Je sais que vous devez être occupée. Je voulais seulement prendre un moment pour vous dire que j'ai eu d'excellents retours de la part de Kristie sur les réunions du groupe de soutien.

— Vraiment ? m'étonnai-je. Je pensais que, après mon intervention totalement foireuse, elle me considérait comme un cas désespéré, dis-je, et ma réflexion fit rire le Pr Lowell.

— Je pense qu'elle a tourné la page. Kristie peut être difficile. Elle donne l'impression d'être gentille, mais elle est inflexible sur certaines choses. Le fait qu'elle ait changé d'avis à votre propos est donc un immense compliment.

En entendant cette louange, je n'éprouvai pas l'élan de fierté que j'aurais ressenti en temps normal. Non. En réalité, je me sentais encore plus mal. Que diraient le Pr Lowell et Kristie quand elles apprendraient que j'avais une attitude déplacée ? Je frissonnai en imaginant leur tête si la vérité éclatait un jour.

Alors pourquoi cela ne suffisait-il pas à me faire partir ?

Parce que je souffrais de ma propre addiction, qui éliminait toute logique.

— Merci, soufflai-je, incapable de dire autre chose.

Le Pr Lowell me regarda avec un grand sourire, et j'eus envie de m'enfuir en courant. Immédiatement.

— Regardez mon emploi du temps sur la porte, et inscrivez-vous pour un rendez-vous en tête à tête après une réunion du groupe de soutien. Nous pourrons parler de comment les choses se passent et étudier les possibilités pour votre prochain placement bénévole, me conseilla mon professeur, m'indiquant par là même qu'il était temps que je la laisse.

Je me levai sans un mot. Je me dépêchai de sortir du bureau et fis ce que le Pr Lowell m'avait demandé. J'appréhendais déjà le rendez-vous.

Il aurait fallu que j'aille à la bibliothèque. J'avais une tonne de boulot à rattraper, mais j'avais juste envie de quitter le campus. Je voulais aller chez Maxx et m'immerger dans les sentiments que je n'éprouvais que lorsqu'il me touchait.

Je poussai les portes qui menaient dans la cour de la fac. Je courus vers le trottoir et m'arrêtai net. Des couleurs avaient attiré mon attention à mes pieds. Je baissai les yeux et vis qu'un dessin recouvrait toute la chaussée.

Je reculai pour mieux voir le kaléidoscope d'images élaboré. Au centre se trouvaient deux silhouettes qui ressemblaient à des marionnettes tenues par des ficelles. Leurs articulations étaient représentées par des coutures déchiquetées et sanglantes retenues par des écrous et des boulons. Les ficelles qui les tenaient en l'air disparaissaient dans un épais brasier au-dessus de leurs têtes.

Les marionnettes s'agrippaient l'une à l'autre, essayaient de se retenir mutuellement de leurs membres maladroits. Sous leurs pieds, le sol cédait, s'émiettait, disparaissait. Les longs cheveux de la marionnette féminine étaient recouverts de fleurs qui assombrissaient son visage. Ses mèches blondes étaient tissées de manière complexe, formant la lettre X.

Tandis que je me tenais là, subjuguée par cette image étrange et pourtant incroyablement belle, je sentis une goutte d'eau sur mon nez, puis d'autres sur ma joue. Je levai les yeux et vis des nuages s'amasser. Je regardai alors tristement la pluie inonder le dessin et l'effacer.

Il était dommage que quelque chose d'aussi incroyable, une œuvre que quelqu'un avait clairement mis du temps à créer, soit détruite par une averse.

Je n'avais pas prévu le changement de météo, et je restai donc sous le déluge. J'observais avec une fascination morbide les couleurs vives se mélanger et ruisseler sur le trottoir. Les deux marionnettes enlacées passionnément quoique maladroitement s'estompèrent jusqu'à ce qu'il n'en reste plus rien.

— Pourquoi il ne dessine pas sur du papier, comme tout le monde ? demanda une voix hargneuse derrière moi.

Brooks s'arrêta à côté de moi et m'abrita de son parapluie. Cela faisait des semaines que je ne lui avais pas parlé, depuis notre confrontation après le groupe de soutien. Il venait toujours assister aux réunions chaque semaine, mais il n'avait initié aucune interaction entre nous. Néanmoins, je sentais toujours son regard attentif sur moi. Et ce n'était pas le seul. Je savais que d'autres me regardaient, ce qui n'aidait pas à apaiser ma paranoïa, déjà à un niveau critique.

Les marionnettes avaient complètement disparu.

— Je croyais que tu aimais les dessins de X, fis-je remarquer sans quitter le trottoir détrempé des yeux.

Brooks s'esclaffa.

— C'est comme cette boîte de nuit, rien qu'une perte de temps. Bien sûr, c'est joli, mais ça ne cache qu'un cœur pourri, cracha-t-il.

Je savais qu'il ne parlait pas du dessin.

— Pourquoi tant d'amertume, Brooks ? Il faut du talent pour créer une chose pareille, argumentai-je en frissonnant de froid, mes vêtements trempés me collant à la peau.

La pluie martelait le parapluie, ruisselait autour de nous et éclaboussait mes chaussures et mon jean en heurtant le sol.

Brooks secoua la tête.

— Je comprends, Aubrey. C'est facile de se laisser distraire par une chose pareille. Mais n'oublie pas la laideur que ça cache. C'est peut-être joli à regarder, mais ce n'est que de la peinture, et elle finit par s'effacer.

Les métaphores de Brooks me donnaient mal au crâne. Cependant, ce qu'il voulait dire était clair comme de l'eau de roche. Si je m'étais interrogée sur l'état de notre amitié auparavant, je n'avais dorénavant plus aucun doute. Sa désapprobation était palpable.

Je quittai la protection de son parapluie, puis plongeai mon regard dans les yeux de mon ancien ami et ne vis rien de l'homme bon et compatissant que je connaissais.

— Tu me fais de la peine, Brooks. C'est facile de critiquer ce que tu n'essaies même pas de comprendre. De porter un jugement sans regarder ce qui se trouve devant toi. Je suis désolée de ne pas avoir été à la hauteur de tes attentes. De t'avoir déçu. Mais il fallait bien que je descende de ce piédestal.

Brooks ouvrit la bouche comme pour dire quelque chose, puis il secoua la tête.

— Moi aussi je suis désolé, Aubrey, dit-il avec tristesse.

Je baissai de nouveau les yeux vers le dessin détruit. Il n'en restait était qu'une flaque colorée dans l'herbe.

— Tu vas louper des choses extraordinaires dans la vie si tu ne regardes pas plus loin que le bout de ton nez. Tu ne verras pas la beauté qu'on trouve dans les endroits les moins conventionnels. Ce qui est complexe n'est pas laid. C'est justement cette complexité qui fait que ça en vaut la peine, dis-je doucement.

Puis je tournai les talons et m'éloignai.

Je sortis mon téléphone et réessayai d'appeler Maxx. Pas de réponse. J'étais gelée, j'avais le bout des doigts engourdi. Mais je ne pouvais pas rentrer chez moi. Pas plus que je ne pouvais rester sur le campus.

Il n'y avait qu'un seul endroit où j'étais à ma place. Une seule personne dont j'avais besoin.

Je parcourus donc les quatre pâtés de maisons pour le trouver.

Et, comme il n'était pas là, j'attendis.

J'attendrais toujours Maxx.

26

Aubrey

— Pourquoi je ne peux pas t'accompagner ? demandai-je à Maxx, allongée, nue, lovée contre lui dans son lit.

Il me caressa le dos du bout des doigts, me faisant frémir.

Nous avions passé presque toute la journée collés l'un à l'autre. Nous ne nous étions pas vus pendant presque une semaine et, quand je l'avais enfin retrouvé, il n'avait donné aucune explication à sa disparition. Il ne m'en donnait jamais.

Je voulais être en colère contre lui. Je voulais être contrariée et triste. Mais je ne pouvais pas. J'en étais incapable quand il me touchait et me serrait contre lui comme si sa vie en dépendait. Alors que mes propres émotions étaient à vif, depuis ma prise de conscience.

J'aimais Maxx Demelo. Je le ressentais au plus profond de moi.

Je mourais d'envie de lui dire. De mettre mon cœur à ses pieds aussi aisément qu'il l'avait fait. J'imaginais la façon dont ses yeux s'illumineraient quand je le lui dirais. Je rêvais de sa réaction. Il m'embrasserait, me ferait l'amour, me vénérerait avec ses mots magnifiques.

Mais mon « Je t'aime » était vite dépassé par d'autres choses.

Essentiellement par la vie qu'il menait quand nous n'étions pas ensemble, la vie que je haïssais aussi sûrement que j'aimais l'homme qui la vivait.

Le besoin de préserver le peu de contrôle que j'avais sur mes sentiments me rendait donc muette. Les mots demeuraient inexprimés, alors même qu'ils gravaient leur présence sur mon cœur.

— Je n'y reste pas longtemps. Seulement quelques heures. Pourquoi tu ne m'attends pas là, comme ça ? Ainsi, quand je rentrerai, je pourrai faire ça, répondit Maxx d'une voix rauque en me faisant rouler sur le dos pour se placer entre mes cuisses.

J'avais appris que Maxx se servait du sexe pour me faire taire. Quand je l'interrogeai ou que j'exprimai mon inquiétude, il m'allongeait sur le dos et me faisait l'amour pour me réduire au silence.

Et même si je ne pouvais m'empêcher d'apprécier les méthodes qu'il utilisait pour contrôler nos conversations, c'était également frustrant.

C'est pourquoi, lorsqu'il pressa son sexe contre le mien, m'embrassant pour qu'on cesse de parler, je résistai.

Je reculai les hanches alors même que mon corps me suppliait de s'unir au sien. J'arrachai ma bouche à la sienne et détournai la tête. Je repoussai son torse.

— Je veux aller à *Compulsion*, Maxx. S'il te plaît, emmène-moi avec toi, implorai-je.

Je ne savais pas pourquoi je faisais toute une histoire pour l'accompagner en boîte. Sinon que j'étais fatiguée de passer mes week-ends à me demander ce qu'il faisait quand il était là-bas, même si je n'avais pas besoin de me creuser la tête pour le deviner.

Il avait beau faire de son mieux pour garder la drogue loin de moi, je savais qu'elle était encore là. Cette garce lui demandait tant de temps. Il avait beau nier cette addiction, elle était constamment présente dans notre relation. Et il lui accordait à *elle*, son envie irrésistible pour ces comprimés, plus d'attention qu'à moi.

J'étais jalouse.

J'avais peur.

Maxx était en train de me transformer en un amas d'émotions à la fois bonnes et mauvaises. Je ne savais pas quoi faire. Je ne savais pas comment l'aider. Je faisais des études pour devenir conseillère en toxicomanie, et je ne pouvais rien faire pour l'homme que j'aimais.

Chaque fois que j'essayais d'aborder le sujet de sa consommation de drogue, il affirmait que ce n'était pas un problème, qu'il fallait que j'arrête de m'inquiéter pour lui. Il ne voyait pas ce que je voyais : un homme triste et désespéré qui niait sa plongée autodestructrice. Il croyait maîtriser. Il croyait que c'était lui qui gérait. Il croyait pouvoir me cacher le pire, que je ne le saurais jamais.

Il avait tort, tellement tort.

Je savais faire la différence entre le Maxx qui planait complètement, le Maxx rongé par le manque – et ces deux-là commençaient à apparaître de plus en plus souvent et avec plus de sévérité –, et le Maxx qui se situait quelque part entre les deux.

Les deux extrêmes devenaient rapidement le seul état dans lequel il vivait. Le Maxx d'entre-deux disparaissait. Je savais qu'il luttait, qu'il souffrait, qu'il se languissait. Et il avait beau ne plus consommer devant moi depuis le jour où nous étions allés voir son frère, je savais qu'il était défoncé plus souvent qu'il n'était sobre.

Je voulais le pousser à parler, exiger de savoir la vérité, mais j'avais peur. Je savais que, si je le faisais, il me tiendrait à l'écart, et je n'aurais plus aucune chance de l'aider. Je le laissais donc me réduire au silence, même si je me détestais de le laisser faire tout en étant folle de lui. Je l'autorisais à se servir de nos corps pour nous faire oublier la vérité.

Mais mon ignorance volontaire commençait à me fatiguer. Mon propre déni me frustrait. J'en avais assez de fermer les yeux alors que Maxx nous détruisait tous les deux.

Je voulais aller en boîte avec lui.

J'avais décidé que l'accompagner était bien mieux que de ruminer dans mon coin. Durant les longues heures que je passais à l'attendre, je ne cessais de me demander s'il rentrerait. J'avais peur qu'un jour les limites ne comptent plus et qu'il bascule de l'autre côté.

Maxx soupira avec irritation et s'écroula, puis posa son menton sur ma clavicule.

— Pourquoi t'y tiens autant ? demanda-t-il, agacé. T'y es déjà allée, et je sais que c'est pas ton truc.

Je le repoussai et me couchai sur le côté. Je repliai mes mains sous ma joue et le regardai droit dans les yeux.

— Parce que je veux être avec toi. Je déteste tourner en rond à me demander ce que tu fais en attendant que tu rentres, expliquai-je.

Maxx replia son bras sous sa tête et leva les yeux vers moi, les sourcils froncés.

— Tu sais ce que je fais là-bas, Aubrey, dit-il doucement.

Oui, je savais ce qu'il faisait à *Compulsion*. Il gagnait de l'argent en vendant de la drogue à des êtres malheureux et désespérés. Comment pourrais-je jamais accepter cette partie de lui ?

— Tu ne veux pas voir ça, conclut-il en caressant ma lèvre du pouce.

J'embrassai son doigt avant de répondre :

— Mais je veux être avec toi.

— Comment te dire non ? me demanda-t-il en souriant.

Mon ventre se noua.

Parce que c'était un mensonge.

Je n'avais pas le pouvoir de lui faire arrêter la drogue. Si je lui demandais de ne plus jamais en vendre, il refuserait. Je connaissais sa réponse si j'insistais pour qu'il reste à l'écart de *Compulsion* et de toutes les tentations que cela représentait pour lui.

Maxx avait beau me désirer, m'aimer, mon influence n'allait pas plus loin. Et il me disait non tous les jours.

— Je passerai te chercher demain à 21 heures. J'ai des trucs à faire avant, dit Maxx en glissant son bras autour de ma taille. On peut revenir à ça maintenant ? demanda-t-il en soulevant ma jambe pour la faire passer par-dessus sa hanche.

Il plongea sa main entre nous.

— Oui, soufflai-je avant de pousser un cri guttural alors que Maxx me pénétrait.

Il bougea la main, sa bouche conquérant la mienne, et je me laissai encore plonger dans l'oubli.

— Alors, je vais enfin rencontrer l'homme mystère ? demanda Renée le samedi soir.

J'étais en train de m'habiller pour aller au club avec Maxx. J'étais une boule de nerfs. C'était un grand pas pour nous. Il m'emmenait dans son monde, et ce que nous représentions l'un pour l'autre ne ferait plus aucun doute.

Nous avions passé les premiers jours de notre relation entre les murs de son appartement. Notre liaison s'était faite dans le secret. À part le jour où nous étions allés faire de la luge, nous avions passé très peu de temps ensemble en public. Nous étions allés dîner quelques fois et deux fois au cinéma. Mais nous passions la majeure partie de notre temps en sécurité chez lui.

Nous allions à présent exposer notre relation au grand jour. J'allais annoncer à tous qu'il m'appartenait. C'était excitant et terrifiant à la fois.

Parce que je savais avec qui je me préparais à aller en boîte. Ce n'était pas mon Maxx. C'était celui qui appartenait à tous les autres.

Je forçais la rencontre brutale de deux mondes.

J'étais si nerveuse en pensant aux possibilités que cette soirée apporterait que je ne tenais pas en place. Renée était heureuse de rencontrer enfin le mec qui m'avait fait craquer, et j'aurais aimé que mes sentiments soient aussi simples.

— J'imagine, répondis-je en enfilant une robe rouge très courte.

Renée avait insisté pour que je lui emprunte une robe. Et elle était vraiment mini, c'est-à-dire qu'elle me couvrait à peine les fesses. Je sentais des courants d'air à des endroits où je n'aurais pas dû en sentir.

— Tu es vraiment superbe. Vous faites quoi ce soir ? me demanda-t-elle.

Avant que je ne puisse répondre, son téléphone se mit à vibrer dans sa main. Elle l'éteignit sans prendre la peine de regarder l'écran.

— Encore Devon ? demandai-je.

— Ouais, dit Renée avec un de ses sourires forcés trop fréquents.

— Toujours aussi charmant ? ne pus-je m'empêcher de demander.

Renée me regarda de travers puis s'esclaffa.

— Évidemment, répondit-elle avant d'aller fouiller dans ma boîte à bijoux.

J'abandonnai sagement le sujet. Je savais qu'elle ne voulait pas en parler, et je flippais trop pour la pousser à en dire plus qu'elle ne le voulait.

— Je savais que tu les avais encore ! m'accusa-t-elle sur le ton de la plaisanterie en sortant une paire de boucles d'oreilles pendantes ornées d'énormes pierres étincelantes.

— Je ne mets pas ça, affirmai-je.

Je ne me rappelais que trop bien comment Renée devenait quand elle voulait me relooker. Quand nous étions devenues amies, elle s'était donné pour mission de changer toute ma garde-robe, prenant un grand plaisir à me faire découvrir talons aiguilles et boucles d'oreilles aussi grosses que des melons.

Cela faisait longtemps que je n'avais pas été sujette à ses bons soins, mais je n'eus aucun mal à me rappeler que je détestais ça.

— Oh que si. Et…

Elle se tut pour farfouiller dans mon placard à chaussures, d'où elle ressortit avec une paire noire à lanières et aux talons hauts comme des gratte-ciel.

— Je vais me tordre le cou ! protestai-je.

Cela n'empêcha pas Renée de poser les chaussures devant moi, et je les enfilai avec prudence.

Je tentai de me mettre debout sur les talons de dix centimètres que Renée voulait absolument que je porte. Je tendis un pied devant moi et examinai l'instrument de torture moderne attaché à ma cheville.

— Sérieux, Renée ? Pourquoi ne pas me mettre carrément des pics sous les pieds ? Elles vont me tuer les orteils ! Il va falloir m'en amputer plus d'un à la fin de la soirée, marmonnai-je.

Je n'aimais pas la façon dont les chaussures me serraient.

Renée leva les yeux au ciel et se moqua de mon visage grimaçant.

— Avec toi, ça a toujours été une corvée de se mettre sur son trente et un. Fais-moi confiance. Ton homme va être à tes pieds, dit-elle en souriant à mon reflet dans le miroir.

Je croisai son regard, et, l'espace d'un instant, je me dis que tout allait bien se passer.

Puis on frappa à la porte.

— L'homme mystère est là ! fanfaronna Renée.

Je passai une dernière fois la brosse dans mes longs cheveux et me regardai sommairement dans le miroir. J'étais jolie. Vraiment jolie. Cela faisait longtemps que je ne m'étais pas amusée à me faire belle. J'espérais juste que ça plairait à Maxx.

— Je peux aller ouvrir ? demanda Renée.

Je hochai la tête et restai en retrait. Une fois la porte ouverte, je découvris un Maxx que je n'avais vu qu'à un seul endroit… à *Compulsion*. C'était l'homme qui m'avait captivée avant même que je le connaisse.

Il respirait la sensualité et l'assurance. Il portait un jean délavé qui tombait bas sur ses hanches étroites, un tee-shirt moulant à manches longues de la couleur de ses yeux et des Dr Martens marron. Ses boucles blondes étaient en désordre et tombaient sur ses yeux. Ses lèvres pleines s'étiraient en un sourire désinvolte et assuré, et il avait les pouces passés dans sa ceinture.

Maxx était le genre d'homme contre qui votre mère vous mettait en garde. Il exsudait le sexe, le danger et les secrets. C'était la pire des tentations et la meilleure des distractions.

Et même si le simple fait de le voir mettait le feu à mes hormones, il avait dans les yeux une lueur qui m'inquiétait, quelque chose de carnassier et de violent. Il me faisait peur. Il m'attirait. J'avais envie de m'enfuir. J'avais envie de tout lui donner.

J'avais craqué.

— Je suis Renée, dit ma colocataire.

Elle lui tendit la main en le scrutant du regard. Maxx s'écarta du mur et la lui serra.

— Ravi de faire enfin ta connaissance, Renée. Je suis Maxx Demelo.

Il couvrit leurs mains jointes de son autre paume, un geste destiné à apaiser toute inquiétude. Il me regarda et écarquilla légèrement les yeux, première réaction sincère depuis que Renée avait ouvert la porte.

Je l'avais surpris, et peut-être un peu troublé. C'était un sentiment grisant et puissant.

— Je suis le petit ami d'Aubrey, dit-il pour finir de se présenter, ses lèvres s'attardant sur les mots « petit ami ».

Comme si cette expression pouvait un jour suffire à décrire ce qu'il était pour moi.

Une obsession. Une fixation. L'homme qui détenait mon cœur et mon âme. Voilà des descriptions plus adaptées.

Renée regarda par-dessus son épaule alors que j'approchais. Elle souriait, mais je lus de l'inquiétude dans ses yeux.

Maxx lâcha la main de Renée et se tourna vers moi.

— Bon sang ! Tu es magnifique, souffla-t-il, le regard pétillant.

Et, d'un coup, il redevint mon Maxx. Il se pencha et m'embrassa tendrement sur la bouche. Il sentait la cigarette et la menthe.

— Merci, dis-je en passant la main sur la jupe courte de ma robe.

Je n'étais pas tout à fait à l'aise dans ma tenue mais, en voyant le regard de braise de Maxx, j'étais contente de l'avoir mise.

Manifestement peu gêné d'avoir du public, Maxx m'attrapa par la nuque et écrasa sa bouche sur la mienne. Sa langue plongea entre mes lèvres, et il m'embrassa à m'en faire perdre la raison.

Il poussa un grognement rauque, et je ne goûtais, je ne sentais plus que lui.

— Hum, hum, fit Renée derrière nous, et je m'arrachai à l'étreinte de Maxx.

— J'imagine qu'on devrait y aller, dis-je d'une voix tremblante.

Le regard de Renée alla de Maxx à moi. Ce qu'elle voyait ne lui plaisait pas, mais elle me sourit malgré tout.

Combien de fois avais-je fait la même chose avec Devon ? Ah, comme les choses avaient changé !

Maxx n'est en rien comme Devon. Il ne me ferait jamais de mal, me dis-je en espérant le croire. C'était la stricte vérité. Devon était une brute. Il aimait faire du mal aux autres. Maxx n'était pas comme ça.

Le mal qu'il faisait était involontaire et, le plus souvent, c'était à lui qu'il l'infligeait.

Mais était-ce réellement mieux ?

— Je rentre demain, dis-je à Renée, qui se contenta de hocher la tête.

Maxx m'embrassa sur la tempe, frottant son nez contre mes cheveux.

— Tu n'iras nulle part ailleurs que dans mon lit demain, me murmura-t-il à l'oreille, me donnant la chair de poule.

Je laissai mon petit ami m'emmener dehors jusqu'à sa voiture. Il m'ouvrit la portière passager pour que je monte. C'était amusant comme un geste aussi simple pouvait me faire fondre. C'était plus facile d'oublier ce qui me laissait froide.

— J'imagine qu'on n'est pas obligés de chercher la peinture, hein ? demandai-je alors que Maxx s'engageait sur la route.

Maxx sourit, comme s'il riait à l'une de ses propres blagues.

— Je sais où je vais.

— Ça veut dire que tu sais qui est X ? demandai-je.

Je devais admettre que j'avais vraiment envie d'éclaircir ce mystère. J'étais incontestablement devenue fan.

— Oui, se contenta de répondre Maxx sans me donner davantage d'informations.

— Et alors, c'est qui ? insistai-je.

— Qu'est-ce que tu penses de ses trucs ? me demanda-t-il, changeant légèrement de sujet.

— C'est… étrange, magnifique, sombre et fou. J'ai entendu dire que des galeries d'art s'intéressent à son travail. C'est vrai ?

Maxx sourit.

— Oui, c'est vrai.

— Alors pourquoi il n'en vend pas ? Il se ferait un max !

Maxx garda les yeux rivés sur la route.

— Parce qu'il ne peint pas pour l'argent ! Son art, c'est plus que ça. Il ne veut pas le salir avec ce désir de se faire de l'argent facile. C'est probablement l'une des seules choses pures qui lui restent dans sa vie.

Maxx parlait de l'artiste comme s'il comprenait intimement ce qui motivait le peintre anonyme. Je commençai à avoir des soupçons.

— Et comment tu sais tout ça ? On dirait que tu le connais bien, ce X, dis-je prudemment.

La mâchoire de Maxx se crispa, et ses mains se resserrèrent autour du volant, si fort que ses doigts devinrent blancs.

— Je ne le connais pas du tout, aboya-t-il.

D'accord. X était un sujet sensible. Mais son rejet brutal avait éveillé un pressentiment que je ne pouvais ignorer.

— Alors, on va où ? demandai-je quand le silence devint pesant.

— Dans un entrepôt en ville. Pas loin d'un autre qu'on a déjà utilisé. C'est un bon emplacement, dit-il au bout d'un petit moment.

— Comment tu trouves ces endroits pour le club ? demandai-je.

Je me posais cette question depuis que j'étais allée à *Compulsion* la première fois. La sélection se faisait avec soin et considération.

Maxx retrouva le sourire.

— Je cherche des lieux peu communs qui peuvent accueillir beaucoup de monde, et où on peut faire tourner des transformateurs sans passer par le réseau local. Le plus important, c'est que ce soit aussi loin du poste de police que possible.

— Ça se tient, répondis-je.

J'essayai de penser à d'autres questions à lui poser, puisqu'il semblait d'humeur à tout me dire, mais j'avais la tête vide. Maxx n'était pas pressé de combler le silence, et j'abandonnais donc l'idée en m'efforçant de calmer mes nerfs.

Lorsque nous arrivâmes au club, ça grouillait déjà de monde. La queue pour entrer faisait le tour du pâté de maisons. Néanmoins, cette fois, je n'avais pas à attendre comme les autres.

Maxx me saisit la main et me guida jusqu'à une porte à l'arrière du bâtiment. Avant d'entrer, il se tourna vers moi et devint sérieux. Il prit mon visage entre ses mains et m'embrassa intensément.

— Ne parle à personne. Pas si je ne suis pas avec toi, me prévint-il.

Je souris d'un air suffisant.

— Je suis déjà venue, tu sais, dis-je pour essayer de détendre l'atmosphère.

La transformation de Maxx avait déjà commencé, et j'étais inquiète.

Il plissa les yeux et tira une casquette de base-ball de sa poche pour se l'enfoncer sur le crâne.

— Ouais, t'as failli finir piétinée et on a drogué ta bière. Et n'oublions pas que t'as fini avec moi. Je crois que ça en dit long sur ton jugement.

Ses mots sonnaient comme une accusation.

Il m'attrapa par la main et m'entraîna à l'intérieur. Il faisait complètement noir. Je n'y voyais pas à un mètre. Les basses lancinantes emplissaient l'espace, faisant vibrer mes os et bourdonner ma tête. Maxx tira légèrement sur ma main, et je trébuchai. Je percutai son dos et me retins contre le mur.

— Ça va ? me hurla Maxx à l'oreille.

Je savais qu'il ne pouvait pas me voir, mais je hochai la tête. Puis Maxx m'emmena plus avant dans le bâtiment. Nous descendîmes un couloir sombre, et je vis le clignotement familier de lumières rouges devant nous. Le couloir menait à un espace caverneux qui ressemblait beaucoup à ce dont je me souvenais de la première soirée, quand j'étais venue chercher Renée.

Il faisait une chaleur étouffante. J'avais déjà la nuque en sueur, et je dus soulever ma longue chevelure pour me soulager. Maxx nous guida à travers la foule, me serrant les doigts si fort que je crus qu'il allait me briser les os.

Il avait les épaules raides et le menton en avant. Il scrutait la foule, les yeux plissés. Il jaugeait, prenait des notes. Sans son étreinte, j'aurais pensé qu'il avait oublié ma présence.

Les gens essayaient de l'attraper sur son passage.

— X! T'es là! dit un type en se mettant en travers de notre chemin.

Il avait appelé Maxx «X». Mon pressentiment venait de se confirmer. L'artiste et mon petit ami n'étaient qu'une seule et même personne. Je repensai aux peintures, à la femme qui apparaissait dans chacune des fresques depuis que je l'avais rencontré, la fille aux longs cheveux qui semblait toujours aller à sa perte.

Je frissonnai malgré la chaleur.

Les épaules de Maxx se crispèrent, et il bouscula le type sans s'arrêter. Son étalage de violence soudaine me choqua, mais je le laissai m'entraîner derrière lui.

Les filles essayaient d'attirer son attention en dévoilant leur peau. Les mecs tentaient de lui parler, le suppliant de leur accorder un peu de son temps. Ils le voulaient tous. Et je voyais bien qu'il adorait ça.

Il avait changé, et il n'était plus du tout mon Maxx. Il était l'autre Maxx.

Il était X.

Personne ne m'accordait un regard. Leur attention, leur désir étaient tout à lui.

Alors que nous traversions la foule, la main de Maxx fermement serrée autour de la mienne, ma poitrine plaquée contre son dos, je crus apercevoir des visages familiers. Je fouillai l'obscurité du regard, gênée par la lumière rouge.

Il me sembla reconnaître Evan et April. Mon Dieu ! Pourvu que je me trompe. Je ralentis et tirai sur la main de Maxx pour essayer d'y voir plus clair.

Maxx s'arrêta et se retourna pour voir pourquoi je m'étais arrêtée. Je montrai le mur du fond du doigt.

— Je crois avoir vu Evan et April, hurlai-je dans le vacarme.

Maxx secoua la tête, m'attrapa par le menton et renversa ma tête en arrière.

— T'inquiète pas, mon cœur, dit-il contre mes lèvres avant de m'embrasser si violemment que j'en fus toute retournée.

Il s'écarta et m'adressa ce fameux sourire prétentieux, puis il se remit à traverser la foule.

Il alla droit vers le bar, ne répondant à aucun de ceux qui essayaient de l'aborder. Il fit signe au barman de nous servir. L'homme vint vers nous et salua Maxx d'un signe de tête. Il avait une crête multicolore et les piercings habituels dans le nez et à la lèvre.

— Eric, je te présente Aubrey. C'est ma nana. Fais en sorte qu'elle ait ce qu'elle veut, ordonna-t-il.

— Pas de problème, mec, dit Eric avec un sourire presque séduisant avant de se tourner vers moi. Qu'est-ce que je te sers ?

— Euh… juste une bière, s'il te plaît, hurlai-je pour qu'il m'entende par-dessus de la musique.

Une fois servie, je serrai ma bouteille contre moi. Maxx sourit.

— Je vois que tu as retenu la leçon, dit-il.

— Dupe-moi une fois…, répondis-je en levant ma boisson pour lui rendre hommage.

Il se pencha tout près afin que ses lèvres touchent mon oreille.

— Personne ne te fera rien tant que tu seras avec moi. Ils savent qu'il ne vaut mieux pas essayer. Et, sinon, je ferai en sorte qu'ils le sachent.

Ses mots étaient durs et froids, et je ne doutais pas une seconde qu'il les pensait. Je m'écartai légèrement et portai la bouteille à mes lèvres. Maxx était à cran, et c'était contagieux. J'étais agitée, inquiète.

Il avait passé un bras autour de ma taille et fourré son autre main dans sa poche. Il observait scrupuleusement la foule en se balançant légèrement au rythme de la musique, tandis que je me tenais raide comme un piquet à côté de lui.

— Pourquoi ce mec t'a appelé X ? lui demandai-je, lui hurlant presque dans l'oreille.

Ma question effaça quelque peu le sourire désinvolte de Maxx. Même s'il me serrait encore contre lui, je sentis qu'il s'éloignait de moi.

— C'est mon nom.

— Non, X est celui qui peint ces fresques. L'homme sur lequel je t'ai interrogé tout à l'heure, fis-je remarquer sur le ton de l'accusation.

Il avait été malhonnête avec moi… une nouvelle fois.

Maxx haussa les épaules sans me regarder, sans cesser de bouger en rythme avec la musique.

— Et alors ? Je peins des dessins sur des putains d'immeubles. C'est quoi, le problème ? demanda-t-il sèchement, agacé.

C'était quoi, le problème ? Il était sérieux ?

Ces peintures avaient été le premier élément qui m'avait liée à lui. Leur beauté brute m'avait séduite. Et à présent que je connectais l'homme que j'aimais et l'artiste mystérieux qui les avait réalisées, j'étais à la fois furieuse et euphorique.

Parce que ces fresques m'avaient donné l'espoir que, au fond, Maxx pensait pouvoir être plus.

Mais il n'avait pas été honnête. Quand je lui avais donné l'occasion de tout avouer, il avait éludé et s'était renfermé sur lui-même.

Nous tournions en rond, répétant sans cesse les mêmes erreurs.

— Tu m'as menti ! criai-je, sentant ma colère monter en flèche de le voir réagir avec tant de désinvolture.

Maxx laissa retomber le bras qu'il avait passé autour de ma taille. Il me fit pivoter de façon à ce que je sois pressée contre son torse. Il m'attrapa par le menton et le tint fermement entre ses doigts.

— Je ne t'ai pas menti ! J'ai omis la vérité. Ce n'est pas la même chose, raisonna-t-il, ses yeux dissimulés sous la visière de sa casquette.

L'absurdité de sa déclaration me donna envie de rire. Mais je n'en fis rien. Parce qu'il était clair qu'il pensait sincèrement ce qu'il disait. Dans son esprit, omettre quelques informations essentielles n'était pas la même chose qu'être malhonnête. Je sus aussitôt que cette omission de vérités envers Landon et moi était la seule façon pour lui de justifier ses actes et sa malhonnêteté constante.

La seule façon pour lui d'être capable de se regarder dans le miroir sans se haïr. De mettre aussi facilement le masque de X et de jouer son rôle.

Pour la première fois, je voyais à quel point il se coupait en deux, je compris pourquoi il séparait ainsi ses deux vies.

Cela m'attristait. J'avais mal pour lui.

Et, que Dieu me vienne en aide, je l'aimais encore plus.

J'ouvris la bouche pour lui dire les mots que je lui avais refusés. Ici, dans ce monde complètement dingue et dysfonctionnel, je voulais lui dire que je l'aimais et que j'acceptais toutes ses vérités, quelles qu'elles soient.

Avant que je ne puisse prononcer la moindre syllabe, une fille vint se coller à Maxx. Soit elle ne s'en rendait pas compte, soit elle se fichait complètement qu'il ait son bras autour de moi. Elle leva la main et lui caressa le cou. Il se déroba.

— Me touche pas, l'avertit-il.

Elle était soit stupide, soit excessivement excitée, car elle ne l'écouta pas. En un rien de temps, elle avait collé son bassin contre la hanche de Maxx et s'était mise à se mouvoir contre lui, pressant ses seins contre son bras. Je demeurais immobile, bouche bée, choquée par son audace.

— Je sais que t'en as. Je te donnerai ce que tu veux, cria-t-elle par-dessus la musique.

Elle était sérieuse ? Et c'était comme ça que mon petit ami, l'homme à qui j'avais failli avouer mes sentiments, menait son « business » ?

Maxx remua l'épaule pour la repousser, et elle trébucha. Là, elle leva enfin les yeux vers moi. Elle grimaça et eut la décence d'avoir l'air gêné par son comportement.

— Je suis désolée. Je ne savais pas que tu étais avec quelqu'un. Je pensais juste que…, commença-t-elle, et Maxx lui lança un regard noir pour la faire taire.

— Tu pensais mal. Maintenant, dégage ! lui dit-il d'un ton ferme.

La fille eut soudain l'air docile, et j'eus pitié d'elle. Elle était jolie, portait des fringues visiblement haut de gamme, et je me surpris à me demander ce qui l'amenait ici, et pourquoi elle voulait ce que, dans son esprit, seul Maxx pouvait lui donner. Tous ces gens étaient pareils. Ils fuyaient quelque chose. Y compris Maxx.

Y compris moi.

La fille déguerpit en vitesse, et je levai les yeux vers Maxx, qui observait les gens qui l'entouraient. Mon copain avait-il échangé de la drogue contre des faveurs sexuelles ? J'allais être malade. Que se serait-il passé si je n'avais pas été là ? Serait-il parti avec elle ? Lui aurait-il donné de la drogue si elle avait écarté les cuisses pour lui ?

Je tentai de m'éloigner de Maxx, dégoûtée. Mes sentiments avaient changé en quelques instants à peine. Quelques secondes auparavant, j'éprouvais pour cet homme un amour dévorant. À présent, je voulais le fuir aussi vite que possible.

Il me serra fermement contre lui, m'empêchant de bouger.

— Ce n'est pas ce que tu crois, Aubrey, dit-il en posant sa tête au creux de mon cou.

Je me débattis, consciente qu'il se servirait de ses mains pour me maîtriser, pour me rendre docile. Pas cette fois, qu'il aille se faire voir !

Maxx me saisit par les épaules et me força à lui faire face.

— Je ne fais plus ça. Plus maintenant. Et certainement pas depuis toi, jura-t-il, m'implorant du regard.

— Mais tu le faisais, avant. Tu donnais de la drogue aux filles si elles... quoi ? Te taillaient une pipe ? Couchaient avec toi ? accusai-je avec une moue de dégoût.

Maxx secoua la tête.

— Ne me juge pas pour la personne que j'étais avant que tu entres dans ma vie ! J'ai fait des choses horribles pour lesquelles je me déteste ! Je ne ferai plus jamais ça. Je ne te ferai jamais ça.

Ses pouces caressaient le contour de mon visage, ses doigts s'enroulaient dans mes cheveux alors qu'il me tenait fermement.

— Je t'aime, Aubrey ! Je ne toucherai jamais une autre femme. Je ne regarderai jamais une autre femme. Il n'y aura personne d'autre que toi dans ma vie. Je ne te tromperai pas. Je ne te duperai pas. Tu es l'élue. Pour toujours, jura-t-il, les yeux rivés sur moi.

Je retins ma respiration, la bouche sèche.

— Mais tu vends et tu consommes encore de la drogue, Maxx. Comment peux-tu dire que tu m'aimes alors que tu essaies de me le cacher ? Je ne suis pas stupide. Je sais à quelle fréquence tu prends ces comprimés. Je sais pourquoi tu disparais et pourquoi tu ne réponds pas au téléphone. J'en ai été témoin. J'ai vu ce que tu fais. Comment peux-tu dire que tu m'aimes alors que tu refuses d'abandonner ça ? demandai-je en m'efforçant de ne pas grimacer lorsque Maxx planta ses doigts dans ma chair.

Ses yeux lançaient des éclairs. Mais il ne nia pas. Il resta là, noyé dans la foule des corps qui nous entouraient, immobile, les yeux rivés sur les miens. Le conflit se lisait sur son visage. Ses deux personnalités se disputaient la prédominance. Et je sus sans l'ombre d'un doute que cet homme perdu et profondément troublé m'aimait. Mais m'aimait-il suffisamment ?

Il laissa retomber ses bras et détourna le regard. Mon cœur se brisa. Il vola en éclats. Il tomba en un million de morceaux minuscules à mes pieds. J'avais ma réponse.

— Je ne veux pas faire ça ici, Aubrey ! siffla-t-il.

— C'est pas comme si on allait le faire à un autre moment, rétorquai-je.

— Tu te demandes pourquoi je ne te parle pas de tout ce qu'il se passe dans ma vie ? Tu me demandes pourquoi je te cache des choses ?

Il se retourna pour me faire de nouveau face, et je vis qu'il était en colère. Il était si enlisé dans le déni qu'il ne voyait pas la destruction qui l'entourait. Il ne voyait pas que ce monde lui volait son âme.

— Parce que tu restes là à ta putain de tribune sans savoir ce que c'est d'être moi. C'est facile de juger, hein, Aubrey, cracha-t-il avec haine.

— Je ne te juge pas ! répliquai-je, mais il ne m'entendit pas.

Il m'attrapa par les épaules et me poussa contre le bar.

— J'ai des choses à faire. Tu restes ici. Ne bouge pas ! ordonna-t-il, son regard me faisant bien comprendre que je devais l'écouter.

Je ne l'avais jamais vu aussi en colère, pas avec moi en tout cas. Je ne savais pas quoi faire, et je ne fis donc rien.

Sans m'adresser un autre regard, Maxx disparut dans la foule. Eric le barman apparut à mes côtés dès que je fus seule.

— Je te sers autre chose ? me demanda-t-il.

Je regardai ma bouteille vide et hochai la tête.

Je bus donc une autre bière. Puis une autre. Et encore une autre. Puis je me dis que Maxx et ses exigences pouvaient aller se faire voir. Je m'écartai du bar et allai droit sur la piste de danse.

J'étais un peu ivre, dans une agréable torpeur. La douleur sourde causée par l'attitude de Maxx s'était un peu estompée, et tout ce que je voulais, c'était danser et oublier.

Je me trouvai un petit espace entre les danseurs. La musique était rapide, et je me mis à onduler. Je balançai la tête d'avant en arrière, ma jupe courte remontant sur mes cuisses. Je courais certainement le risque de montrer mes fesses à tout le monde, mais ça m'était égal.

Je commençai à avoir mal aux pieds à cause des talons. Je les enlevai donc, posant mes pieds nus sur le sol dégoûtant. Je ne pensais pas à ce qu'il pouvait y avoir sous moi. Ici, je m'en foutais. Je me laissais aller, comme la dernière fois que j'étais venue. Et c'était libérateur.

Cette agréable catharsis dura quelques morceaux. Je dansais avec de parfaits inconnus, ne me défilant pas lorsqu'ils me touchaient. J'appartenais à cette extraordinaire expérience collective. On me tendit un bâtonnet lumineux, que je calai dans le décolleté de ma robe sans cesser de danser.

J'étais trempée de sueur, mes pieds nus étaient sales et endoloris, l'alcool me faisait tourner la tête, et je me sentais sacrément bien.

Jusqu'à ce que j'ouvre les yeux et voie Maxx, mon petit ami, debout contre le mur du fond, entouré de deux nanas avec les seins à l'air.

Je ne savais pas ce qu'elles lui disaient. Je voyais au langage corporel de Maxx qu'il ne regardait pas là où elles l'auraient voulu. Elles essayaient ostensiblement et vulgairement de le séduire, et je n'aimais pas ça. Mais ce fut l'argent qu'elles glissèrent dans la main de Maxx qui me laissa songeuse.

Il sortit un sachet de sa poche et le tendit à une des filles. Elle l'ouvrit et y plongea un doigt pour en sortir ce qui devait être une pastille de quelque chose. Elle en tendit une à son amie avant d'en glisser une sous sa langue. Puis elle en donna une à Maxx. Il la tint dans la paume de sa main, immobile. Lentement, il releva la tête, et je le vis scruter la foule. Il fouillait. Il cherchait.

Il me cherchait.

Je me planquai derrière les danseurs qui m'entouraient. Je ne voulais pas qu'il me repère.

Après quelques secondes, Maxx porta la main à sa bouche et y laissa tomber le cachet.

Je ne pus m'empêcher de l'observer tandis qu'il sortait un autre sachet et mettait d'autres comprimés dans sa main. Ils suivirent le premier sur sa langue. Sans regarder les jumelles de seins, il se retourna et traversa la boîte de nuit.

X était chez lui.

Ce n'était pas la première fois que je le voyais faire ça. Alors pourquoi étais-je si accablée cette fois ?

Parce que je l'aimais. Et c'était dorénavant plus difficile d'avaler ce qu'il faisait.

N'étais-je pas la pire des hypocrites ? Je m'étais engagée dans une relation avec lui en étant parfaitement consciente de qui il était et de ce qu'il faisait, et aujourd'hui cela me dégoûtait. Ce n'était pas juste envers lui. Ce n'était pas juste envers la relation que nous commencions à peine à construire.

Pourtant, en le voyant vendre des comprimés à ces filles qui s'agrippaient avidement à lui, prêtes à tout pour les avoir, je ne voyais rien d'autre que le souvenir que je voulais oublier plus que tout au monde.

J'avais exactement trente minutes pour rentrer et me changer avant de retrouver quelques amis dans un restau du centre-ville. J'avais une dissertation à écrire ce soir-là, et j'exposais déjà les grandes lignes dans ma tête.

Je m'étais arrêtée pour parler à quelques camarades de classe en attendant que l'heure de pointe des départs sur le parking soit passée avant de rejoindre ma voiture.

Quand je sus que la circulation était enfin dégagée, je sortis de l'école par une porte latérale qui s'ouvrait le long du terrain de football. Il faisait beau et le soleil brillait, je glissai donc mes lunettes sur mon nez.

Je passai sous les gradins, prenant un raccourci pour rejoindre le parking.

J'entendis tousser, puis je perçus un rire que je ne reconnaissais que trop bien.

Je revins sur mes pas, contournant les gradins jusqu'à l'endroit où ils touchaient le bâtiment, formant une sorte de cachette. Il y faisait sombre, et c'était ici que les junkies aimaient se retrouver entre les cours. On pouvait fumer un joint ou sniffer sans se faire prendre.

On aurait pu croire que les profs auraient eu vent de la planque des toxicos, mais c'était encore un endroit sûr pour faire tout un tas de trucs néfastes.

— J'en veux un autre, entendis-je ma petite sœur demander, puis le rire rauque d'un mec manifestement content de lui retentit.

— Tu sais ce que je veux d'abord, Jay.

Je jetai un coup d'œil derrière un pilier en acier et aperçus un petit groupe de jeunes assis sur le sol sous les gradins. Certains fumaient des cigarettes. Un type avait un bong et un briquet. Une fille semblait évanouie à côté de lui, la tête sur ses genoux.

Mais ce n'est pas ça qui attira mon attention. Blake, le raté qui servait de copain à ma petite sœur, agitait un sachet sous le nez de Jayme. Elle riait et essayait de l'attraper, puis il le mit hors de sa portée, comme si c'était un jeu.

On aurait dit un couple en train de s'amuser. Comme j'aurais aimé que ce soit le cas. Mais je savais que j'assistais à tout autre chose.

— Je ne fais pas ça ici devant tout le monde, répondit Jayme en regardant ses amis, l'air nerveux.

Son corps se formait enfin, elle était si jolie. Son acné avait commencé à disparaître, et elle avait perdu la majeure partie de la graisse juvénile qui avait façonné sa silhouette jusque récemment, au détriment de son amour-propre.

— Je m'en fous, Jay-Jay. Tu sais ce que tu dois faire si tu en veux plus. Tu es une fille cupide, la nargua Blake.

Quelque chose dans sa voix me donnait la chair de poule. Je détestais ce mec. Je détestais sa façon de traiter Jayme. Je détestais qu'elle le défende alors que c'était un salaud. Surtout, je détestais qu'il entraîne ma petite sœur naïve dans un monde qu'elle n'aurait jamais dû connaître, un monde – mais je l'ignorais encore à l'époque – qui allait la tuer.

Blake défit sa ceinture et montra son entrejambe du doigt.

— Personne ne me suce la bite comme toi, susurra-t-il comme si c'était un compliment.

Impossible que Jayme craque pour cette réplique sordide. Elle n'était pas à l'aise, ça se voyait.

Je fus donc complètement choquée de la voir tomber à genoux devant lui, sans se soucier de la terre qui salissait sa robe. Elle releva la tête et ouvrit la bouche. Blake éclata de rire en voyant qu'il parvenait à ses fins. Il ouvrit le sachet et laissa tomber deux pastilles sur la langue de Jayme.

Puis elle descendit la braguette de Blake, qui posa sa main à l'arrière de la tête de Jayme avant de la pousser vers lui.

Je détournai les yeux, j'avais envie de vomir. Chancelante, je quittai les lieux sans intervenir. Je n'avais rien fait pour empêcher ce qui s'était passé.

Et je n'en parlai jamais à Jayme. Je ne lui avais jamais donné de conseils de grande sœur, comme quoi aucun homme ne la respecterait jamais si elle n'avait aucun respect pour elle-même. J'aurais dû lui dire tout ça.

Mais je n'y avais jamais pensé avant qu'il soit trop tard pour dire quoi que ce soit.

Je laissai cette scène dérangeante derrière moi et me dépêchai de rentrer à la maison, où je pris une douche avant de sortir avec mes amis, en essayant de faire comme si je n'avais pas vu ma petite sœur troquer une fellation contre de la drogue avec son connard de petit ami.

Et je passai des années à essayer d'oublier que je n'avais rien fait alors que j'aurais pu changer le cours des choses.

En regardant Maxx, je ne voyais que Jayme, Blake et la joie perverse sur leurs visages lorsqu'ils avaient obtenu ce qu'ils voulaient de la pire des manières.

J'éprouvai un éclair de colère si puissant que j'eus la respiration coupée. Cette colère était aux prises avec l'amour que je ressentais tout aussi passionnément pour le toxico qui gagnait sa vie en vendant la merde qui avait tué ma sœur.

Comment pouvais-je aimer un homme pareil ? J'étais si amoureuse que j'avais volontairement oublié qu'il représentait tout ce que je devrais fuir. Pourquoi ?

C'était trop.

Je ne pouvais pas.

Je sortis mon téléphone et appelai un taxi.

Sans un mot pour Maxx, je partis.

Je ne voulais pas le voir. Il me terrifiait autant qu'il me dégoûtait.

Et pourtant je l'aimais passionnément. Et l'amour l'emportait. Mon cœur me trahissait encore.

Je dis au chauffeur de taxi de me ramener chez Maxx.

J'étais vraiment idiote.

Les sentiments, ça craint.

27

Maxx

Aubrey était partie. Une minute je planais complet, et la suivante je flippais violemment. Je la cherchai dans la foule, mais impossible de la trouver. Je cherchai sa robe rouge et ses cheveux blonds. Elle aurait dû être facile à repérer. C'était la plus belle.

Très vite, je m'affolai.

Elle était partie.

— Où est Aubrey ? hurlai-je à Eric en lui saisissant le bras par-dessus le bar.

Il sursauta et tenta de se dégager.

— Qui ? demanda-t-il en regardant nerveusement autour de lui.

Le martèlement dans ma tête passa à la vitesse supérieure. La drogue bourdonnait dans mon sang, me donnant envie de péter les plombs et de tout casser.

Je serrai le bras d'Eric assez fort pour lui briser les os.

— Ma meuf ! Elle est où ? demandai-je.

Je voyais rouge.

— Je sais pas, mec. Ça fait un moment que je l'ai pas vue. Je te jure ! balbutia-t-il.

Je me jetai par-dessus le comptoir pour l'attraper par le col et le tirer vers moi.

— Si tu me mens, je te casse la gueule, menaçai-je, furieux, en montrant les dents.

Eric tremblait.

— Je ne mens pas, X ! Je te jure ! Je ne l'ai pas vue !

Je lâchai le tee-shirt d'Eric et reculai. Je retirai ma casquette et me passai la main dans les cheveux. Merde. Elle était partie.

Mon cerveau intoxiqué était en train de craquer. J'étais incapable de réfléchir rationnellement. Je n'aurais jamais dû me shooter alors qu'elle était là et pouvait tout voir. Elle avait disparu, et il fallait que je la retrouve avant de perdre la tête.

Dans ma fureur, je cassai des bouteilles de bière, jetai les tabourets de bar, poussai les fêtards.

— Aubrey ! hurlai-je de toutes mes forces.

Je brisai tout sur mon passage, et tout le monde m'évita. Puis on me fit une cravate et on me tira à travers toute la boîte. Je me débattis pour me défaire de cette prise douloureuse.

Soudain, je me retrouvai dehors, et on me lâcha. Marco me donna un coup de poing en pleine mâchoire, et je m'effondrai sur le gravier.

— Calme-toi, Maxx ! Avant que Gash n'ait vent de ton petit pétage de plombs ! grogna Marco en se massant la main.

Je me frottai le visage et fis bouger ma mâchoire pour m'assurer que je n'avais rien de cassé.

— Je ne trouve pas Aubrey, expliquai-je, et tant pis si j'avais l'air pathétique.

— C'est ça qui t'a fait péter un câble ?

Marco leva les yeux au ciel et tira son téléphone de sa poche avant de me le tendre. Je le regardai bêtement, ne comprenant pas ce qu'il essayait de me dire.

Il le jeta sur mes genoux.

— Appelle-la, ducon.

Je ramassai le téléphone, les doigts tremblants. Pourquoi n'y avais-je pas pensé ?

Je parvins à peine à composer son numéro tant je tremblais. Lorsque je portai enfin le téléphone à mon oreille pour écouter la tonalité, je n'étais pas sûr de pouvoir supporter d'attendre qu'elle décroche. Et si elle m'avait quitté pour de bon ? Qu'est-ce que j'allais bien pouvoir faire si elle en avait fini avec moi ? Je ne survivrais pas si elle me quittait.

— Allô ?

Sa voix déclencha une vague de soulagement en moi.

— Aubrey ! soufflai-je précipitamment.

— Maxx, dit-elle.

Elle était bizarre. Pas contrariée… différente. Mais cela ne m'intéressait pas dans l'immédiat. Je voulais seulement savoir pourquoi elle était partie.

— Où es-tu ? demandai-je, la gorge nouée, faisant de mon mieux pour contrôler ma panique.

Elle soupira.

— Devant ton appartement.

— Pourquoi ?

— Je me suis sentie mal. Je ne voulais pas gâcher ta soirée.

Encore ce ton. Celui auquel je devrais certainement accorder plus d'attention.

— Je rentre. Je vais prendre soin de toi, lui promis-je.

— D'accord, murmura-t-elle.

On raccrocha, et je rendis son téléphone à Marco. Je me levai, un sourire aux lèvres. Marco haussa un sourcil et pouffa.

— Ça va mieux ? se moqua-t-il.

Je le frappai à l'épaule, juste assez fort pour qu'il ait mal. Une petite vengeance, disons.

— Oh oui ! dis-je en pénétrant dans la boîte.

J'avais dit à Aubrey que je rentrerais. Mais je ne rentrais pas chez moi. Pas tout de suite. J'avais une poche remplie de comprimés que je devais vendre, ce que Marco ne manqua pas de me rappeler.

Je continuai donc à écouler la drogue et à me faire de l'argent, la vendant au double du prix. Les gamins étaient vraiment débiles en boîte. Papa et maman leur avaient donné trop d'argent et pas assez de neurones. Ça m'arrangeait.

Beaucoup de clients partageaient leur joie, et je pus me faire une jolie petite défonce sans piquer dans le stock. À présent que je savais qu'Aubrey allait bien, je pouvais profiter du reste de la soirée.

Au bout d'un moment, j'oubliai complètement lui avoir dit que j'étais sur le chemin du retour.

Jusqu'à ce que je rentre et la trouve en train de m'attendre. J'étais défoncé et fatigué. Je voulais dormir.

Elle était en colère contre moi, je le savais. Mais, dans mon état, je m'en fichais. Elle essaya de me parler, mais je la dépassai et allai droit dans ma chambre, où je sombrai vite dans le néant.

Je me réveillai dix heures plus tard, le corps douloureux et endolori, déjà en proie au manque, et Aubrey n'était pas à mes côtés. Elle était encore partie, mais elle avait laissé un mot cette fois. Je pris le bout de papier posé sur l'oreiller à côté de moi et plissai les yeux dans la lumière de fin d'après-midi qui filtrait à travers ma fenêtre. Je le parcourus rapidement, essayant de comprendre.

Aubrey était rentrée chez elle. Elle ne revenait pas ce soir. Elle me verrait dans la semaine.

Merde. J'avais vraiment déconné.

Je savais qu'elle était en colère contre moi. Et dans la lumière crue de la sobriété, le corps tremblant, mon estomac prêt à tout rendre, je ne le supportai pas. J'avais besoin d'elle, de celle qui arrangeait tout.

Sans réfléchir à ce que je faisais, je pris le téléphone et l'appelai. Elle répondit au dernier moment, comme si elle avait hésité à le faire.

— Je t'en prie, reviens, sanglotai-je.

Je ne la laissai pas parler. Je ne fis que pleurer au téléphone, la suppliant de revenir. J'avais tant besoin d'elle. Je souffrais. J'avais mal. Je voulais d'autres comprimés. Mais, pour la première fois, j'étais presque sûr de la désirer plus que la drogue.

— Je ne peux pas, Maxx, dit-elle à regret.

Je refusais de l'accepter.

— Aubrey, s'il te plaît ! Je veux te tenir dans mes bras. J'ai besoin d'être avec toi, tout de suite. Je viendrai s'il le faut, dis-je, désespéré.

Je ferais ce qu'elle voulait du moment que je pouvais la toucher. Juste la toucher. J'en mourais d'envie.

Aubrey soupira, et je sus que je la tenais.

— Je serai là dans quelques minutes, dit-elle, m'accordant exactement ce que je voulais.

Elle arriva chez moi quinze minutes plus tard, réponse à toutes mes prières, si j'avais été du genre à prier. Je l'attirai sur le canapé et m'enfouis en elle. Et elle se donna à moi comme elle le faisait chaque fois.

J'étais trop pris dans mon chaos émotionnel pour me rendre compte qu'une distance qui n'existait pas auparavant s'était créée, qu'elle s'éloignait de moi.

J'étais trop reconnaissant d'avoir son corps nu contre le mien, sa bouche sur la mienne. Je faisais abstraction de tout le reste.

Ce ne fut que lorsqu'on eut fini et qu'elle se chercha des excuses pour partir que je compris ce qu'il manquait.

Elle.

J'avais eu son corps pendant un temps, mais je n'avais pas son cœur. Et cela me rendait fou.

Plus tard ce soir-là, après avoir pris plusieurs comprimés pour m'équilibrer le crâne et me sentir plus maître de moi, je décidai de l'affronter. Aubrey venait d'entrer dans l'appartement, et je la regardai poser son sac sur la table et s'approcher du canapé où j'étais assis.

Elle m'adressa un sourire qui ne paraissait pas sincère. Elle ne tendit pas la main pour me toucher comme elle le faisait d'habitude. Elle ne se pencha pas pour m'embrasser. Elle s'assit à côté de moi, laissant soigneusement de la distance entre nous. Son changement d'attitude me bouleversait.

— Qu'est-ce qui t'arrive, Aubrey ? J'ai l'impression que tu me fuis, dis-je.

Je me sentais lamentable, mais je fis de mon mieux pour effacer cette sensation.

Je l'observai, et une myriade d'expressions passa sur son visage. Je pris sa main et la portai à mes lèvres, incapable de me retenir de la toucher un instant de plus.

Elle retira vivement sa main, et je vis la colère prendre possession de ses traits. Elle me lança un regard des plus glacials.

— Pourquoi devrais-je tout te donner alors que tu ne me donnes rien ? Quand tu seras prêt à arrêter tes conneries, alors peut-être que je pourrais me fier à toi.

Je restai bouche bée. Sous le choc. Aubrey ne me parlait jamais comme ça. Elle ne s'énervait jamais.

— Quoi ? demandai-je alors qu'elle se levait.

C'est alors que je vis les larmes dans ses yeux. Je n'y comprenais plus rien.

Elle ne disait jamais « Je t'aime ». Je lui avais donné mon cœur, alors pourquoi ne pouvait-elle pas me donner le sien ? Pourquoi ne pouvait-elle pas me dire ce que j'avais besoin d'entendre ? Qu'elle m'aimait. Je me sentais seul dans ce tourment de sentiments. Son silence, son refus de me dire ces trois petits mots me faisaient douter de moi. Me faisaient douter d'elle.

Me faisaient douter de nous.

— Ne me quitte pas, suppliai-je. Je t'aime.

C'était un coup bas. Je me servais de ces mots comme d'une arme. J'étais prêt à n'importe quoi. J'avais besoin d'elle, plus que jamais.

Je me mis à pleurer. Des larmes laides roulèrent sur mes joues, et je vis Aubrey s'adoucir. Peut-être que les larmes suffiraient. Peut-être qu'elles la forceraient à rester. Elle essuya les gouttes sur mon visage, puis me tourna le dos. Je me mis à sangloter de plus belle quand elle prit son sac à main sur la table et ouvrit la porte.

Elle ne se retourna pas pour me regarder. Elle ne regarda pas les larmes, dont elle était entièrement responsable.

— Reprends-toi. S'il te plaît.

Puis elle partit.

Elle m'abandonna à mon malheur.

Je n'arrivais pas à dormir. J'avais pris quelques comprimés un peu plus tôt et je savais que ce n'était qu'une question de temps avant qu'ils ne fassent plus effet.

J'avais essayé d'appeler Aubrey une dizaine de fois depuis qu'elle m'avait quitté plus tôt ce soir-là, et elle n'avait jamais répondu.

Je commençais à désespérer.

Je perdais les pédales.

Je la perdais, elle.

Je n'allais pas bien. Je ne voyais pas comment m'en sortir.

Incapable de me tourner et me retourner dans mon lit plus longtemps, je m'habillai en vitesse, laçai mes chaussures, attrapai mon matos de peinture et le fourrai dans un grand sac en toile.

Je montai en voiture et démarrai.

Vu où j'avais la tête, était-ce réellement une surprise que je me retrouve devant l'immeuble d'Aubrey à 3 heures du matin ?

Sa rue était déserte. L'air était frais et tranquille. Mon souffle sortait de ma bouche comme du brouillard.

La drogue aurait dû me détendre. Mais j'étais nerveux et agité.

Il fallait que je fasse sortir tout ça d'une manière ou d'une autre.

Je posai la peinture sur le trottoir et j'attrapai mon plus gros pinceau. J'ouvris le couvercle du bleu avec un tournevis plat et trempai mon pinceau. La peinture recouvrit mes doigts glacés alors que je donnais de grands coups de pinceau réguliers sur le trottoir.

J'étais en transe. Concentré. Frénétique.

Je ne sais pas combien de temps je passai là. Je me fichais qu'on me surprenne.

J'avais juste besoin de peindre.

J'avais besoin qu'elle sache ce que j'éprouvais.

Combien je l'aimais.

Combien elle me brisait.

Quand j'eus fini, je laissai tomber le pinceau et reculai avant de baisser les yeux sur le trottoir.

Pourquoi ne pouvais-je pas, pour une fois, peindre un truc qui ne soit pas tordu ?

Je tombai à genoux devant le portrait de mon désespoir.

J'avais peint mon visage, brisé en mille éclats. Ma bouche était grande ouverte et hurlait. On me reconnaissait sans mal dans les bris de verre.

Et puis il y avait Aubrey, avec ses longs cheveux blonds. Elle balayait ce qu'il restait de moi en un tas de poussière qu'elle se préparait à jeter à la poubelle.

C'était Maxx.

Et c'était X.

C'étaient nous deux, étalés sur le trottoir pour qu'Aubrey nous voie.

Peut-être comprendrait-elle enfin que je voulais me donner à elle tout entier. Alors même que je le combattais, le désir était encore là. Je ne voulais pas qu'elle me rejette. J'avais besoin qu'elle ne m'abandonne pas.

Et peut-être qu'un jour, je serais capable de lui donner tout ce qu'elle voulait.

Je m'étais vite endormi après être rentré de mon excursion artistique tardive. Je me réveillai quelques heures plus tard, malade et courbaturé, mais avec les idées plus claires que jamais.

Aubrey avait raison. Je foutais tout en l'air. Le club, Gash, la drogue... Ils prenaient le dessus. Il restait peu de place pour quoi que ce soit d'autre. Encore moins pour Aubrey.

Mais je ne pouvais pas me séparer d'elle. Des comprimés. De la défonce. C'était trop bon. Je m'y étais trop attaché. Comment pourrais-je dire adieu à la seule chose qui me permettait de rester sain d'esprit ?

Cela dit, je détestais le besoin que j'en avais. Je détestais le fait que, quand les choses tournaient mal, c'était vers ça que je me tournais. Je regardais dans les yeux d'Aubrey, et je me voyais tel qu'elle me voyait, comme un type pathétique et minable.

Mais je ne pouvais pas renoncer à elle. Mon addiction était mon véritable amour. Je ne pouvais pas vivre sans elle.

Pouvais-je renoncer à Aubrey ?

Non.

Ma peinture obsessive de la nuit précédente le prouvait.

J'étais dans le pétrin. Je ne pouvais pas me passer des deux choses qui se disputaient mon amour, mon attention, mon âme.

Cependant, ma relation avec Aubrey n'était pas la seule chose qui tombait en miettes.

J'étais en pleine descente aux enfers. Plus que jamais. Le contrôle auquel je croyais m'accrocher si fort me glissait entre les doigts. Mon agent de probation me surveillait de près. Le stock de compléments aux herbes dont j'avais absolument besoin pour tromper les tests urinaires que je devais faire chaque semaine me coûtait la peau des fesses.

Cet après-midi-là, je fus convoqué dans le bureau de mon directeur d'études. Le Pr Ramsey était un type guindé avec le nez rouge d'un alcoolique. J'avais ma petite idée sur ce qu'il cachait dans le tiroir fermé à clé de son bureau.

Il m'invita à m'asseoir et me regarda par-dessus ses lunettes.

— Vous échouez dans toutes les matières, Maxx, expliqua-t-il de son ton nasillard.

Je savais que je ne m'en sortais pas très bien, mais je ne pensais pas échouer pour autant.

— Ah, merde, dis-je en tapant du pied sur le sol, déjà nerveux et agité.

Il fallait que je rentre chez moi. Les comprimés que j'avais pris avant de venir sur le campus commençaient à ne plus faire effet. Je m'efforçai de ne pas songer au fait qu'il me fallait de plus en plus de drogue pour tenir le coup.

— C'est une façon de le dire, reprit le Pr Ramsey d'un ton léger, les sourcils froncés, le regard désapprobateur.

Je savais qu'il me détestait. Tout comme je le détestais. On faisait vraiment une équipe d'enfer.

J'observai les diplômes et les certificats accrochés au mur. Il était évident que le Pr Ramsey aimait frimer, certainement parce qu'il n'avait rien d'autre dans sa vie que ce peu de succès. Les mecs comme lui me tapaient vraiment sur le système.

Le Pr Ramsey croisa les mains sur son bureau et eut une moue de dédain.

— Maxx, savez-vous que vous devrez avoir A à tous vos examens pour avoir D à la fin du semestre ? demanda-t-il avec cette condescendance qui méritait un bon coup de poing dans la gorge.

— Eh bien, maintenant je le sais, lui dis-je sèchement.

— Et cela ne vous dérange pas ? De finir en probation universitaire sans aucun espoir d'être diplômé ? Vous aurez de la chance d'avoir encore une place à Longwood après ce semestre, fit-il remarquer.

Je baignais dans la déception jusqu'au cou. Et je n'avais franchement pas besoin que ça vienne d'un type qui avait de la morve à la place du cerveau, bien trop de diplômes, et pas de bite dans son froc. Je me levai et enfonçai mes mains dans mes poches.

— Je vous comprends parfaitement, professeur Ramsey. Merci pour vos encouragements, ironisai-je avant de quitter le bureau sans attendre de réponse en claquant la porte derrière moi.

J'étais furieux. Bien sûr, je ne m'étais pas concentré autant que je l'aurais dû ce semestre. La boîte de nuit me demandait beaucoup de temps.

Mes notes en baisse n'avaient absolument rien à voir avec les petits comprimés blancs qui m'obsédaient déjà, la drogue que j'avais hâte de retrouver à la maison.

J'étais dans le déni complet, refusant de voir que j'étais sur le point de tout perdre.

Comme si ma journée n'était pas assez pourrie comme ça, mon téléphone sonna au moment où j'entrai dans mon appartement.

Je répondis et j'entendis la voix enthousiaste de mon frère à l'autre bout du fil.

— Je postule dans une école d'art à Philadelphie, annonça Landon, tout excité.

Je l'entendis à peine. J'étais en train de fouiller dans mon tiroir à la recherche du sachet que j'y avais mis l'autre soir. Je finis par le trouver et en sortis les comprimés que je voulais.

Avant de pouvoir les prendre, je compris ce que mon frère venait de dire.

— Tu quoi ? demandai-je.

Je savais que j'aurais dû le soutenir davantage, que j'aurais dû être content pour lui. Mais tout ce que j'entendais, c'était le tintement de l'argent. Il m'en faudrait plus pour m'occuper de lui.

Le nœud se resserrait autour de mon cou.

— Euh… ouais. Ma conseillère d'orientation pense que j'ai de bonnes chances d'être pris. Elle m'a écrit une lettre de recommandation. Et j'ai de très bonnes notes, Maxx, continua Landon.

— Combien coûte l'école ? demandai-je, faisant éclater sa bulle.

Landon demeura muet un moment avant de répondre.

— Je peux avoir des bourses, Maxx. Je peux trouver un travail. Je m'en sortirai. Tu n'es pas obligé de m'aider, dit-il, plus sur la défensive que jamais.

— Tu sais que je t'aiderai toujours, Landon. Je voulais juste savoir, expliquai-je, et c'était vrai.

Même si je devais vendre mes putains de reins sur eBay, Landon irait à cette école. Même s'il fallait que j'arrête la fac et que je devienne le plus gros dealer de la côte Est, mon petit frère aurait son avenir.

— Je ne veux pas que tu te sentes obligé de faire quoi que ce soit, Maxx. Je sais que tu crois devoir t'occuper de moi, mais je suis presque un adulte. Je ne suis pas impuissant. Je peux le faire tout seul, tu sais, me dit-il d'un ton ferme.

Je n'arrivais pas à reconnaître que mon frère était en train de devenir un homme. C'était un battant. C'était un survivant. Tout comme moi.

— Laisse-moi m'occuper de la payer. Inquiète-toi d'être pris, dis-je sur un ton léger, sans admettre la panique totale que cette idée suscitait dans mon esprit.

Puis je mis fin à la conversation et j'avalai les comprimés.

Et lorsque je me sentis suffisamment détendu pour affronter mes responsabilités, je fis la seule chose qui me vint à l'esprit.

J'appelai Gash.

— Je suis content que tu m'aies appelé, X, me dit Gash en s'asseyant à sa place derrière le bureau.

Je m'adossai à mon siège comme si je n'avais aucun souci dans la vie. Dommage que j'en aie bien trop. Mon existence n'était qu'une ribambelle infinie d'inquiétudes de merde.

— Il y a quelques semaines, je t'ai dit que j'attendais une cargaison de Mexico. Elle vient d'arriver. C'est de la super came, X. On va faire un tabac.

Gash sortit trois sacs congélation de son tiroir et les posa sur son bureau. J'en pris un et l'ouvris : il était rempli de petits sachets contenant une poudre marron blanchâtre.

— Qu'est-ce que c'est ? demandai-je en relevant les yeux vers mon boss.

Je devais passer pour un idiot. Je savais ce que c'était. Je voulais simplement la confirmation.

Gash sourit.

— Le meilleur goudron noir que j'aie jamais vu.

Merde ! Gash vendait de l'héroïne maintenant.

OK, j'étais sacrément hypocrite, mais j'avais des principes. Vendre des comprimés était une chose, mais fourguer de l'héroïne en était une autre. Si je franchissais le pas, je n'étais pas sûr de pouvoir me le pardonner un jour.

Quelque chose me dérangeait dans la façon de se shooter à l'héroïne. On la sniffait ou se l'injectait. Je craignais les aiguilles, et se foutre quelque chose dans le nez était franchement débile.

— Je sais pas, mec, dis-je lentement, à la recherche d'une excuse pour ne pas être obligé de vendre cette merde.

Gash fronça les sourcils. Visiblement, il n'appréciait pas mon manque d'enthousiasme.

— Tu te rends compte de l'oseille que ça pourrait me rapporter ? Te rapporter ? T'es débile ou quoi ? demanda-t-il, incrédule, en me regardant comme si je refusais le Saint-Graal.

— C'est de l'héroïne, Gash. Cette merde est un peu trop hardcore pour moi, expliquai-je maladroitement, conscient que je devais passer pour une vraie mauviette.

Gash se laissa aller contre le dossier de sa chaise et partit d'un rire tonitruant. Il attrapa sa bedaine comme s'il avait peur d'éclater.

— Tu te fous de moi ? Un dealer avec une conscience ? On me la fait pas ! siffla-t-il entre deux éclats de rire.

Qu'il aille se faire foutre !

Je bondis sur mes pieds.

— Écoute, je vais pas revendre cette merde. Trouve quelqu'un d'autre, dis-je en me dirigeant vers la porte.

— J'y réfléchirais à deux fois si j'étais toi, dit Gash avant que je ne puisse partir.

Je me figeai. C'était une menace.

— Je sais ce que vous faites, Marco et toi. Tu crois que je n'ai pas remarqué que le fric des entrées était un peu juste presque tous les week-ends ? T'étais pas encore né que j'étais déjà dans la partie, X.

Je refermai la porte et retournai m'asseoir. Ce connard faisait vraiment ce qu'il voulait de moi.

— Et je sais que tu as les mains qui traînent en ce qui concerne ma drogue. Mais tu m'as rapporté mon argent, et je ne t'ai pas privé de ta dose. Du moment que ça n'a pas de répercussions sur mon business, pas de problème. Mais ne confonds pas silence et ignorance. Tu as tes utilités, X. Tout comme Marco. Et tu vas vendre ma merde. Tu vas tout vendre.

Gash n'était pas ouvert à la discussion. Il n'accepterait aucun refus.

J'étais coincé.

J'avais besoin de cet argent.

J'avais besoin de ma drogue.

J'avais besoin de tout ça plus que je n'avais besoin de me respecter moi-même.

Et c'était Gash qui tirait les ficelles.

Je ramassai les sacs congélation et les mis dans mon sac de cours.

— Combien de temps j'ai ? demandai-je.

Face à mon revirement, Gash était manifestement très content de lui.

— Deux semaines. Pas un jour de plus. Tu prends dix pour cent, comme d'habitude. Fais en sorte que ça marche, X, dit-il, me congédiant.

Je quittai son bureau, des centaines de grammes d'héroïne dans mon sac, et mon âme à disposition du plus offrant.

— S'il te plaît, viens, suppliai-je encore.

Cela faisait des jours que je n'avais pas vu Aubrey. Elle se faisait rare. Ça me tuait.

L'héroïne était posée comme un tas de pierres dans le placard de ma chambre. Les comprimés commençaient à ne plus me suffire. Il était de plus en plus dur de résister à la tentation d'en essayer juste un peu.

J'avais besoin d'Aubrey.

— Je ne peux pas, Maxx. J'ai beaucoup de travail, m'expliqua-t-elle, me donnant sa énième excuse de la semaine.

— Tu as vu le dessin ? Celui que j'ai fait devant chez toi ? demandai-je.

Elle n'en avait pas parlé. Cela me rendait fou qu'elle ne dise rien à propos de mon âme répandue sur le pas de sa porte. Je pensais vraiment qu'elle saurait. Qu'elle comprendrait.

Mais on aurait dit qu'elle s'en foutait complètement.

Je l'entendis prendre une profonde inspiration.

— Oui, je l'ai vu, souffla-t-elle.

— Tu as aimé ? insistai-je, essayant de la faire réagir.

Rien. J'avais seulement besoin de quelque chose.

— Il était magnifique, Maxx. Ils sont tous magnifiques. Mais…

— Mais ? demandai-je.

Mes mots devenaient durs. Elle ne l'aimait pas. Elle le détestait. Elle me détestait.

— Ça ne change rien, reprit-elle après un moment.

Et cela me fit mal. Très mal.

— Pourquoi tu ne veux pas me voir ? demandai-je, haïssant le son de ma voix.

Mon amour pour cette femme me faisait planer. Mais il pouvait aussi me projeter au fond d'un trou noir, dont j'avais l'impression d'être incapable de m'extirper.

Je savais qu'elle avait pensé pouvoir me changer. Elle avait entamé cette relation en me considérant comme un junkie paumé qui avait besoin qu'on le sauve. Et, soudain, je ne pus m'empêcher d'avoir la sensation qu'elle tenait à moi non pas pour moi mais pour l'acte de charité que je représentais pour elle. Et cela m'agaçait.

J'accueillis donc la colère à bras ouverts, parce qu'elle était plus facile à gérer que la peur de la décevoir totalement. L'idée qu'une fille comme Aubrey puisse tenir à moi tel que j'étais semblait presque blasphématoire. Parce qu'elle méritait mieux. Et j'avais peur qu'aujourd'hui ne soit le jour où elle s'en rendrait compte.

Mes mains tremblaient et j'étais en sueur. Je sentis la nausée familière au creux de mon ventre. Je tendis la main vers ma table de nuit et ouvris le tiroir, à la recherche de la boîte marron qui était forcément là.

— Je veux te voir, Maxx, dit Aubrey.

Je savais qu'elle mentait.

— Alors viens, juste un petit moment, suppliai-je une dernière fois.

Je l'entendis soupirer au moment même où mes doigts se refermaient sur la boîte que je cherchais. Je la secouai. Elle était vide.

Putain, elle était vide.

Je retirai le couvercle, me disant que j'imaginais des choses, mais il n'y avait rien à l'intérieur.

Je jetai la boîte à travers la pièce. Aubrey disait quelque chose à l'autre bout du fil, mais je ne l'écoutais plus.

— Maxx ? fit-elle comme je ne répondais pas.

J'étais trop occupé à retourner ma chambre à la recherche de quelque chose pour me calmer. J'avais forcément un comprimé quelque part.

— Je dois y aller, dis-je dans un murmure étranglé.

— Qu'est-ce qui ne va pas ? Maxx ? demanda-t-elle, manifestement préoccupée.

Alors comme ça, elle voulait jouer à la petite amie inquiète ? Si elle avait tant tenu à moi, elle aurait été présente, elle m'aurait aidé quand j'avais besoin d'elle.

Elle était la seule à pouvoir m'aider.

Mais elle refusait de venir. Elle gardait ses distances.

— Ça va, Aubrey. Vas-y, évite-moi. Je m'en fous, aboyai-je.

Je savais que je passais pour un connard. Mais elle ne me laissait pas le choix. Il fallait que je raccroche. Il fallait que j'arrête de penser à elle.

Je ne pouvais me concentrer que sur une chose dans l'immédiat.

Trouver ma drogue.

— Maxx, ne sois pas comme ça. J'ai seulement besoin de temps...

— Prends tout le temps qu'il te faudra. C'est fini, crachai-je avant de raccrocher.

Je laissai tomber le téléphone sur le lit et me mis à ramper sur le sol vers un tas de fringues. Je détruisis ma chambre dans ma fouille, et je ne trouvai rien.

— Aaah ! hurlai-je en me mettant en boule.

Mon corps était secoué de tremblements. Je sentais la bile remonter au fond de ma gorge.

Mon téléphone sonnait. Je savais qui c'était.

Aubrey.

Je tendis la main pour essayer d'attraper le portable. Je n'aurais pas dû lui crier dessus. J'aurais dû lui dire ce qui n'allait pas. Elle serait venue m'aider.

J'avais tellement besoin d'elle.

Le téléphone cessa de sonner et ne sonna plus.

Elle avait abandonné. Elle ne rappellerait pas.

Je regardai mon placard, sachant ce qu'il y avait à l'intérieur.

Peut-être juste cette fois.

Non. Si je m'engageais sur cette route, je ne pourrais jamais en revenir.

Allez, tu sais que tu en as envie.

Elle me narguait à présent. Elle savait que j'étais faible.

Juste un tout petit peu. Pas grand-chose. Tu te sentiras tellement mieux.

Voilà que je me mettais à entendre des voix.

Je me couvris les oreilles, essayant de bloquer celle qui me poussait à la tentation.

— Non ! hurlai-je, comme si les sacs de drogue cachés dans mon placard allaient m'entendre.

Je déroulai mon corps rigide et rampai jusqu'à mon lit. Je tendis la main, trouvai mon téléphone et le portai à mon oreille.

Je voulais rappeler Aubrey. J'avais besoin d'entendre sa voix. Elle m'aiderait à m'en sortir. Elle était tout ce dont j'avais besoin. Elle m'aimait. Son amour me suffisait.

Mais, au lieu de ça, j'appelai quelqu'un d'autre.

La tonalité retentit, puis on décrocha.

Un pas de plus vers mon salut.

— Marco, faut que tu m'apportes quelque chose.

28

Aubrey

J'essayai de finir mes devoirs. J'avais passé tous les jours de la semaine à tenter de me mettre à jour.

Après la soirée désastreuse en boîte avec Maxx et ma nuit blanche, tout ça pour qu'il débarque défoncé à 5 heures du matin, j'avais pris une décision difficile. J'étais restée longtemps éveillée après qu'il eut perdu connaissance. Il ne m'avait pas dit un mot. Rien. Ça m'avait terriblement blessée. Et j'avais longtemps pleuré. J'avais été complètement déprimée.

Notre relation était désastreuse. Et ça ne s'arrangeait pas. J'allais tomber de haut et toucher le fond avec lui.

J'avais besoin de distance.

Incapable d'affronter ses yeux troubles le lendemain matin, j'avais fait en sorte de partir avant qu'il se réveille.

Mais il m'avait appelée plus tard, et j'avais reconnu la panique dans sa voix. Il était en manque.

Il m'avait suppliée de venir, et je l'avais fait. Je n'avais jamais été capable de lui dire non, même quand c'était la meilleure décision pour moi.

Il avait sa drogue, et j'avais la mienne.

La mienne s'appelait Maxx Demelo.

Quand j'étais arrivée chez lui, il semblait aller mieux, et j'avais tout de suite compris qu'il s'était drogué. Je voulais crier. Je voulais lui foutre une raclée parce qu'il ne se souciait pas assez de lui-même pour arrêter.

Et puis il m'avait touchée, et malgré mon envie de le repousser, je n'en avais rien fait. J'en étais incapable. Mon corps le désirait trop.

Je l'avais donc laissé m'enlever mes vêtements et me pousser sur le canapé, où il m'avait dévorée tout entière.

Et alors qu'il me pénétrait, mon corps enlacé au sien, mon cœur avait commencé à se briser.

Maxx était pris au piège dans un cycle sans fin, et j'étais piégée avec lui.

Ça allait causer ma perte.

Ce n'était pas une histoire qui finirait bien. Maxx et moi n'allions pas vivre cette vie parfaite avec la palissade blanche.

La seule vie que nous pouvions avoir ensemble était moche, compliquée et destructrice.

Et je savais sans l'ombre d'un doute qu'elle nous tuerait tous les deux.

Je ne pouvais pas le sauver.

Je ne pouvais pas modifier le chemin qu'il avait emprunté. Il ne me laissait pas faire. Des forces plus puissantes que mon amour étaient à l'œuvre dans sa vie. L'intensité de ses sentiments pour moi et des miens pour lui ne suffisait pas. Je n'étais pas sûre qu'ils suffisent un jour.

Il se tenait au bord de la falaise et, si je ne reculais pas, il m'entraînerait dans sa chute.

Et je refusais de me faire subir ça.

J'avais beau l'aimer, je ne pouvais pas fermer les yeux sur son autodestruction. J'avais juré que je ne l'abandonnerais pas, que je resterais à ses côtés, quoi qu'il arrive. Mais c'étaient les promesses d'une idiote naïve.

J'avais bêtement cru que, en aidant Maxx, je compenserais le fait de ne pas avoir aidé Jayme. Comme si une vie pouvait en remplacer une autre.

C'était absolument ridicule.

Maxx n'était pas Jayme. C'était un paumé d'un genre unique, et il était si enlisé dans son enfer que la seule façon d'être avec lui était de sombrer avec lui. Il n'était pas prêt à se battre pour aller mieux. Il n'était pas disposé à me laisser me battre pour lui.

Mes problèmes au sujet de ma sœur ne regardaient que moi, et il fallait que je trouve un moyen de me pardonner et d'avancer.

Et je n'y parviendrais pas en regardant l'homme que j'aimais s'effondrer.

Mais Maxx refusait de me laisser partir. Il était persévérant. Il m'appelait encore et encore. Nos conversations étaient toujours les mêmes.

Il avait besoin de moi. Il ne pouvait pas vivre sans moi. Il m'aimait. Bon sang ! Il m'aimait tellement. Il mourrait s'il ne pouvait être avec moi.

Il pleurait. Il suppliait. Il criait. Il hurlait. C'était devenu mon démon, et j'avais peur de lui. J'avais peur pour lui.

Je faillis céder tant de fois. Je me précipitai presque chez lui pour qu'il me prenne dans ses bras. Peut-être qu'il m'écouterait, cette fois. Il se rendrait compte qu'il n'avait pas besoin de la drogue. Qu'ensemble, nous pouvions tout supporter.

Je me laissais presque convaincre, et puis l'autre Maxx sortait jouer. Et s'énervait. Devenait méchant. Il devenait alors facile de renier l'instinct premier de courir l'aider.

Alors je résistais. Malgré la douleur. Je le désirais. J'avais le cœur serré d'être loin de lui. Je connaissais Maxx depuis peu de temps, mais il était devenu essentiel.

Je le faisais pour moi. Il le fallait.

Puis il cessa d'appeler. Il cessa de venir en groupe de soutien. Kristie parla de signaler son absence à son agent de probation. Je ne le voyais plus sur le campus.

C'était comme s'il avait disparu.

J'essayais de l'appeler, mais il ne répondait pas. Il ne répondait jamais. Il avait disparu. Pour de bon, cette fois.

— Tu veux de la compagnie à la bibliothèque ? me demanda Renée en passant la tête par la porte de ma chambre.

Je fourrais des livres et des stylos dans mon sac, m'apprêtant à me rendre sur le campus pour essayer d'oublier Maxx et ce qu'il pouvait être en train de faire.

J'avais beau savoir que rester loin de lui était la meilleure des décisions, l'ignorance allait me rendre dingue.

Renée était partiellement au courant de ce qu'il se passait avec Maxx. J'avais eu besoin de me confier à quelqu'un. Toutefois, j'avais été incapable de tout lui dire. Elle avait admis ne pas être très à l'aise avec lui.

— Il est super canon, Aubrey, et il est fou de toi, c'est évident, avait-elle dit.

— Mais…, avais-je soufflé.

— Mais il y a quelque chose dans ses yeux. Ils sont si tristes. Genre, déséquilibrés. J'ai déjà vu des yeux comme ça. Ils font peur, m'avait-elle dit, et je ne pouvais pas le nier.

Maxx avait effectivement des yeux tristes, et il y avait quelque chose d'instable chez lui. Je l'avais constaté plus de fois que je ne l'aurais voulu.

J'avais beau apprécier que nous nous fassions de nouveau des confidences, je ne pouvais pas tout révéler à Renée. Impossible de lui dire que j'avais vu Maxx dealer, ni que je savais que, chaque fois que nous n'étions pas ensemble, il se droguait.

C'était une laideur que je n'étais pas obligée de partager. Elle resterait enfouie au fin fond de mon cœur.

Ce que Renée savait, en revanche, c'était que ma relation avec Maxx n'était pas au top et que je souffrais. Et s'il y avait bien une chose que ma colocataire comprenait, c'était la souffrance que seul un homme que vous aimez peut vous causer.

En ce sens, je me sentais liée à elle comme jamais auparavant. Nous étions unies par notre amour pour des hommes qui avaient le pouvoir de nous anéantir.

— Bien sûr, si tu veux, répondis-je en souriant.

— Je prends mes affaires et je te retrouve dans le salon, s'écria-t-elle en traversant le couloir pour gagner sa chambre.

On sonna à la porte au moment où je finissais de préparer mes affaires.

— J'y vais ! criai-je à Renée.

Mon cœur se mit à battre à tout rompre. C'était peut-être Maxx. Oh, pourvu que ce soit Maxx.

J'étais pathétique.

On sonna encore, puis encore. Qui que ce soit, il n'était pas très patient.

— J'arrive ! m'écriai-je en me précipitant vers la porte.

S'il te plaît, sois Maxx.

Ce n'était pas Maxx.

C'était bien pire.

— Qu'est-ce que tu fous là ? demandai-je avec colère.

— S'il te plaît, il faut seulement que je lui parle, supplia Devon, ses yeux marron soulignés de cernes noirs.

On aurait dit que ça faisait plusieurs jours qu'il ne s'était pas lavé les cheveux, lui d'ordinaire parfaitement coiffé.

Il faisait de grands efforts pour avoir l'air contrit et désespéré. Mais je n'allais pas me faire avoir. Devon Keeton était un vil manipulateur.

— Dégage d'ici avant que j'appelle la police ! menaçai-je. J'ai vu ce que tu lui as fait, espèce de connard, poursuivis-je dans un murmure furieux. Si tu crois pouvoir poser tes mains sur elle, t'es encore plus allumé que je le pensais.

Le visage de Devon se déforma, et il se mit à pleurer. Des larmes de crocodile.

— Je ne voulais pas la frapper.

— Ah, elle est juste tombée sur ton poing ? raillai-je avec sarcasme.

Devon secoua la tête.

— Je vais changer. Je le jure, Aubrey. Laisse-moi la voir. Elle ne répond pas à mes appels. Je l'aime !

Il éleva la voix, et j'essayai de le faire reculer pour lui claquer la porte au nez, à ce menteur.

Je ne voulais pas que Renée le voie. Mais c'était trop tard.

— Devon ? s'étonna-t-elle derrière moi.

Devon me bouscula et entra dans l'appartement. Renée eut un mouvement de recul, et j'eus envie de botter le cul de son ex-petit ami de lui inspirer ce genre de peur.

J'attrapai Devon par le bras.

— Je t'ai dit de dégager ! hurlai-je, le tirant en arrière.

Il baissa les yeux vers moi. Les larmes avaient disparu. Il était en colère. Très, très en colère.

— Lâche-moi, ou je te casse les doigts, me prévint-il d'une voix calme et meurtrière.

Eh bien, il faudrait qu'il me casse les doigts dans ce cas.

— Dégage ! criai-je en espérant que nos voisins m'entendraient et viendraient voir ce qu'il se passait.

Renée était dos au mur, mais l'expression de son visage s'était radoucie. Je n'en revenais pas !

Après tout ce qu'il lui avait fait subir, elle le regardait comme s'il lui avait manqué !

Devon lui parlait, la gavant de toutes les conneries romantiques qu'il savait parfaitement qu'elle voudrait entendre. Sa bouche bougeait, mais je n'entendais que des mensonges. À en juger par l'expression de Renée, elle le croyait. Ou du moins, elle voulait le croire.

Je savais qu'elle l'aimait encore. Pourquoi avait-elle donné son cœur à un homme qui la traitait si mal ? C'était là, sur son visage, comme le nez au milieu de la figure. L'amour. Un amour pétrifiant qui vous tuait à petit feu.

Mon cœur s'emballa dans ma poitrine. La scène qui se déroulait sous mes yeux était si familière que j'en eus le souffle coupé.

Devon parlait, et c'étaient les mots de Maxx que j'entendais. Et ce n'était pas Renée qui buvait ses promesses implorantes… c'était moi.

Nos amours n'étaient pas si différentes, même si je faisais tout pour me convaincre du contraire. Ils étaient aussi destructeurs. Aussi éreintants. Et aussi dysfonctionnels.

— Je t'en prie, Renée. Donne-moi une autre chance, supplia Devon.

Les yeux de Renée se remplirent de larmes. Merde ! Elle allait céder.

Elle ne pouvait pas abdiquer ! Si elle capitulait, qu'est-ce qui m'empêchait de faire la même chose ? Nous devions être fortes. Nous devions nous serrer les coudes.

Je fis donc la seule chose que je pouvais faire : je hurlai à pleins poumons.

Devon s'en prit à moi, défiguré par la rage.

— La ferme, salope ! hurla-t-il.

Il me frappa à l'épaule, et je tombai au sol.

Et Renée se réveilla enfin. Les mains tremblantes, elle sortit son téléphone et le leva en l'air.

— Dégage, Devon. Ne remets jamais les pieds ici ! C'est fini ! Ça fait longtemps que c'est fini ! Je ne veux plus jamais, jamais revoir ta gueule de tordu ! Si tu ne pars pas dans les trente secondes, j'appelle la police. J'obtiendrai une ordonnance restrictive. Tu seras tellement dans la merde ! Qu'en penseraient maman et papa ? demanda-t-elle avec un sourire suffisant que je n'avais jamais vu sur ses lèvres.

Elle se tenait droite, le menton haut. Devon la terrifiait, mais elle tenait bon. J'étais tellement fière d'elle.

Devon fronça les sourcils, comme s'il n'était pas sûr d'avoir bien entendu.

— Mon cœur, tu ne le penses pas. On est faits l'un pour l'autre. Je t'aime, essaya-t-il une nouvelle fois.

Renée composa un numéro et parla dans le combiné.

— Oui, un homme me harcèle, et il est là en ce moment. Il s'appelle Devon Keeton, c'est mon ex-petit ami. Je crains pour ma sécurité, dit-elle.

Devon était furieux. Il était sur le point de péter les plombs. Renée était encore au téléphone avec la police quand il sortit de l'appartement en courant.

Je m'empressai de fermer et de verrouiller la porte derrière lui.

— Il vient de partir, dit Renée en se laissant glisser contre le mur pour s'asseoir sur le sol. Je ne crois pas qu'il va revenir. Pas besoin d'envoyer quelqu'un. Très bien. Je le ferai. Merci.

Elle raccrocha et laissa tomber sa tête entre ses mains. Je passai un bras autour de ses épaules.

— Il faut que j'aille au palais de justice pour remplir une ordonnance restrictive préliminaire. Mais peut-être qu'il ne me fera rien. Peut-être qu'il va me laisser tranquille, maintenant, avança Renée, l'air épuisé mais un peu optimiste.

— J'en doute. Mais tu ferais mieux d'aller au bout de la procédure. Pour ta tranquillité d'esprit, lui dis-je.

Renée hocha la tête, et nous restâmes muettes un moment. Puis elle me regarda, l'air las.

— Pourquoi on s'inflige ça, Aubrey ? Pourquoi est-ce qu'on donne notre cœur à des hommes qui le brisent ? Je pensais que Devon était mon prince. Je pensais qu'il m'aimait ! Je suis vraiment une idiote.

Elle sanglotait, et je pleurai avec elle. Pour elle. Pour moi-même. Pour toutes les relations merdiques qui avaient fini dans les larmes.

— Ça ne devrait pas être comme ça, l'amour, dit Renée en reniflant.

Elle avait raison. Cette douleur atroce qui me serrait la poitrine ne devrait pas être la sensation que procurait l'amour. Ce n'était pas sain. Ce n'était pas bien. Et, malheureusement, ça refusait de partir.

J'étais prise au piège.

— Viens, je t'accompagne au tribunal. Puis je te paie ce gâteau au chocolat que tu adores de chez *Gâteaupia*, proposai-je.

Renée essuya ses larmes et me sourit courageusement.

Au moins, l'une de nous deux apprenait de ses erreurs avant qu'il ne soit trop tard.

Après avoir attendu de rencontrer le magistrat avec Renée, je sortis et, dans un moment de faiblesse, j'essayai de rappeler Maxx.

Moi qui ne voulais plus flancher…

Mais je ne pouvais pas m'en empêcher. Ma crainte ne se calmerait pas tant que Maxx garderait le silence.

Bien sûr, il ne répondit pas.

Je fourrai mon téléphone dans ma poche et, lorsque Renée eut fini, je fis comme si de rien n'était. Puis je l'emmenai à sa boulangerie favorite près du campus et la rassasiai de pâtisseries.

Renée n'avait pas pleuré. Elle n'avait pas faibli dans sa décision d'obtenir une ordonnance restrictive.

Elle était franchement incroyable.

— Tu ne manges pas ? me demanda-t-elle après avoir terminé son chocolat chaud.

Je fis glisser mon assiette vers elle.

— Vas-y, dis-je en m'efforçant de sourire.

Mon téléphone se mit à sonner dans ma poche et, comme chaque fois, mon cœur s'emballa dans l'espoir qu'il s'agisse de Maxx.

Et, comme chaque fois depuis une semaine, je fus déçue que ce ne soit pas lui.

Je fus en revanche surprise de voir que c'était Kristie Hinkle.

— Qui est-ce ? demanda Renée en voyant mon expression.

— La conseillère de mon groupe, répondis-je alors que mon téléphone continuait de sonner.

— Tu ne devrais pas répondre ? reprit Renée.

J'eus un petit rire nerveux et je décrochai.

— Allô ?

— Bonjour, Aubrey. Je vais faire vite. Il faut que je vous voie. Aujourd'hui, si possible, dit-elle d'un ton brusque.

Nous nous étions déjà vues au groupe de soutien dans la semaine, et je ne comprenais pas pourquoi elle aurait besoin de me rencontrer aussi rapidement.

— Euh… d'accord, balbutiai-je.

— Bien. Je suis à mon bureau en ville. Vous savez où c'est ? demanda-t-elle.

Sa voix était glaciale, et je commençais à m'inquiéter.

— Oui, je crois, répondis-je.

— Pouvez-vous être là dans l'heure ? J'ai un rendez-vous plus tard dans l'après-midi, mais j'ai besoin de vous parler d'abord, dit-elle.

— Oui, je peux.

— À tout de suite, dit-elle avant de raccrocher.

Je contemplai un instant mon téléphone.

— Tout va bien ? demanda Renée en s'essuyant les doigts sur une serviette.

Je lui souris de nouveau, un sourire réellement faux cette fois-ci.

— Kristie veut me parler dans son bureau du centre-ville. Ça ne te dérange pas de rentrer toute seule ? demandai-je.

Ça me gênait de la quitter si tôt après la confrontation avec Devon. Renée me chassa d'un geste de la main.

— Ça ira. Je vais aller passer un moment à la bibliothèque. Pour m'occuper l'esprit.

Je posai une main sur les siennes.

— Je peux rappeler Kristie et reporter le rendez-vous si tu ne veux pas rester seule, proposai-je.

J'espérais qu'elle dirait oui. Instinctivement, je savais que je n'allais pas aimer ce dont Kristie voulait me parler.

Renée tenta d'essuyer discrètement les larmes qui s'échappèrent de ses yeux, mais je les avais vues. Elle souffrait, et j'avais l'impression d'être la pire amie du monde de la laisser maintenant.

— Je te retrouve plus tard à l'appartement, me répondit Renée.

Elle se racla la gorge, la tête baissée pour que je ne voie pas ses yeux rouges et le mascara qui avait coulé.

— C'est normal de pleurer pour lui. Tu l'aimais. C'est naturel, la réconfortai-je avec douceur.

Renée leva ses yeux pleins de larmes vers moi et m'adressa un sourire hésitant.

— Il ne mérite pas mes larmes mais, bon sang, je ne peux pas m'empêcher de pleurer pour lui quand même.

Renée renifla, et je me levai pour la prendre dans mes bras.

— Je me dépêche de rentrer, promis-je.

Le bureau de Kristie était chaleureux et douillet. Elle travaillait dans une association de bénévoles qui aidait les habitants de la ville à lutter contre l'addiction et les troubles mentaux. Je n'attendais que depuis quelques minutes quand elle ouvrit la porte de son bureau pour me faire entrer.

Les murs étaient peints en jaune doré et l'unique fenêtre était recouverte d'un voilage blanc. Il y avait sur la vitre plusieurs vitraux et cristaux qui projetaient des arcs-en-ciel dans la pièce.

Sa bibliothèque était remplie de livres et de photos encadrées. Au lieu de chaises aseptisées, Kristie avait installé un canapé rouge en feutrine contre le mur du fond, assorti de petits coussins.

Dans d'autres circonstances, ce bureau m'aurait semblé apaisant. Mais je devinai instantanément, à la façon dont Kristie me regardait, que quelque chose n'allait pas.

— Asseyez-vous, Aubrey, dit-elle en me désignant le canapé.

J'obtempérai et, plutôt que de retourner derrière son bureau, Kristie s'installa à côté de moi.

Je savais qu'elle n'était pas ma plus grande fan. Malgré ses rapports positifs auprès du Pr Lowell, je savais que, après mon emportement verbal en groupe de soutien, elle ne faisait qu'attendre son heure et la fin des séances pour être débarrassée de moi. J'avais remarqué sa méfiance et son agacement sous-jacent alors même qu'elle feignait de me soutenir en tant que collègue.

Je fus donc surprise de voir de la compassion sur son visage. Elle me regardait comme si elle me plaignait. Merde ! Que se passait-il ?

Kristie se retourna et attrapa un cadre sur son bureau. C'était une photo d'elle avec un groupe de femmes. Il était évident, à voir leurs robes, que le cliché datait d'une dizaine ou d'une vingtaine d'années. Kristie était bien plus jeune sur la photo, et elle était très jolie.

— Cette photo a été prise pendant mon premier boulot à la sortie de la fac. J'étais coordinatrice sociale pour un refuge de victimes de violences conjugales. J'adorais mon travail. Les femmes et les enfants avec qui je travaillais étaient incroyables.

Kristie remit le cadre à sa place puis se tourna vers moi.

— À l'époque, j'avais du mal à définir mon rôle là-bas. Je travaillais dans un environnement qui servait de foyer à ces gens. Ils comptaient sur moi pour assurer leurs besoins fondamentaux, sécurité, nourriture, abri. Parfois, il était facile de confondre travail et amitié.

Je ne comprenais pas pourquoi Kristie avait besoin de partager ses souvenirs. Ce qu'elle me dit ensuite dissipa le doute quant à ma présence ici.

— Les limites se troublent. Des relations qui ne devraient pas avoir lieu se forment. On se perd facilement. On choisit cette discipline parce qu'on s'intéresse aux autres. On veut aider. Parfois, on endosse un rôle qu'on ne devrait pas prendre.

Il s'agissait de Maxx.

Elle savait.

Je déglutis, la gorge nouée. J'avais du mal à respirer. J'avais l'impression que mon monde était en train d'imploser.

Kristie concentra de nouveau son attention sur la photo.

— Je me suis mise à considérer ces femmes comme mes amies. Mais elles ne l'étaient pas. Elles étaient des patientes. Elles étaient là parce qu'elles avaient subi un traumatisme terrible. Elles ne comprenaient pas les limites. C'était mon travail, en tant que conseillère, de leur donner l'exemple. Et j'avais du mal à le faire. Comment affirmer son autorité sur des femmes qui vous considèrent comme une amie ?

Kristie me regarda, le regard flamboyant.

— J'ai dû demander à l'une des femmes de quitter le foyer parce qu'elle n'obéissait pas aux règles. Elle s'est tout naturellement énervée. Mais le pire, ça a été quand elle m'a regardée et m'a dit : « Je croyais que tu étais mon amie. » C'est là que j'ai su que j'avais déconné. Que j'avais laissé mes sentiments personnels se mettre en travers de mon travail.

Elle me dévisagea.

— Vous comprenez ce que je veux dire ? me demanda-t-elle.

Je déglutis de nouveau, la bouche sèche.

— Je... Je ne suis pas sûre, balbutiai-je.

Kristie poussa un soupir et se leva pour aller s'asseoir derrière son bureau. Elle mettait de la distance entre nous avant de me porter le coup fatal.

— On m'a parlé d'un problème très fâcheux. On m'a rapporté que vous aviez une relation inappropriée avec un membre du groupe de soutien.

Le couperet était tombé.

Kristie poursuivit.

— Je dois prendre ce genre d'allégations très au sérieux. Je me suis donc renseignée, et il me semble dorénavant clair que vous fréquentez Maxx Demelo.

Elle se tut et me regarda, comme si elle attendait que j'acquiesce.

Que pouvais-je dire ? Je m'étais fait prendre. J'avais redouté que cela se produise un jour, même si ce jour était arrivé plus tôt que je ne m'y attendais.

— Eh bien, Aubrey, qu'avez-vous à dire à ce propos ?

On aurait dit une institutrice qui m'aurait surprise en train de mâcher un chewing-gum en classe. Je détestais me sentir petite, et Kristie Hinkle me faisait me sentir minuscule.

Je savais que j'avais merdé. J'avais pris un grand risque en sortant avec Maxx. J'avais tout risqué pour être avec lui, et pour quoi ?

Regardez où en était notre relation. Elle était inexistante car il m'avait préféré la drogue.

Mais je ne pouvais pas oublier l'amour que j'éprouvais pour lui. Ni la perfection qui existait quand nous étions ensemble et qu'il n'y avait rien d'autre entre nous que la peau et le souffle. Le voir avec son frère, découvrir qui il avait été avant que la drogue entre dans sa vie, faire de la luge avec lui dans un endroit cher à son cœur, le regarder me cuisiner un dîner cramé, ces moments m'avaient montré un homme passionné et compliqué. Un homme qui en valait la peine.

Je ne m'excuserais pas d'avoir suivi mon cœur pour la première fois de ma vie. D'avoir abandonné mon besoin obsessif de contrôle pour simplement ressentir.

Malgré le chagrin d'amour, malgré ce que Maxx m'avait fait subir, je ne regretterais jamais de m'être ouverte à lui. J'avais si longtemps été renfermée sur moi-même que je mourais intérieurement à petit feu, jusqu'à ce que Maxx me force à être quelqu'un que je ne pensais plus pouvoir être un jour.

Je redressai le menton et regardai Kristie dans les yeux.

— Que puis-je dire ? Que j'ai eu tort ? Je pense que c'est évident. Que je suis désolée ? Non, je ne peux pas dire ça. Parce que je ne le suis pas. Je ne changerais pas un seul instant passé avec Maxx, quelles que soient les conséquences.

Je semblais ferme et forte, et j'étais fière de moi, alors même que je faisais face aux conséquences de mes décisions.

Kristie eut l'air stupéfait. Elle ne s'était visiblement pas attendue à ce que je la défie.

Elle brassa des papiers sur son bureau, mal à l'aise.

— Je suis obligée de le signaler au Pr Lowell. Vous comprenez que cela veut dire que vous risquez d'être suspendue ? Exclue de la formation de psychothérapie ? demanda Kristie en me regardant comme si j'avais perdu la tête.

Car quelle personne saine d'esprit gâcherait tout pour un garçon instable ? Surtout qu'il était la dernière personne sur qui on devrait parier son avenir.

L'amour était la folie au comble de sa beauté. Une folie de désespoir et de désir qui rendait possible le choix le plus improbable.

— Je comprends, répondis-je simplement.

Kristie me dévisagea un instant, puis sembla reprendre ses esprits.

— Eh bien…

Elle s'éclaircit la voix et reprit :

— Eh bien… Je pense que le Pr Lowell vous contactera bientôt.

Je hochai la tête et me levai.

— Merci de m'avoir donné la chance d'apprendre à vos côtés, Kristie. J'apprécie sincèrement, même si ce n'est pas évident, dis-je, la surprenant encore.

Elle secoua la tête.

— C'est si dommage, Aubrey. Vous avez tant de potentiel. J'espère que ça en valait la peine.

Je quittai son bureau. Ses dernières paroles résonnaient dans mon esprit.

Est-ce que ça en valait la peine ?

29

Aubrey

Après avoir quitté le bureau de Kristie, je pris mon temps pour retourner sur le campus. J'étais en état de choc. Tout mon projet de vie avait été efficacement anéanti au cours des trente dernières minutes.

Tout ce pour quoi j'avais travaillé dur venait de voler en éclats.

Tout ça pour un homme qui ne décrochait pas son téléphone.

J'essayai d'appeler Maxx pour la millionième fois et tombai encore sur la messagerie.

J'étais officiellement inquiète.

Cela faisait une semaine que je n'avais pas de nouvelles. Depuis qu'il m'avait dit qu'il m'aimait et avait besoin de moi.

Il me manquait.

La tête baissée, sans presser le pas, je parcourus les deux pâtés de maisons me séparant de l'université.

J'aurais dû être dévastée, mais j'étais furieuse. C'était une émotion déplacée, mais c'était plus facile d'analyser ce que j'avais fait de ma vie en étant en colère.

Quelqu'un m'avait dénoncée. Et j'avais une bonne idée de qui c'était.

Malheureusement pour lui, je bouillonnais de rage quand j'atteignis enfin le campus. Et je le repérai immédiatement.

— Brooks ! m'écriai-je.

Il se baladait avec Charlotte, la fille avec qui il était allé à *Compulsion*. Je les avais vus traîner tous les deux sur le campus et me demandais s'ils sortaient ensemble.

Je me foutais franchement du statut actuel de sa vie amoureuse, J'étais blessée et je me sentais trahie, et je comptais bien lui dire ses quatre vérités en face.

Il leva les yeux et me fit un signe hésitant de la main. Charlotte lui dit quelque chose, et il hocha la tête. Je savais qu'ils parlaient de moi.

Je détestais l'idée qu'un ami autrefois si proche soit assez amer pour agir dans mon dos et me dénoncer à Kristie. Je ne voulais pas croire que c'était vrai, que notre amitié s'était autant dégradée. Mais c'était la seule personne à être au courant de ma relation avec Maxx et à avoir désapprouvé avec véhémence. Renée n'aurait jamais fait une chose pareille. Ce qui ne laissait donc que Brooks.

Il s'arrêta et attendit que je le rattrape. Il dit quelque chose à Charlotte, qui me regarda d'un air soucieux avant de s'éloigner en vitesse.

Brooks semblait hésitant et peu sûr de lui, et il avait bien raison. Et quand il vit mon expression, il sut que j'étais en rogne. Il ignorait à quel point.

— Comment as-tu pu ? crachai-je.

Brooks fronça les sourcils.

— Comment ai-je pu quoi ? demanda-t-il.

Il jouait très bien les imbéciles.

— Je ne savais pas que tu pouvais être aussi insensible. Aussi cruel. Je suis juste devant toi, Brooks, pas besoin de me poignarder dans le dos. Fais-le en face.

Brooks eut l'air perplexe et un peu inquiet.

— Je ne vois pas de quoi tu parles, Aubrey.

Je partis d'un rire empli de haine.

— Bon sang ! J'ai vraiment été stupide de penser que notre amitié t'empêcherait de me trahir. J'aurais dû savoir qu'essayer d'être amie avec un mec qui était loin d'être un bon coup, ça finirait mal.

Brooks tressaillit.

— Qu'est-ce qui te prend ? demanda-t-il.

Je fis de mon mieux pour ignorer la culpabilité qui me saisit lorsque je vis la douleur dans ses yeux. Mais je souffrais. Parce qu'il avait été incapable de la fermer.

— Je sais que c'est toi qui l'as dit à Kristie. N'essaie pas de nier.

Brooks leva les mains.

— Attends une seconde. On revient en arrière. Dit quoi à Kristie ?

Je pointai le doigt sur sa poitrine.

— Tu lui as dit pour Maxx et moi. Vas-y, mens-moi, dis que ce n'était pas toi ! T'es si jaloux que t'avais besoin de me gâcher la vie ? hurlai-je.

Ça m'était égal que ma tirade attire l'attention sur nous. Brooks, en revanche, lança un regard gêné autour de lui et tenta de me faire taire.

— Du calme, Aubrey. Tu n'as qu'à confier ta vie privée à tout le campus, pendant que tu y es, marmonna-t-il.

— Oh, alors maintenant tu t'inquiètes de mon intimité ? Je t'en prie, ne me prends pas pour une idiote. Pas après ce que tu as fait !

Même en pleine colère, je me demandais pourquoi je réagissais ainsi. Était-ce réellement la faute de Brooks si je perdais tout ?

Non.

Même s'il était allé voir Kristie pour lui parler de ma liaison avec Maxx, c'était moi qui avais fait le choix d'être avec lui.

Brooks éclata de rire.

— T'es sérieuse ? demanda-t-il, incrédule.

Je le fusillai du regard.

— Je suis ravie que tu trouves ça drôle ! grognai-je.

Brooks croisa les bras.

— Primo, je n'ai rien dit à personne, mais vu comment tu as bousillé ta vie, j'aurais peut-être dû. C'est ce que ferait un ami, dit-il durement.

J'ouvris la bouche pour lui lancer une méchanceté, mais il poursuivit :

— Et secundo, comment oses-tu accuser quiconque de la merde dans laquelle tu t'es mise toute seule ? C'est toi, dit-il en pointant le doigt sur moi, qui as fait le choix de coucher avec ce toxico. C'est toi, répéta-t-il en me pointant de nouveau du doigt, qui as fait le choix de ne pas penser aux conséquences.

Il prit une profonde inspiration, l'air triste.

— C'est toi qui as balancé notre amitié par la fenêtre. C'est toi qui as renoncé à toi-même, soupira-t-il avant de me contourner pour partir. Ça en valait la peine ? demanda-t-il.

On m'avait beaucoup posé cette question ces derniers temps.

Est-ce que ça en valait la peine ?

En regardant celui qui avait été l'un de mes meilleurs amis s'éloigner et sortir de ma vie, je commençai à en douter.

Je passai le vendredi soir avec Renée à regarder des films et manger des cochonneries. J'avais été incapable de lui raconter ce qu'il s'était passé avec Kristie. Elle endurait déjà tant de choses, pas besoin d'en rajouter.

Je passai la majeure partie du samedi à la bibliothèque, espérant que travailler m'occuperait l'esprit. Pour la première fois de ma vie, cela ne fonctionna pas. J'étais incapable de me concentrer. Mes pensées étaient en vrac.

Je finis par abandonner et rentrer. Renée dormait, et je songeai à essayer moi aussi de faire la sieste. Mais mon esprit refusait de débrancher. Je ne cessais de me repasser en boucle les événements des dernières quarante-huit heures.

Comment les choses pouvaient-elles avoir si mal tourné en si peu de temps ?

Je finis par me lever, incapable de rester allongée plus longtemps. Je vérifiai que Renée allait bien, mais elle dormait encore.

Je me rendis dans la cuisine et, aussi silencieusement que possible, je me préparai des pâtes. C'était samedi soir, Maxx était-il à *Compulsion* ? J'envisageai une seconde de m'habiller pour aller le retrouver. Mais j'écartai vite cette idée.

Je m'installai sur le canapé et j'allumai la télé, espérant que ces idioties de téléréalité soient ce dont j'avais besoin.

Puis, vers 22 h 30, mon téléphone sonna. J'étais si plongée dans mes pensées, occupée à m'apitoyer sur mon sort, que le son me fit sursauter.

Je baissai les yeux vers l'écran, et mon cœur bondit dans ma poitrine.

C'était Maxx.

— Allô ? dis-je.

— Te voilà, marmonna-t-il, articulant si mal qu'il était à peine compréhensible.

J'entendis le martèlement de la musique dans le fond. Il était à *Compulsion*.

— Pourquoi tu m'as quitté ? sanglota Maxx au téléphone.

Je l'entendais mal. Il avait l'air complètement shooté.

— Maxx, ça va ?

Quelle question idiote. Non, ça n'allait pas.

— Je t'aime, sanglota-t-il avec confusion.

Puis j'entendis un grand « boum » couvrir la musique.

— Maxx ! hurlai-je dans le téléphone, mais il ne me répondit pas.

La musique continuait de me tambouriner dans les oreilles, mais Maxx n'était plus là.

— Maxx ! criai-je, avant d'être coupée par la tonalité. Putain d'égoïste !

Je composai immédiatement son numéro.

La tonalité sonna, sonna, sonna.

Quand la messagerie se déclencha, je raccrochai et réessayai.

Je rappelai au moins une demi-douzaine de fois avant d'abandonner.

Quelque chose clochait. Je reconnaissais la voix de Maxx quand il était drogué, mais c'était différent cette fois. Je ne pouvais m'empêcher de penser à son désespoir. Il avait eu l'air perdu.

Maudit soit-il !

J'écrivis rapidement un mot à Renée pour lui dire que je rentrerais bientôt, puis j'attrapai mon manteau et mes clés avec une seule destination en tête.

Compulsion.

Sauf que je ne savais pas où c'était.

Mon plan était vraiment top.

Je devais trouver la fresque de Maxx le plus tôt possible.

Je fis le tour du campus en voiture. Rien. De plus en plus nerveuse, je gagnai le centre-ville, vérifiant tous les endroits habituels. J'essayai de deviner où Maxx aurait pu la peindre. Mais tenter de penser comme lui n'était pas une chose aisée.

J'étais à deux doigts d'appeler la police pour leur dire de se rendre à *Compulsion* et d'aller chercher Maxx. Sur le moment, ça m'était égal qu'il finisse derrière les barreaux pour possession de drogue. Au moins, il serait en vie. Puis je repérai un groupe de gens en train de se ruer dans la ruelle à côté du cinéma.

Je me garai et sortis de la voiture en vitesse. Je traversai la rue et me frayai un chemin à coups de coudes dans le petit attroupement.

C'était ça.

J'aurais dû le savoir.

J'aurais dû comprendre qu'il peindrait dans un endroit qui aurait un sens pour le couple que nous avions formé.

Le couple naïf et délirant qui avait disparu depuis longtemps.

Sur un mur du cinéma, il avait dessiné un homme en train de tomber sur un lit de couteaux du haut d'une falaise. Une femme, que je reconnaissais désormais comme mon alter ego, se tenait au-dessus de lui. Mon visage était un cercle noir, et mes cheveux blonds se transformaient en doigts dont les extrémités étaient des serres ensanglantées.

Cette fresque était la plus déprimante des créations de Maxx. Elle me donna envie de pleurer.

Cela me terrifiait de penser à ce qu'il se passait dans sa tête pour qu'il crée une chose pareille.

Il avait obscurci mon visage. Le sens psychologique de cet acte ne m'échappait pas.

C'était comme s'il essayait de m'effacer de son cœur, tout comme il avait effacé mon visage dans la peinture.

Je me repris, j'essuyai les larmes qui s'étaient échappées du coin de mes yeux et je cherchai dans l'image l'adresse dont j'avais besoin.

À la base de la falaise étaient inscrits les mots « Wilby Street ». Des chiffres avaient été dissimulés dans les nuages. Je sortis un stylo et notai tout sur le dos de ma main.

Une fois de retour dans ma voiture, je tapotai sur mon téléphone pour entrer l'adresse dans le GPS. C'était à quinze minutes de là. Je commis plusieurs infractions au code de la route dans ma hâte d'arriver au club.

Je finis par trouver l'emplacement, un ancien bâtiment commercial à la périphérie de la ville dans une zone industrielle délabrée. Sans prendre la peine de faire la queue, je me dirigeai vers l'entrée où Marco et Randy, le videur flippant, barraient l'entrée.

— Il faut que j'entre, exigeai-je en faisant de mon mieux pour ne pas passer pour une folle.

Randy daigna à peine me regarder.

— Alors fais la queue comme tout le monde, dit-il d'un ton bourru.

— Tu ne comprends pas. Je cherche Maxx, expliquai-je en espérant que dire son nom me permettrait d'entrer.

Randy me regarda, mais il ne reconnaissait pas ce nom.

— Je me fous de qui tu cherches. Va faire la queue.

Je me tournai vers Marco, mais il ne nous prêtait pas attention, trop occupé à flirter avec deux filles en minijupe qui ne semblaient pas être en âge d'être là.

— Marco ! appelai-je.

— Écoute, fillette, faut que tu bouges, tout de suite, prévint Randy.

— Je le connais, répondis-je en montrant Marco du doigt.

Randy leva les yeux au ciel.

— T'es pas la première, ma puce. Maintenant, dégage !

Je me jetai en avant, et Randy tenta de m'attraper.

— Marco ! hurlai-je de nouveau.

Randy me saisit le bras de sa main puissante et me tira en arrière.

Marco se retourna vers la source du vacarme et me vit enfin. Mais je perdis tout espoir en voyant son visage dénué d'expression. Il ne savait pas qui j'étais.

— Marco, c'est moi, Aubrey ! m'exclamai-je.

— Il faut que tu dégages, maintenant, tu rentreras pas, grogna Randy en me tirant par le bras.

Aïe, j'aurais un bleu.

— Attends, mec. Je crois que je la connais, cette meuf, intervint Marco.

— Mec, t'en connais plein, des meufs, rétorqua méchamment Randy.

— Sérieux, attends une seconde.

Marco m'observa de plus près.

— Je suis la copine de Maxx, expliquai-je, et je fus soulagée de voir son visage percé de métal s'illuminer lorsqu'il me reconnut enfin.

— C'est ça ! Je savais que ton visage m'était familier. Lâche-la, Randy. C'est la nana de X, dit Marco en prenant mon autre main pour y mettre un coup de tampon.

J'aurais dû penser à me servir de son autre nom. Mais je ne connaissais pas X. Je ne le connaîtrais probablement jamais.

Randy desserra son étreinte sur mon bras, et j'eus des fourmis dans les doigts lorsque le sang revint dans mes veines.

— Désolé, je savais pas, marmonna Randy en me poussant légèrement en avant.

Je frottai ma peau à l'endroit où il m'avait saisie, et la douleur me fit grimacer.

— Je ne savais pas que tu venais ce soir. Maxx n'a rien dit, me dit Marco en quittant son poste pour m'accompagner à l'intérieur.

Il sourit, ses lèvres entrouvertes révélant un piercing à la langue que je n'avais pas remarqué la dernière fois que je l'avais vu.

— Et, pour info, personne ne l'appelle Maxx ici. C'est pour ça que Randy ne comprenait pas de qui tu parlais, expliqua Marco.

— Tu sais où il est ? demandai-je à Marco.

Mes dents s'entrechoquaient déjà à cause de la musique à plein volume derrière la porte. Marco secoua la tête.

— J'ai été dehors toute la soirée. En général, je le vois pas avant la fermeture.

Merde.

— Merci, Marco. Merci pour ton aide, dis-je sincèrement.

Il n'était peut-être pas un si mauvais gars, même s'il ressemblait au cobaye d'une expérimentation de tatouage ratée.

— Pas de problème, Aubrey, dit-il en posant sa main sur mon épaule avant de retourner prendre sa place à l'entrée.

Je pris une profonde inspiration et pénétrai dans la boîte de nuit. C'était le chaos. D'ordinaire, je trouvais cette folie attirante.

Pas ce soir-là.

Ce soir-là, je détestais ça. C'était laid et sordide, et l'obscurité dissimulait secrets et ruines. Je voulais partir.

Mais pas sans Maxx.

Je me mis à bousculer la foule de fêtards qui dansaient frénétiquement, restant sur la pointe des pieds pour trouver Maxx.

Non, pas Maxx. Ici, dans ce monde, c'était X.

On me poussait et me bousculait alors que la musique atteignait son apogée. Un pogo avait commencé et, si je ne sortais pas de là, j'étais certaine d'y perdre une dent ou deux.

Je repérai le bar, installé contre le mur du fond. Je reconnus le barman que Maxx avait appelé Eric.

Je lui fis signe, et je vis tout de suite qu'il me reconnaissait. Lorsqu'il s'approcha, je lui demandai s'il savait où était X. C'était bizarre de l'appeler comme ça. C'était étrange à prononcer, comme si c'était le nom d'un étranger.

— Je l'ai vu par là il y a un moment. Mais je suis sûr qu'il est dans le coin. Il ne va jamais très loin, alors ne bouge pas, et il te trouvera.

Eric sourit et me décocha un clin d'œil.

Je me dirigeai dans la direction qu'Eric m'avait indiquée, une porte de l'autre côté de la salle qui menait à un couloir étroit débouchant sur les toilettes. J'aurais été incapable de dire s'il y avait qui que ce soit ici. Il faisait trop sombre.

— Maxx, où es-tu ? murmurai-je pour moi-même.

La porte des toilettes pour hommes s'ouvrit et se referma derrière moi, et j'entendis deux mecs rire en passant à côté de moi.

— Putains de junkies, dit l'un d'eux.

Mon instinct prit le dessus, et je sus.

Je me ruai dans les toilettes des hommes. Il y avait une rangée de quatre box. Les trois premiers étaient verrouillés, mais la porte du dernier était ouverte, retenue par une silhouette que j'aurais reconnue n'importe où.

— Maxx ! hurlai-je en me précipitant vers lui.

Je tombai à genoux sans penser à la pisse ni à la crasse par terre. La puanteur me donna des haut-le-cœur. Mais ce n'était rien comparé à la nausée qui me saisit quand je vis Maxx, effondré sur le carrelage.

Il était sur le flanc, le visage contre le sol. Son bras gauche était nu, étendu à côté de lui, une fine bande de plastique attachée serré juste au-dessus de son coude pour mettre la veine en relief.

Je savais parfaitement ce que Maxx avait fait. Quiconque ayant déjà regardé HBO ou une vidéo de prévention au lycée serait capable de comprendre. Je tâtonnai sur le sol à côté du corps inerte de Maxx et finis par trouver la seringue vide.

Je passai à l'action. Je desserrai immédiatement le lien de plastique autour de son bras et le jetai par terre. Puis je me penchai en avant pour m'assurer qu'il respirait encore. Sa respiration était lente et superficielle, et son pouls était faible. J'ignorais quelle quantité il s'était injectée.

Je savais qu'une overdose d'héroïne pouvait provoquer une dépression respiratoire. Si on en prenait trop, les poumons finissaient par cesser de fonctionner, et on suffoquait.

— Qu'est-ce que t'as foutu, Maxx ? demandai-je, consciente qu'il ne me répondrait pas.

Je tentai de le soulever, mais il était trop lourd. Je le fis rouler sur le côté pour l'allonger sur le dos.

Il ne fit pas un bruit. Je posai mon oreille sur sa poitrine pour écouter les battements pénibles de son cœur. Mes larmes trempaient son tee-shirt, et je tournai la tête pour enfouir mon visage dans le tissu, hurlant pour un homme qui ne m'entendait pas.

La porte des toilettes s'ouvrit à la volée, et des gars entrèrent. Ils me virent sur le sol avec Maxx et éclatèrent de rire.

— Désolés de déranger, dirent-ils en se tournant vers les urinoirs pour pisser, imperturbables.

Ils ne comprenaient pas ce qu'il se passait. Cette vision n'était certainement pas insolite dans un endroit comme *Compulsion*.

Lorsque les types furent partis, je tentai de réveiller Maxx. Je lui hurlai dans les oreilles. Je le giflai. Je le secouai à lui taper la tête par terre. Rien ne fonctionnait. Il ne se réveillait pas. Et quand son souffle se mit à siffler dans sa poitrine et que ses lèvres devinrent bleues, je sus qu'il fallait que je l'amène à l'hôpital.

Je me ruai sur la porte des toilettes et la verrouillai pour que personne n'entre. Je sortis mon téléphone et composai le numéro des secours.

Puis je regardai la respiration de Maxx ralentir jusqu'à ce que sa poitrine ne bouge plus du tout.

30

Aubrey

J'avais pratiqué une RCP en attendant les secours. La peau de Maxx était devenue froide pendant le massage cardiaque. Je lui avais fait du bouche-à-bouche pour qu'il respire tout seul.

Il y parvenait quelque temps, puis cessait de respirer, et je recommençais.

Les secours se pointèrent avec la police, qui ferma la boîte de nuit sur-le-champ. J'entendis crier et hurler, mais j'étais trop occupée à maintenir Maxx en vie.

J'étais épuisée lorsque les secouristes s'engouffrèrent dans les toilettes et prirent le relais pour le réanimer. L'un d'eux me demanda si je voulais accompagner Maxx à l'hôpital dans l'ambulance, mais je lui dis que je m'y rendrais avec ma propre voiture.

C'est ce que je fis. J'y allai et attendis aux urgences. J'attendis jusqu'à ce que Landon et David arrivent et soient emmenés à l'arrière, sans remarquer ma présence.

J'attendis jusqu'à ce que les portes de l'unité de triage s'ouvrent et que la sonnerie perçante du code bleu résonne dans le service des urgences. Et je connus la peur. Je connus la terreur. Je sus ce que c'était de sentir son cœur mourir.

Je continuai d'attendre alors que la vie de Maxx était en jeu.

Je vis l'oncle de Maxx quitter l'hôpital des heures plus tard avec un Landon en larmes. Et je pensai que c'était la fin. Maxx était parti.

Incapable de rester assise là plus longtemps, j'interrogeai l'infirmière. Quand elle me demanda qui j'étais, je mentis et dis que j'étais sa sœur.

L'infirmière me lança un regard sceptique, mais ne remit pas en question mon histoire pourtant clairement bidon. Elle consulta son ordinateur avant de me donner l'information que je voulais.

— Il est indiqué qu'il est dans un état critique. Mais il est stable. Ils entament le processus de désintoxication, expliqua-t-elle. Vous voulez aller le voir ?

Je m'éloignai du guichet.

— Non, répondis-je avant de tourner les talons pour quitter les urgences.

Je rentrai en voiture. Quand j'arrivai, Renée m'attendait.

Et elle n'était pas seule.

— On a de la compagnie, dit Renée en lançant un regard noir à Brooks.

Brooks se leva.

— Salut.

Ce fut tout ce qu'il dit, et je craquai. Je craquai complètement.

Je me précipitai vers lui, passai mes bras autour de sa taille, enfouis mon visage dans sa chemise propre et fraîche et me mis à pleurer.

Brooks se crispa à la seconde même où je le touchai, mais lorsque je me mis à trembler, le corps secoué de spasmes causés par la violence de mes larmes, il me serra un peu plus fort contre lui, me caressant tendrement le dos.

— Qu'est-ce qui ne va pas, Aubrey ? Que s'est-il passé ? demanda-t-il encore et encore, mais j'étais incapable de parler.

J'étais incapable de dire un mot.

Renée se joignit à nous, et mes deux meilleurs amis m'étreignirent alors que je m'effondrais.

Quand j'eus fini de pleurer pour Maxx, pour moi, pour le nous qui ne serait jamais, je tombai dans mon lit et dormis. Penser à ce qui aurait pu arriver à Maxx si je n'étais pas arrivée à temps était une douleur trop lourde à porter.

J'allai à l'hôpital le lendemain et je déclarai de nouveau être la sœur de Maxx. L'infirmière de garde ne m'interrogea pas davantage, et je critiquai intérieurement le manque de sécurité de l'hôpital.

On me dit de suivre le couloir, la chambre de Maxx était la 302. Je suivis les indications et me retrouvai devant la porte, dans le couloir, incapable d'entrer.

Maxx dormait, il avait des tubes et des moniteurs partout. Il était blanc comme un linge, ses boucles blondes étaient ternes et sans vie. J'entrai lentement et m'assis à côté de son lit.

Je ne lui pris pas la main. Je ne pleurai pas. Je me contentai d'observer l'homme que j'aimais de tout mon cœur. Il avait été prêt à balancer ce que nous avions. Et pour quoi ? Pour ça ?

Une infirmière vint s'affairer, m'adressant un sourire distrait. Elle vérifia les moniteurs et l'intraveineuse.

— Il va s'en sortir ? lui demandai-je avant qu'elle parte.

— Il a une route sacrément difficile devant lui. On lui a donné de la naloxone en intraveineuse toute la nuit. Ça va le mettre en état de manque. Une fois qu'il sera assez stable pour qu'on le bouge, il ira dans l'unité de désintoxication. Après ça, les médecins recommanderont un programme de désintoxication, mais ce sera à lui de choisir d'y aller ou pas, m'expliqua cliniquement l'infirmière.

— D'accord, merci, me contentai-je de répondre.

— Vous êtes de la famille, j'imagine ? demanda l'infirmière en me lançant un regard indiquant qu'elle savait pertinemment que ce n'était pas le cas.

— Bien sûr, répondis-je en posant les yeux sur Maxx, qui n'avait toujours pas repris connaissance.

— La cure de désintoxication est la seule chance de ce jeune homme. Son cœur s'est arrêté deux fois après son arrivée ici. Son corps est en mauvais état. Ses organes menaçaient de cesser de fonctionner. S'il était de ma famille, je ferais tout ce que je pourrais pour le pousser à y aller.

Je hochai la tête, la gorge nouée. L'infirmière posa un regard dur sur Maxx.

— Tout le monde n'a pas droit à une deuxième chance. Espérons qu'il saisisse la sienne, dit-elle d'un ton sec.

Elle m'adressa un faible sourire avant de partir.

Je me laissai aller contre le dossier de ma chaise et le regardai dormir. J'aurais aimé pouvoir être sûre qu'il prendrait la bonne décision, qu'il irait en cure de désintox et se rétablirait. Mais je n'en savais rien.

Maxx avait deux personnalités totalement opposées. L'une d'elles aspirait à une vie normale. Ce Maxx-là voulait aller à l'école, prendre soin de son frère, m'aimer et être heureux. Il prendrait indubitablement la bonne décision.

Cependant, il avait aussi un côté plus sombre, plus destructeur, qui était égoïste et malheureux, et avait besoin de l'échappatoire que seule la drogue pouvait lui offrir. Et ce Maxx-là ne ferait jamais rien qui l'éloignerait de ce qu'il aimait plus que tout : planer.

J'avais besoin de le toucher. Je tendis le bras et pris sa main inerte dans la mienne. Je voulais pleurer, mais je n'avais plus de larmes à verser.

Je restai donc assise là à lui tenir la main, sachant que, quel que soit le chemin qu'il prendrait, il le parcourrait seul.

— Aubrey, je vous en prie, asseyez-vous, dit le Pr Lowell en fermant la porte de son bureau derrière moi.

Après l'overdose de Maxx, j'avais presque oublié qu'il fallait que je rende des comptes.

Le Pr Lowell semblait plus âgée que jamais.

— Je ne pensais pas avoir un jour cette conversation avec vous, Aubrey. Dire que je suis triste et déçue est un euphémisme, commença-t-elle. Vous savez que je me suis entretenue avec Kristie Hinkle, et vous savez ce dont on vous accuse. Kristie m'a dit qu'elle vous avait déjà parlé, et que vous aviez admis avoir eu un comportement inapproprié avec un membre du groupe de soutien que vous co-animiez. Est-ce exact ? me demanda-t-elle, l'air las.

Je hochai la tête.

— Oui, c'est vrai, professeur Lowell.

Je ne nierais pas. Il était temps d'assumer mes choix.

Je songeai à Maxx, qui devait s'être réveillé à présent, allongé sur son lit en service de désintox, se demandant certainement pourquoi je n'étais pas venue le voir. Il ne savait pas que j'avais été à son chevet presque tout le temps quand il était inconscient, et que ce n'était que lorsque j'avais su qu'il s'en sortirait que j'avais trouvé la force de partir, sachant qu'il devrait prendre ses propres décisions.

Et elles ne devaient rien avoir à voir avec moi.

Le Pr Lowell retira ses lunettes et se frotta les yeux.

— Je n'ai pas besoin de vous dire à quel point ces accusations sont sérieuses. Vous avez enfreint notre code de conduite éthique. Vous avez abusé de votre rôle de conseillère et profité de la position vulnérable d'un patient. C'est la pire des fautes professionnelles, Aubrey, déclara durement le Pr Lowell, mécontente.

— Je comprends, fut tout ce que je pus dire.

— Je vais devoir lancer une enquête sur votre comportement au sein du département. Il y aura une audience où vous pourrez vous exprimer. Si vous êtes reconnue responsable d'une faute professionnelle, comme le prouvera certainement votre propre aveu, vous serez mise en suspension disciplinaire. Ce sera au conseil disciplinaire de décider si vous devez être exclue du programme de formation en psychothérapie, expliqua le Pr Lowell.

Je ne pus que hocher la tête.

— Vous recevrez par e-mail des informations concernant votre entretien dans le cadre de l'enquête, ainsi que l'heure de l'audience. Vous aurez plus d'informations sur le processus lors de l'entretien. Avez-vous des questions ? demanda le Pr Lowell en rivant son regard sur le mien.

— Je n'ai pas de questions, dis-je, résignée.

— Vous pouvez donc y aller. Mais sachez seulement que je n'ai jamais été aussi déçue par un étudiant. Votre comportement est scandaleux et renvoie une mauvaise image non seulement de vous, mais également de tout le département.

J'avais été congédiée.

Je ramassai mon sac et quittai le bureau du Pr Lowell, la tête basse.

Mon téléphone sonna dans mon sac. Je le sortis et regardai l'écran. Je ne reconnaissais pas le numéro.

— Aubrey, souffla la voix à l'autre bout du fil.

— Maxx, dis-je, reconnaissant sans mal son ton rauque.

Je me laissai tomber sur un banc devant la bibliothèque, cachée dans une alcôve à l'abri des regards. J'avais du mal à tenir le téléphone contre mon oreille tant mes mains tremblaient.

J'avais à la fois attendu et redouté cet instant. J'avais espéré que Maxx se serait servi de son temps à l'hôpital pour se rendre compte de la direction que prenait sa vie. À en juger par sa façon abrupte de prononcer mon nom, je sus que ce n'était pas le cas.

Il était en colère. Blessé. Il se sentait trahi et abandonné. Cela me tuait de penser que j'étais la cause de tous ces sentiments. Mais, honnêtement, c'était le seul moyen qui me venait à l'esprit pour l'aider. Et pour m'aider.

— Tu es sorti de l'hôpital ? demandai-je après un silence pesant.

— Non. J'y suis encore. Ça fait soixante-douze heures que je suis en service de désintox. Enfin, c'est ce qu'on m'a dit. Apparemment, je peux rentrer demain.

Mon cœur se serra dans ma poitrine.

— Tu ne vas pas en cure de désintoxication ? demandai-je, bien que je connaisse déjà la réponse.

— Je n'ai pas besoin d'aller en cure de désintox pour aller mieux, Aubrey, me répondit Maxx, sur la défensive.

— Maxx…, commençai-je, mais il me coupa la parole.

— J'ai seulement besoin de toi, dit-il avec tant d'assurance que je sus que, dans son esprit, ces mots étaient totalement véridiques.

— Tu as failli mourir, Maxx ! Tu as pris de l'héroïne. Tu te l'es injectée dans le bras ! Tu sais que tu respirais à peine quand je t'ai trouvé sur le sol des toilettes ? Ton cœur s'est arrêté ! J'ai dû te ranimer ! Je n'ai jamais eu aussi peur de toute ma vie !

Je hurlais dans le téléphone. Il fallait que je me calme. Mais ils me frustraient tant, lui et son déni.

Maxx demeura silencieux un instant, et j'espérais qu'il m'avait écoutée, peut-être.

— Je suis désolé, Aubrey. Je ne voulais pas que ça aille aussi loin. C'était la première fois que je prenais de cette merde. Je ne savais pas ce que je faisais. Cela n'arrivera plus.

Il excusait son attitude avec tant de facilité. Il ne voyait toujours pas le chemin que prenait sa vie.

— Maxx, la prochaine fois, tu ne te réveilleras peut-être pas. La prochaine fois, ce sera peut-être trop tard. Parce que je ne serai pas là.

Je l'avais dit, ce que je devais lui dire mais que j'aurais aimé ne pas exprimer.

— Ne dis pas ça, Aubrey ! Je t'en prie !

Je savais qu'il pleurait. J'entendis la souffrance dans sa voix, et les larmes se mirent à rouler sur mes joues.

— Je ne peux pas faire ça sans toi, supplia-t-il.

Nous pleurions ensemble au téléphone. Je baissai la tête dans ma veste pour essayer de reprendre le contrôle de ma respiration.

— Aubrey, je t'aime, murmura-t-il d'une voix étranglée.

— Je t'aime, Maxx, chuchotai-je, ma gorge étouffant les mots alors qu'ils m'échappaient.

J'entendis Maxx retenir son souffle.

Le timing était très mal choisi. Je lui disais enfin ce qu'il voulait tellement entendre, au moment même où je me préparais à le quitter.

— Tu m'aimes, murmura-t-il, et j'entendis le soulagement dans sa voix.

Je savais ce qu'il pensait – que cela arrangeait tout, que je cédais.

— Ça fait si longtemps que j'attends que tu le dises, soupira-t-il d'une voix émue. Si longtemps.

Sa voix se brisa et il se tut.

Je pensais avoir versé toutes les larmes de mon corps, mais elles repartirent de plus belle.

— Je voulais le dire. Vraiment, lui confiai-je.

— Alors pourquoi ne l'as-tu pas fait ? Pourquoi garder pour toi quelque chose d'aussi important ? sanglota-t-il.

Je me frottai le visage et j'essuyai mes larmes. Je sentis l'acier me rentrer dans le dos alors que je me préparais à lui dire ce qu'il fallait dire, ces choses que j'avais eu peur de partager. Mais il fallait qu'il les entende. Il n'y avait pas d'autre solution.

— Parce que je savais qu'il se passerait un truc dans le genre, Maxx, lançai-je avec colère.

— Ne me rends pas responsable de ton incapacité à communiquer ! Tu ne me l'as pas dit parce que tu aimes jouer avec mes sentiments ! Parce que tu aimes me torturer ! me hurla-t-il à l'oreille avant de se remettre à sangloter. Je ne le pensais pas, Aubrey, vraiment pas, balbutia-t-il.

— Je ne peux pas te confier mon amour, Maxx. Ces mots sont précieux. Je voulais être sûre que, quand je te les donnerais, tu en prendrais soin. Tu les chérirais. Tu me rendrais mes sentiments en tant qu'homme sain et entier, dis-je avec le plus grand sérieux.

Maxx inspira plusieurs fois, tremblant.

— Alors pourquoi me le dire maintenant ? Pourquoi me dire que tu m'aimes alors que c'est évident que tu ne vas pas rester près de moi ? Parce que, de mon point de vue, ça fait juste de toi une femme sans cœur.

Ses mots me bouleversèrent, et je tentai en vain de me retenir de pleurer.

— Parce que je veux que tu saches à quoi tu renonces en n'allant pas en cure. Je veux que tu voies ce que je suis prête à te donner. Et j'espère… j'espère sincèrement que tu auras envie de te battre pour ça. De te battre pour toi ! (Je déglutis péniblement et me préparai à lui assener le coup fatal.) Je t'aime tellement, Maxx. Vraiment. Et c'est pour cette raison que je ne peux pas te regarder te tuer. Je refuse. Et c'est parce que je t'aime que je m'en vais, dis-je, la voix enrouée sous le coup de l'émotion.

Maxx demeura longuement silencieux, si longtemps que je pensais qu'il avait raccroché.

— C'est des conneries, Aubrey ! Si tu m'aimais, tu ne me quitterais pas alors que j'ai besoin de toi ! Parce que je m'en remettrai. Je peux le faire. Mais seulement si tu m'aides !

Il me faisait du chantage émotionnel. Il sombrait dans un gouffre duquel je n'étais pas certaine que nous pouvions sortir. Notre relation était toxique. Elle était malsaine. Elle nous rongeait.

Mon Dieu, qu'avais-je fait ?

Je me faisais souffrir, mais même alors que je savais qu'il était mauvais pour moi, je voulais courir vers lui. Je voulais que ses mensonges soient ma vérité. Je voulais croire ses fausses promesses. Je voulais prétendre qu'il n'était pas malade et que son déni ne nous détruirait pas tous les deux.

— Ce n'est pas juste, finis-je par dire, fière de la fermeté dans ma voix.

— Ce qui est injuste, c'est que tu m'abandonnes alors que j'ai besoin de toi ! Quel genre d'égoïste es-tu ? Notre relation ne marche que si tu as quelque chose en retour ? Parce qu'il n'y avait aucun problème quand t'étais allongée sur le dos avec tes putains de jambes écartées, dit cruellement Maxx.

Je savais qu'il souffrait, qu'il évacuait, mais qu'il aille se faire foutre.

Franchement… qu'il aille… se faire… foutre.

— Reprends-toi, Maxx. Et fais-le pour toi et personne d'autre. Alors peut-être que je pourrai te faire de nouveau confiance, que je pourrai me faire suffisamment confiance pour être avec toi. Parce que ça… (Je marquai une pause.) C'est mal. C'est malsain. Et si tu m'aimais vraiment, tu le saurais.

Voilà, j'avais dit ce que j'avais à dire. Ce qu'il choisissait de faire de ces mots le regardait.

Maxx avait dû sentir l'irrévocabilité de mes paroles, car je l'entendis se remettre à pleurer.

— Ne me quitte pas, murmura-t-il.

Je n'en pouvais plus. Si je l'écoutais supplier plus longtemps, toute ma conviction, toute ma force s'évaporeraient, et je ramperais vers lui, brisée, anéantie.

— Je dois y aller. J'espère que tu iras mieux. Vraiment, dis-je, la gorge nouée.

Puis je raccrochai avant qu'il ne puisse répondre. Pour faire bonne mesure, j'éteignis le téléphone et le laissai tomber dans mon sac.

Mon cœur était blessé, mais il n'était pas détruit. Je m'en remettrais, un jour ou l'autre. Et j'espérais sincèrement qu'un jour Maxx me reviendrait, sain et entier.

Mais je ne pouvais pas laisser ma vie en dépendre. Je devais avancer.

Et, malgré le cataclysme émotionnel que Maxx avait déclenché dans ma vie, je ne pouvais pas avoir de regrets. J'espérais qu'à l'avenir, quand je repenserais au temps que nous avions passé ensemble, je serais capable d'oublier le chaos déchirant et le chagrin d'amour, et que je verrais tout ce qu'il avait fait pour moi.

Grâce à lui, j'avais retrouvé une partie de moi que je croyais perdue à jamais.

Grâce à lui, j'avais appris à aimer de tout mon cœur.

Grâce à lui, j'étais plus forte que jamais.

Je savais que, dans les semaines à venir, quand je ferais face aux conséquences de mes choix, je serais persuadée que le chemin que j'avais pris était le seul que j'aurais pu suivre.

Au final, grâce à tout cela plutôt que malgré tout cela, Maxx Demelo en avait valu la peine.

Un poids que je n'avais pas eu conscience d'avoir sur les épaules se souleva, et je rentrai chez moi. Et lorsque j'ouvris la porte pour trouver Renée en boule sur le canapé en train de regarder la télévision, je sus, sans l'ombre d'un doute, que je m'en sortirais.

Je renaîtrais de mes cendres pour devenir quelqu'un de meilleur.

Et je trouverais la force d'aller où que la route me mène.

Épilogue

Maxx

Je fixai le téléphone du regard longtemps après qu'Aubrey eut raccroché. Et, pendant longtemps, il n'y eut plus rien que le silence.

« Tout ce que j'ai aimé, je l'ai aimé seul. »

Poe avait raison. L'amour était solitaire.

J'avais vraiment merdé, cette fois.

Elle m'avait quitté.

J'aurais dû savoir que ce n'était qu'une question de temps.

Aubrey Duncan était trop bien pour un raté comme moi.

Mais elle m'aimait.

Elle m'avait enfin dit les mots que j'avais tant attendus.

Et même si elle me les avait dits alors qu'elle m'arrachait le cœur, j'avais été heureux de les entendre.

Puis je me souvins de ses autres paroles. C'était bel et bien fini entre nous. Et la finalité de la chose faillit me faire perdre complètement les pédales.

Dorénavant, j'étais coincé dans ce trou à rats que j'appelais ma vie.

Aubrey m'avait donné un aperçu d'une vie meilleure. Une vie bonne. Une vie saine. Et j'en avais eu terriblement envie, certes, mais j'avais fini par tout détruire.

Et à présent j'étais là, allongé sur un lit d'hôpital, simplement heureux d'être en vie.

Quand le médecin était venu m'expliquer le processus de désintoxication, il m'avait encouragé à poursuivre le traitement en allant en cure.

J'avais totalement rejeté cette idée. Je n'avais pas besoin de cure de désintox. Cette merde était bonne pour les junkies et les ratés.

Ça irait très bien. Je m'en sortirais seul.

J'avais seulement besoin d'Aubrey.

Elle m'aiderait. Elle me sortirait de n'importe quelle situation.

Elle était ma sauveuse.

Mais je n'avais pas Aubrey.

Elle m'avait clairement fait comprendre qu'elle ne serait pas là. Qu'elle ne pouvait pas m'aider.

Qu'il fallait que je m'aide moi-même.

Merde. Qu'est-ce que j'allais faire ?

Landon était passé un peu plus tôt avec mon oncle. Ils n'avaient pas dit grand-chose. Je m'étais attendu à ce que David se comporte comme un connard, donc pas de surprise de ce côté-là. Mais le silence glacial de mon petit frère m'avait assommé.

Ça avait été déchirant de découvrir sur son visage une expression que je n'aurais jamais cru y voir.

De la déception.

Après le départ de Landon, je m'étais senti déprimé. J'étais au plus bas. C'était du moins ce que j'avais cru.

J'avais tort.

Parce que j'avais décidé d'appeler Aubrey.

Je me demandais pourquoi elle n'était pas venue me voir à l'hôpital. Ça me tourmentait. Je ne savais pas que c'était elle qui m'avait trouvé au club, qu'elle m'avait sauvé la vie.

Et, à présent, elle était partie.

J'avais la poitrine serrée, en proie à une douleur trop familière.

Le chagrin.

Cette nuit-là, après avoir parlé à Aubrey, je n'arrivai pas à dormir. Je me tournais et me retournais en pensant à tout ce que j'aurais pu faire différemment. À ce que j'aurais pu dire pour qu'elle reste.

Et, au petit matin, j'eus une illumination, de celles qui ne viennent que lorsqu'on a tout perdu.

Ainsi, après m'être efforcé de sortir du lit, je revêtis les vêtements dans lesquels on m'avait admis à l'hôpital. Je flottais dedans. J'avais perdu du poids pendant la semaine que j'avais passée ici. En voyant mes joues creusées et ma peau cireuse dans le miroir, je reconnus à peine l'homme qui me rendait mon regard.

Je le détestai.

— J'ai vos papiers de sortie. Il faut seulement que vous les lisiez et les signiez en bas, dit le médecin en entrant dans ma chambre quelques instants plus tard.

Il me les tendit, attendant que je les prenne.

C'était l'instant où je pouvais tout changer.

— En fait, j'aimerais en savoir plus sur la cure de désintox.

Achevé d'imprimer en mars 2015
N° d'impression 1502.0109
Dépôt légal, avril 2015
Imprimé en France
81121457-1